Seekran

Manfred Megerle kommt aus dem Unterland bei Heilbronn, kennt jedoch den Bodensee wie seine Westentasche. Über drei Jahrzehnte lang leitete er eine Werbeagentur und schrieb Werbetexte. Mit »Seehaie« erschien 2007 sein erster Bodenseekrimi im Emons Verlag.

Ulrich Megerle, sein gleichfalls bei Heilbronn lebender Sohn, trat in seine Fußstapfen: Nach dem BWL-Studium und Gastspielen bei international bekannten Agenturen führt er die Werbeagentur weiter. Als Co-Autor schrieb er mit dem Vater zusammen den sechsten Bodenseekrimi »Seekrank«.

MANFRED UND ULRICH MEGERLE

Seekrank

KRIMINALROMAN

emons:

Bibliografische Information der Deutschen Nationalbibliothek
Die Deutsche Nationalbibliothek verzeichnet diese Publikation in der Deutschen Nationalbibliografie; detaillierte bibliografische Daten sind im Internet über http://dnb.d-nb.de abrufbar.

Cäcilienstraße 48, 50667 Köln
info@emons-verlag.de

Umschlagmotiv: photocase.com/glückimwinkel
Umschlaggestaltung: Tobias Doetsch
Gestaltung Innenteil: César Satz & Grafik GmbH, Köln
Druck und Bindung: Books on Demand GmbH, Norderstedt
Printed in Germany
Erstausgabe 2014
ISBN 978-3-95451-284-3
Originalausgabe
3. Auflage

Für Erika, Carin und Irina

Deshalb rate ich, der ich den See inzwischen
im Rücken habe und wieder hintreiben darf:
Rette sich, wer kann! An seinen Ufern
leuchten selbst Untergänge vergoldet.
Dort dämmert Deutschland am schönsten.
Werner Dürrson

Die Fortschritte der Medizin sind ungeheuer.
Man ist sich seines Todes nicht mehr sicher.
Hanns-Hermann Kesten

Prolog

»Hector ist tot.«

»Wie, tot? Ich verstehe nicht …«

Die Verbindung war schlecht, es rauschte in der Leitung, und ihre Worte klangen abgehackt.

»Was gibt's da zu verstehen? Tot ist tot. Oder soll ich sagen: dahin, verschieden, verblichen, verreckt?« Das letzte Wort hatte sie förmlich herausgeschrien. Eine endlose Sekunde lang herrschte drückendes Schweigen, ehe sie leise, fast flüsternd, ergänzte: »Oder umgebracht.«

»Hallo? … Hallo, Claudia? … Ich kann dich kaum noch hören. Für den Fall, dass der Empfang bei dir besser ist: Bei uns ist es jetzt einundzwanzig Uhr, ich warte auf die Fähre. Sieht allerdings so aus, als hätten tausend andere den gleichen Gedanken gehabt. Hör nur, was hier abgeht.«

Karlheinz Bauer hielt sein Handy hoch, um seiner Frau die Geräuschkulisse am Fähranleger deutlich zu machen. Die Menge wartete auf das Einlaufen der »Star Ferry«, eine der Direktverbindungen von Hongkong Island nach Wan Chai, der zentralen Station in Kowloon drüben auf dem Festland.

Bauers Ohren hatten sich längst an den lärmigen Alltag gewöhnt. Nicht umsonst galt Hongkong als eine der quirligsten Metropolen der Welt. Manchmal fürchtete er allerdings, bei seiner Gewöhnung könnte es sich um eine beginnende Taubheit handeln.

Wobei – und auf diese Einschränkung legte er großen Wert – nicht nur die beständig schnatternden Chinesen den Lärmpegel in die Höhe trieben. Auch die quäkenden Lautsprecherdurchsagen an den Fährterminals, die Geräusche aus dem nahen Hafen, vor allem aber der dichte, selbst in den Nachtstunden kaum abreißende Verkehr trugen ihren Teil dazu bei. Hinzu kam eine in diesen Breiten im Frühjahr nicht unübliche Schwüle, unter der Menschen mit Übergewicht in besonderem Maße litten. Zu diesen gehörte auch Karlheinz Bauer. An den Ärmeln und auf dem Rücken wies sein Hemd dunkle Flecken auf, in regelmäßigen Abständen musste er sich die Stirn abwischen. Nur hin und wieder sorgte ein kühler Hauch vom Meer her für Erleichterung.

Längst hatte er sein Handy wieder eingesteckt. Er würde es später, vom Festland aus, noch einmal versuchen. Was seine Frau am Telefon gesagt hatte, ging ihm jedoch nicht aus dem Sinn. Hector tot … was konnte sie nur gemeint haben? Vor vier Wochen, als er sich in Friedrichshafen von Claudia und der kleinen Nadine verabschiedet hatte, war der Hund noch quicklebendig gewesen. Bei dem Rhodesian Ridgeback handelte es sich um eine kräftige, äußerst wachsame Rasse – mit ein Grund, warum sie sich für Hector entschieden hatten. War der Hund vielleicht Opfer eines wild gewordenen Autofahrers geworden? Er musste der Sache auf den Grund gehen, da half alles nichts. Erneut zog er sein Handy hervor und drückte Claudias Kurzwahltaste.

»Claudia Bauer«, meldete sie sich, nun wieder klar und deutlich.

»Claudia, ich bin's noch mal. Gott sei Dank, jetzt ist der Empfang besser. Was wolltest du mir über Hector sagen?«

»Ach, Karlheinz, Hector ist tot. Einfach so, heute Morgen, aus heiterem Himmel. Wir können es noch gar nicht fassen.« Sie begann zu schluchzen.

Bauer war ratlos. Mehr noch: Er war geschockt. Also hatte er sich vorhin doch nicht verhört. »Ich versteh das nicht. Was ist passiert? Ich meine, der Hund war doch kerngesund.«

»Der Tierarzt sagt, jemand habe ihm das Genick gebrochen.«

»Ich bitte dich, Claudia, das ist doch absurd. Wer sollte so etwas tun? Nein, nein, dafür gibt es eine ganz einfache Erklärung, da bin ich mir sicher. Vielleicht ist er irgendwo raufgeklettert und abgestürzt.«

»Sag mal, hörst du mir überhaupt zu?« Claudias Trauer schien in Verärgerung umzuschlagen. »Hector ist nicht einfach irgendwo abgestürzt. Jemand hat ihm vorsätzlich das Genick gebrochen, verstehst du? Jedenfalls hat mir der Tierarzt das glaubhaft versichert.« Sie brach erneut in Tränen aus.

»Wie hat Nadine es aufgenommen?«

»Da fragst du noch? Sie war völlig aus dem Häuschen, ist doch klar. Ausgerechnet jetzt musste das passieren, direkt vor der Schulfeier. Wo sie sich doch so auf das Fest heute gefreut hat.« Nach kurzem Schniefen meinte sie klagend: »Ich versteh das nicht, Karlheinz. Wer macht so was? Kannst du mir das mal sagen?«

Bauer schluckte. Wie seine Frau konnte auch er sich keinen Reim darauf machen; der Vorgang war und blieb rätselhaft. Erste Zweifel kamen in ihm auf. War es ein Fehler gewesen, sich nach Hongkong versetzen zu lassen? Dabei war alles so gut angelaufen, mal davon abgesehen, dass sein langjähriger Arbeitgeber, die R.O.S. Formenbau GmbH in Friedrichshafen, vor drei Monaten überraschend in die Insolvenz geschlittert war. Zum Glück war der chinesische Werkzeugkonzern TenSing-Tools eingesprungen und hatte R.O.S. übernommen. Die neuen Herren hatten Bauer aufgefordert, die logistischen Prozesse bei R.O.S. auf jene der Konzernmutter abzustimmen – auch aus seiner Sicht ein zwingendes Erfordernis. Und eine persönliche Herausforderung. Der Haken dabei: Er musste sich für einige Wochen von seiner Familie und vom Bodensee trennen, denn mit dem Job war unabdingbar ein längerer Aufenthalt in Hongkong verbunden. Dennoch – oder vielleicht gerade deshalb – hatte er spontan zugesagt. Warum auch nicht? Als verantwortlicher Leiter der R.O.S.-Logistikabteilung konnte er von direkten Kontakten zu TenSing-Tools nur profitieren.

Die Stimme seiner Frau holte ihn in die Wirklichkeit zurück. »Sag doch was … oder hast du meine Frage nicht verstanden?«

Er versuchte, sich an ihre Frage zu erinnern. »Natürlich, Liebes. Nun beruhige dich erst mal. Ich bin sicher, es gibt eine ganz logische Erklärung für Hectors Tod. Weißt du was? Ich werde mich später noch einmal melden, wenn ich drüben bin. Die Fähre läuft gerade ein.«

»Ja, bitte. Ich hab Angst, Karlheinz …«

»Bis später, Liebes.«

Kaum hatte die Fähre ihre Passagiere ausgespuckt, hob sich die Schranke, die den Zugang zum Schiff bisher versperrt hatte, und der Pulk der Wartenden strömte an Bord. Abermals nahm das Gedränge zu. Bauers Nebenmann, mit dem er bereits mehrfach zusammengestoßen war, hielt sich sonderbarerweise immer noch hartnäckig neben ihm. Es handelte sich um einen kleinen, hageren Chinesen, der beständig mechanisch lächelte und ihm schon auf dem Fähranleger wegen seines unangenehm stechenden Blickes aufgefallen war. Nichtsdestotrotz hatte der Mann sich nach jeder Berührung wortreich entschuldigt – zu Bauers Erstaunen in akzentfreiem Deutsch.

Bald darauf legte die Fähre wieder ab. Bauer stand dem Hafen zugewandt, sein Blick gehörte dem zurückbleibenden Lichtermeer. Vor allem die Aussicht auf den Gipfel des Victoria Peak hatte es ihm angetan.

»Wirklich schade, Herr Bauer, dass Sie nicht dabei sein konnten.«

Völlig überraschend hatte sein Nachbar mit dem stechenden Blick das Wort an ihn gerichtet. Bauer schrak zusammen. Jetzt erst wurde ihm bewusst, dass der Mann ihn die ganze Zeit über angestarrt hatte.

»Heute früh bei der Schulfeier von Nadine, meine ich«, erklärte der Chinese in bedauerndem Tonfall. »Kein Wunder, dass das Kind traurig ausgesehen hat. Hier, sehen Sie selbst ...«

Mit diesen Worten hielt er Bauer sein iPhone vor die Augen. Auf dem Display lief ein Video. Es zeigte Nadine mit ihrer Mutter vor dem Schulgebäude, umgeben von fröhlichen, ausgelassenen Kindern. »Oder sollte es am Tod von Hector gelegen haben?« Das Mitgefühl des Mannes klang wie Hohn.

Bauer fühlte sich, als hätte er einen Schlag in die Magengrube erhalten. Seine Hände begannen zu zittern. Wer war dieser Kerl, der ihm nicht von der Seite wich? Wie war er an das Video von der Schulfeier gekommen? Woher wusste er von Hectors Tod? Und vor allem: Woher kannte er seinen Namen?

Je intensiver er darüber nachdachte, desto wütender wurde er. Wie in Trance hob er den Kopf und richtete den Blick auf den maskenhaft lächelnden Chinesen.

Plötzlich sah er rot.

»Du verdammtes dreckiges Schwein«, krächzte er dumpf und fasste den Mann am Kragen. »Was willst du von mir? Warum spürst du mir und meiner Familie nach, he?«

Außer sich vor Wut ballte er die freie Hand zur Faust, als zwei starke Arme ihn unvermittelt nach hinten rissen. Er fühlte sich wie in einen Schraubstock gepresst. Im Nu bildeten mehrere Männer einen Ring um ihn, schirmten ihn von der Menge ab und zwangen ihn stillzuhalten. Keiner der Umstehenden schien davon etwas mitzubekommen.

Einen Punkt zwischen Bauers Augen fixierend, trat der Mann mit dem stechenden Blick auf ihn zu. Eine gefühlte Ewigkeit verstrich, bevor er zu sprechen begann. »Warum so ängstlich, Herr Bauer? Was fürchten Sie? Ihnen und Ihrer Familie wird nichts geschehen, versprochen. Es sei denn ...« Er stockte, eine steile Falte bildete sich zwischen seinen Brauen.

»Es sei denn?«, wiederholte Bauer. In seinen Augen flackerte Angst.

»Nun, es sei denn, Sie halten sich nicht an unsere Anweisungen.«

Währenddessen hatte die Fähre das jenseitige Ufer erreicht. Nur noch wenige Sekunden, dann würde sich die Schranke öffnen und die Passagiere von Bord lassen.

»Was denn für Anweisungen?«, stieß Bauer hervor, darum bemüht, den schlechten Atem seines Gegenübers zu ignorieren.

Das Lächeln des Chinesen wurde womöglich noch eine Spur breiter, ein zufriedener Ausdruck trat auf sein Gesicht. »Das steht alles in dem Umschlag, den Sie in Ihrem Hotelzimmer vorfinden werden«, erklärte er kalt. »Und wenn ich Ihnen einen guten Rat geben darf, Herr Bauer: Halten Sie sich strikt an unsere Anweisungen. Denken Sie immer an Ihre Frau und Ihre kleine Tochter. Wir wollen doch nicht, dass den beiden etwas passiert, nicht wahr?«

Mit ausdrucksloser Miene setzte er hinzu: »Meine Leute sind Ihren Lieben näher, als Sie sich vorstellen können, Herr Bauer. Vergessen Sie das nie.«

Dann ließen sie ihn los.

Sekunden später waren die Männer im Gewühl verschwunden.

1

»Na, wem soll's denn diesmal an den Kragen gehen?«

Wie ein hungriger Adler umkreiste der Figaro den Mann im Sessel, als beabsichtigte er, beim geringsten Fluchtversuch seine Krallen in die Beute zu schlagen.

Als Antwort erntete er nur ein unwilliges Knurren.

»Ah ja, verstehe.« Der Figaro nickte. »Der Herr ist an einem Gedankenaustausch mit der Unterschicht momentan nicht interessiert. Na gut. Darf man wenigstens nach dem Grund seines Hierseins fragen?«

»Schorsch, tu mir einen Gefallen und red nicht so geschwollen«, brummte Wolf, der bereits bereute, den Salon überhaupt aufgesucht zu haben. Mehr zufällig hatte er im Vorübergehen einen Blick durch die Scheibe erhascht und die Herrenabteilung abgesehen vom Zeitung lesenden Meister für leer befunden – Grund genug, den fälligen Haarschnitt nicht länger aufzuschieben. Kurzerhand hatte er sein Fahrrad an den nächsten Laternenmast gekettet und den Salon betreten.

Mit zusammengekniffenen Augen taxierte ihn der Meister. »Wir sind wohl heute Morgen mit dem falschen Fuß aufgestanden, was?«, konstatierte er. Offensichtlich verspürte er wenig Lust, sich von seinem aufmüpfigen Kunden gängeln zu lassen.

»Schorsch, treib's nicht auf die Spitze, fang endlich an.«

»Zu Befehl«, lenkte Schorsch ein. Er hob Wolfs Barett und legte es auf die Seite. »Meckischnitt, wie immer?«

»Ja. Und jetzt mach hin, ich hab nicht viel Zeit.«

»Alles andere würde mich auch wundern«, erwiderte Schorsch unbekümmert. Das Geplänkel mit Leo Wolf schien ihm Spaß zu machen.

Er stülpte dem Kommissar ein hellblaues Tuch über den Kopf, rollte den Sessel näher zum Spiegel und griff nach Kamm und Schere. »Hast Schwein gehabt«, erläuterte er. »Hätte ein anderer Kunde nicht gerade eben abgesagt, hättest du wohl oder übel warten müssen.« Unschlüssig blickte er auf die Stoppelfrisur vor sich.

Genervt legte Wolf den Bericht zur Seite, in den er sich während des Haareschneidens hatte vertiefen wollen. »Was ist denn nun schon wieder?«, fragte er vorwurfsvoll. »Warum fängst du nicht an?«

»Ich fürchte, Leo, ich muss dich in die Damenabteilung schicken.«

»Was soll ich in der Damenabteilung?«, fragte Wolf verblüfft.

»Meine Finger sind zu dick.«

»Versteh ich nicht. Was soll das heißen?«

»Pass auf«, erläuterte Schorsch. »Um deine ohnehin schon kurzen Haare auf die von dir gewünschte Länge zu schneiden, muss ich die Stoppeln zwischen die Finger nehmen und das oben Überstehende abschneiden. Wenn ich das mache, steht aber nichts mehr über. Klar?«

»Verstehe.« Wolf nickte, um nach kurzem Überlegen fortzufahren: »Sag mal, arbeitet das Lehrmädchen vom letzten Mal noch bei dir?«

»Du meinst die Lisa? Aber sicher doch.« Auf Schorschs Gesicht erschien ein vielsagendes Grinsen. »Inzwischen ist sie mein bestes Pferd im Stall.« Verstohlen sah er sich nach Mithörern um, bevor er hinzufügte: »Aber behalt's für dich.«

Kurz darauf bezog Lisa, eine zierliche Zwanzigjährige, hinter Wolf Position. Da Wolf sie selbst im Sitzen um einen halben Kopf überragte, stellte sie sich kurzerhand auf einen hölzernen Schemel, der für solche Fälle in einer Ecke bereitstand. Argwöhnisch verfolgte Wolf die Vorbereitungen.

»Übrigens«, sagte Schorsch, um ihn abzulenken, »Gratulation zur Lösung eures letzten Falles. Echt klasse, wie ihr diesen Finanzhaien das Handwerk gelegt habt.«

»Ach was. Die Hauptarbeit hat ein anderer für uns erledigt«, korrigierte Wolf.

Seine Einlassung nötigte Schorsch ein Kichern ab. »Du meinst diesen Konstanzer Gefängnisdirektor, der sich am Ende quasi selbst gerichtet hat?«

Wolf wollte schon zu einem Nicken ansetzen, da fiel ihm gerade noch rechtzeitig Lisa ein – womöglich hätte sie auf seinem Haupt einen nicht wiedergutzumachenden Schaden angerichtet. So beließ er es bei einem lapidaren »Richtig«, um nach kurzem Zögern hinzuzusetzen: »Viel wichtiger allerdings sollte eine andere Erkenntnis für dich sein … ich meine, falls du mal wieder Geld anlegen solltest: Je mehr man dir verspricht, desto höher ist das Risiko. Das ist wie bei der Geschichte mit dem Affen, du kennst sie sicher.«

»Äh, nein.«

»Okay, pass auf: Dieser Affe kommt zu einem Baum, dessen Stamm ein Loch hat. Was macht er? – Richtig, er steckt einen Arm hinein. Und ganz hinten fühlt er … na, was? – Genau, eine große, reife Frucht. Er schnappt sich das Ding und will den Arm herausziehen, aber er schafft es nicht. Dazu müsste er loslassen. Na ja, den Rest kannst du dir zusammenreimen.«

»Verstehe. Du willst mir durch die Blume sagen –«

»Dass du die Finger von allzu lukrativen Früchten … äh, Geschäften lassen sollst. Es sei denn, du willst sie dir verbrennen – die Finger, meine ich. Nur mal angenommen, du hättest eine Million übrig …«

»Spinnst du? Wie soll ich mit meinem Laden jemals eine Million beiseiteschaffen, hä?« Schorsch griff sich an den Kopf, er konnte sich nur schwer beruhigen. »Ja, wenn's mir so gut ginge wie meinem Schwager. Der scheint im Geld förmlich zu schwimmen, wie auch immer er das anstellt.« Er zog eine Grimasse. »Wie heißt es doch so schön: Der Teufel scheißt immer auf den größten Haufen.«

»Welcher Schwager?«, hakte Wolf ohne großes Interesse nach, während er im Spiegel das Spiel von Lisas flinken Fingern verfolgte.

Schorsch winkte müde ab. »Er ist Apotheker, du wirst ihn nicht kennen. Apropos kennen: Gestern Abend war dein Kollege Mayer zwo bei mir. Er behauptete, dass ihr die kriminellen Banker überführen konntet, sei letztlich der Spurensicherung zu verdanken gewesen.«

»Soso, behauptet er das. Na gut, kann ich verstehen. Wer wie die Spusileute ständig im Schatten echter Ermittler steht, möchte sich schließlich auch mal die Füße wärmen«, erwiderte Wolf abfällig. Er musste mit Mayer zwo gelegentlich ein Wörtchen darüber reden.

Just in diesem Augenblick schrillte sein Mobiltelefon. Mit erhobener Hand gebot er Lisa Einhalt. Dann nestelte er das Handy aus der Hosentasche und meldete sich. Zu seinem nicht geringen Erstaunen war Sommer dran. Der Kriminalrat war als Chef der Überlinger Kripo nicht nur Wolfs unmittelbarer Vorgesetzter, sondern mit diesem über das Dienstverhältnis hinaus seit Jahren befreundet.

»Wieso geht bei euch keiner ans Telefon? Seid ihr alle im Außeneinsatz, oder was ist los?«, ließ Sommer verlauten. Der leichte Vorwurf in seiner Stimme war kaum zu überhören.

Mit dem Satz »Ich ruf dich gleich zurück, Ernst« brach Wolf das Gespräch abrupt ab. Allerdings hätte er gar zu gern den Grund des Anrufes erfahren. Wenn der Chef sich so früh am Vormittag auf die Suche nach ihm machte, musste es sich um etwas Dringendes handeln – etwas, das ihn und sein Dezernat tangierte. Dumm nur, dass Schorsch mit gespitzten Ohren neben ihm stand. Wolf war sicher, der Friseur würde jedes mitgehörte Detail hemmungslos weitererzählen. Eine Entschuldigung murmelnd, entledigte er sich des blauen Tuches, hievte sich aus dem Sessel und ging vor die Tür.

Nachdem er die Verbindung wieder hergestellt hatte, kam er ohne Umschweife auf den Punkt. »Um deine Frage zu beantworten, Ernst: Wir haben ein Amtshilfeersuchen des Polizeipostens Allensbach reinbekommen. Es geht um die Festnahme eines Mannes in Überlingen, Verdacht auf Erpressung. Ich hab Jo und Vespermann darauf angesetzt. Oder liegt inzwischen etwas Wichtigeres vor?«

»Ja. Eine Vermisstenanzeige.«

»Eine was? Seit wann ist das D1 für Vermisste zuständig?«

»Immer dann, wenn der Verdacht auf eine Straftat besteht, schon vergessen?«

»Natürlich nicht. Um wen handelt es sich denn?«

»Der Vermisste ist Überlinger, achtundfünfzig, geschieden

und Inhaber einer Apotheke.« Er schilderte Wolf kurz den Hintergrund der Vermisstenmeldung.

»Verstehe. Und wie heißt der Laden?«

»Rosenapotheke, ganz in der Nähe vom Mantelhafen.«

»Ach nee …«

»Soll das heißen, du kennst den Mann?«

»Kennen wäre zu viel gesagt. Ich weiß nur, dass er Terhoven heißt. Heinz Terhoven, glaube ich.« Ist schon komisch, dachte Wolf, erst vor wenigen Minuten haben wir über einen Apotheker gesprochen. »Seit wann wird der Mann denn vermisst?«, wollte er wissen.

»Seit heute früh, soviel ich weiß. Die Meldung kam gerade erst rein.«

»Okay. Ich schicke Jo und Vespermann hin.«

»Gut. Übrigens, diese Festnahme, von der du eben sprachst, um was geht es da genau?«

»Eine etwas dubiose Geschichte. Bei einer Raubgrabung in der Burgruine Alt-Dettingen wurden vor zwei Wochen einige antike Kacheln erbeutet. Ein Mitwisser, der das spitzgekriegt hatte, wollte von den Tätern einen Geldbetrag erpressen, und weil die nicht darauf eingingen, zeigte er sie kurzerhand an – anonym natürlich. Jetzt haben die Diebe den Spieß einfach umgedreht und *ihn* wegen Erpressung angezeigt.«

Nach Beendigung des Gesprächs drückte Wolf die Kurzwahl von Vespermann. »Wie sieht's aus, Gerd?«, fragte er, als der Kollege sich meldete. »Habt ihr ihn angetroffen?«

»Den Verdächtigen? Aber klar. An seinem Arbeitsplatz. Die Festnahme hat einiges Aufsehen erregt, wie du dir denken kannst. Wir sind bereits wieder auf dem Rückweg.«

»Das ist gut. Hier wartet ein Vermisstenfall auf euch.«

»Ich hör wohl nicht recht? Seit wann kümmern wir uns um Vermisstenanzeigen?«

»Das erklär ich euch später. Fahrt, sobald ihr den Festgenommenen abgeliefert habt, zur Rosenapotheke, gleich neben der Hofstatt.« In knappen Sätzen gab er weiter, was ihm Sommer erzählt hatte. »Sprecht mit den Angestellten, seht euch die Geschäftsräume und vor allem die Wohnung des Besitzers an, kurz, verschafft euch einen ersten Überblick. Ich komme nach, sobald ich kann. Spätestens um zehn treffen wir uns bei mir zur Faktenbewertung. Ende.«

Er sah auf die Uhr und zuckte zusammen. In knapp zehn Minuten würde die Dezernatsleiterbesprechung beginnen. Sommer sah es gar nicht gern, wenn ein Ressortchef fehlte. Ohne lange zu überlegen, schwang sich Wolf auf sein Fahrrad und trat in die Pedale.

Als er den Parkplatz der Überlinger Polizeidirektion erreichte, kettete er seinen Drahtesel an einen Laternenmast, ehe er das Gebäude durch den Hintereingang betrat und sich dem Treppenhaus zuwandte – für die lästige Warterei am Aufzug fehlten ihm momentan die Nerven. Mit jagendem Puls erreichte er schließlich den zweiten Stock. Nun musste er nur noch schnell im Büro vorbei, die vorbereitete Mappe unter den Arm klemmen, und der Teilnahme an der Dezernatsleiterbesprechung stünde nichts mehr im Wege.

Entsprechend aufgelöst stürmte er eine halbe Minute später in Sommers Büro. Sieben Köpfe fuhren herum, alle Augen waren auf ihn gerichtet, während er auf dem einzigen freien Stuhl neben Marsberg Platz nahm und, eine Entschuldigung murmelnd, seine Mappe aufschlug.

Täuschte er sich, oder ruhte der Blick der Kollegen eine Spur zu lange auf ihm? Und was war von Sommers kaum verhülltem Grinsen zu halten? Blitzartig wurde er sich des Grundes bewusst: sein Barett! Er hatte das verdammte Ding im Friseursalon liegen lassen.

Marsberg war es, der ihn der Peinlichkeit enthob, das Fehlen seiner obligatorischen Kopfbedeckung erklären zu müssen: Mit einem Räuspern setzte der Leiter des D3 seine unterbrochenen Ausführungen fort. Allerdings konnte auch er ein Grinsen nur schwer unterdrücken.

»Wie ich schon sagte, observieren wir die Verdächtigen seit nunmehr fünf Tagen«, führte er aus. »In der kommenden Nacht rechnen wir mit einer neuen Lieferung, vermutlich Cannabis und Crystal, also Methamphetamin. Sollte sich unser Verdacht bestätigen, greifen wir zu.«

»Ihr habt hoffentlich den Staatsanwalt in Kenntnis gesetzt?«, hakte Sommer nach.

»Klar doch. – So, das war's dann auch schon von meiner Seite.« Marsberg klappte seine Mappe zu und lehnte sich zurück.

Sommer sah in die Runde. »Okay. Was haben wir noch?«

Anstelle einer Antwort ertönte ein Klingeln. Konsterniert zog Wolf sein Handy aus der Tasche und starrte auf das Display. »Tut mir leid, das muss ich schnell abklären«, entschuldigte er sich im Aufspringen und strebte eilig dem Ausgang zu.

»Sag mal, Schorsch, hast du noch alle Tassen im Schrank?«, polterte er los, kaum dass die Tür hinter ihm zugefallen war.

Doch statt eingeschnappt zu reagieren, begann Schorsch röhrend zu lachen. »Das frag ich dich, mein Lieber. Hast du dich schon mal im Spiegel angesehen? Du bist der Lisa ja quasi unter dem Messer weggehupft, hahaha …«

Da endlich fiel es Wolf wie Schuppen von den Augen. Die fragenden Blicke der Kollegen im Treppenhaus, das Verhalten der Besprechungsteilnehmer, dazu Ernst Sommers nachsichtiges Lächeln … das alles war nicht nur Einbildung gewesen. Es hatte sich jedoch nicht auf sein Barett bezogen.

»Bleib dran«, befahl er Schorsch mit vor Hektik bebender Stimme. Wie ein geölter Blitz sauste er zur nächsten Toilette. Und tatsächlich: Das Bild, das er im Spiegel erblickte, verschlug ihm beinahe die Sprache. Während seine Haare linksseitig auf sechs bis sieben Millimeter gekürzt worden waren, wiesen sie rechtsseitig noch immer gut die doppelte Länge auf. Mit anderen Worten: Sein Kopf glich einem Rasenschnitt im Überlinger Kurpark, bei dem der Gärtner mitten in der Arbeit die Lust verloren und den verdammten Mäher weggeräumt hatte.

Jetzt erinnerte er sich auch, dass Lisa ihr Werk auf der linken Seite begonnen hatte. Etwa in der Mitte hatte ihn dann Sommers Anruf erreicht.

»Bis du noch dran, Schorsch?«, bellte Wolf in sein Handy. »Pass auf: Kein Wort darüber, zu niemandem, hast du mich verstanden? Sobald ich kann, lasse ich mich wieder bei dir blicken. So, und jetzt muss ich zurück, du hast mich aus einer dringenden Sitzung geholt. Ende.«

Etwas blasser als sonst kehrte Wolf in Sommers Büro zurück. Dort räumten die Kollegen bereits ihre Unterlagen zusammen, um in ihre eigenen Büros zurückzukehren – nicht ohne ihm im Vorbeigehen schelmisch zuzulächeln.

Sollen sie doch, ich kann's nicht ändern, dachte Wolf.

»Na ja, warum soll ein Kriminalkommissar nicht auch mal einen neuen Haartrend kreieren?«, flachste Sommer mit Blick auf Wolfs Haupt. »Immer nur Meckischnitt ist auf die Dauer etwas langweilig, was, Leo?«

»Ja, ja, wer den Schaden hat, braucht für den Spott nicht zu sorgen«, brummte Wolf und grinste verzwungen.

»Na, jetzt aber genug, wir haben beide Wichtigeres zu tun«, erwiderte Sommer lachend. »Bitte melde dich, wenn ihr in der Vermisstensache etwas Neues habt.«

Erleichtert nahm Wolf seine Unterlagen vom Tisch und nickte Ernst Sommer im Hinausgehen zu. Es half alles nichts: Bevor er sich um die Vermisstensache kümmerte, musste er sein Barett wiederhaben. Bei dieser Gelegenheit konnte Lisa ihr Werk vollenden. Auf diese paar Minuten kam es nun auch nicht mehr an.

***

An der gläsernen Eingangstür zur Apotheke hing ein Schild mit der Aufschrift »Geschlossen«. Jo wollte bereits anklopfen, als eine Angestellte herbeieilte und sie einließ.

»Guten Morgen, ich bin Kriminalkommissarin Louredo von der Kripo Überlingen«, stellte sie sich vor. »Das ist mein Kollege, Kriminaloberkommissar Vespermann. Sie haben einen Vermisstenfall gemeldet, ist das richtig?«

»Gott sei Dank, dass Sie da sind. Wir kommen allein nicht weiter.«

Die Angestellte führte sie in den Verkaufsraum, sie schien ernstlich beunruhigt.

»Entschuldigen Sie, ich nehme an, Sie gehören zum Personal?«

»Nein, *ich* muss mich entschuldigen. Mein Name ist Gerber,

Lieselotte Gerber. Ich bin die rechte Hand von Herrn Terhoven, wenn Sie so wollen.« Frau Gerber stellte ihnen zwei weitere Angestellte vor, die zu ihnen getreten waren.

»Sagen Sie, seit wann genau vermissen Sie Herrn Terhoven?«, wollte Gerd Vespermann wissen. »Und wieso …«

»Er ist heute früh nicht heruntergekommen«, fiel ihm Frau Gerber ungeduldig ins Wort.

»Das heißt, er wohnt hier im Haus, über der Apotheke?«, hakte Jo nach.

»So ist es.«

»Und Herrn Terhovens Nichterscheinen ist so ungewöhnlich, dass Sie ihn als vermisst gemeldet haben?«, fragte Vespermann verwundert.

»Richtig. Das gab's noch nie, solange ich zurückdenken kann.«

Vespermann wechselte einen Blick mit Jo, bevor er sich wieder an Frau Gerber wandte. »Ich schlage vor, wir ziehen uns irgendwohin zurück, wo wir in Ruhe reden können, und Sie schildern uns erst mal, wie der Arbeitsbeginn im Hause üblicherweise abläuft.«

»Am besten gehen wir ins Büro«, schlug Frau Gerber vor. Dort bot sie den Polizisten zwei Schreibtischstühle an, die diese jedoch dankend ablehnten. Stattdessen zog Vespermann ein Notizbuch aus seiner Tasche und nickte Frau Gerber erwartungsvoll zu.

Anfangs stockend, dann immer flüssiger, begann sie zu sprechen. »Ich bin die Erste, die morgens hier eintrifft, so gegen halb acht, würde ich sagen. Da ist der Chef bereits zugange.«

»Jeden Morgen dasselbe Ritual?«

»Ja. Und falls Herrn Terhoven mal was dazwischenkommt – was offen gestanden höchst selten passiert –, lässt er mich das in der Regel schon am Vorabend wissen. Oder er legt mir einen Zettel hin, damit ich Bescheid weiß.«

»Beides ist heute jedoch nicht erfolgt, sehe ich das richtig?«

»Ja. Gegen acht sind meine beiden Kolleginnen gekommen. Von Herrn Terhoven keine Spur. Natürlich waren wir beunruhigt und haben uns beraten. Als er auch um halb neun noch nichts von sich hören ließ, hab ich in der Wohnung angerufen.«

»Und?«

»Nichts. Ich meine, er hat nicht abgehoben. Da waren wir uns sicher, dass etwas passiert sein muss.«

»Wieso das?«

Frau Gerber sah ihn an, als zweifelte sie an seinem Verstand. »Man merkt, dass Sie Herrn Terhoven nicht kennen. Dieser Mann ist die Pünktlichkeit in Person. Ach, was sag ich: Er ist pingelig bis dorthinaus … ja, das trifft es besser. Jedenfalls haben wir dann die Polizei gerufen.«

»Dachten Sie an etwas Bestimmtes, als Sie eben sagten, ihm müsse etwas passiert sein?«

Verlegen senkte Frau Gerber den Blick und zupfte an ihren Haaren. Dann hob sie den Kopf und meinte stockend: »Wir … das heißt, meine Kolleginnen und ich … also, wir hatten an so was wie eine Entführung gedacht …«

»Wie kommen Sie darauf?«, fragte Jo erstaunt.

Frau Gerber zuckte ratlos mit den Schultern. »Nur so ein Gefühl, wir können es nicht begründen. Jedenfalls haben wir keine andere Erklärung.«

»Dann gibt es also keinen konkreten Hinweis? Keine Vermutung, irgendeinen Verdacht?«, bohrte Vespermann nach.

Wieder zuckte sie nur mit den Schultern.

»Frau Gerber, wir verstehen ja, dass Sie etwas durcheinander sind. Trotzdem, versuchen Sie sich bitte zu erinnern: Hat Herr Terhoven in den letzten Tagen eine Auseinandersetzung gehabt, und wenn ja, mit wem? Oder gab es einen Streit in der Familie? Hat er sich unwohl gefühlt? Für sein Fehlen kann es ja eine ganz natürliche Erklärung geben. Möglicherweise ist er überraschend erkrankt, oder er liegt nach einem Sturz in der Wohnung und kann sich nicht rühren. Es kann tausend Gründe geben, warum jemand die Routine durchbricht.«

Frau Gerber schüttelte vehement den Kopf. »Glauben Sie mir, Herr Kommissar, Sie befinden sich auf dem Holzweg. Erst mal ist mir von einer Auseinandersetzung nichts bekannt, und Familie beziehungsweise nähere Angehörige hat Herr Terhoven nicht mehr. Seine Ehe war kinderlos und wurde vor zehn Jahren geschieden. Auch eine Krankheit können wir ausschließen, davon wüsste ich. Jedenfalls war er gestern Abend noch putzmunter, wenn ich das so sagen darf.«

Die Art, wie sie das vorbrachte, ließ Vespermann hellhörig werden. Sollte da mehr als eine geschäftliche Beziehung dahinterstecken? Bei der Gerber handelte es sich immerhin um eine hübsche junge Frau: Anfang dreißig, blonde Haare, schlank und rank, dazu gut gekleidet. Wäre nicht das erste Mal, dass ein Chef mit seiner Angestellten rummacht, dachte er, beschloss jedoch, das Thema vorerst nicht weiter zu vertiefen.

»Na gut. Etwas anderes: Haben Sie oder sonst wer Zugriff auf den Schlüssel zur Wohnung?«

Mechanisch nickte sie. »Der hängt da hinten an dem Schlüsselbrett neben der Tür.«

»Ah ja. Und warum haben Sie dann noch nicht nach dem Rechten gesehen?«

Frau Gerber zögerte, ehe sie die Frage beantwortete. »Also, ganz ehrlich … wir haben uns nicht getraut.«

Vespermann knurrte etwas Unverständliches, ehe er sie aufforderte, den Schlüssel zu holen.

Auf dem Weg zum Flur kamen sie an einem Raum vorbei, der neben zwei Arbeitstischen einige laufende Meter vollgepackter Regale sowie zwei wuchtige zweitürige Metallschränke enthielt. »Das Labor«, erklärte die Gerber.

»Über wie viele Räume verfügt die Apotheke?«, wollte Vespermann wissen.

»Neben dem Verkaufsraum, dem Büro und dem Labor gibt es noch zwei Lagerräume und eine kleine Teeküche, in der auch unsere Telefonanlage untergebracht ist.«

Sie gelangten an eine zweiflügelige verglaste Tür. »Das ist der Zugang zum Treppenhaus und zur Wohnung von Herrn Terhoven«, erklärte sie.

Tatsächlich hing der Schlüssel an seinem angestammten Platz an der Wand.

»Sind das daneben Herrn Terhovens Wagenschlüssel?«, fragte Jo.

Frau Gerber nickte, nahm den Wohnungsschlüssel vom Brett und öffnete die Tür zum Treppenhaus.

Kaum zehn Minuten später kehrten sie wieder in die Apotheke zurück. Die Durchsuchung der Wohnung hatte nichts ergeben. Der Apotheker war tatsächlich nicht zu Hause. Doch abgesehen davon, dass das Bett offenbar nicht benutzt worden war, gab es nichts, was auf eine Entführung oder eine Gewalttat hätte schließen lassen: keine Kampf- oder Einbruchspuren, kein Durcheinander, keine fehlenden Wertgegenstände.

Wieder zurück im Verkaufsraum, ließ Jo den Blick über den Fußboden schweifen. Auf den Fliesen fiel ihr ein unscheinbarer Fleck ins Auge, kaum größer als ein Centstück. Sie bückte sich, um die Stelle genauer in Augenschein zu nehmen. Sachte strich sie mit ihrem Zeigefinger darüber. »Was ist das?«, murmelte sie.

»Nun komm schon, Jo«, sagte Vespermann schroff.

»Nein, warte.« Sie hob den Blick und sah Frau Gerber an. »Ist Ihnen dieser Fleck hier vorher schon aufgefallen?«

»Nicht dass ich wüsste. Euch etwa?« Die Frage war an ihre Kolleginnen gerichtet. Doch die beiden schüttelten synchron die Köpfe.

Jo kaute nachdenklich auf ihrer Unterlippe. »Sagen Sie, hätten Sie vielleicht so etwas wie einen Cutter zur Hand, ein Skalpell oder eine Lanzette?«

Während Frau Gerber kurz im Labor verschwand, zog Jo ihr Handy hervor und machte ein paar Fotos. Nachdem sie das Werkzeug erhalten hatte, ging sie erneut in die Knie. Vorsichtig schabte sie einen Teil des Flecks vom Boden. Die solchermaßen gewonnenen Partikel füllte sie in einen der Klarsichtbeutel, die sie zur Spurensicherung ständig mit sich führte.

»Jo, was ist jetzt, wir müssen«, drängte Vespermann.

Unwillig hob Jo die Hand. »Da hilft alles nichts, Gerd, die Spusi muss her. Das sieht mir doch sehr nach getrocknetem Blut aus. Sie, Frau Gerber, müssen wir daher leider bitten, die Apotheke bis auf Weiteres geschlossen zu halten. Bitte fassen Sie nichts mehr an und verändern Sie nichts.«

»Ist das nicht ein bisschen voreilig?«, wandte Vespermann ein.

»Nein. Spätestens jetzt muss der Sache nachgegangen werden.« Jo erhob sich und suchte den Boden in der näheren Umgebung ab. »Hier sind übrigens noch einige kleinere Flecke, die ähnlich aussehen«, konstatierte sie.

»Wer weiß, wie alt die sind«, meinte Vespermann zweifelnd.

»Ein paar Stunden, höchstens«, gab Frau Gerber zu bedenken. »Jeden Tag nach Geschäftsschluss macht die Putzfrau die Räume gründlich sauber.«

»Na gut«, räumte Vespermann widerwillig ein.

»Auf dem Schreibtisch im Büro habe ich vorhin ein Notebook stehen sehen«, sagte Jo.

»Es gehört Herrn Terhoven«, bestätigte Frau Gerber.

»Dürfen wir das mitnehmen? Vielleicht führt uns ja sein E-Mail-Verkehr auf eine Spur? Und es wäre gut, wenn Sie bis morgen auch auf den Anrufbeantworter verzichten könnten. Sobald unsere Techniker die Geräte gecheckt haben, bekommen Sie sie zurück.«

»Na gut. Ich schreib Ihnen das Passwort für den Rechner auf.«

Während Frau Gerber einen Zettel suchte und das Passwort notierte, holte Jo ihr Handy hervor und wählte eine Nummer. »Wie, Chef, Sie sind noch im Büro? Wollten Sie nicht nachkommen? – Ah ja. Also, wir brauchen die Spusi. – Richtig, in der Apotheke. – Nein, der Aufenthaltsort des Inhabers ist nicht bekannt, nach Lage der Dinge kann eine Straftat aber nicht ausgeschlossen werden.«

***

»Kein Kaffee heute?« Fassungslos schüttelte Vespermann die leere Warmhaltekanne und stellte sie unsanft an ihren Platz zurück.

Mit Blick auf seine Miene legte Jo ihre Akte aus der Hand. »Da hätt ich einen Vorschlag: Du stiftest den Kaffee, und ich brüh ihn auf. Einverstanden?«

»Immer ich«, protestierte Vespermann mürrisch. »Kann das nicht mal ein anderer übernehmen?«

»Jetzt hör aber auf. Wenn ich mich recht erinnere, hast du um Weihnachten herum das letzte Päckchen gespendet. Inzwischen haben wir Anfang Mai.« Jo geriet regelrecht in Rage. »So was nenn ich einen Schnorrer, damit du's nur weißt.«

»Oh, hab ich was versäumt?« Von beiden unbemerkt hatte Wolf das Büro betreten und Jos letzte Worte mitbekommen.

»Nein, haben Sie nicht, Chef.« Jo winkte verärgert ab.

Routinemäßig griff auch Wolf nach der leeren Warmhaltekanne. »Kein Kaffee heute?«, fragte er enttäuscht.

»Nein. Kaffee ist alle. Ihr haltet mich wohl für euren Dukatenesel.«

»Ah, jetzt verstehe ich.« Wolf lachte auf. »*Das* hast du also mit Schnorren gemeint. Na gut, wenn's nur das ist ...« Mit flinken Fingern nahm er sein Portemonnaie und förderte einen Zwanzig-Euro-Schein zutage. »Hier, Jo, würdest du bitte umgehend für Nachschub sorgen?«

Mit einem versöhnlichen »Aye, aye, Sir« nahm Jo den Geldschein entgegen. Sie griff nach der Warmhaltekanne und eilte davon, dass ihre schwarzen Locken nur so flogen.

Diese erfrischende Geradlinigkeit war es, die Wolf an seiner jungen Kollegin so schätzte. Er erinnerte sich noch gut an ihr erstes Bewerbungsgespräch – vor knapp drei Jahren musste das gewesen sein. Sie war frisch von der Hochschule der Polizei in Villingen-Schwenningen gekommen, ihren Abschluss als Kriminalhauptmeisterin und Kommissaranwärterin in der Tasche. »Ich bin Joanna Louredo«, hatte sie sich vorgestellt, und weil der Vorname für süddeutsche Zungen etwas fremdartig klang, war bald ein griffiges »Jo« daraus geworden. Leo Wolf wusste ihre kriminalistischen Fähigkeiten ebenso zu schätzen wie ihren bedingungslosen Einsatz und ihre Kollegialität.

Mit vorwurfsvollem Unterton wandte sich Vespermann nun an Wolf: »Eigentlich haben wir dich in der Apotheke erwartet, Leo. Hast du nicht gesagt, du würdest nachkommen?«

»Stimmt, hatte ich auch vor. Aber leider ist mir etwas dazwischengekommen.«

Vespermann ahnte, was das war. Falls stimmt, was man sich im Haus gerüchteweise erzählt, dachte er, hat dich dein Friseur aufs Kreuz gelegt. Er schmunzelte. Herrgott, was musste das für ein Bild gewesen sein!

Jos unerwartet frühe Rückkehr verhinderte leider, dass er auf diesem Punkt noch länger herumreiten konnte. Mit triumphierendem Blick stellte sie die volle Warmhaltekanne auf den Tisch.

»Heiliger Strohsack, das ging aber rasch«, bemerkte Wolf staunend.

Jo winkte grinsend ab. »Tja, auf Wunsch wird gehext, Chef. Ach Quatsch, jetzt kann ich's ja verraten: Für Notzeiten hab ich immer irgendwo ein Päckchen Kaffee deponiert.«

Hellhörig geworden, hob Vespermann den Kopf. »Und wo genau?«, wollte er wissen.

»Das werd ich dir grade auf die Nase binden«, raunzte Jo ihn an.

»Na ja, einen Versuch war's wert.«

Nachdem sich alle einen Kaffee eingeschenkt und an den großen Tisch in Wolfs Büro gesetzt hatten, klopfte Wolf mit dem Kaffeelöffel an seine Tasse. »So, Herrschaften, lasst uns arbeiten. Zum vermissten Apotheker. Wer von euch fängt an?«

Vespermann hob die Hand. Er wiederholte zunächst die Aussagen von Frau Gerber, der das Schicksal ihres Chefs ungewöhnlich nahezugehen schien. Er ließ durchblicken, dass die Gerber mehr als nur eine gewöhnliche Angestellte gewesen sein könnte.

Wolf hob den Kopf. »Wie meinst du das?«

»Nun, sie hat sich uns gegenüber als Terhovens rechte Hand vorgestellt. Allerdings hatte ich das Gefühl, dass zwischen den beiden … nun, wie soll ich sagen … ein engeres Verhältnis bestand.«

»Eine intime Beziehung, willst du sagen?«

Vespermann nickte vage. »So ungefähr. Wenigstens war das mein Eindruck. Ich kann's verstehen, immerhin ist die Frau gut fünfundzwanzig Jahre jünger als der Apotheker und hübsch obendrein.« Er lächelte süffisant. »Da kann man schon mal …«

»Gerd, zur Sache bitte«, rief ihn Wolf zur Ordnung.

Obwohl Vespermann seit einem Dreivierteljahr dem D1 angehörte, waren er und Wolf noch immer nicht richtig warm miteinander geworden – was nicht nur, aber auch an Vespermanns Äußerem lag. Er war knapp eins siebzig groß, hatte braune Haare und braune Augen und verfügte über ausgeprägte Geheimratsecken. Herausragend jedoch – und das im wörtlichen Sinne – war seine überaus stattliche Wampe, ein Körperteil, dem er den Spitznamen »Dicky« verdankte. Und den verdiente er sich jeden Tag aufs Neue. Klar, wer leidenschaftlich gern kocht und beim Essen reinhaut wie ein Scheunendrescher, der braucht sich über das dicke Ende nicht zu wundern, fand Wolf. Über Vespermanns Essgewohnheiten hätte er aber noch hinwegsehen können, wäre da nicht die permanente Knoblauchfahne seines Kollegen gewesen. Einfach unausstehlich.

Vespermann blickte auf seine Notizen. »Frau Gerber hat übrigens ebenso wie ihre beiden Kolleginnen die Befürchtung geäußert, Terhoven könne entführt worden sein.«

Jo bestätigte das.

»Allerdings«, fuhr er mit seiner Schilderung fort, »scheint mir eine Entführung doch ziemlich weit hergeholt zu sein. Weder in der Apotheke noch in der darüberliegenden Wohnung fanden wir Spuren, die auf eine Gewalttat schließen lassen.«

»Das sehe ich etwas anders«, warf Jo erstaunt ein. »Oder wie würdest du die Blutspuren auf dem Boden interpretieren?«

»Es ist doch noch gar nicht sicher, ob es sich überhaupt um Blut handelt. Warten wir erst mal das Ergebnis der Untersuchung ab. Und selbst wenn: Wer sagt uns, dass sich der Apotheker nicht versehentlich in den Finger geschnitten hat – um nur *ein* Beispiel zu nennen – und anschließend zur Wundversorgung ins Krankenhaus gefahren ist?«

»Das hättest du durch einen Anruf im Krankenhaus längst feststellen können«, entgegnete Wolf spitz. »Außerdem hätte er sich dann todsicher bei seinen Angestellten gemeldet. Jo hat recht, der Fleck auf dem Boden gehört abgeklärt. Sollte es sich wirklich um Terhovens Blut handeln – ich betone: *sollte!* –, dann könnte das ein Hinweis auf eine Entführung sein.«

»Gegen Mittag wissen wir Genaueres – das heißt, falls uns die Spusi nicht hängen lässt«, klärte Jo ihn auf.

»Dafür werde ich schon sorgen«, knurrte Wolf. »Hab mit Mayer zwo ohnehin noch ein Hühnchen zu rupfen. Ach ja, was ist übrigens mit Terhovens Wagen?«

»Steht in der Garage. Die Wagenschlüssel hängen im Flur der Apotheke am Schlüsselbrett.«

»Und das technische Equipment?«

»Terhovens Handy war bisher nicht auffindbar«, beantwortete Vespermann Wolfs Frage. »Er trägt es ständig in der Hosentasche, sagte die Gerber. Eine Ortung habe ich bereits veranlasst, vielleicht kommt ja was dabei raus. Außerdem haben wir im Büro ein Notebook und einen Anrufbeantworter sichergestellt, beides ist jetzt bei der KTU. Insbesondere der E-Mail-Verkehr könnte für uns von Wichtigkeit sein.«

»Sehe ich auch so«, pflichtete Wolf ihm bei. »Okay. Gehe ich recht in der Annahme, dass ihr fertig seid?« Als Jo und Vespermann übereinstimmend nickten, erklärte er: »Dann schlage ich Folgendes vor: Während ich der Spusi und der KTU Dampf unter dem Hintern mache, setzt ihr beide euch an euren Bericht.«

Von draußen vom Flur waren Stimmen zu vernehmen, es entstand ein immer lauter werdendes Geplänkel. Ohne sich darum zu kümmern, verkündete Wolf: »Gut, schließen wir hier ab, Kollegen. Nächster Treff um vierzehn Uhr.«

Er war froh, die Bude endlich leer zu bekommen – ihn verlangte es nach etwas Ruhe. Und nach einer Gitanes.

Genau in diesem Moment klopfte jemand ungestüm an die Tür.

Schneller, als seine Kollegen es ihm zugetraut hätten, war Wolf auf den Beinen. Als er die Tür aufriss, prallte er mit zwei weiblichen Gestalten zusammen. »Hoppla, Herrschaften! Darf man fragen, was es Wichtiges gibt?«

Die ihm am nächsten stehende Schutzpolizistin mühte sich redlich ab, eine andere Frau zurückzudrängen. »Die Dame behauptet, Sie unbedingt sprechen zu müssen, Herr Hauptkommissar. Ich wollte sie anmelden, aber sie ist einfach an mir vorbeigestürmt …«

Die »Dame«, eine kräftige Mittfünfzigerin mit ausladendem Busen und einem giftgrünen Staubmantel, hatte sich trotz aller Widerstände nach vorne geschoben. »Ich möchte eine Aussage machen, Herr Kommissar.«

Vergeblich versuchte die Schutzpolizistin, sie zurückzuhalten.

»Ich sagte Ihnen doch, Sie können die Kollegen jetzt nicht stören. Warum schildern Sie Ihre Beobachtung nicht einfach mir?«

»Ihnen? Damit ich anschließend das Ganze noch dreimal wiederholen muss?« Sie maß die Polizistin mit einem abschätzigen Blick. »Nee, nee, meine Liebe … ich will hier nicht mit der Wurst reden, ich will gleich den Metzger, verstehen Sie? Und jetzt lassen Sie mich zu Ihrem Chef.« Resolut riss sie sich los, um sich vor Wolf aufzubauen. »Ich bin die Nachbarin von dem Terhoven, Zeyer ist mein Name. Und jetzt will ich eine Aussage machen. Nicht dass es nachher wieder heißt –«

»Wissen Sie was, Frau Zeyer?«, fiel ihr Wolf ins Wort. »Kommen Sie doch erst mal herein, und dann sagen Sie uns, was Sie wissen, ja? Bitte sehr.« Er trat zur Seite und ließ sie passieren; gleichzeitig bedeutete er Jo und Vespermann, noch etwas zu bleiben.

Die Schutzpolizistin zog geschlagen von dannen.

»Wenn ich Sie richtig verstanden habe, Frau Zeyer, wohnen Sie neben der Apotheke. Was möchten Sie uns sagen?«

»Als Ihre Beamten vorhin in der Apotheke ermittelt haben, war ich einkaufen. Deshalb komme ich erst jetzt vorbei.«

»Besser jetzt als nie, nicht wahr, Frau Zeyer?« Wolf lachte pflichtschuldig. Dann stutzte er. »Woher wissen Sie, dass wir ermittelt haben? Ich meine, wo Sie doch nicht daheim gewesen sind?«, fragte er misstrauisch.

»Ich bitte Sie, so was spricht sich schließlich herum. Äh, was wollte ich sagen? – Ja, richtig: Gestern Abend war der Lieferwagen wieder da.«

»Entschuldigung, welchen Lieferwagen meinen Sie?«

»Na, den Lieferwagen, der jeden Mittwoch die Ware bringt. Immer abends, nach Geschäftsschluss.«

»Ah ja. Erinnern Sie sich noch an die Uhrzeit?«

»Kurz nach neun.«

»Das wissen Sie genau?«

»Sie halten mich wohl für meschugge, was? Ich weiß es deswegen so genau, weil um neun meine Volksmusiksendung zu Ende geht. Dann brüh ich mir in der Küche immer einen

Pfefferminztee. Trinken Sie Pfefferminztee, Herr Kommissar?«

»Eher weniger, leider. Ich vermute mal, von Ihrem Küchenfenster aus können Sie die Apotheke sehen?«

»So ist es. Meine Wohnung liegt im ersten Stock, und mein Küchenfenster geht zur Seite raus, direkt zum Hof und zum Seiteneingang der Apotheke. Von dort hab ich den Lieferwagen gut im Blick. Dieser Mann, also der Fahrer von dem Wagen, der hat es immer so eilig. So schnell können Sie gar nicht gucken, wie der die Kartons in den Laden schleppt. Und schon prescht er wieder davon. Richtig verdächtig ist das. Sodass, als ich heute von der Entführung erfuhr –«

»Eine Entführung, Frau Zeyer? Von wem haben Sie das?«

»Pah«, sie winkte ab, »darüber spricht doch die ganze Straße. Jedenfalls, als ich das erfuhr, hab ich gleich gedacht: Das musst du den Kriminalern erzählen. Nicht dass Ihnen der Kerl noch durch die Lappen geht, verstehen Sie? Könnte doch sein, dass *er* den Terhoven verschleppt hat, oder?«

»Verstehe.« Wolf seufzte ernüchtert. Es war höchst unwahrscheinlich, aber dennoch etwas, dem sie nachgehen mussten. »Haben Sie sich vielleicht die Nummer des Wagens gemerkt oder wenigstens den Fahrzeugtyp?«

»Ich? Wo denken Sie hin? Wo ich doch so aufgeregt war. Aber ich bin sicher, Sie finden den Mann. Kann ja nicht so schwer sein, oder?«

»Wir geben uns Mühe, Frau Zeyer. Und den Herrn Terhoven, haben Sie den gestern Abend auch gesehen?«

»Ja, ganz am Anfang kam der mal kurz zum Wagen. Obwohl … irgendwie sah er gestern verändert aus.« Wieder winkte sie ab. »Ach was, vermutlich hatte ich nur mal wieder meine Brille nicht auf.«

»Oder lag es an den Lichtverhältnissen?«

Frau Zeyer sah ihn ungläubig an. »Ts, ts, Sie stellen Fragen. Natürlich nicht. Um neun ist es zwar schon dunkel, aber nicht bei uns. Stehen ja genügend Laternen herum.«

»Sie bleiben also dabei, dass Sie Terhoven erkannt haben?«

»Natürlich, das war er, jede Wette. Das hilft Ihnen doch

weiter, Herr Kommissar? Ich meine, auch wenn ich das Kennzeichen nicht weiß?«

»Ich denke schon. Vielen Dank jedenfalls, dass Sie vorbeigekommen sind. Ich wollte, alle Leute wären so verantwortungsbewusst wie Sie. Meine Kollegin, Frau Louredo, wird jetzt ein Protokoll mit Ihnen machen, das müssen Sie dann noch unterschreiben. Bitte gehen Sie mit ihr nach nebenan.«

»Oh, ein Protokoll. Wie interessant.« Frau Zeyer strahlte.

In diesem Moment erwachte Vespermann zum Leben. »Ach, einen Moment noch, bitte.«

Frau Zeyer sah mit verschlossener Miene zu Vespermann hinüber, als habe er ihr soeben einen unsittlichen Antrag gemacht. Dann wandte sie sich wieder Wolf zu.

Der beantwortete lächelnd ihre unausgesprochene Frage. »Er ist einer von uns, Frau Zeyer, Sie können ihm ruhig antworten.«

Vespermann, der seinen Grimm nur schwer verhehlen konnte, stellte seine Frage: »Äh, hat dieser Mann, also der Fahrer des Lieferwagens, vielleicht ein schweres Paket aus der Apotheke getragen und in den Wagen geladen?«

»Sie denken an Terhoven?«, antwortete sie von oben herab. »Nein, hat er nicht. Sonst noch was?«

Resigniert schüttelte Vespermann den Kopf.

»Hast mich ja ganz schön bloßgestellt«, muffelte er, kaum dass Jo mit Frau Zeyer das Büro verlassen hatte.

»Ach was. Seien wir doch froh, dass es heutzutage noch so hilfsbereite und gleichzeitig erfrischende Zeugen gibt. Sag mir lieber, was du von ihrer Aussage hältst.«

»Ich weiß nicht ... wir sollten die Frau mit Vorsicht genießen ...«

»Die Frau genießen? Wie meinst du das?«

»Ach, hör doch auf. Ohne Brille scheint sie so gut wie blind zu sein, das hat sie sogar selbst zugegeben. Und alleinstehende Frauen neigen nun mal dazu, sich in den Vordergrund zu spielen, sich wichtigzumachen. Na ja, kann man ja verstehen ...«

»Oh nein, mein lieber Gerd, das sehe ich anders. Auf mich hat die Frau einen vertrauenerweckenden Eindruck gemacht – mit gewissen Einschränkungen natürlich. Doch im Kern hatte ihre Aussage Hand und Fuß.« Wolf sah kurz auf die Uhr. »Die Spusi ist vermutlich noch in der Apotheke?« Als Vespermann nickte, entschied er: »Dann fahr ich da mal hin. Mayer zwo ist mir noch eine Erklärung schuldig. Bei dieser Gelegenheit kann ich gleich die Aussage unserer Zeugin überprüfen.«

2

»Mannomann, nun zieh schon rüber.«

Bruno Schlebes war dicht davor, die Geduld zu verlieren. Szenen wie diese empfand er regelmäßig als schwere Prüfung. »Keine Kohle für ein richtiges Auto, aber immer schön links fahren«, fluchte er.

Schon seit mehreren Kilometern klebte er mit seinem Audi A8 hinter einem alten VW Polo, der mit knapp einhundertzwanzig Stundenkilometern gemächlich einen Lkw überholte und sich weder durch sein dichtes Auffahren noch durch die ständige Lichthupe aus der Ruhe bringen ließ.

»Höchste Zeit, du blöder Assi«, schimpfte Bruno, als der Polo endlich auf die rechte Spur hinüberwechselte. Doch als wäre das der Prüfung noch nicht genug gewesen, zeigte der Kerl ihm im Vorbeifahren auch noch den ausgestreckten Mittelfinger.

Ehe Bruno die neuerliche Provokation vergelten konnte, legte sich unvermittelt eine schwere Hand auf seine Schulter. »Immer mit der Ruhe«, sagte sein Chef mit rauer Stimme. »Die Maschine hebt frühestens in einer Stunde ab.« Offenbar hatte er das Geschehen während seiner Telefonate verfolgt.

»Hab schon verstanden. Aber diese Kriecherei auf der linken Spur nervt schon gewaltig, Boss.«

Bruno verkniff sich jeden weiteren Blick auf den Polo. Immerhin war der Mann im Fond sein Arbeitgeber. Den Teufel würde er tun und seinen Job als Fahrer und Bodyguard aufs Spiel setzen. Nicht wegen einer solchen Bagatelle.

Längst hatte sein Fahrgast keine Ohren mehr für ihn, stattdessen drang ein wilder Mischmasch aus Englisch und Chinesisch zu ihm nach vorne. Jetzt hat er Hongkong dran, vermutete Bruno. Allerdings schien das Gespräch nicht besonders entspannt zu verlaufen. Immer wieder verdrehte der Boss die Augen oder hob die Stimme. Schließlich deutete er eine übertriebene Verbeugung an, begleitet von einem mehrfach hervorgestoßenen »Fenshou«. Damit war das Gespräch beendet.

Bruno Schlebes suchte seinen Blick im Rückspiegel. »Ärger, Boss?«

»Und ob. Jing Zhao bleibt dabei, die Ware sei pünktlich rausgegangen.«

»Und, nehmen Sie ihm das ab?«

Immerhin würde das bestätigen, dass Marek sie betrog – Marek, der bis vor Kurzem einer ihrer zuverlässigsten Verteiler gewesen war. Das konnte der Boss nicht auf sich sitzen lassen. Nicht nur wegen der Penunzen, sondern vor allem wegen der Disziplin. Von Leuten wie Marek ließ der sich nicht das Wasser abgraben – zumal jetzt, wo alles so prächtig flutschte.

»Ja, das tue ich. Der Mann hat schließlich einen Ruf zu verlieren. Er kann es sich nicht leisten, mich anzulügen. Sogar die genauen Containerdaten hat er mir genannt.«

»Dann stimmt es also: Marek wirtschaftet in die eigene Tasche? Au weia.«

»Sieht ganz so aus.«

»Wollen Sie, dass ich mir den Kerl zur Brust nehme, während Sie weg sind, Boss?«

»Ja, tu das. Aber ohne großes Aufsehen, bitte.«

Bruno lächelte kalt. »Mit Vergnügen, Boss.«

Sie hatten Friedrichshafen hinter sich gelassen und erreichten das Gelände des Bodensee-Airports. Auf dem Kurzparker-Stellplatz vor der Abfertigungshalle ließ Bruno den Audi ausrollen. Kaum dass der Wagen zum Stillstand gekommen war, sprang er heraus, lief behände darum herum und riss die hintere Tür auf, um seinen Chef aussteigen zu lassen. Anschließend öffnete er den Kofferraum, holte den stabilen Xavion-Trolley heraus, setzte ihn auf den Boden und zog den Griff nach oben.

Sein Fahrgast fasste nach dem Griff und schlug den Weg zur Abfertigungshalle ein.

Bruno lief noch ein kurzes Stück neben ihm her. »Soll ich nicht doch mit reinkommen, Boss, wenigstens bis zur Abfertigung?«

»Nicht nötig, Bruno. Was soll mir hier schon groß passieren?«

»Wenn Sie meinen. Sie wechseln also in Frankfurt die Maschine und treffen voraussichtlich morgen früh gegen elf in Ihrem Hotel in Hongkong ein, richtig?«

»Ortszeit, wohlgemerkt. Das Meeting bei Jing Zhao ist für vierzehn

Uhr angesetzt. Besprechungszeit etwa eine Stunde. Danach melde ich mich, das ist nach deutscher Zeit etwa sieben Uhr morgens. Du bringst, während ich weg bin, Marek zur Raison. Aber übertreib es nicht, verstanden? Denk dran, wir können im Augenblick keinen Ärger gebrauchen.«

»Verstanden, Boss. Viel Erfolg … und einen guten Flug.«

3

Die Rosenapotheke lag am östlichen Ende der Fußgängerzone, unmittelbar neben dem Mantelhafen. In der Postgarage stellte Wolf seinen Dienstwagen ab. Von hier bis zur Apotheke waren es nur noch knapp zweihundert Meter, und der Fußmarsch würde ihm guttun. Dazu ein paar Züge aus einer Gitanes, seiner zweiten heute …

Erst seiner zweiten, um genau zu sein. Wenn sein Gefühl ihn nicht trog, war die verdammte Nikotinsucht bald Schnee von gestern. Zugegeben, den Ausstieg aus seiner Raucherkarriere hatte er sich etwas leichter vorgestellt. Immer wieder hatte sein Wille die Oberhand gewonnen, wenn auch im negativen Sinne: Wenn er rauchen wollte, hatte er sich, zack, eine angesteckt. Bis sein Gewissen sich melddete und er das Scheiß-Ding wieder ausdrückte. Er fragte sich, ob Mark Twain am Ende doch recht behielt, der gemeint hatte, der Entwöhnungsprozess sei eigentlich kinderleicht – er allein habe es schon mehr als hundertzwanzigmal geschafft.

Würde auch er sich irgendwann in Sarkasmus flüchten? Kam nicht in Frage. Oder sich kampflos ergeben? Das gleich zweimal nicht.

Und die Kollegen? Die wären die Letzten, die ihm den Erfolg nicht gönnen würden. Bis heute rümpften sie beim Anblick der braunen Glimmstängel mehr oder weniger pikiert die Nase – von dem übel riechenden blauen Dunst, in den er sie hüllte, einmal ganz zu schweigen.

Wolf beschloss, das Thema zu vertagen und diese Gitanes zu genießen. Nachdenklich flanierte er durch die Straßen. Erwiesen sich Frau Zeyers Angaben als zutreffend, hätten sie womöglich eine erste Spur – falls Terhovens Verschwinden sich nicht als Luftblase herausstellte. Wäre ja schließlich nicht das erste Mal, dass ein vermisst Gemeldeter überraschend wieder auftauchte.

Als er die Apotheke erreicht hatte, blieb er zunächst einen Moment auf der gegenüberliegenden Straßenseite stehen. Mit der Rechten schob er sein Barett etwas zurück, um das Bild, das sich ihm bot, besser aufnehmen zu können.

Die Apotheke schien noch immer geschlossen zu sein, jedenfalls bemerkte er keinerlei Kundenverkehr. In unregelmäßigen Abständen zuckten hinter der Schaufensterscheibe Blitze auf. Vereinzelt blieben Passanten stehen, um einen Blick ins Innere zu erhaschen. Die wenigen Kundenparkplätze vor dem Gebäude waren von Fahrzeugen der Spusi belegt. Wolf nickte grimmig, als er den Wagen von Mayer zwo erkannte. Von wegen, der Ermittlungserfolg gegen die Finanzhaie sei ausschließlich der Spusi zu verdanken. Dafür würde er sich den Kollegen noch gehörig zur Brust nehmen – später, wenn er das Nachbarhaus und den Nebeneingang der Apotheke in Augenschein genommen hatte.

Er war nicht sonderlich verwundert, als er die Angaben von Frau Zeyer im Wesentlichen bestätigt fand. Als habe er eine Checkliste abzuarbeiten, ging er Punkt für Punkt ihre Aussage durch. Es stimmte, im Hof zwischen den beiden Gebäuden ließ sich ein Lieferwagen bequem entladen. Der Seiteneingang, durch den die Ware in die Apotheke geschafft wurde, ließ sich vom Küchenfenster im ersten Stock des Nachbarhauses aus bestens beobachten. Alles passte wunderbar zusammen.

Wolf klopfte an die gläserne Eingangstür der Apotheke, an der noch immer das Schild »Geschlossen« hing. Heinz Kauder von der Spurensicherung, in einen weißen Einwegoverall gehüllt, machte ihm auf.

»Na, Heinz«, grüßte Wolf, »wie geht's, kommt ihr voran?«

Heinz Kauder, der eine digitale Kamera in der Hand hielt und demzufolge wohl Urheber der Blitze war, die man von der Straße aus beobachten konnte, winkte müde ab. »Geht so. Jede Menge Prints, wie du dir denken kannst. Und Mikrospuren. Mayer zwo hat zum Gegenabgleich die Fingerabdrücke der Angestellten genommen.«

»Lässt sich schon etwas zu den angeblichen Blutspuren sagen?«

»Tom hat sich darum gekümmert und die Probe, die Jo mitgebracht hat, im Labor untersucht. Ist tatsächlich Blut. Deshalb machen wir doch den ganzen Zinnober hier.«

»Na, das ist doch schon was. Und wo finde ich jetzt Mayer zwo?«

»Ist oben in der Wohnung. Wenn du hier vorläufst, geht's rechter Hand zum Treppenhaus.«

»Danke. Ich vermute, auf dem Weg dorthin komm ich am Labor und am Büro vorbei, richtig?«

Kauder grinste. »Man könnte meinen, du wärst hier zu Hause.«

»Gott bewahre. Mit Apotheken hab ich nicht viel am Hut. Also, dann geh ich mal.«

Nachdem er sich die rückwärtigen Räume genau angesehen hatte, stieg er die Treppe hinauf, die zur Wohnung führte. Unter der Eingangstür stieß er mit Mayer zwo zusammen.

»Du willst schon weg?«, fragte Wolf erstaunt.

»Was denkst du denn? Wir haben schließlich noch andere Fälle.« Mayer zwo setzte den Spurenkoffer ab und verschränkte die Arme vor der Brust. Er klang mürrisch, also ging es ihm gut. »Ich nehme an, das Wichtigste hat man dir unten schon berichtet. Sieht mir nicht danach aus, als ob hier irgendwas vorgefallen ist.«

»Keine Anzeichen von Rangeleien, Kampfspuren, fehlende Gegenstände?«

»Nichts. Die Wohnung und die hinteren Räume im Erdgeschoss sind absolut clean. Wenn du mich fragst: Ich weiß überhaupt nicht, weshalb wir hier sind.«

»Und was ist mit den Blutspuren unten im Verkaufsraum?«

»Okay, okay. Die sind aber auch das Einzige, was den Aufwand hier rechtfertigt.« Er griff wieder nach dem Spurenkoffer.

Ja, wie ... hat der alte Fuchs sein Pulver bereits verschossen, oder kommt da noch was?, dachte Wolf irritiert, da drehte Mayer zwo sich noch einmal um.

»Diese Blutspuren könnten – ich sage ausdrücklich: *könnten* – tatsächlich von einer Verletzung herrühren, der ein Kampfgeschehen vorausging. Ob sie von Terhoven stammen, muss der DNA-Test ergeben.« Fahrig strich er mit der freien Hand über seine lichten Haare. »Tut mir leid, Leo, mehr kann ich dir im Moment nicht sagen. Und um die Antwort auf deine nächste

Frage gleich vorwegzunehmen: Morgen Vormittag liegt mein Bericht auf deinem Tisch. In Ordnung?«

»In Ordnung – unter einer Bedingung: Du rufst uns an, sobald es neue Aspekte gibt, ja?«

»Aber ja, Majestät, Euer Wunsch ist mir Befehl.« Mit übertrieben devoter Geste deutete Mayer zwo einen Hofknicks an. Ums Haar hätte er dabei das Gleichgewicht verloren und wäre die Treppe hinabgestürzt – offenbar hatte er das Gewicht seines Koffers falsch eingeschätzt. Wolf bekam ihn im letzten Augenblick am Ärmel zu fassen.

»Was soll das, Hardy? Hör auf mit dem Scheiß«, motzte er erschrocken und fragte sich, wie dieser Rückfall in mittelalterliches Untertanendenken zu interpretieren war. War es Mayer zwo nur so herausgerutscht oder bewusst ironisch gemeint gewesen? Steckte womöglich mehr dahinter?

Während er noch darüber nachdachte, ging ihm plötzlich ein Licht auf, schallend fing er zu lachen an.

»Das ist es also«, meinte er, nachdem er sich wieder beruhigt hatte. Als Mayer zwo ihn nur verständnislos anblickte, fuhr er mit ernster Miene fort: »Deine Äußerung eben, könnte es sein, dass du Kriminalkommissare für … wie soll ich sagen … wichtiger, höhergestellter, arrivierter hältst? Im Vergleich zu den Kollegen von der Spurensicherung, meine ich?«

Mayer zwo sah ihn an, als käme er von einem anderen Stern. »So ein Schwachsinn«, meinte er kopfschüttelnd. »Wie kommst du denn darauf?«

»Vergiss es. Mir war nur eben etwas eingefallen. Nicht weiter wichtig.«

»Verdammt noch mal. Nun lass es schon raus.«

Wolf zögerte noch. »Also gut. Heute früh hab ich einen gemeinsamen Freund aufgesucht. Den Schorsch. Dabei hat er erwähnt …« Hier stockte Wolf.

»Was hat er erwähnt?«, drängte Mayer zwo genervt.

Wolf wollte ihn nicht länger auf die Folter spannen. »Du erinnerst dich an den Fall im letzten Herbst, wo wir diese Finanzhaie –«

»Ja, und? Was ist damit?«

»Du hättest die Meinung vertreten, die Aufklärung des Falles sei im Grunde der Spusi zu verdanken … sagt der Schorsch.«

»Ach das.« Mayer zwo winkte müde ab. »Das hat der Schorsch falsch verstanden. Sollte ein Witz sein.« Erneut wandte er sich der Treppe zu.

So schnell Wolfs Zorn am Morgen hochgekocht war, so schnell schlug er jetzt in Mitgefühl um. Da arbeiteten sie nun schon seit einer halben Ewigkeit zusammen. All die Zeit über hatte er Hardy als exzellenten Spurenleser geschätzt, einen, dem keiner seiner Kollegen das Wasser reichen konnte – zumindest nicht, was seine technischen und kognitiven Fähigkeiten anbelangte. Gewiss, Mayer zwos mürrisches, oft abweisendes Verhalten ging ihm bisweilen arg auf den Wecker. Dabei war Hardy mal ein überaus fröhlicher und hilfsbereiter Kollege gewesen – bis der Tod seiner Frau ihn von heute auf morgen aus der Bahn geworfen und permanenter Stress und Überforderung ihn zum Nervenbündel hatten werden lassen.

»Hab ich mir gleich gedacht«, bestätigte er wider besseres Wissen. »Entschuldige bitte. Und jetzt lass uns weitermachen.«

Nachdem Mayer zwo seinen Wagen bestiegen hatte und weggefahren war, ließ sich Wolf von Frau Gerber die Bank- und Buchhaltungsunterlagen aushändigen. Er wollte sich ein Bild von Terhovens finanzieller Lage machen. Bereits nach oberflächlicher Prüfung fand er seinen ersten Eindruck bestätigt: Die Rosenapotheke stand glänzend da. Nicht nur, dass sie ansehnliche Umsätze verzeichnen konnte, Terhoven hatte darüber hinaus einen ordentlichen Batzen Geld auf der hohen Kante. Damit rückte eine Entführung mit dem Ziel einer Lösegelderpressung in den Bereich des Möglichen.

Als Wolf seine Lektüre beendet hatte, bat er Frau Gerber zu sich. Nein, Vespermann hatte nicht übertrieben, als er sich am Morgen über ihr attraktives Äußeres ausgelassen hatte.

Wolf hatte sich vorgenommen, nicht lange um den heißen Brei herumzureden. Falls die Frau für Terhoven mehr als nur eine Angestellte war, verfügte sie möglicherweise über wichtige Informationen. Schöne Worte schienen ihm da fehl am Platz, im Gegenteil: Je direkter er fragte, je härter er sie anging, desto sicherer war mit zielführenden Antworten zu rechnen.

»Frau Gerber, Sie sind für Herrn Terhoven so etwas wie seine rechte Hand, ist das richtig?«, begann er. Als sie wortlos nickte, fuhr er ohne Zögern fort: »Sie verfügen, wenn man mich richtig informiert hat, auch über die Schlüssel zur Wohnung Ihres Chefs?«

»Auch das ist richtig.«

»Ist das nicht etwas ungewöhnlich?«

»Nein, keineswegs. Herr Terhoven wollte, dass ein Zweitschlüssel jederzeit zugänglich ist. Schließlich könne ja immer mal etwas Unvorhergesehenes passieren, meinte er.«

Wolf, bisher am Fenster stehend, sah ihr nun offen ins Gesicht. »Ich muss Sie das jetzt fragen, Frau Gerber: Sind Sie mit Herrn Terhoven liiert?«

Zu seiner großen Überraschung blieb Frau Gerber äußerlich gelassen. Allerdings dauerte es eine Weile, bis sie antwortete. »Warum wollen Sie das wissen? Oder lassen Sie mich anders fragen: Inwiefern ist das für Ihre Ermittlungen von Belang?«

»Ganz einfach: Wenn wir in diesem Fall – falls es überhaupt einer ist – Licht ins Dunkel bringen sollen, müssen wir in jede Ecke leuchten, das verstehen Sie doch sicher. Dazu sind wir jedoch auf möglichst umfassende Informationen angewiesen, insbesondere auf alle Informationen aus Herrn Terhovens Umfeld. Ergo: Je enger Sie mit Herrn Terhoven verbunden sind, desto wichtiger könnten Ihre Angaben für uns sein. Reicht Ihnen das?«

»Hm, verstehe. Kann ich davon ausgehen, dass dieses Gespräch unter uns bleibt? Ich möchte nicht, dass meine Kolleginnen davon erfahren.«

»Davon können Sie ausgehen«, sicherte Wolf ihr zu. »Also?«

Sie schluckte, ehe sie zum Sprechen ansetzte. »Ja, es stimmt, Herr Terhoven und ich sind insgeheim liiert. Er wollte es nicht an die große Glocke hängen. In solchen Dingen ist er stockkonservativ, wenn Sie verstehen, was ich meine.«

»Natürlich. Das bedeutet, dass Sie Einblick sowohl in seine persönlichen wie auch seine finanziellen Verhältnisse haben, ist das richtig?«

»Mit kleinen Einschränkungen trifft das sicher zu. Worauf wollen Sie hinaus?«

»Was, denken Sie, könnte Herrn Terhoven widerfahren sein?«

Sie lächelte etwas schief. »Lassen Sie *mich* jetzt Ihren Job machen, Herr Kommissar?«

Ohne auf ihre Frage einzugehen, erklärte er: »Meinen Kollegen gegenüber haben Sie angegeben, dass Herr Terhoven keine Feinde hat und auch nicht in Auseinandersetzungen verwickelt war. Vermutlich spielt er auch nicht, trinkt nicht, nimmt keine Drogen, hat keine Frauengeschichten – würden Sie mir auch da zustimmen?«

Sie nickte.

»Weiterhin setze ich voraus, dass bei Ihnen, Frau Gerber, keinerlei familiäre Bindung besteht, die den Racheakt eines verschmähten Ehemannes, Vaters oder Freundes nach sich ziehen könnte.« Wieder wartete er ihre stumme Bestätigung ab. »Was bleibt also? Sie haben es selbst schon angesprochen: möglicherweise eine Entführung, zum Beispiel gegen Lösegeld. Und nun meine Frage: An wen könnten die Entführer ihre Forderung wohl richten?«

Frau Gerber wurde blass. »Sie meinen …«

»Ja, ich meine, dass die Täter ihre Forderung vermutlich an Sie richten würden. Sie haben durch Ihre Liaison nicht nur den notwendigen Überblick, Sie sind wohl auch die Einzige, die eine solche Transaktion durchführen könnte.«

»Sie haben recht. Wenn jemand seine Finanzen kennt, dann bin ich das. Herr Terhoven hat mir vor einem Jahr sogar Prokura erteilt.«

»Gut. Dann haben Sie eine Bankvollmacht. Das wollte ich hören. Kommen wir zu etwas anderem: Was wissen Sie über den Lieferwagen, der hier gestern Abend um kurz nach neun noch Ware angeliefert haben soll?«

»Was meinen Sie? Gestern war Mittwoch, und mittwochs kommt immer Ware.«

»So spät? Ist das üblich?«

»Das ist schon immer so. Ich vermute mal, wir liegen am Ende der Liefertour.«

»Können Sie mir etwas zu dem Lieferanten sagen? Auch ein Hinweis auf den Fahrer oder wenigstens den Wagen könnte hilfreich sein.«

»Leider nein. Was das betrifft, hat Herr Terhoven sich immer bedeckt gehalten. Und es in Kauf genommen, mittwochs nach Feierabend zur Verfügung zu stehen. Es handelt sich wohl um eine besonders günstige Lieferquelle, die wir unbedingt nutzen müssen, hat er gemeint. Die Ware hab ich heute früh einräumen lassen.«

»War irgendetwas auffällig daran? Und müssten Sie als seine rechte Hand nicht alle Lieferanten kennen?«

»Oh nein, da gibt es durchaus Ausnahmen. Zum Beispiel wenn bestimmte Konditionen oder Sonderangebote gewährt werden, die der Lieferant nicht an die große Glocke hängen will. Das ist in der Branche Usus.«

»Gut. Vielen Dank, Frau Gerber, Sie waren sehr kooperativ. Kommen wir zum letzten Punkt: Sollte es sich wirklich um eine Entführung handeln, müssen für eine etwaige Lösegeldforderung Vorbereitungen getroffen werden. Ich schicke Ihnen noch heute einen Kollegen vorbei, der eine Fangschaltung installiert und alle eingehenden Anrufe vor Ort überwacht. Selbstverständlich wird er Sie und Ihre Kolleginnen vor Inbetriebnahme der Schaltung genauestens über das erforderliche Verhalten am Telefon instruieren. Und wir melden uns bei Ihnen, falls sich neue Gesichtspunkte oder weitere Fragen ergeben.«

Wolf verließ die Apotheke durch den Haupteingang. Bevor er zu seinem Wagen ging, nahm er noch einmal gewohnheitsmäßig die umliegenden Gebäude ins Visier – und gänzlich unvermittelt begann sein Herz zu hüpfen. Wieso war ihm das nicht schon bei seiner Ankunft aufgefallen? Direkt gegenüber der Apotheke befand sich eine Volksbankfiliale, über deren Eingang eine Videokamera hing. Mit großen Schritten überquerte er die Fahrbahn und betrat das Bankgebäude.

Das kurze Gespräch mit dem zuständigen Mitarbeiter verlief mehr als enttäuschend. Die Kamera sei bedauerlicherweise seit einer Woche defekt, erklärte der Mann. Man nehme seine Frage jedoch zum Anlass, die Reparatur aufs Äußerste zu beschleunigen.

»Scheiße, Scheiße, Scheiße«, fluchte Wolf leise, als er zu seinem Wagen ging. Wie leicht hätten sie es gehabt, wäre das Ding nicht ausgefallen. Da hatte er sich mal wieder zu früh gefreut.

Am Wagen angelangt, klingelte sein Handy. Die Kantonspolizei Schaffhausen habe angerufen, informierte ihn Jo. Gleich hinter der Grenze, in Stein am Rhein, sei ein unbekannter Toter gefunden worden, ein Toter, der exakt in ihr Fahndungsbild passe. Möglicherweise handle es sich um den vermissten Apotheker.

»Wie kommen die darauf, dass uns ein Apotheker abgeht, kannst du mir das mal erklären?«, fragte Wolf erstaunt.

»Kann ich, Chef. Einer der Schweizer Beamten hat die deutsche INPOL-Datenbank durchgeklickt, dabei ist er auf unsere Fahndung nach Terhoven gestoßen. Ganz schön clever, die Kollegen von drüben, was, Chef?«

»Weiß man was über den Fundort der Leiche?«

»Sie kennen doch sicher die Klosterinsel Werd, Chef, kurz vor Stein am Rhein?«

»Dort hat man ihn gefunden? Und die Todesursache? Oder war es Suizid?«

»Tja, Suizid war es unter Garantie nicht, und die Umstände dürften uns noch einiges Kopfzerbrechen bereiten …«

»Wieso?«

»Nun, das Ganze soll verdammt nach einem Ritualmord aussehen – was immer die Schweizer Kollegen darunter verstehen.«

»Ein Ritualmord?«, rief Wolf entgeistert. »Ich werd verrückt. Wie kommen die denn darauf? Das sollten wir uns genauer ansehen.«

»Wie, Chef, Sie wollen ins Kloster?« Jo gluckste amüsiert.

Wolf überging den Kalauer. »Ist Gerd schon zurück?«, fragte er und fuhr, als Jo verneinte, ohne Atem zu holen fort: »Gut. In ein paar Minuten bin ich wieder zurück. Ich muss dann allerdings noch kurz bei Sommer vorbei. Wenn du bis dahin die genauen Umstände des Leichenfundes in Erfahrung bringen könntest? Und veranlasse bitte, dass uns in Stein ein mit dem

Fall befasster Kollege der Kantonspolizei zur Verfügung steht, ja? Ende.«

Wolf steckte das Handy weg und beschleunigte seinen Schritt. Auf die Einrichtung einer Fangschaltung in der Rosenapotheke können wir unter den gegebenen Umständen wohl verzichten, dachte er. Zumindest bis wir wissen, ob das in Stein unser Mann ist.

***

Wolf marschierte schnurstracks an Frau Bender vorbei, die seit Jahren das Vorzimmer des Kripochefs managte. »Nein, danke, Frau Bender, heute keinen Kaffee«, wehrte er ungefragt ab. »Kann ich den Chef kurz sprechen?«

»Er ist da. Gehen Sie ruhig rein.«

Wolf wollte bereits anklopfen, da drehte er sich noch einmal um. »Äh, dass Sie mich nicht falsch verstehen, Frau Bender: Ihr Kaffee ist und bleibt der beste im Haus, ehrlich. Aber die Zeit, die verdammte Zeit …« Fahrig lächelnd tippte er auf seine Armbanduhr.

»Ist ja gut, nun gehen Sie schon«, erwiderte sie lachend. »Vielleicht sollten Sie wirklich für ein paar Wochen ins Kloster gehen. Soll entschleunigen, hab ich gehört.«

Erstaunt zog Wolf die Brauen hoch. »Ach … Sie wissen schon?«

»Jo hat mir davon erzählt. Ich habe sie angerufen, weil der Chef nach Ihnen verlangte. Eine fürchterliche Geschichte, gell?«

Wolf nickte. »Wie ich immer sage, Frau Bender: Die Welt ist schlecht. Aber mir glaubt ja keiner.«

Einen Augenblick später saß er Sommer gegenüber.

»In aller Kürze, Ernst: Es geht um den vermissten Apotheker, Heinz Terhoven. Noch vor einer Viertelstunde deutete alles auf eine Entführung hin. Jetzt hörte ich, man habe Terhovens Leiche möglicherweise auf der Klosterinsel Werd gefunden. Angeblich ein Ritualmord. Natürlich werde ich mir das aus der Nähe ansehen. Jo kommt mit. Sobald wir wieder zurück sind, melde ich mich bei dir, einverstanden?«

»Mach das. – Ein Ritualmord, sagst du?« Sommer schien nachzudenken. »Hatten wir das hier in der Region nicht schon mal? Dürfte ein paar Jährchen zurückliegen. Drüben in Konstanz war das, wenn ich mich recht erinnere. Na, jedenfalls eine unerwartete Wendung, was? Wenn du mich fragst: Eine Entführung wäre mir tausendmal lieber gewesen.«

»Kannst du laut sagen«, bestätigte Wolf. »Da schießen die Spekulationen nicht so ins Kraut.«

»Wenn's nur das wäre.« Sommer winkte ab. »Nein, was mir Sorge macht, ist der zu erwartende Presserummel, sollte sich das bewahrheiten. Aber vielleicht sehe ich in diesem Punkt zu schwarz.«

»Wohl kaum. Aber sag mal, was wäre, wenn wir eine Nachrichtensperre verhängen? Befristet natürlich. Zumindest so lange, bis die Faktenlage klar ist.«

Sommer ließ sich den Vorschlag kurz durch den Kopf gehen. »Gar keine schlechte Lösung«, stimmte er schließlich zu. »Hätt ich auch selber drauf kommen können. Würdest du das bitte gleich veranlassen, Leo?«

***

»Das soll ein Labyrinth sein?«

»Was haben Sie erwartet?«

»Gute Frage … jedenfalls nicht das, was ich hier sehe«, antwortete Jo. Verwundert deutete sie auf das seltsam verschlungene Wegemuster, das eine kreisrunde Fläche von gut zwanzig Metern Durchmesser einnahm und damit einen beträchtlichen Teil der Wiese vor dem Klostergebäude belegte.

Birmoos zuckte mit den Schultern. Der bärbeißig aussehende Hüne hatte Wolf und Jo am verabredeten Treffpunkt in Empfang genommen, nachdem sie die Schweizer Grenze passiert und wenig später die malerische Steiner Altstadt durchfahren hatten. Auf einer sanft geschwungenen Brücke – der einzigen weit und breit – hatten sie den Rhein überquert, um sich drüben, am anderen Ufer, wieder nach Osten zu wenden, bis nach einem weiteren Kilometer links ein unscheinbares Hinweisschild aufgetaucht war. Es wies auf die Rheininsel Werd und sein einziges Gebäude hin: das Kloster St. Otmar. Gerade noch rechtzeitig vor Erreichen des Klosterparkplatzes hatten sie die letzte Butterbrezel vertilgt, von denen Wolf bei einem kurzen Zwischenstopp in Ludwigshafen eine Tüte voll besorgt hatte.

Sie waren am Ende des hölzernen Fußgängersteges, der über den Rhein zur Insel hinüberführte, von Birmoos erwartet worden.

»Grüezi mitanand, ich bin Kommissär Birmoos von der Kantonspolizei Schaffhausen«, hatte er sich in kehligem Schwyzerdütsch vorgestellt und sie aufgefordert, ihm »zum Labyrinth« zu folgen.

»Geben Sie's nur zu, verehrte Kollegin«, sagte er jetzt, »Sie haben sich ein großes Maisfeld vorgestellt, in das man Wege geschlagen hat und in dem man sich verirren kann, oder?« Er lachte unterdrückt. »Das sollten Sie schleunigst vergessen. Labyrinthe, wie Sie hier eines sehen, gab es in Europa schon, lange bevor Kolumbus den Mais zu uns brachte.«

Wolfs Blick war unterdessen dem verschlungenen Pfad gefolgt, der in unendlich scheinenden Windungen und ohne jede Kreuzung oder Abzweigung ins Zentrum des eigenartigen Gebildes führte, das ein aus Granit gehauener Kubus einnahm. »Dort hat der Tote gelegen, sagen Sie?« Er deutete vage zu dem grauen Steinwürfel hinüber.

»Ja. Ich habe Ihnen Fotos mitgebracht. Hier können Sie's sehen.« Birmoos sah die Farbvergrößerungen im Format dreizehn mal achtzehn noch einmal kurz durch, um sie anschließend an Jo weiterzugeben. »Sie können die Bilder mitnehmen«, fügte er hinzu.

»Was macht Sie eigentlich so sicher, Kommissär Birmoos, dass es sich bei dem Toten um unseren Vermissten handelt?«

»Sicher ist vorerst gar nichts, Kommissar Wolf – leider, muss man sagen.« Ein Schmunzeln zog über sein Gesicht. »Wir hätten nämlich nicht das Geringste dagegen, wenn der Fall am Ende bei Ihnen landen würde.«

Nach kurzer Pause fuhr er, wieder ernst geworden, fort: »Immerhin, es gibt gewisse Anhaltspunkte, dass es sich bei dem

Toten um den Apotheker ...«, hier musste er einen Zettel zurate ziehen, »... um den Apotheker Heinz Terhoven aus Überlingen handelt.«

In diesem Augenblick hatte Wolf eine Eingebung. Er entschuldigte sich, ging ein paar Schritte zur Seite und führte zwei kurze Telefonate, ehe er sich wieder zu ihnen gesellte.

»Gute Nachrichten, Kommissär«, verkündete er. »Möglicherweise können wir das Opfer auch ohne DNA-Abgleich schon jetzt zweifelsfrei identifizieren: Der Mann soll auf dem rechten Schulterblatt ein großes Muttermal haben. Ein weiteres Indiz könnten seine Schuhe sein: Er trug Plateausohlen.«

Birmoos nickte, sein Lächeln drückte Erleichterung aus. »Trifft beides zu. Damit gehört der Mann Ihnen – soll heißen, sobald alle bürokratischen Hemmnisse beseitigt sind.«

Auch Wolf zeigte sich im Großen und Ganzen zufrieden. Dass die Gerber über seine Frage nach einem unverwechselbaren körperlichen Merkmal Terhovens nicht sonderlich erfreut gewesen war, behielt er ebenso für sich wie die Anweisung an den Kollegen Vespermann, das Umfeld des Vermissten bis zu ihrer Rückkehr möglichst lückenlos aufzurollen.

»Dann schlage ich vor, Sie schildern uns zunächst den vermutlichen Tathergang. Damit dürfte auch klar werden, warum Sie das Tötungsdelikt als Ritualmord einstufen. Was halten Sie davon?«

»Gute Idee. Also: Heute früh so gegen halb sechs ging bei der Wache in Stein ein Anruf ein. Er kam aus dem Kloster. Einer der Mönche hatte einen leblos im Zentrum des Labyrinths kauernden Mann gefunden. Der Mann hatte ein Einschussloch direkt über der Nasenwurzel, dem Augenschein nach durch einen aufgesetzten Schuss aus einer kleinkalibrigen Waffe. Damit kannten wir zwar die vermutliche Todesursache, nicht aber die Identität des Opfers.«

»Das heißt, der Tote hatte keine Papiere bei sich?«, vergewisserte sich Jo.

Birmoos nickte. »Nicht nur das. Er trug weder ein Handy noch eine Uhr noch Schmuck bei sich. Sogar die Etiketten in seiner Kleidung waren herausgetrennt.«

»Verstehe. Auf diese Weise wollte der Täter die Identifizierung des Mannes erschweren«, folgerte Wolf. »Das erklärt aber immer noch keinen Ritualmord – einmal abgesehen von dem mystischen Fundort in diesem Labyrinth. Ich nehme doch stark an, dass es sich hierbei nicht um den Tatort handelt, oder?«

»Sie haben recht. Den Spuren nach ist der Täter mit einem Boot auf die Insel gekommen. Dort drüben hat er festgemacht.« Er wies mit ausgestrecktem Arm auf eine weit in den Rheinarm hineinragende Trauerweide. »Danach hat er den leblosen Körper zum Labyrinth geschleift und an dem Würfel in der Kreismitte drapiert.«

»Drapiert?«

»Ja, drapiert. Man könnte auch inszeniert sagen, das trifft es noch besser, oder? Hier«, er suchte aus den Fotos, die er Jo gegeben hatte, eines heraus, »werfen Sie nur mal einen Blick auf die Stirn des Mannes … ist Ihnen da nichts aufgefallen? Hier, direkt über dem Einschussloch?«

»Doch, allerdings. Der Täter scheint auf seiner Stirn ein Zeichen hinterlassen zu haben. Das kann man kaum übersehen.«

»Dabei handelt es sich um eine Art Rune«, erklärte Birmoos, »deren Symbolik wir allerdings noch nicht enträtseln konnten.«

»Eine Rune, die man ihm in die Stirn geritzt hat – verstehe ich das richtig?«, fragte Wolf und betrachtete nun ebenfalls die Fotos.

»So ist es. Allerdings muss der Mann da schon tot gewesen sein, zumindest lässt die fehlende Ausblutung der Wundränder das vermuten.«

»Sieht aus wie ein kleines T in Kombination mit einem großen R«, murmelte Jo. »Oder soll das T ein Kreuz darstellen?«

»Lassen wir's mal so stehen. Es kommt noch etwas anderes hinzu, nämlich dies hier.« Birmoos händigte Wolf eine Klarsichttüte aus, in der sich ein ursprünglich zerknitterter, jetzt glatt gestrichener handtellergroßer Zettel aus hellblauem Papier befand.

»Was ist das?«

»Lesen Sie erst mal.«

Wolf tat wie ihm geheißen. Schließlich konnte er den Text

entziffern. »Hört sich nach einem Bibelzitat an«, sagte er und reichte den Zettel an Jo weiter.

»›Wer von der Gerechtigkeit zur Sünde abweicht, den bestimmt der Herr für das Schwert. Buch Jesus Sirach, 26, 28‹«, las Jo halblaut vor.

»Den Zettel haben wir zusammengeknüllt in der rechten Hand des Toten gefunden«, erklärte Birmoos.

»Verstehe«, sagte Wolf, noch immer grübelnd. »Mich wundert, dass bis zum frühen Morgen keiner der Anwohner etwas von der Aktion mitbekommen haben will. Immerhin leben hier auf der Insel sechs Mönche, wenn ich richtig informiert bin.«

»Richtig. Allerdings schlafen die Brüder zur anderen Rheinseite raus. Wir gehen übrigens davon aus, dass der Täter nicht nur mit dem Boot gekommen ist, sondern die Insel damit auch wieder verlassen hat.«

»Woraus ich schließe, dass Sie das Boot noch nicht gefunden haben?«

»So ist es.«

Sie vereinbarten die Überführung der Leiche an die Rechtsmedizin in Überlingen. Zudem versprach Birmoos, die Ermittlungsakte an das D1 weiterzuleiten.

Als Wolf darum bat, noch kurz die Klosterbrüder sprechen zu dürfen, erteilte der Kommissär ihm jedoch eine Absage: »Tut mir leid, die sind um diese Zeit aushäusig. Die Herren gehen sämtlich bürgerlichen Berufen nach. Nur von der Liebe zu Gott kann heutzutage keiner mehr leben, und sei sie auch noch so groß.«

Beim Abschied bedankte sich Wolf bei Birmoos für die kollegiale Zusammenarbeit und versprach, ihn über die weitere Entwicklung des Falls auf dem Laufenden zu halten.

»Machen Sie das, Herr Wolf. Auch wenn wir den Fall los sind: Es interessiert mich persönlich«, entgegnete Birmoos unter heftigem Nicken.

Als sie den Rückweg angetreten und die Grenze passiert hatten, holte Wolf noch einmal sein Handy hervor, doch statt

Vespermann bekam er nur dessen Mailbox dran. »Gerd, hör zu: Spätestens um vier werden wir wieder in Überlingen sein. Dann setzen wir uns zu einer Lagebesprechung zusammen.«

Er unterbrach die Verbindung und fasste Jo ins Auge. »Und dich bitte ich, bei der Staatsanwaltschaft die Genehmigung für eine Obduktion zu beschaffen.«

»Für Terhoven?«

»Für wen sonst? – So, und jetzt würde ich gerne ein Nickerchen machen, ich bin schließlich ein alter Mann. Aber weck mich rechtzeitig, hörst du?«

Während Wolf die Arme vor der Brust verschränkte und sich entspannt zurücklehnte, rechnete er aus, wie viele Gitanes er heute schon hatte ausfallen lassen – freiwillig und ohne Entzugserscheinungen, wohlgemerkt.

Für einen eingefleischten Raucher eine stramme Leistung.

Kein Zweifel, er war auf einem guten Weg.

***

»Maik, du sollst sofort nach Hause kommen. Es ... es ist etwas mit deiner Mutter.«

»Moment, Isabell, ich versteh dich so schlecht.« Er nahm das Handy vom Ohr und hob kurz die Stimme, um sich Ruhe zu verschaffen. »Könnt ihr bitte mal etwas leiser sein? Danke.« In normaler Tonlage kehrte er zu Isabell zurück. »So, jetzt bin ich wieder da. Entschuldige bitte, was hast du gesagt?«

»Du musst sofort heimkommen. Deiner Mutter geht es schlecht.«

»Wieso, was ist mit ihr?«

»Als ich eben nach ihr sehen wollte, lag sie bewusstlos in ihrem Zimmer. Ich hab sofort Dr. Gruber verständigt, er wird gleich hier sein. Er ...«, sie stockte kurz, ehe sie weitersprach, »er tippt auf einen Schlaganfall.«

»Was? Dann muss sie so schnell wie möglich ins Krankenhaus.«

»Ja. Der Rettungswagen ist bereits unterwegs«, beeilte sich Isabell zu sagen. Und als würde sie von einer düsteren Ahnung geplagt, fügte sie leise hinzu: »Ich hab ein ganz schlechtes Gefühl, Maik.«

»Jetzt sieh nicht gleich schwarz, Isabell. Du weißt, meine Mutter ist hart im Nehmen. Trotzdem, ich mach sofort Schluss hier. Bin in zehn Minuten bei euch. Ende.«

Dieses »Ende« als Gesprächsabschluss war bei Maik Müller längst zum geflügelten Wort geworden. Darauf angesprochen, winkte er meist nur gelangweilt ab. »Na und?«, erklärte er dann seelenruhig. »Ich halte nichts davon, lange rumzuquatschen. Irgendwann ist alles gesagt, jedes weitere Wort zu viel. Aus, Schluss und Ende. Was soll daran falsch sein?«

Seine Einstellung war durchaus nachvollziehbar, vor allem, wenn man wusste, dass Maik zehn Jahre lang Polizist gewesen war, genauer: Ermittler beim LKA – bis er den Dienst von heute auf morgen quittiert hatte. Nicht ganz freiwillig, zugegeben, doch am Ende war ihm keine andere Wahl geblieben.

Schuld daran waren die Ereignisse an jenem »Schwarzen Donnerstag« im Stuttgarter Schlossgarten unweit des Hauptbahnhofs gewesen. Parkschützer hatten zu einer Demo aufgerufen, in deren Verlauf über hundert Menschen zum Teil schwer verletzt worden waren, vor allem durch Wasserwerfer. Binnen Kurzem war der Polizeieinsatz völlig aus dem Ruder gelaufen. Maik war als ziviler LKA-Beobachter dabei gewesen. Wie es aussah, hatte er seine Aufgabe etwas zu ernst genommen: Mitten im Gewühl hatte er einem uniformierten Kollegen das Pfefferspray aus der Hand geschlagen, das dieser, ohne angegriffen worden zu sein, auf unbeteiligte Passanten gerichtet hatte. Prompt hatte der Kollege ihn angezeigt. Es kam, wie es kommen musste: Der Mann erhielt Rückendeckung von seinen Vorgesetzten, Maik Müller bekam eine Abmahnung. Doch nicht die Abmahnung als solche hatte ihn verbittert, sondern die Tatsache, dass keiner seiner Vorgesetzten *ihm* beigesprungen war.

Der Abschied vom Polizeidienst war ihm dennoch nicht sonderlich schwer gefallen, da zeitgleich in Überlingen eine Kampfsportschule zum Verkauf gestanden hatte. Den Tipp hatte er von seinem Freund und LKA-Kollegen Henning Wolf bekommen. Kurz entschlossen hatte er den Laden gekauft und sich auf diese Weise einen lang gehegten Traum erfüllt. Schon zu Beginn seiner LKA-Zeit war er dienstlich mit WingTsun in Berührung gekommen, einer hocheffizienten, in Asien entwickelten Verteidigungskunst. In den folgenden Jahren hatte er seine Kenntnisse stetig ausgebaut und es schließlich sogar zum »Sifu« gebracht, was im Chinesischen so viel bedeutet wie »Lehrer und Vater«. Und die Kampfsportschule lief gut. Inzwischen verzeichneten seine Kurse Zulauf aus allen Altersstufen.

Maik beendete das Telefonat und verschaffte sich mit erhobener Hand bei seinen Schülern Gehör. »Tut mir leid, Herrschaften, ich muss sofort ins Krankenhaus. Ein tragischer Unglücksfall, ich hoffe, ihr versteht das. Ich hole Stefan, der wird eure Stunde übernehmen. Wir sehen uns dann nächsten Donnerstag wieder.«

Schon war er weg.

Nach einer halsbrecherischen Fahrt erreichte Maik seinen Heimatort Sipplingen. Beim Betreten seines Hauses kam ihm Isabell entgegen, mit ernster Miene und ungewohnt blass, und drückte sich tröstend an ihn.

»Wo ist Mutter, hat man sie schon ins Krankenhaus gebracht?«, fragte Maik.

Isabell brachte nur ein Nicken zustande.

»Ist Dr. Gruber noch da?«, hakte er nach.

»Hallo, Maik«, ertönte unversehens Dr. Grubers Stimme in seinem Rücken. »Ich muss Sie noch etwas fragen, bevor ich zu Ihrer Mutter fahre.«

Maik löste sich von Isabell und drehte sich um. »Hallo, Doc. Wissen Sie schon, ob Ihr Verdacht sich bestätigt hat?«

»Sieht leider ganz so aus. Trotzdem müssen wir die Untersuchungsergebnisse abwarten. Sagen Sie, Ihre Mutter nahm doch regelmäßig ihre Medikamente ein … die gegen den Bluthochdruck, meine ich?«

»Aber ja. In diesen Dingen war sie mehr als pingelig, Sie kennen sie doch.«

Isabell nickte bestätigend.

»Alles andere hätte mich auch gewundert«, meinte Gruber

nachdenklich. »Trotzdem … kann ich das Medikament mal sehen? Ich möchte gern auf Nummer sicher gehen.«

Mit den Worten »Ich hol es schon« eilte Isabell davon und kehrte sogleich mit einer Schachtel Tabletten in der Hand zurück.

Gruber sah sich zunächst die Verpackung an, drehte sie hin und her und las die Angaben auf den Seitenflächen, ehe er den Beipackzettel herausnahm und sich darin vertiefte. Je länger er las, desto skeptischer wurde seine Miene.

»Stimmt etwas nicht? War das Medikament etwa falsch?«, wollte Maik wissen.

»Nein, nein, es ist alles in Ordnung«, antwortete Dr. Gruber eine Spur zu schnell. »Genau das hab ich ihr verschrieben.«

»Entschuldigen Sie, wenn ich das frage, Doc … aber enthält das Zeug auch den richtigen Wirkstoff?«

Der Doktor warf erneut einen Blick auf den Beipackzettel. »Candesartancilexetil. Genau das, was Ihre Mutter braucht. Wie gesagt, es ist alles in Ordnung. So, ich muss dann langsam los. Wir sehen uns später im Krankenhaus, nehme ich an. Und die Schachtel hier, die nehm ich mit, wenn Sie erlauben.«

***

Eine Dreiviertelstunde, nachdem sie die Klosterinsel Werd verlassen hatten, erreichten Wolf und Jo die Polizeidirektion in Überlingen. Bis zur angesetzten Lagebesprechung blieben ihnen noch gut dreißig Minuten – Zeit genug für Jo, um den Staatsanwalt wegen der Obduktion des Apothekers aufzusuchen. Wolf wollte Sommer über die Entwicklung in Kenntnis setzen und anschließend auf seinem Schreibtisch nach dem Rechten sehen.

Als er nach dem Gespräch mit dem Kripochef mit weit ausholenden Schritten auf sein Büro zueilte, sprach ihn von hinten eine ihm wohlbekannte Frauenstimme an.

»Ah, da sind Sie ja, Herr Wolf! Hätten Sie mal fünf Minuten für mich?«

Einen Moment lang glaubte er, sich verhört zu haben.

Heiliger Strohsack! Hatte er etwa einen Termin mit der Winter verschwitzt? Oder hatte ihre Spürnase gar von dem Ritualmord Wind bekommen? Weder das eine noch das andere hielt er für vorstellbar. Also beschloss er, die Stimme fürs Erste zu ignorieren. Umsonst allerdings, wie sich schnell zeigen sollte, denn von silberhellem Lachen begleitet näherten sich ihm von hinten stakkatoartige Schritte – und schon war Karin Winter, die Journalistin vom »Seekurier«, an seiner Seite.

»Wie immer im Schweinsgalopp, was, Herr Wolf? Und ich weiß auch schon, was Sie mir gleich antworten werden: dass ich mich zum Teufel scheren soll. Stimmt's, oder hab ich recht?«

»Es geht wirklich nicht, Frau Winter. Ich hab gleich eine wichtige Sitzung. Sie wissen ja gar nicht, was hier gerade abgeht. Vorschlag zur Güte: Versuchen Sie's nächste Woche noch mal, ja?«

»Nächste Woche? Sind Sie verrückt? In meinem Job heißt das so viel wie nächstes Jahr, und das wissen Sie auch. Nun kommen Sie schon, Herr Wolf ... zwei Minuten, und Sie sind mich wieder los. Ehrenwort.«

Sie hatten die Tür zu seinem Büro erreicht.

»Also gut«, stimmte er zu, während er die Tür aufdrückte und Karin Winter hineinwinkte. »Sie haben zwei Minuten, Madame, keine Sekunde länger.« Mit einer flüchtigen Handbewegung wies er auf einen der Stühle am Besprechungstisch.

»Wusst ich doch, dass man mit Ihnen reden kann. Aber bevor ich zu meinem eigentlichen Anliegen komme, erst mal schöne Grüße von Ihrem Sohn. Es sei alles paletti, soll ich Ihnen ausrichten.«

»Wie schön.« An den Gedanken, dass die beiden miteinander verbandelt waren, hatte Wolf sich noch immer nicht gewöhnt. Obwohl er zugeben musste, dass sie und Henning gar nicht mal schlecht zusammenpassten.

»Allein deshalb«, fuhr sie lächelnd fort, »hätte ich Sie natürlich nicht gestört. Nein, mein eigentliches Anliegen ist die Raubgrabung in der Burgruine Alt-Dettingen. Darüber hätte ich gern ein paar Informationen von Ihnen ...«

Aha. Vom Ritualmord an Terhoven scheint sie noch keinen

Schimmer zu haben, registrierte Wolf erleichtert. »Tut mir leid, liebe Frau Winter, da bin ich die falsche Adresse«, beschied er sie barsch. »Diesen Fall bearbeiten die Kollegen in Allensbach. Wenn Sie wollen, nenne ich Ihnen gern den zuständigen …«

»Moment mal … haben nicht Ihre Kollegen Louredo und Vespermann in dieser Sache ermittelt?«

»Stimmt. Auf dem Weg der Amtshilfe für die Allensbacher. Wenn Sie wollen, fragen Sie Vespermann danach.« Wolf machte Anstalten, die Verbindungstür zum Nachbarbüro zu öffnen, wohl wissend, dass sie und Vespermann wie Hund und Katz zueinander waren. Prompt hob sie abwehrend beide Hände.

»Wenn ich vielleicht doch lieber mit Frau Louredo …«, begann sie zaghaft, korrigierte sich jedoch sogleich: »Oder nein, ich hab's mir anders überlegt. Ich komm morgen noch mal vorbei, nach vorherigem Anruf natürlich.«

Ach, daher weht der Wind, dachte Wolf besorgt, sie hat die Raubgrabung nur vorgeschoben. Na gut, dann wollen wir die Dame mal etwas aus der Reserve locken. Muss ja kein Nachteil sein, wenn ich ihr ein paar Puzzleteilchen hinschmeiße, oder? Natürlich nur gegen entsprechende Gegenleistung …

Er setzte ein ironisches Grinsen auf. »Nun lassen Sie uns nicht länger um den heißen Brei herumreden. Weshalb sind Sie wirklich hier?«

Karin Winter lächelte ergeben. Sie kannte Wolf gut genug, um zu wissen, wann sie verloren hatte. »Also gut«, gab sie zu, »ich hab da was läuten hören …« Hier zögerte sie.

»Und, weiter?«

»Heinz Terhoven von der Rosenapotheke soll verschwunden sein. Möglicherweise handle es sich um eine Gewalttat, erzählt man sich.«

»So, erzählt man sich. Und wer ist ›man‹, wenn ich fragen darf?«

»Herr Wolf, Sie wissen doch: Verrate niemals deinen Informanten. Sagen Sie mir lieber, ob da was dran ist.«

»Ich kann mir schon denken, woher Ihr Wissen stammt. Sie haben mal wieder den Polizeifunk abgehört, geben Sie's zu.«

»Nur, falls Sie's noch nicht wissen, Herr Kommissar«, entgegnete sie lächelnd, »die Polizei arbeitet neuerdings mit abhörsicherem Digitalfunk.«

»Ach, kommen Sie mir nicht damit. Sie wissen so gut wie ich, dass der Bodenseekreis erst zum Jahresende umgerüstet wird. Im Übrigen …« Er stockte. »Ich würde Ihnen zu dem Fall ja gern etwas sagen«, fügte er schließlich halblaut hinzu, »wenn es da nicht diese Nachrichtensperre gäbe …«

»Nachrichtensperre? Sie machen wohl Witze.«

Wolf hob bedauernd die Hände. »Nein, im Ernst, es dürfen keine Interna nach draußen gegeben werden. An niemanden. Das gilt auch für Informanten, die wir fallweise heranziehen.«

»Leute wie mich, meinen Sie wohl. Schießen Sie da nicht etwas übers Ziel hinaus? Also, ich will ja nicht unbescheiden sein, Herr Wolf, aber ich könnte Ihnen da ein paar Fälle aufzählen, bei denen Sie ohne mein Zutun ganz schön ins Schwimmen gekommen wären.«

»Das bestreitet ja auch niemand«, versuchte Wolf, sie zu beschwichtigen.

»Sie haben stets von meiner Arbeit profitiert, und zwar – auch das muss mal gesagt werden – ohne die unsäglichen Begleiterscheinungen, die die Medienbranche zu Recht in Verruf gebracht haben. Oder bin ich Ihnen schon jemals in den Rücken gefallen?«

»Auch das ist unbestritten.«

»Dann springen Sie endlich über Ihren Schatten, Herrgott noch mal. Bestätigen Sie mir wenigstens, was ich ohnehin schon weiß, nämlich dass Terhoven verschwunden ist. Ist das zu viel verlangt?« Sie hatte sich zunehmend in Rage geredet. Nun lehnte sie sich erwartungsvoll zurück.

Wolf wusste, dass er den Bogen nicht überspannen durfte. Karin Winter – und mit ihr der »Seekurier« – hatte in der Vergangenheit zur Genüge bewiesen, wie wertvoll sie in bestimmten Ermittlungsphasen für seine Zwecke sein konnte.

»Also gut«, lenkte er mit zerknirschter Miene ein. »Eines allerdings müssen Sie mir versprechen: Ich möchte nie und nirgends auch nur eine einzige Zeile von Ihnen lesen, die ich nicht vorher ausdrücklich freigegeben habe. Schließlich handelt es sich bei dem, was ich Ihnen gleich erzählen werde, um Täterwissen. Ich hoffe, wir sind uns da einig, Frau Winter?«

Mit erhobener Hand deutete Karin Winter einen Schwur an. »Großes Pfadfinderehrenwort.«

»Gut. Dann zur Antwort auf Ihre Frage: Das Rätsel um Terhovens Verbleib ist inzwischen gelöst. Er wurde heute früh im Kloster Werd gefunden.«

»Heiliger Bimbam«, rief sie verwundert, »Terhoven ist ins Kloster gegangen? Wer hätte das gedacht?«

»Moment … nicht so, wie Sie jetzt denken. Terhoven ist tot. Ermordet. Wie es aussieht, handelt es sich um einen Ritualmord, möglicherweise religiös motiviert.« Er schilderte ihr kurz die Umstände und schloss mit den Worten: »Jetzt verstehen Sie sicher, warum wir die Nachrichtensperre verhängt haben.«

Sie nickte. »Klar. Sie wollen unnötigen Aufruhr vermeiden, oder?«

»Was bei Mordfällen dieser Art leider zu befürchten ist«, bestätigte er. »Ich hoffe, Sie sind mit der Auskunft zufrieden, Frau Winter.«

»Mehr als das, da können Sie sicher sein.« Sie sprang auf und griff nach ihrer Tasche. »Ich muss los, Herr Wolf. Recherchen, Sie verstehen.«

»Genau darum wollte ich Sie eben bitten«, erklärte Wolf lächelnd, um mit Blick auf ihr verblüfftes Gesicht hinzuzufügen: »Was schauen Sie so? Eine Hand wäscht die andere – Sie kennen doch das Spiel.«

»Ja, ja, ich hab's schließlich selbst erfunden. Womit sich Kommissar Wolf wieder mal als alter Fuchs erweist. Welche Gegenleistung darf es denn diesmal sein?«

»Es heißt, der ›Seekurier‹ verfüge über ein ausgezeichnetes Archiv.«

»Stimmt. Darum beneiden uns viele unserer Konkurrenten.«

»Sehr gut. Ich will alles wissen, was Sie über Ritualmorde hier in der Region finden, Konstanz inklusive, Frau Winter. Schaffen Sie das?«

»Klar. Bis wann?«

»Bis gestern.«

»Nicht schneller?« Ironisch verzog sie das Gesicht. »Wie kommt es, dass ich immer wieder auf Sie hereinfalle, können Sie mir das mal sagen?«

Wolf grinste. »Ganz einfach: Ich bin eben unwiderstehlich.«

4

»Gebeugt und irgendwie grau«, so oder so ähnlich wäre Marek wohl von unbeteiligten Passanten beschrieben worden. Trotz einsetzendem Regen lehnte er missmutig an der Brüstung der Fußgängerbrücke, gute acht Meter über dem schnell dahinfließenden, kalten Rhein.

Dabei war Marek als lebenslustiger Kerl bekannt – gut aussehend, modisch gekleidet und jederzeit für einen Spaß zu haben, dazu gesegnet mit einem ordentlichen Schuss Selbstbewusstsein, das seine Umgebung fast schon als provozierend empfand.

Nicht so heute.

Heute war alles anders.

Und zwar seit er den Anruf von Bruno Schlebes bekommen hatte. Die rechte Hand vom Boss und zugleich dessen Vollstrecker – manche sagten auch Schläger dazu – hatte ihn für sechzehn Uhr hierher zur Passarelle beordert, der Fußgängerbrücke, die vom deutschen Einkaufszentrum »Rhein Center« im Dreiländereck über den Rhein nach Frankreich hinüberführte. Treffpunkt zwanzig Meter vor dem französischen Ufer, lautete seine Anordnung.

»Korinthenkacker«, hatte Marek im Stillen geflucht. Dennoch fand er es klüger, Brunos Weisung zu befolgen. Er hatte keine Lust, sich ein Veilchen einzuhandeln – oder gar, wie bei Juri, einen gebrochenen Arm. Also hatte er pünktlich um sechzehn Uhr auf der Brücke gestanden.

Doch wer nicht kam, war Bruno Schlebes.

So hatte Marek Zeit, über seine Lage nachzudenken. Die letzten Monate waren für ihn mehr schlecht als recht verlaufen. Mareks knappe Rücklagen waren von seinen Spielschulden aufgefressen worden, und spätestens seit er den neuen Sportwagen zu Schrott gefahren hatte, grüßte der Pleitegeier vom Dach. Er hatte sich, ob er wollte oder nicht, eine neue Einkommensquelle erschließen müssen. Möglichst eine, die er rasch und ohne Risiko anzapfen konnte.

Offensichtlich hatte er sich für die falsche entschieden. Warum sonst sollte Bruno ihn hierherbestellt haben? Wenn sie dahintergekommen waren, dass er sich die Warenlieferung unter den Nagel gerissen hatte, konnte er einpacken.

Zum x-ten Mal klopfte er den Coup auf Schwachstellen ab. Hatte er einen Fehler begangen, und wenn ja: wann und wo? Doch er wartete vergeblich auf eine Eingebung.

Zunehmend nervöser werdend sah er auf die Uhr. Bereits zehn nach vier und weit und breit kein Bruno zu sehen. So viel zum Thema Korinthenkacker. Fünf Minuten würde er ihm noch geben. War er dann noch nicht da, konnte Bruno ihn am Allerwertesten lecken. Er hatte seine Zeit schließlich nicht im Lotto gewonnen.

Während er noch überlegte, drängte sich ein kräftig gebauter Mann neben ihn an die Brüstung. Unvermittelt, wie aus dem Nichts, war er aufgetaucht, hatte sich wort- und grußlos neben ihn gestellt.

Bruno Schlebes.

Verdammt, wieso hatte er den Kerl nicht eher gesehen oder ihn wenigstens kommen hören? So leicht war er also zu übertölpeln? Das warf kein gutes Bild auf seine nervliche Verfassung. Die Sache schien ihn mehr mitzunehmen, als er sich eingestand.

Ohne ein Wort zu verlieren, starrten sie endlose Sekunden lang auf den Rhein. Es war ein Spiel: Wer bewegte sich zuerst, wer hatte die besseren Nerven? Irgendwann zog Bruno ein Päckchen Zigarillos aus der Tasche und zündete sich einen davon an. Provozierend blies er Marek den Rauch ins Gesicht.

Dann brach er das Schweigen. »Hallo, Marek. Lange nicht gesehen. Wie laufen die Geschäfte?«

»Wie sollen sie schon laufen, wenn ihr mich nicht beliefert?«, antwortete Marek, nach Kräften bemüht, seine Unsicherheit nicht allzu deutlich werden zu lassen. »Letzten Monat hab ich von euch keine Ware erhalten. Was, bitte schön, soll ich verkaufen, wenn ihr mich hängen lasst?«

Bruno kaute auf einem Tabakkrümel herum, den er schließlich ins Wasser spuckte. Danach steckte er sich den Zigarillo wieder zwischen die Lippen. »Soso. Wir haben dich also hängen lassen, ja?« Bruno war einen Schritt zurückgetreten, sodass Marek sich gezwungen sah, sich ihm zuzuwenden.

Der Schlag kam völlig unerwartet. Ohne Ansatz verpasste Bruno seinem Gegenüber einen schmerzhaften Leberhaken. Keuchend ging Marek in die Knie, die Hände auf die getroffene Stelle pressend. Es dauerte eine halbe Minute, bis er sich wieder aufrichten konnte.

»Eine Lieferung sei ausgeblieben, sagst du?«, wiederholte Bruno höhnisch und fuhr auf Mareks Nicken hin fort: »Etwas Dümmeres ist dir wohl nicht eingefallen, was?«

Noch während er sprach, zuckte Brunos Hand nach vorn, was Marek in Erwartung eines neuen Schlages zum Zurückweichen veranlasste. Dass unmittelbar hinter ihm das Brückengeländer verlief, schien er vergessen zu haben; jedenfalls rummste er hart mit dem Rücken gegen die Metallkonstruktion, was einen weiteren Schmerzenslaut zur Folge hatte. Bruno trat auf ihn zu und verpasste ihm mit der flachen Hand eine klatschende Ohrfeige. Von der Wucht des Schlages wurde Marek herumgewirbelt und bäuchlings an das Geländer gepresst; krampfhaft umspannten seine Hände den oberen Holm.

Nun packte Bruno ihn von hinten an der Schulter. »Du hast dir die letzte Lieferung unter den Nagel gerissen, du Pfeife«, zischte er Marek ins Ohr. »Hast wohl geglaubt, wir merken das nicht, hä? Für wie bescheuert hältst du uns?«

Marek setzte zu einer Rechtfertigung an, doch ein kräftiger Ruck an der Schulter brachte ihn zum Schweigen.

»Dass eines klar ist, du Wichser«, beschied ihn Bruno mit drohendem Unterton. »Spätestens in einer Woche bekommt der Boss die komplette Lieferung ersetzt – plus fünfzig Prozent als … nun, nennen wir es Mahngebühr.« Um seinen Worten den nötigen Nachdruck zu verleihen, wiederholte er: »Eine Woche, keinen Tag länger. Hast du verstanden?«

Als Marek widersprechen wollte, brachte ihn ein weiterer Ruck erneut zum Schweigen.

»Ach ja, noch eins.« Bruno lachte hämisch. »Solltest du nicht rechtzeitig zahlen … dann, Freundchen, wirst du noch ein bisschen tiefer fallen als jetzt, das garantier ich dir.« Er ließ Mareks Schulter los und machte Anstalten, seine Hände um dessen Hals legen. Um den Würgegriff abzuwehren, blieb Marek nichts anderes übrig, als den Oberkörper so weit wie möglich nach vorne zu beugen. Genau darauf hatte es Bruno abgesehen.

Mareks Gewichtsverlagerung ausnutzend, hebelte er mit einem Fußtritt dessen Beine aus und versetzte ihm gleichzeitig von hinten einen wuchtigen Stoß auf die Schultern. Nun gab es für Marek buchstäblich kein Halten mehr. Wie in Zeitlupe kippte er langsam vornüber. Einen kurzen Moment lang schien es, als könnten seine Hände noch rechtzeitig ins Geländer greifen – dann stürzte er, einen gellenden Schrei ausstoßend, in den acht Meter tiefer liegenden Rhein und tauchte mit einem dumpfen Platschen in die rollenden Wellen.

»Schönen Gruß vom Boss«, rief ihm Bruno hinterher, spannte seinen Schirm auf und schlenderte seelenruhig zum deutschen Ufer zurück. Die wenigen Passanten, die um diese Zeit den Rhein überquerten und den Übergriff beobachtet hatten, verkrochen sich bei seinem Anblick förmlich unter ihre Schirme und eilten davon. Keiner wollte sich unnötigen Ärger einhandeln.

Das Kind war ohnehin schon in den Brunnen gefallen – im wörtlichen Sinne.

5

Wolf hatte die Winter kaum hinauskomplimentiert, da kramte er ganz in Gedanken seine Gitanes hervor. Hatte er richtig gehandelt, als er die Journalistin ins Vertrauen zog? Fahrig steckte er sich eine Zigarette an und zog genussvoll das Nikotin in die nach dem Gift lechzende Lunge – als sich unversehens eine innere Stimme meldete. Weißt du eigentlich, was du da tust?, sagte sie. Wolltest du nicht für immer die Finger von dem Zeug lassen? Wenn du so weitermachst, schaffst du das nie. Aber klar, solange du nur in die Tasche greifen musst, um an das Zeug zu kommen …

Das reichte. Mit schlechtem Gewissen drückte Wolf den Glimmstängel aus. Gleich morgen würde er die Drecksdinger in den Müll werfen, nahm er sich vor.

Er sah auf die Uhr und fragte sich schon, ob die Kollegen die angesetzte Lagebesprechung vergessen hatten, da klopfte es an die Tür. Hätte mich auch gewundert, dachte er und rief laut: »Herein.«

Mit einem kecken »Hi« marschierte Jo an ihm vorbei, beladen mit einem Tablett mit drei Tassen, Milch, Zucker und einer Warmhaltekanne. »Eine Minute zu spät, Chef, ich weiß, aber die Milch war alle. Und wir beide«, dabei wies sie auf den verdrießlich dreinschauenden Vespermann in ihrem Gefolge, »wir mögen den Kaffee nun mal nicht so schwarz wie Sie.«

»Solltest du auf meine politische Überzeugung anspielen …«

»Das würde ich mir nie erlauben, Chef«, beteuerte sie grinsend und schenkte allen ein.

Wolf, der nur ungern auf zwei Laster gleichzeitig verzichten mochte, griff gierig nach seiner Tasse. Nach dem ersten Schluck stellte er sie hart auf den Tisch zurück. Wieder einmal hatte er sich die Zunge verbrannt. »Verdammt, ist das Zeug heute wieder heiß«, fluchte er.

Noch ehe Jo zu einer Antwort ansetzen konnte, fuhr er fort. »Geschenkt. Lasst uns endlich anfangen. Wer will zuerst?«

»Ich denke, wir sollten mit einer Bestandsaufnahme beginnen

und dann die Aufgaben verteilen«, sagte Jo und kam ihrem Kollegen Gerd Vespermann damit zuvor.

»Na ja ...«, setzte Vespermann zu einer Erwiderung an, doch Wolf schenkte ihm kein Gehör.

»Also gut. Nimm da drüben das Flipchart. Du schreibst, Jo.«

»Bin gespannt, wie lange wir noch auf die Whiteboards warten müssen«, muckte Vespermann auf. »Die sind viel effektiver. Bei uns in Rottweil wurden die ollen Flipcharts längst ersetzt.«

Wolf sah ihn scharf an. »Ich erinnere mich nicht, dass die Aufklärungsquote in Rottweil höher gelegen hätte als bei uns«, sagte er. »Also weiter im Text.«

Jo teilte die Fläche mit einer Querlinie in zwei Hälften. Über die obere Hälfte schrieb sie »laufende Ermittlungen«, über die untere »zu initiierende Ermittlungen«.

»Vergiss das Datum nicht«, brummte Wolf.

Jo notierte auch das und verteilte dann mehrere zusammengetackerte Blätter an ihre beiden Kollegen. »Das haben uns die Schweizer Kollegen per E-Mail geschickt«, erklärte sie.

»›Fall-Memo‹, also wenn ich das schon lese«, meinte Gerd Vespermann abfällig, kaum dass er das erste Blatt überflogen hatte. Immerhin ließ er dann mit dem ersten ans Flipchart zu schreibenden Stichwort »Blutspuren« einen ersten konstruktiven Beitrag folgen. »Sie werden bereits untersucht und gehören daher in das Feld der laufenden Ermittlungen.«

»Gut, weiter«, ermunterte ihn Wolf.

»›Laptop Schrägstrich E-Mail-Verkehr des Apothekers‹«, schlug Jo vor. »Außerdem frage ich mich, ob die Kenntnis von Terhovens Telefongesprächen der letzten drei Tage hilfreich für uns wäre.«

»Gute Idee. Schreib's darunter.«

In schneller Folge fielen weitere Stichworte wie »ballistische Untersuchung«, »Boot/Transport der Leiche« und »Obduktion Terhoven«. Jo kam kaum mit dem Schreiben nach.

»Was ist mit Mikrospuren vom Nebenausgang der Apotheke? Ich denke da an den Fahrer des Lieferwagens«, meinte Vespermann.

Wolf winkte ab. »Das dürfte uns kaum weiterbringen.« Auf

Vespermanns fragenden Blick hin erklärte er: »Nach Aussage von Frau Gerber handelt es sich bei dem Mann um einen regelmäßigen Lieferanten, der schon seit Längerem jeden Mittwoch nach Geschäftsschluss Ware bringt.«

»Ich finde, der Mann sollte trotzdem ermittelt werden, und sei es nur als Zeuge.«

»Okay, hast ja recht. Schreib diesen Punkt in die untere Hälfte, Jo. Zwei weitere Punkte fallen mir noch ein. Die Klosterbrüder müssen vernommen werden, auch das gehört nach unten. Und dann die Frage aller Fragen überhaupt: Wieso ein Ritualmord? Was steckt dahinter?«

»Immerhin haben wir diesbezüglich zwei Anhaltspunkte, nämlich die Rune und den Zettel mit dem Bibelspruch«, meinte Jo und notierte die beiden Stichworte.

»Ich könnte unsere Datenbanken nach vergleichbaren Fällen durchsuchen«, bot sich Vespermann an.

»Sehr gut, mach das, Gerd. Übrigens habe ich eine Journalistin auf das Thema angesetzt.«

»Kann mir schon denken, wer das ist«, meinte Vespermann lakonisch. »Deine Freundin Karin Winter vom ›Seekurier‹, nicht wahr?«

Wolf ignorierte die Spitze. »Was schadet es uns, wenn wir sie über dieses Thema recherchieren lassen?«, fuhr er fort. »Verlagsarchive sind oftmals ergiebiger als unsere Polizeiprogramme.«

»Dann unterteile ich den letzten Punkt auf unserer Liste in a) Datenbanken und b) Pressearchive. Ist das okay?« Jo machte sich erneut am Flipchart zu schaffen.

Vespermann schenkte sich bereits zum dritten Mal Kaffee nach. Ganz in Gedanken leerte er die Warmhaltekanne bis auf den letzten Tropfen. »Wisst ihr, ich frage mich, wie solche Täter wohl ticken, wie die ihr Süppchen kochen … Oder nein, ich kann's mir schon denken.« Er lachte kurz auf. »So nach dem Motto: Nimm eine gute Portion kriminelle Energie, füge eine Prise Kultisches hinzu, rühre das Ganze gut durch und übergieße es schließlich mit etwas christlicher Soße oder so.«

Jo nickte. »Geht mir ähnlich. Ich finde zu diesem Brimborium keinen richtigen Zugang – das meine ich jetzt nicht ermittlungstechnisch.«

»Bin heilfroh, dass so was nur alle paar Schaltjahre mal vorkommt. Wer von uns kennt sich schon aus mit diesem Brimborium, wie du es nennst? Ich bestimmt nicht.«

»Ihr meint, wir bräuchten einen Sachverständigen«, schlussfolgerte Wolf mit leichtem Schmunzeln. »Nun, ich kenne da jemand, und offen gestanden hab ich auch schon meine Fühler ausgestreckt.« Er machte eine kleine Kunstpause, bevor er die Katze aus dem Sack ließ. »Es handelt sich um einen ehemaligen forensischen Psychiater.«

Jo schnitt eine Grimasse. »Ein Forensiker? Na, ich weiß nicht, Chef. Ja, wenn Sie einen Ritenforscher auf Lager hätten …«

»Woher nehmen, ohne zu stehlen? Wartet's einfach mal ab, vielleicht erweist er sich ja doch als hilfreich.«

Vespermann, der immer unruhiger geworden war, hob nervös die Hand. »Bescheidene Frage, Leo: Wie lange tagen wir noch?«

Leicht irritiert sah Wolf auf die Uhr. »Jetzt ist es halb sechs. Wir müssen noch festlegen, wer welche Aufgaben übernimmt, und dann kann's losgehen.«

»Losgehen? Du meinst morgen früh?« Hoffnung lag in Vespermanns Stimme.

»Nein, Gerd, ich meine nach unserer Besprechung.«

»Soll das heißen jetzt gleich? Das … das geht nicht, Leo. Ich muss nach Hause, kochen. Hab zwei ehemalige Kollegen zum Essen eingeladen.«

»Daraus wird wohl erst mal nichts – tut mir leid, Gerd.«

Vespermanns Stimme bekam einen flehenden Unterton. »Das sind Feinschmecker, Leo … Soll ich denen vielleicht eine Tütensuppe servieren? Bevor die sich an den Tisch setzen, steh ich zwei Stunden am Herd. Mann, versteh mich doch, ich hab einen Ruf zu verlieren.«

Wolf ließ sich jedoch nicht erweichen. »Ein Stündchen wirst du sicher noch dranhängen können, Gerd. Oder sollen Jo und ich uns allein abstrampeln?« Er war aufgestanden und an das Flipchart getreten.

Vespermann warf ihm giftige Blicke zu.

»Was die Aufgabenverteilung betrifft«, fuhr Wolf ungerührt fort, »so lässt sich das Ganze vielleicht etwas abkürzen. Ich würde sagen, Jo übernimmt die Spurenlage«, er deutete auf die vier Punkte im oberen Feld, »während du, Gerd, wie angekündigt die Suche nach vergleichbaren Ritualmordfällen übernimmst. Dabei sollte dein besonderes Augenmerk dem Zettel mit dem Bibelzitat gelten – und natürlich der Rune auf der Stirn des Opfers. Übrigens: Stammt der Spruch tatsächlich aus der Bibel? Wurde das abgeklärt?«

»Ja, tut er. Genau wie auf dem Zettel angegeben aus dem Buch Jesus Sirach, Kapitel 26, Vers 28«, ratterte Jo herunter.

»Sehr gut. Und nun zu mir. Ich fahr gleich noch mal nach Stein, um mit den Klosterbrüdern zu sprechen. Ich mag einfach nicht glauben, dass die schaurige Prozedur des Täters unbemerkt geblieben sein soll. Danach treffe ich mich dort mit dem bereits erwähnten forensischen Psychiater, Hohdorf heißt der Mann. Er lebte und arbeitete bis vor einem Jahr oder so in Konstanz, bevor er nach Überlingen umzog. Eine Zeit lang wurde er von der Kripo Konstanz als Profiler eingesetzt. Er verfügt über reichlich Erfahrung, auch bei Ritualmorden.«

Jo hob die Hand. »Sie haben den Mann bereits gebrieft, nehme ich an?«

»Na sicher. Ich habe ihm telefonisch geschildert, was wir auf der Insel vorgefunden haben, und ihn um seine Meinung gebeten. Daraufhin meinte er, ihm würden auf Anhieb ein paar Ansatzpunkte dazu einfallen, und hat von sich aus eine Fundortbegehung vorgeschlagen. – Sind wir so weit d'accord?«

Als sich kein Widerspruch rührte, fuhr er fort: »Also gut, wenn weiter nichts anliegt, setzen wir uns morgen früh um neun wieder zusammen. Und was dich betrifft, Gerd: Du kannst jetzt kochen gehen, vorausgesetzt, du kommst morgen früh beizeiten aus den Federn. Dein Part ist wichtig, sind wir uns da einig?«

Vespermann konnte seine Verblüffung nur schwer verbergen. »Versteh mich doch, Leo«, meinte er entschuldigend, darum bemüht, seinen Groll hinunterzuschlucken, »es ist … na ja, wie steh ich denn sonst da bei den alten Kollegen?«

»Was soll's denn Leckeres geben, wenn man fragen darf?«, wollte Jo wissen.

Vespermann schien förmlich aufzublühen, unbewusst strich er sich mit den Händen über den respektablen Bauch. »Lammhaxe mit Zitronensoße. Man kocht die Haxen mit Zwiebeln und Lorbeer weich …«

Jo wehrte lachend ab. »So genau wollt ich's gar nicht wissen, sonst bekomm ich bloß Appetit.«

Plötzlich griff sich Wolf an den Kopf. »Ah, noch ein letzter Punkt, eh ich es vergesse: Sommer hat eine Nachrichtensperre verhängt. Also bitte keinerlei Informationen rausgeben, schon gar nicht an irgendwelche Medienleute. Ich denke, wir haben uns verstanden, ja? Gut, dann also bis morgen um neun.«

***

Ich befinde mich auf Klostergelände, also auf heiligem Boden, hier wird nicht geflucht, ermahnte sich Wolf, als er prustend und mit hochgeschlagenem Kragen endlich den Hauseingang erreichte. Dabei hätte er allen Grund zu einem saftigen Fluch gehabt.

Immer wieder hatte er auf der Fahrt nach Stein kritisch den Himmel beäugt. Dunkles Gewölk war aus Westen herangesegelt, aber noch war kein Tropfen gefallen. Wolf hasste es, mit einem Regenschirm in der Hand auf Spurensuche zu gehen, und so hatte er entschieden, den Schirm im Wagen zu lassen, als er diesen auf dem Klosterparkplatz abgestellt hatte.

Doch dann, er war gerade mitten auf dem Steg, der zur Insel hinüberführte, hatte der Himmel mit Urgewalt seine Schleusen geöffnet. Nur durch einen Spurt zum Klostergebäude hatte Wolf sich halbwegs trocken in Sicherheit bringen können.

Jetzt wischte er sich die Tropfen aus dem Gesicht, während er stürmisch an der Pforte klingelte. Es dauerte eine gefühlte Ewigkeit, bis die Tür einen Spalt weit aufging und ein jüngerer Mann in Jeans und Holzfällerhemd ihn misstrauisch musterte. Endlich zog er die Tür vollends auf.

»Ein echtes Sauwetter«, meinte er mit Blick zum Himmel,

ehe er sich auf den Besucher besann. »Entschuldigen Sie, wie kann ich Ihnen helfen?«

Leo Wolf – in der Erwartung, von einem Mönch im Habit empfangen zu werden – war einen kurzen Moment lang irritiert. Schließlich zog er seinen Dienstausweis hervor. »Guten Abend erst mal. Mein Name ist Wolf, Hauptkommissar Wolf von der Kripo Überlingen. Ich möchte mich für den unangemeldeten Besuch entschuldigen. Wäre es möglich, Ihnen und Ihren … wie sagt man eigentlich, Ihren Kollegen oder Ihren Brüdern?«

»Brüder. Brüder ist richtig.«

»Also Ihnen und Ihren Brüdern ein paar Fragen zu stellen? Es geht, wie Sie sich denken können, um den Toten der vergangenen Nacht. Ich weiß, es ist schon spät –«

»Nein, nein, das ist schon in Ordnung«, fiel ihm der Mönch ins Wort und versuchte, Wolf am Ärmel nach innen zu ziehen. »Jetzt kommen Sie erst mal ins Trockene.«

Wolf wich zurück. »Es wäre mir lieber, wenn Sie mit nach draußen kämen. Ob Sie sich vielleicht einen Schirm holen könnten?«

Zu seiner nicht geringen Verwunderung zeigte der Mönch Verständnis. Er verschwand hinter der Tür, um kurz darauf mit zwei Regenschirmen in der Hand zurückzukehren. Einen davon drückte er Wolf in die Hand.

»Hier, nehmen Sie. Sie können ihn ruhig behalten, wir haben genügend davon«, meinte er. »Ich bin übrigens Bruder Johannes.«

Sie spannten die Schirme auf und traten in den Regen hinaus.

»Selbstverständlich wollen wir unseren Teil zur Aufklärung dieses scheußlichen Verbrechens beitragen«, sagte Bruder Johannes. »Was mich anbelangt, so bezweifle ich allerdings, dass ich eine große Hilfe für Sie sein kann. Von dem nächtlichen Vorfall habe ich leider – oder soll ich sagen: glücklicherweise? – nichts mitbekommen. Den Toten hat unser Bruder Thomas gefunden, und der ist noch unterwegs.«

Auf dem Weg zu dem Labyrinth wiederholte er, was Wolf bereits am Nachmittag von Birmoos gehört hatte: »Wir gehen alle unseren erlernten Berufen nach, müssen Sie wissen, einige von uns sind zudem als Priester, Diakon oder Kustos tätig.« Er blieb stehen und lauschte in Richtung Steg. »Da kommt jemand. Ich glaube, Sie haben Glück. Dem Schritt nach könnte es Bruder Thomas sein.«

Gleich darauf kam eine dunkel gekleidete Gestalt mit Schirm in der Hand auf sie zu.

»Guten Abend, Thomas. Das ist Kommissar Wolf von der Kripo Überlingen. Er hat noch ein paar Fragen an dich wegen heute früh, du weißt schon.«

Bruder Thomas schien von Wolfs Anliegen nicht sonderlich überrascht zu sein. »Ja, ich habe den Toten gefunden«, bestätigte er, um gleich darauf den Blick gen Himmel zu wenden. »Gebe der Herr, dass ich so was nicht mehr erleben muss.«

»Wann und wie haben Sie den Toten entdeckt?«

»Nun, entdeckt habe ich ihn erst am Morgen, aber hergebracht wurde er wohl schon einige Stunden zuvor. Gestern Abend habe ich mich noch recht lange auf meine heutige Unterrichtsstunde vorbereitet – ich bin Religionslehrer, müssen Sie wissen. Als ich fertig war, wollte ich mir noch ein bisschen die Füße vertreten, also bin ich vors Haus gegangen.« Er stockte kurz und sah verlegen zu Boden. »Um bei der Wahrheit zu bleiben – ich wollte eine Zigarette rauchen«, bekannte er. »Und wie ich da so drüben am Steg stehe und ins Wasser gucke, höre ich mit einem Mal ein Geräusch …«

»Wissen Sie noch, wie spät es da war?«

Bruder Thomas wiegte den Kopf hin und her. »Eine halbe Stunde nach Mitternacht, würde ich sagen.«

»Könnten Sie das Geräusch vielleicht etwas näher beschreiben?«

»Nun, es war so ein Scharren und Schaben, als ob jemand etwas Schweres über den Boden zieht. Natürlich habe ich gleich nachgesehen, konnte allerdings nichts Verdächtiges entdecken. Was nicht viel heißen will, schließlich war es finstere Nacht, und ich hatte keine Lampe bei mir. Als ich am folgenden Morgen das Haus verließ, fiel mir dann die Gestalt im Labyrinth ins Auge. Das war vielleicht ein Schreck, kann ich Ihnen sagen …«

»Sie sind der Erste, der morgens das Haus verlässt?«

»Genau. Ich bin sofort zurückgerannt und habe meine Brüder verständigt. Uns war gleich klar, dass wir es mit einem Toten zu tun hatten, der Einschuss in der Stirn des Mannes war ja eindeutig. Johannes hat dann den Polizeiposten in Stein angerufen. Das war um halb sechs, glaube ich.«

Wolf nickte. Das deckte sich mit den Angaben von Birmoos. »Verstehe. Ist Ihnen sonst noch etwas eingefallen, das wichtig für uns sein könnte?«

Beide Mönche schüttelten den Kopf.

Wolf kratzte sich unschlüssig hinter dem Ohr. »Es gibt noch einen weiteren sehr wichtigen Punkt, über den wir bisher noch nicht gesprochen haben, nämlich die in die Stirn des Toten eingeritzte Rune. Wie würden Sie als Glaubensmänner das Zeichen interpretieren? Der linke Teil sieht ein bisschen aus wie ein Kreuz. Sind Sie diesem oder einem ähnlichen Symbol irgendwo schon einmal begegnet? Oder anders gefragt: Welche Botschaft könnte der Täter Ihrer Meinung nach damit verbinden wollen?«

Die beiden tauschten einen ratlosen Blick, dann zuckten sie mit den Schultern.

»Natürlich haben wir uns diese Frage auch schon gestellt, Herr Kommissar«, versuchte Thomas, ihre Meinung in Worte zu fassen. »Eine Antwort allerdings … nein, mit einer Antwort können wir leider nicht dienen. Aber wir werden weiter darüber nachdenken und auch andere Meinungen einholen, wenn Ihnen das recht ist.«

»Darum würde ich Sie bitten. Ich lasse Ihnen meine Karte da.«

Wolfs Handy begann zu klingeln. Er bedankte sich bei den beiden Mönchen und verabschiedete sich, ehe er das Gespräch annahm. Es war Jo, die ihm von einem Anruf der Schweizer Kollegen berichtete. Ihren Ermittlungen zufolge hätten Zeugen etwa einen Kilometer rheinaufwärts einen weißen Lieferwagen vom Flussufer wegfahren sehen. Dabei könne es sich um dasselbe Fahrzeug handeln, das Terhovens Nachbarin am Tatabend bei der Apotheke gesehen haben wollte. Ein Boot wurde an der Stelle allerdings nicht gefunden.

»Haben die Leute das Kennzeichen erkannt?«

»Leider nein ... wäre auch zu schön gewesen, oder? Alles Weitere dann morgen früh, Chef. Ich muss jetzt Schluss machen, ich hab noch was vor. Alsdann, frohes Schaffen noch und gute Nacht.« Mit dem letzten Wort unterbrach sie die Verbindung.

Wolf warf einen Blick auf den düsteren Himmel, aus dem noch immer dicke Tropfen prasselten. Nachdenklich stapfte er in Richtung Fußgängersteg. Bei jedem Schritt quatschten seine Schuhe auf dem aufgeweichten Boden, überdies begann er unangenehm zu frösteln. Dennoch war er mit sich und der Welt zufrieden.

Es stand nun mit einiger Sicherheit fest, wie der Täter Terhoven auf die Insel geschafft hatte. Mit dem Lieferwagen, den die Zeugen gemeldet hatten, war er direkt an das einen Kilometer flussaufwärts liegende Rheinufer gefahren. Dort musste er Terhovens Leiche in ein Boot verladen haben, mit dem er sich von der Strömung zur Insel treiben ließ. Von der Anlegestelle aus hatte er sein Opfer dann in das Labyrinth geschleppt. Vermutlich hatte er anschließend das Boot gelöst und es der Strömung überlassen, bevor er sich in aller Ruhe über die Fußgängerbrücke davonmachte, um zu seinem Wagen zu gehen und die Rückfahrt anzutreten.

So und nicht anders musste sich das nächtliche Treiben abgespielt haben, nur so fügten sich die einzelnen Puzzleteilchen passend ineinander, auch wenn die pseudoreligiöse Aufbahrung Terhovens ihnen nach wie vor Rätsel aufgab. Nur ein kleiner, aber nagender Zweifel blieb: Noch hatten sie das Boot des Täters nicht gefunden.

Wolfs Gedanken wurden von sich nähernden Schritten auf knirschendem Kies unterbrochen. »Da sind Sie ja, Wolf«, schallte es ihm in professoralem Tonfall entgegen, noch ehe er den Sprecher hinter den Büschen erkennen konnte. »Wollten sich wohl vor mir verstecken, was? Nein, nein, mein lieber Wolf, mir entkommen Sie nicht.«

Herrje, er war ja mit Hohdorf verabredet. Wenige Schritte später standen sie einander gegenüber. Trotz des Zwielichts erkannte er den Forensiker seinem Kinnbart und dem weißen Haupthaar.

»Dr. Hohdorf, seien Sie gegrüßt. Danke, dass Sie gekommen sind.« Wenn der wüsste, dass ich den Treff mit ihm fast vergessen hätte, dachte Wolf und fügte laut hinzu: »Pünktlich wie die Maurer, wie der Volksmund sagt.«

»Ich hatte ohnehin in Schaffhausen zu tun, der kleine Umweg ist nicht der Rede wert«, wehrte Hohdorf bescheiden ab, während er Wolf die Hand schüttelte. »Und was die Pünktlichkeit betrifft: eine reine Frage der Organisation. Was hab ich neulich gelesen? Pünktlichkeit ist die Kunst, richtig abzuschätzen, um wie viele Minuten sich der andere verspäten wird. – Gut, nicht wahr?«

»Goethe?«

»Falsch. Bob Hope.«

»Trotzdem gut. Aber lassen Sie uns gleich zur Sache kommen und –«

»Richtig, Herr Wolf«, fiel ihm Hohdorf eifrig ins Wort, »die Sache, wegen der ich hier bin. Ich habe interessante Neuigkeiten für Sie.«

»Wollen Sie sich nicht erst ansehen, wo man die Leiche des Apothekers gefunden hat?«

»Pardon, Sie haben recht. Wo ist das?«

»Direkt im Zentrum des aus Steinen gelegten Labyrinths dort drüben auf der Wiese. Ich geh mal voraus, wenn Sie erlauben.«

Auf dem Weg kam Wolf nicht umhin, sich über Hohdorfs lächerlich kleinen Damenknirps zu wundern. Er reichte kaum aus, um auch nur die Schultern dieses groß gewachsenen Mannes vor dem noch immer starken Regen zu schützen. Was soll's?, dachte er, Hauptsache, du hilfst uns, den ganzen Psychoquatsch hier etwas zu erhellen.

An der Steinsäule im Zentrum des Labyrinths ließ er Hohdorf aufschließen und schilderte ihm, in welcher Position und Haltung die Mönche den toten Terhoven aufgefunden hatten.

Hohdorf ließ zunächst das Labyrinth auf sich wirken, maß

dann mit großen Schritten die Kreisfläche aus. Zuletzt umrundete er mehrfach die Stele in ihrer Mitte, wobei er sich nachdenklich über den Bart strich und die Begehung mit einem lapidaren »Passt alles!« beschloss.

»Was meinen Sie?«, fragte Wolf verwundert.

»Ich hatte gerade so eine Art Déjà-vu-Erlebnis. Aber der Reihe nach. Erinnern Sie sich noch an die Ritualmordserie, die sich vor gut einem Dutzend Jahren drüben in Konstanz ereignet hat?«

»Dunkel«, sagte Wolf, der ungern zugab, dass er keinen blassen Dunst davon hatte, mit gerunzelter Stirn. Schließlich war er nicht involviert gewesen – falls er zu der Zeit überhaupt schon in Überlingen war. »Was ist damit?«

»Na ja, Sie waren ja seinerzeit nicht betroffen. Jedenfalls litt der Täter unter temporär auftretenden religiösen Wahnvorstellungen, weshalb das Gericht ihn in die geschlossene Abteilung einer psychiatrischen Klinik eingewiesen hat. Unbefristet, wohlgemerkt. Die ›Entsorgung‹ seiner Opfer erfolgte stets nach dem gleichen Muster: Die Körper wurden vom Täter an einem geweihten Ort abgelegt, einem Kirchplatz oder Friedhof zum Beispiel. Zwei Merkmale waren es, die bei dieser Inszenierung besonders auffielen: Allen Opfern war mit einem skalpellähnlichen Instrument eine etwa vier Zentimeter große Rune auf die Stirn geritzt worden, die ein Kreuz in Kombination mit dem Buchstaben R darstellte. Zudem fand sich in der rechten Hand eines jeden Toten ein zusammengeknüllter Zettel mit einem Bibelzitat. Fragen Sie mich nicht nach den genauen Wortlauten.«

»Verstehe. Und was ist aus dem Täter geworden?«, unterbrach ihn Wolf mit heiserer Stimme.

»Gute Frage. Hier kommt die Antwort: Soviel ich weiß, kam der Mann nach Verbüßung von ziemlich genau zehn Jahren vor einem knappen Jahr wieder frei, weil das periodisch eingeholte Gutachten zu dem Ergebnis kam, der Mann sei inzwischen ausreichend stabilisiert, sprich: Er könne wieder auf die Menschheit losgelassen werden. – Na, was sagen Sie dazu? Ist die Ähnlichkeit der beiden Fälle nicht frappierend?«

»Mehr als das«, bejahte Wolf, der sich noch immer nicht erinnern konnte. »Sie kennen nicht zufällig den derzeitigen Aufenthaltsort des Mannes?«

»Sie halten mich wohl für eine Wundertüte, was? Da müssen Sie sich schon selbst drum kümmern, mein lieber Wolf.«

»Das hab ich befürchtet. Aber seinen Namen, den wissen Sie schon.«

»Azrael.«

»Wie bitte?«

»Sagen Sie bloß, Sie kennen Azrael nicht? Den Racheengel?« Hohdorf tat, als könnte er die Begriffsstutzigkeit des Kommissars nur schwerlich fassen.

»Eine Bildungslücke, ich geb's ja zu«, grummelte Wolf. »Allerdings hab ich für Mystizismus und Glaubensschwärmerei noch nie viel übrig gehabt. Ich nehme an, unser Mann hat auch einen bürgerlichen Namen?«

»Hat er. Er heißt Volker Rothemund.«

»Na also.« Wolf zog aus einer Tasche einen Block hervor, um sich den Namen zu notieren. Dann fasste er sein Gegenüber erneut ins Auge. »Um noch einmal auf die Rune und ihre Bedeutung zurückzukommen ...«

Hohdorf lächelte säuerlich und hob die Arme gen Himmel. »Oh Herr, schmeiß Hirn 'ra«, lamentierte er auf Schwäbisch. Die Geste sollte er noch in derselben Sekunde bereuen; ein vorwitziger Regentropfen verirrte sich in sein rechtes Auge. Vorsichtig rieb er mit der Hand über das Augenlid und wandte sich erst nach heftigem Blinzeln wieder Wolf zu. »Ich dachte, das hätte ich hinlänglich klargemacht. Dieser Mann –«

»Rothemund.«

»Sag ich doch. Dieser Mann war psychisch defekt, seine Taten in keiner Weise nachvollziehbar. Warum sonst hätte ihn das Gericht wohl in die Psychiatrie einweisen sollen? Ein angemessenes Urteil, das sich absolut mit meinem persönlichen Empfinden deckte. Was Sie nicht zu wundern braucht, schließlich bin ich in diesem Fall einer der Gutachter gewesen.«

»Ah ja. Demnach waren die Runen und die Bibelzitate also

bedeutungslos und Rothemunds Taten nur die verquaste Ausgeburt einer kranken Phantasie?«

»So ist es.«

»Was ich nicht verstehe: Wenn ich Ihrer Darstellung folge, sind Rothemunds Taten eins zu eins auf den aktuellen Fall übertragbar. Folglich käme er auch bei dem neuen Fall als Täter zwingend in Frage. Aber wie kann Rothemund, obwohl als austherapiert entlassen, kaum ein Jahr später wieder rückfällig werden?«

»Jetzt machen Sie es sich aber ein bisschen zu einfach, mein lieber Wolf«, erklärte Hohdorf mit süffisantem Lächeln. »Noch mal langsam, zum Mitschreiben: Ich wollte Ihre geschätzte Aufmerksamkeit lediglich auf eine Mordserie lenken, die mehr als ein Jahrzehnt zurückliegt und Übereinstimmungen mit Ihrem neuen Fall aufweist – nicht mehr und nicht weniger. Welche Schlüsse Sie daraus ziehen, bleibt Ihnen überlassen.«

»Welchen anderen Schluss als den, dass Rothemund auch den Tod des Apothekers verschuldet hat, soll ich denn daraus ziehen?«

»Nun, zum Beispiel könnte es sich um die Tat eines Nachahmers handeln.«

»Okay, das wollte ich hören. Dann halte ich also fest: Wir müssen den Fall Rothemund noch einmal ausgraben und den Aufenthaltsort des Mannes ermitteln, allerdings ohne uns auf diese Schiene festzulegen. – Ach, sagen Sie, welchen Berufen gingen eigentlich die Opfer der ersten Mordserie nach?«

Hohdorf sah ihn belustigt an. »Meines Wissens war kein Apotheker darunter, falls Ihre Frage darauf abzielte.« Er wies zum östlichen Ufer hinüber. »Ich denke, wir können die Insel jetzt wieder verlassen, was meinen Sie?« Ohne Wolfs Antwort abzuwarten, schlug er den Weg in Richtung Fußgängersteg ein.

Wolf brummelte etwas Unverständliches, während er prüfend zum Himmel hochsah. Er konnte es kaum glauben: Der Regen hatte aufgehört.

Sie erreichten den Parkplatz, wo sie sich per Handschlag verabschiedeten.

Im Weggehen drehte Wolf sich noch einmal um. »Wissen Sie, wovor ich Angst habe?«

»Ich kann's mir denken. Sie fürchten, aus dem neuen Fall könnte ebenfalls eine Mordserie werden.«

»D'accord. Ach ja, eh ich's vergesse: Danke für Ihre Unterstützung.«

»Immer wieder gern. Sie können ja meinen Namen in Ihrem Bericht erwähnen. Ein bisschen Werbung kann nie schaden.«

6

Wollüstig grunzend wälzte sich Bruno auf die andere Seite. Seine wildesten Träume schienen sich erfüllt zu haben. Mira, die Neue hinter der Bar, hatte Feuer gefangen. Zumindest sah es so aus. Warum sonst sollte sie ihm diese schmachtenden Blicke zuwerfen? Ein Prachtweib war das. Eine Zuckerschnecke. Blond und zierlich, ganz so, wie er es mochte. Und mindestens Körbchengröße D, wenn nicht gar Doppel-D. Egal, diesen Unterschied konnte er notfalls verschmerzen. Noch ehe der Morgen graute, würde er das abgeklärt haben.

Allein die Vorstellung daran entlockte ihm ein breites Grinsen.

Dann plötzlich, fast einem Orgasmus gleich, der absolute Höhepunkt des Abends: Mira, das Prachtweib, schwebte engelsgleich auf ihn zu. Nur der Tresen war noch zwischen ihnen, eine blank polierte Fläche, auf der, zum Greifen nah, ihre Möpse lockten. Vielleicht lag es daran oder an dem Duft, der sie umhüllte, jedenfalls war er nahe daran, ihr den knappen Fummel vom Leib zu reißen.

Als wollte sie das alles noch toppen, hauchte sie ihm jetzt einen Satz ins Ohr – einen Satz, der nur mit Mühe in sein Bewusstsein drang: »Wo bleibst du denn, Bruno? Nun mach endlich hin!«

War das wirklich und wahrhaftig Miras Stimme?

Je länger er darüber nachdachte, desto sicherer wurde er: Er hatte sich wohl gründlich getäuscht. Die Stimme musste einem Kerl gehören.

Einen Moment lang hatte er den Eindruck, im falschen Film zu sein. Er sah dieses scharfe Wesen vor sich und hörte dazu den herben Tonfall einer Männerstimme – als würden Handlung und Ton aus zwei verschiedenen Streifen stammen.

»Bruno, was ist los? Nun rede endlich.«

Nein, diese Stimme gehörte definitiv nicht Mira.

Dann fiel es ihm plötzlich wie Schuppen von den Augen: Er war überhaupt nicht im »Chez Michelle«, seinem Lieblingsclub in der Konstanzer Altstadt, und Mira, die traumhafte Zuckerpuppe, nichts als ein billiger Traum. Er war wieder einmal mit dem Headset im Ohr eingeschlafen! So eine verfluchte Scheiße aber auch.

Schlaftrunken sah er auf die Uhr. Es war kurz nach sieben. Und der Boss hatte ihn nach der Besprechung mit Jing Zhao anrufen wollen.

Mit einem Schlag war Bruno hellwach. »Ich höre, Boss«, sagte er, nach Kräften bemüht, das verräterische Krächzen in seiner Stimme zu unterdrücken. »Wie war das Meeting?«

Nach einem lauten Knacken schien die Leitung einen Moment lang tot zu sein. Bruno wollte schon aufatmen, doch er hatte sich zu früh gefreut. Statt einer Antwort erhielt er eine Gegenfrage: »Wie sieht's aus, hast du Marek zur Räson gebracht?«

Verzweifelt bemühte sich Bruno um einen klaren Gedanken. Er kriegte nicht mehr zusammen, wie viele Drinks er gestern intus gehabt hatte. Selbst an die Heimfahrt konnte er sich nur noch vage erinnern. Ein Glück nur, dass er das Headset aufbehalten hatte; so nahm sein Handy alle eingehenden Gespräche an. »Marek?«, wiederholte er dümmlich, um etwas Zeit zu gewinnen.

»Sag mal, pennst du noch?«, brüllte die Stimme schmerzhaft laut in sein Ohr. »Warst du gestern wieder im ›Chez Michelle‹? Du säufst dich noch um Kopf und Kragen. Was soll ich mit einem Bodyguard, der ständig knülle ist? Ich sag dir eins: Wenn du so weitermachst, kannst du dir bald einen neuen Job suchen, haben wir uns verstanden?«

Das saß. Schlagartig war Bruno nüchtern. »Sie haben ja recht, Boss«, gab er kleinlaut zu. »Ich weiß auch nicht, was in mich gefahren ist. Ab jetzt werd ich die Finger von dem Zeug lassen, versprochen, Boss. Und was Ihre Frage betrifft …« Er schilderte, was sich auf der Brücke abgespielt hatte, und schloss mit den Worten: »Keine Angst, Marek hat die Behandlung überlebt. Wie ein Fisch ist er anschließend ans Ufer geschwommen. Na ja, vielleicht nicht ganz so munter.« Innerlich musste er lachen, als er sich Mareks Sturz von der Brücke in Erinnerung rief.

Sein Chef ließ nur ein unwilliges Knurren vernehmen. »Wie du es angestellt hast, ist mir scheißegal. Hauptsache, er hat seine Lektion gelernt.«

»Das hat er, Boss, das hat er garantiert«, entgegnete Bruno hastig, um nach kurzer Pause hinzuzusetzen: »Und bei Ihnen, Boss? Alles gut gelaufen?«

»Gut wäre maßlos übertrieben, würde ich sagen.«

»Ärger mit Jing Zhao?«

»Nein, nicht mit ihm, es ist etwas anderes. Wie's aussieht, ist Marek nicht der Einzige, der uns bescheißt. Deshalb musst du unbedingt heute noch nach Heiligenberg.«

»Heiligenberg? Heißt das, ich soll mir Greuter vorknöpfen?«

»Was sonst? Aber bleib gefälligst nüchtern. Heiz ihm ordentlich ein, lehr ihn das Fürchten, führ ihn meinetwegen an den Abgrund – bildlich gesprochen. Nur: Stoß ihn nicht runter. Noch nicht, kapiert? Und den Verlust will ich bis auf den letzten Cent von ihm erstattet haben. Von wegen ausgebliebene Lieferung ... Da hat er sich den Falschen zum Verscheißern ausgesucht. Nicht mit mir!«

»Klaro. Die Ware ist also definitiv angekommen?«

»Jep. Jing Zhao konnte das lückenlos belegen, mit allen erforderlichen Papieren.« Im Hintergrund war das Aufschnappen eines Feuerzeuges zu hören, der Chef inhalierte hörbar den Rauch einer Zigarette. »Ich muss Schluss machen, Bruno. Reiß dich zusammen, wenn dir was an deinem Job liegt. Hast du verstanden?«

»Ist angekommen, Boss. Sie können sich auf mich verlassen. Versprochen.«

7

Bester Laune stieg Wolf im Hof der Polizeidirektion vom Sattel. In gerade mal zwanzig Minuten war er von Nußdorf hierhergeradelt. Jetzt war es halb sieben. Er lag gut in der Zeit. Wenn er Glück hatte, konnte er noch eine Stunde lang ungestört arbeiten, bis seine Kollegen eintrafen. Das würde reichen, um einige längst überfällige Berichte herunterzutippen.

Die Herfahrt auf dem Rad war ereignislos verlaufen, sah man einmal davon ab, dass er auf Höhe des Yachthafens in einen Regenschauer gekommen war. Zum zweiten Mal innerhalb von zwölf Stunden war er klatschnass geworden.

Er kettete sein Fahrrad wie gewohnt an den Laternenmast, um sich anschließend an den Aufstieg in die zweite Etage zu machen. Schwer atmend erreichte er sein Büro. Er öffnete die Tür – und blieb wie angewurzelt stehen. An seinem Schreibtisch machte sich eine Frau zu schaffen.

Erst als sie sich umdrehte, erkannte er Jo. Und sie tat etwas, was er ums Verrecken nicht leiden konnte: Sie legte ihm ungefragt einen Stapel Akten auf den Tisch.

»Hallo, Chef, guten Morgen«, empfing sie ihn lächelnd.

Nicht die Spur von Schuldgefühl oder Verlegenheit, stellte Wolf erschüttert fest.

»Ich hab Ihnen die Spusi- und KTU-Berichte hingelegt«, erklärte Jo. »Sicher wollen Sie da noch kurz reinschauen, bevor wir später über den Fall reden.« Sie stutzte. »Kann es sein, dass Sie unterwegs von einem Platzregen überrascht worden sind? Sie sehen aus, als hätte man Sie durchs Wasser gezogen.« Sie richtete den Blick auf seine Füße und fügte pikiert hinzu: »Und nehmen Sie um Himmels willen diese Dinger da ab.« Sie zeigte auf seine Hosenklammern.

»Ja, ich weiß, sieht nicht besonders sexy aus«, gab er kleinlaut zu. Dann wedelte er ungeduldig mit der rechten Hand. »Und jetzt verzieh dich, Mädchen, ich muss mich trockenlegen.«

Jo wollte gerade kichernd durch die Verbindungstür in ihr

Büro verschwinden, da konnte er nicht länger an sich halten: »Wieso bist du eigentlich schon im Büro, du kommst doch sonst nicht so früh?«

»Das haben Gerd und ich gestern Abend so abgesprochen.«

»Soll das heißen, Gerd ist auch schon da?«, fragte Wolf erstaunt. »Hat ihm seine Verdauung etwa die Nachtruhe verhagelt?«

»Wenn Sie's genau wissen wollen: Gerd ist hier, aber mit der Verdauung … da tun Sie ihm unrecht.« Sprach's und zog sichtlich verärgert die Tür hinter sich zu.

»Um Viertel nach acht muss ich zu Sommer«, rief er ihr noch hinterher, »und bis dahin will ich nicht gestört werden, ja?«

Wolf atmete erleichtert auf. Er schaltete seinen Drucker aus und fuhr den Rechner herunter. Immerhin, die vier wichtigsten Berichte hatte er fertiggebracht; seine Mahnung an Jo schien gefruchtet zu haben. Er tackerte die vom Drucker ausgespuckten Blätter satzweise zusammen und lochte sie. Beim Aufstehen reckte und streckte er sich.

Kurz darauf marschierte er in das Vorzimmer des Kripochefs. Unter dem Arm trug er einen der Berichte und ein kleines Päckchen.

»Schönen guten Morgen, Frau Bender«, rief er aufgeräumt. »Wie sieht's aus, kann ich heute wieder ein Tässchen bei Ihnen schnorren?«

»Kein Problem, Herr Wolf, ich hab Sie eingeplant.« Auf seinen fragenden Blick hin setzte sie lächelnd hinzu: »Der Chef hat bereits nach Ihnen gefragt. Den Kaffee wie immer schwarz und ohne Zucker?«

Er nickte und verschwand in Sommers Büro. Nach kurzer Begrüßung stellte er das mitgebrachte Päckchen auf Sommers Schreibtisch.

»Was ist das?«, fragte Sommer mit gerunzelter Stirn.

»Macarons. Hab ich extra aus Frankreich für dich kommen lassen. Als Wiedergutmachung, nachdem ich dir vor Kurzem deinen gesamten Keksbestand weggefuttert habe.«

Sommer lachte. »Ja, ja, immer noch frankophil angehaucht,

was? Danke, Leo.« Er verstaute das Päckchen in einer Schreibtischschublade. »Nur damit das klar ist: Die werden vorläufig nicht angebrochen, okay? So, und jetzt lass uns anfangen, ich hab um neun den nächsten Termin.« Mit diesen Worten schob er Wolf eine zusammengefaltete Zeitung hin. »Ich nehme an, du kennst diesen Artikel aus dem ›Seekurier‹? Ist die Ausgabe von heute.«

Wolf überflog den Einspalter in den Regionalnachrichten, der mit dem Kürzel »kw« unterzeichnet war. Wie versprochen hatte Karin Winter sich an ihre Abmachung gehalten und die Ereignisse auf der Klosterinsel unerwähnt gelassen. Stattdessen beklagte sie sich über die Nachrichtensperre.

Wolf winkte ab und gab das Blatt zurück. »Viel Wind um nichts«, kommentierte er.

Sommer nickte. »Vielleicht kannst du mich jetzt kurz über den aktuellen Stand eures Falles informieren?«

»Natürlich. Bei Terhovens Tod scheint es sich tatsächlich um einen Ritualmord zu handeln, jedenfalls haben sich die Hinweise darauf verdichtet.« Er schilderte Sommer seine auf der Klosterinsel gewonnenen Eindrücke. »Da Fälle dieser Art nicht gerade alltäglich sind, habe ich mit einem forensischen Psychiater Kontakt aufgenommen.«

»Dr. Hohdorf, nehme ich an?«

»Stimmt. Du kennst ihn?«

»Flüchtig. Aber ich wollte dich nicht unterbrechen.«

Wolf nippte an seinem Kaffee, ehe er weitersprach. »Nun, es könnte sein, dass sich dieser Kontakt schon jetzt gelohnt hat. Hohdorf hat nämlich einen alten Fall ausgegraben, der mit dem Mord an Terhoven weitgehend identisch ist. Der Täter war damals ein gewisser Volker Rothemund. Der Mann hat zehn Jahre lang in der geschlossenen Abteilung einer psychiatrischen Klinik verbracht. Vor knapp einem Jahr kam er überraschend frei. Zur Begründung hieß es, er sei geheilt.«

»Handelte es sich damals nicht um eine Ritualmordserie?«

»Du erinnerst dich daran?«

»Dunkel.«

Sommer dachte intensiv nach, während er gedankenverloren

mit einem Kugelschreiber spielte. Schließlich hob er den Kopf. »Okay, Leo, wenn ihr verstärkt in diese Richtung ermitteln wollt: Meinen Segen habt ihr. Allerdings würde ich euch raten, euch nicht allzu früh auf eine der Optionen festzulegen.«

»Optionen?«

»Man hat immer mehrere Optionen, Leo. Option Nummer eins wäre dieser Rothemund. Ist er der Täter, ermittelt ihr seinen Aufenthaltsort, nehmt ihn fest, weist sein Motiv und den Tathergang nach – und der Fall ist gelöst.«

»Mit einem Schuss ins Schwarze sozusagen – klingt zu schön, um wahr zu sein.«

»Genau. Option Nummer zwei: Ihr habt es, wie so häufig, mit einem Nachahmer zu tun. Oder aber drittens: Beide Spuren verlaufen im Sand. In diesem Fall wärt ihr gezwungen, noch mal von vorne anzufangen – mit dem Manko, Kapazitäten an die falschen Ziele gebunden und dadurch wertvolle Zeit verloren zu haben. Verstehst du jetzt, was ich meine?«

»Keine Sorge, Ernst, da kann ich dich beruhigen: Wir werden ergebnisoffen ermitteln. Tut mir leid, dass ich dir im Augenblick nichts Genaueres sagen kann. So oder so, ich werde dich auf dem Laufenden halten.«

»Tu das bitte. Ach ja, und danke noch mal für die Macarons.«

Wenige Meter vor seinem Büro blieb Wolf abrupt stehen. Träumte er, oder war die Frau da vor ihm Karin Winter? Sie musste aus einem der Büros gekommen sein. Genauer gesagt: aus dem Büro von Jo und Vespermann. Was hatte sie mit seinen Kollegen zu bequatschen? Egal, dachte er, nur jetzt nicht in ihre Fänge geraten. Er hatte gerade absolut keine Lust, über ungelegte Eier zu plaudern. Am besten, er würde sich unauffällig umdrehen und zurück…

Zu spät, sie hatte ihn bereits entdeckt.

»Ah, da sind Sie ja, Herr Wolf, ich such Sie schon überall. Es geht um Ihren Rechercheauftrag. Ich hätte da was für Sie, das dürfte Sie interessieren.«

Er mimte den Überrumpelten. »Was denn … jetzt, Frau Winter? Ich bin knapp mit Zeit, ich muss in ein Meeting.«

Überfälle dieser Art konnte er auf den Tod nicht ausstehen. Andererseits: Ihre Recherchen hatten Hand und Fuß. Meistens jedenfalls. »Aber gut, dann schießen Sie mal los.«

»Was, hier, auf dem Flur, in aller Öffentlichkeit? Als Nächstes verlangen Sie noch, dass ich meine Rechercheergebnisse schriftlich einreiche, was?« Sie schien ernstlich empört zu sein. »Na gut, dann halt ich's eben wie der Sachsenkönig Friedrich August.«

»Wie? Tut mir leid, ich versteh nur Bahnhof.«

»Dann machen Se Ihren Dreck doch alleene, Herr Kommissar. Das soll er gesagt haben, und dem schließ ich mich an.« Sie machte Anstalten, in Richtung Lift zu gehen.

»Also gut«, gab er klein bei. »Gehen wir in mein Büro. Aber ich muss Sie bitten, sich kurz zu fassen.«

Wolf öffnete die Tür zu seinem Büro und schob Karin Winter hinein. Ihr Gesicht entspannte sich, während sie sich an den Besprechungstisch setzte und mit wichtiger Miene zu ihm hochsah.

»Ich sollte wegen des Ritualmordes für Sie tätig werden, Sie erinnern sich?«, begann sie.

»Bin nicht dement«, knurrte er finster.

»Gut.« Übergangslos begann sie zu lächeln. »Dann wissen Sie sicher noch, dass Sie mir von der Aufbahrung des Mordopfers auf dem Klostergelände erzählt haben, in diesem Dingsda … diesem Labyrinth. Richtig?«

»Kommen Sie endlich zur Sache«, drängte Wolf ungeduldig.

»Moment noch.« Sie hob, immer noch lächelnd, beschwichtigend die Hand. »Dem Toten hatte man eine eigenartige Rune in die Stirn geritzt, ein Kreuzsymbol in Kombination mit dem Buchstaben R. Auch richtig?«

Als sie keine Antwort erhielt, setzte sie sich auf und ergänzte siegessicher: »Außerdem hatte er einen Zettel mit einem Bibelzitat in der Hand, in dem von Schuld die Rede war – auch da werden Sie mir sicher zustimmen.«

Wolf hatte längst kapiert, worauf sie hinauswollte. »Ja, ja, ja«, beschied er sie unwirsch, »und gleich werden Sie mir von einer ähnlichen Tat erzählen, die sich vor elf, zwölf Jahren hier zugetragen hat und von einem gewissen Volker Rothemund verübt wurde, richtig?«

Karin Winters Lächeln verschwand so abrupt aus ihrem Gesicht, als würde man eine Kerze ausblasen. »Ach, Sie wissen bereits davon?«, meinte sie frustriert.

»Ja, glauben Sie denn, ich bin auf der Brennsuppe dahergeschwommen? Oh nein, Frau Winter. Wenn Sie in dieser Sache punkten wollen, müssen Sie mir schon etwas mehr bieten. Wie wär's beispielsweise mit Rothemunds derzeitigem Aufenthaltsort? Den hat Ihnen Ihre Quelle aber vermutlich nicht verraten, oder?«

Karin Winter winkte ab, fast hatte Wolf den Eindruck, sie witterte Morgenluft. »Dürfte nicht sonderlich schwer sein, das herauszubekommen, denke ich.«

»Dann machen Sie mal. Allerdings muss ich Ihre Euphorie ein bisschen dämpfen. Es ist keineswegs bewiesen, dass Rothemund in den Fall involviert ist.«

»Obwohl die Ausführung der beiden Taten absolut identisch ist? Mein lieber Scholli, wie viel Übereinstimmung brauchen Sie denn noch?« Sie sah ihn an, als zweifelte sie an seinem Verstand. Dann fragte sie lauernd: »Nun lassen Sie die Katze schon aus dem Sack, Herr Wolf. Welche andere Option böte sich außerdem an?«

»Ooch, wir denken da an nichts Bestimmtes«, antwortete er ausweichend. »Jedenfalls erinnere ich mich nicht, jemals zuvor einen so verzwickten Fall gehabt zu haben. Schwer durchschaubar, das alles.« Betrübt schüttelte er den Kopf. »Deshalb haben wir uns jetzt fachlichen Beistand von außen gesichert, vielleicht bringt uns das ja weiter.«

Karin Winter schien hellhörig geworden. »Fachlichen Beistand? Welcher Art denn, bitte?«

»Einen forensischen Psychiater, vielleicht kennen Sie ihn ja: Dr. Michael Hohdorf.«

Sie nickte. »Hab schon von ihm gehört. Soll auf seinem Gebiet eine Koryphäe sein.«

»Koryphäe hin oder her, das ändert nichts daran, dass wir mit unseren Ermittlungen noch ganz am Anfang stehen. Übrigens, um auf Ihre Frage nach einer weiteren Option zurückzukommen: Haben Sie schon einmal einen Nachahmungstäter in Betracht gezogen, also einen Täter, der –«

»Ich weiß, was das ist, Herr Wolf.« Sie kaute nachdenklich auf ihrer Unterlippe. »Warten Sie, davon hab ich gelesen … aber wo, Herrgott noch mal?« Ihre Miene erhellte sich. »Ah ja, jetzt fällt's mir wieder ein. In einer meiner Quellen wurde der Verdacht geäußert, dass sich Rothemund an einen früheren Fall drangehängt haben könnte oder so.« Sie erhob sich von ihrem Stuhl. »Ich könnte das für Sie noch mal genauer recherchieren.«

»Das wäre schön. Aber rufen Sie bitte das nächste Mal an, ehe Sie mich beehren.«

Eigentlich hätte die Lagebesprechung um neun beginnen sollen. Wolf hatte seine Kollegen jedoch angerufen und um eine Viertelstunde Aufschub gebeten, ein unerwartetes Gespräch sei ihm dazwischengekommen. Bei dieser Gelegenheit hatte Jo gefragt, ob die Besprechung ausnahmsweise in ihrem Büro stattfinden könne. Ohne eine Begründung zu verlangen, hatte Wolf dem zugestimmt.

Nun ging er durch die Verbindungstür ins Nachbarbüro, wo er sogleich den Grund für Jos Bitte erkannte: Sie hatte sich das Flipchart neben ihren Schreibtisch geholt und war dabei, mit einem dicken schwarzen Filzschreiber Stichwörter auf das Blatt zu schreiben, die sie anschließend einrahmte und mit anderen Kästchen verband.

»Hallo, Chef«, grüßte sie wie nebenbei, ohne sich ablenken zu lassen. Vespermann hämmerte unterdessen am Schreibtisch gegenüber einen Text in seinen Computer. Als hätte er nur auf Wolfs Erscheinen gewartet, nahm er die Finger von der Tastatur, lehnte sich entspannt zurück und griff nach seiner Kaffeetasse.

»Na, Leo, auch einen?«, fragte er kumpelhaft.

Wolf schüttelte den Kopf. »Nein danke, Gerd, bin bereits abgefüllt.« Seine Aufmerksamkeit war auf etwas anderes gerichtet. Irgendetwas scheint sich hier drin verändert zu haben, überlegte er. Und das hat nichts mit dem Flipchart zu tun. Es ist eher … ja, etwas Atmosphärisches.

»Gefühlsmäßig ist für mich bereits Mittagszeit«, plapperte Vespermann weiter.

»Dein Gourmetmenü gestern Abend scheint ja ein voller Erfolg gewesen zu sein«, meinte Wolf sarkastisch.

»War es auch, Leo, war es.«

»Gerd hat recht«, sprang Jo ihm bei. »Er ist nicht nur ein hervorragender Schütze, wie wir seit dem Fall mit der Finanzmafia wissen, sondern ein mindestens ebenso hervorragender Koch.« Sie schnalzte genießerisch mit der Zunge.

»Heißt das, du warst dabei?« Wolf staunte Bauklötze. »Ich dachte, du machst dir nichts aus Essen? Muss ich mir bald Sorgen um deine Figur machen, Mädchen?«

»Ach was, es ergab sich einfach so. Und weil ich deswegen gestern Abend auch etwas früher als sonst gegangen bin, haben wir heute beide früher angefangen.«

»Überraschung am Morgen, was? Die ist euch gelungen. Was soll das hier eigentlich werden?« Er wies auf das Flipchart mit den Linien und Kästchen.

»Ich habe mal versucht, über unseren Fall eine Mind-Map anzulegen.«

»Mind-Map? Lässt sich das auch auf Deutsch sagen?«

»Eine Gedanken- oder Gedächtniskarte, wenn Ihnen das lieber ist.«

»Na, geht doch. Warum nicht gleich so?« Wolf grinste grimmig. »Ich hab trotzdem noch nie davon gehört. Wenn du die Güte hättest, es mir kurz zu erklären?«

Jo ließ sich nicht aus der Ruhe bringen. »Dabei handelt es sich um eine bewährte kognitive Technik. Es ist ganz einfach, Chef. Hier im Zentrum, sehen Sie, hab ich das Problem notiert.«

»›Aufklärung Mordfall Terhoven‹«, las Wolf laut ab. »Und weiter?«

»In den Kästchen drumherum finden Sie alle relevanten Begriffe, also Tathintergründe, Tatbeteiligte, Zeugen, die markanten Orte und so weiter. Verbindungslinien zwischen den

Kästchen weisen auf bestimmte Zusammenhänge hin … soll ich weitermachen?«

»Nein, nein, hab schon verstanden. Es geht darum, leichter und schneller Assoziationen herzustellen.«

»Sie haben's erfasst, Chef. Das Ganze lässt sich sogar noch weiter treiben. Zum Beispiel mit Bildern. Hier«, sie nahm einige Fotos von ihrem Schreibtisch auf, »das sind Tatortfotos aus der Apotheke und von der Klosterinsel. Die hefte ich da jetzt ebenfalls dran, sehen Sie?«

»Nicht schlecht«, musste Wolf zugeben. »Und warum haben wir diese Hilfe nicht schon früher eingesetzt?«

»Mit Verlaub gesagt, Chef: Ich hab mich bisher nicht getraut. Sie stehen neuartigen Methoden – nun ja, bitte nehmen Sie es mir nicht übel – im Allgemeinen reserviert gegenüber.«

Wolf räusperte sich. »Vielleicht muss man es mir nur richtig verkaufen? Wie dem auch sei, wir sollten jetzt loslegen. Lasst uns mit der Spurenlage beginnen.« Als Jo zu einer Erwiderung ansetzte, wehrte er ab: »Ich weiß, Jo, ich weiß, du hast mir die Berichte hingelegt. Aber wann hätte ich sie lesen sollen? Deshalb erzähl mir einfach, was drinsteht, ja?«

»Also gut, aber in Kurzfassung. Erstens: Die in der Apotheke sichergestellten Blutspuren waren circa zwölf Stunden alt und stammen vom Opfer.«

»Zwölf Stunden zurück … das heißt dann von ungefähr halb neun am Abend. Da fällt mir die Zeugin Zeyer ein. Hat sie uns nicht von dem Mann mit dem Lieferwagen erzählt?«

»Sie haben recht, Chef – da könnte ein Zusammenhang bestehen.« Sie malte ein neues Kästchen auf das Flipchart, bevor sie fortfuhr. »Zweitens: Die KTU hat Terhovens Laptop geknackt, allerdings ergab eine erste Überprüfung seines E-Mail-Verkehrs bisher keine Auffälligkeiten. Und schließlich drittens: Auch die Liste seiner aus- und eingehenden Telefongespräche bringt uns nicht wirklich weiter, abgesehen von einem Anruf am Dienstagabend gegen zwanzig Uhr dreißig, den wir auf seinem Anrufbeantworter gefunden haben. Leider ergab die Rückverfolgung des Gesprächs, dass der Anruf aus einer Zelle erfolgte.«

»Und welche Mitteilung hat der Anrufer hinterlassen?«

»Nur drei Worte: ›Lieferung wie gehabt‹.«

»›Lieferung wie gehabt‹. Das war alles?«

»Das war alles.«

Wolf seufzte. »Okay. Und weiter?«

»Nichts weiter. Über das Boot und die sonstige Spurenauswertung unserer Schweizer Kollegen liegen uns noch keine Informationen vor, und Terhovens Leichnam wird erst gegen Mittag in der Rechtsmedizin eintreffen. Frau Dr. Reichmann ist verständigt. Sie wird Terhoven morgen obduzieren.«

»Hoffentlich hat sie bemerkt, dass morgen Samstag ist.«

»Hat sie, und sie war darüber alles andere als amüsiert. In Anbetracht der Umstände hielt ich es jedoch für ratsam, darauf zu bestehen.«

»Schon gut. Was ist mit dem Zettel, den Terhoven in der Hand hatte?«

»Keine Spuren, absolut nichts.«

Wolf trat ans Fenster und sah hinaus. »Alles in allem etwas mager, findest du nicht?«

»Was soll ich machen, Chef?« Jo zuckte mit den Schultern. »Ich kann ja schließlich keine Ergebnisse herbeizaubern. Wir brauchen einfach mehr Zeit.«

»Entschuldige, das sollte kein Vorwurf sein.« Begütigend hob er die Hand. Als er sich nun Vespermann zuwandte, huschte ein Grinsen über sein Gesicht. »Mal sehen, vielleicht lässt Gerd dafür gleich 'ne Bombe platzen.« Erwartungsvoll sah er zu dessen Schreibtisch hinüber.

Vespermann verschränkte die Hände über dem Bauch und setzte ein selbstgefälliges Lächeln auf. »Mit der Bombe, Leo, magst du durchaus recht haben. Allerdings muss ich noch etwas vorausschicken: Was den Fahrer des Lieferwagens anbelangt, den die Nachbarin gesehen haben will ... da muss ich leider passen. Wie Jo schon sagte: Die Zeit war zu knapp. Steht aber ganz vorn auf meiner Liste. So, und nun zu der ›Bombe‹, wie du sagst. Ich bin in unseren Datenbanken auf einen Fall gestoßen, eine Ritualmordserie, begangen vor elf Jahren hier in der Bodenseeregion, die –«

»Falls du den Fall Rothemund meinst … den kenn ich schon«, winkte Wolf enttäuscht ab.

Vespermann reagierte überrascht und pikiert zugleich, fuhr schließlich aber fort: »Okay. Und was ist mit dem ähnlichen Fall in Winterthur acht Jahre zuvor?«

Wolfs Kopf ruckte hoch. »Winterthur? Das ist mir neu. Erzähl.«

»Leider gibt es darüber nicht viel zu erzählen – noch nicht. In der Verhandlung gegen Rothemund wurde nur mehrfach erwähnt, dass es acht Jahre zuvor drüben in der Schweiz, in der Gegend von Winterthur, eine vergleichbare Mordserie gegeben haben soll. Leider sind die Anwälte nicht näher darauf eingegangen, ich nehme an, weil es sich um einen Fall im Ausland handelte.«

»Wieso leider? Kann ich durchaus nachvollziehen«, kommentierte Jo.

Vespermann drückte das Kreuz durch und begann zu dozieren: »Weil es bei der Aufklärung einer aktuellen Straftat durchaus von Belang sein kann, ob … also ob es in der Vergangenheit ähnlich gelagerte Fälle gab, da auf diese Weise oftmals Bezüge hergestellt werden, aus denen sich relevante Fakten ableiten lassen.«

»Hä?«, meinte Jo bissig. »Geht's auch etwas weniger verklausuliert?

»Gerd will sagen, dass es nützlich sein kann, Altfälle in aktuelle Ermittlungen mit einzubeziehen. Was ich aber nicht verstehe, Gerd: Warum hast du nicht einfach in Winterthur angerufen?«

»Wer sagt, dass ich's nicht getan habe?«, knötterte Vespermann eingeschnappt. »Die Kollegen von der Kantonspolizei in Winterthur haben mir am Telefon versichert, man würde uns die Akte heute noch zustellen.«

»Okay, ich zieh die Frage zurück. Und nun lasst mich erklären, woher und was ich von Rothemund weiß.«

Wolf schilderte sein Treffen mit Hohdorf auf der Klosterinsel, insbesondere hob er dessen Einschätzung von Tat und Täter vor elf Jahren sowie das damalige Gerichtsurteil und Rothemunds Freilassung im vergangenen Jahr hervor. »Doch damit nicht genug. Vorhin tauchte die Winter bei mir auf und verklickerte mir, sie sei bei der Sichtung ihres Archivs just auf diesen Fall gestoßen.«

»Was, die auch?«, meinte Jo.

»Wenn sie wirklich so gut ist, wie du immer behauptest, Leo, dann kann sie uns doch bestimmt auch den nötigen Beweis dafür liefern, ob Rothemund kürzlich rückfällig geworden ist oder nicht«, meinte Vespermann abschätzig. Wie stets ließ er keine Gelegenheit aus, um seine Abneigung gegen Journalisten im Allgemeinen und Karin Winter im Besonderen hervorzukehren.

»Das nun gerade nicht, aber ihre Quellen enthielten einen Hinweis, wonach sich Rothemund bei seinen Straftaten an eine frühere Ritualmordserie angelehnt haben soll.«

»Dann wäre Rothemund ein Nachahmungstäter. Er hätte seine Mordserie abgekupfert – und, wenn er es nicht selbst war, vielleicht gleichzeitig unserem Täter eine Vorlage geliefert. Kaum zu glauben«, sagte Jo.

»Und wieso, wenn ich fragen darf?«, meinte Vespermann. »Das klingt doch ganz nach der vor Gericht erwähnten Mordserie von Winterthur. Ich frage euch: Warum soll Rothemund seine Taten nicht abgekupfert haben – vorausgesetzt, die Morde in der Schweiz weisen identische Tatmerkmale auf? Ich würde sogar noch einen Schritt weitergehen: Was spricht dagegen, dass Rothemund auch unseren Apotheker auf dem Gewissen hat? Der Mann wäre nicht der Erste, der nach kurzer Zeit in Freiheit wieder rückfällig wird – Gutachten hin oder her.«

Wolf ging zur Kaffeekanne und schenkte sich eine Tasse ein. »Jetzt brauch ich doch einen«, erklärte er und setzte mit Blick auf Vespermann hinzu: »Bei Terhovens Leiche wurden weder Papiere noch Ringe noch eine Uhr gefunden. Wir sollten feststellen, ob das bei Rothemunds Opfern ebenso war. Im Übrigen … dir ist schon klar, Gerd, dass deine Sicht wenig Spielraum für Alternativen lässt.«

»Welche Alternativen? An was denkst du?«

Jo kam Wolf mit ihrer Antwort zuvor: »Zum Beispiel an einen Täter, der einen bekannten Tatverlauf kopiert, um seine Tat zu verschleiern – aus welchen Gründen auch immer.«

»Zum Beispiel«, nickte Wolf. »Vielleicht sollten wir uns eher auf die Unterschiede konzentrieren, wenn wir uns bei der Beurteilung der beiden Tatkomplexe schon nicht einigen können?«

»Zugegeben …«, setzte Vespermann zu einer Antwort an.

Im diesem Moment hörte Wolf nebenan sein Telefon klingeln. Er zerdrückte einen Fluch zwischen den Lippen und eilte in sein Büro. Jo und Vespermann hörten, wie er zwei, drei kurze Fragen stellte und mit einem eilig hingeworfenen »Wir kommen« das Gespräch beendete.

»Schlechte Nachrichten, Chef?«, fragte Jo, als Wolf mit angespannter Miene wieder zurückkehrte.

»Kann man wohl sagen«, gab er düster zurück. »Eine zweite Leiche. Auf dem Friedhof des Klosters Hegne. Die Radolfzeller Kollegen hätten gern, dass wir den Fall übernehmen, da das Tatmuster mit dem Fall Terhoven so gut wie identisch ist.«

»Immer auf die Kleinen«, grantelte Vespermann und raffte seine Unterlagen zusammen. Wolf und Jo taten es ihm gleich.

»Würdest du uns einen Dienstwagen besorgen, Jo?«, bat Wolf seine Kollegin. »Wir fahren in zehn Minuten.«

***

»Sie würden die Meersburger Fähre benützen, wenn Sie zum Kloster Hegne wollen? Das ist jetzt nicht Ihr Ernst, Chef«, entfuhr es Jo. Mit sarkastischem Unterton fügte sie hinzu: »Ich dachte, das sei eine dringende Dienstfahrt zu Ermittlungen in einem Mordfall. Da muss ich wohl was falsch verstanden haben. Mit der Fähre kostet die Fahrt zum Tatort doch Zeit ohne Ende.«

»Okay, überredet«, meinte Wolf nach kurzem Überlegen. »Hier, du fährst.« Zielsicher warf er Jo die Autoschlüssel zu und eilte auf die andere Seite des Dienstwagens. Wenn er verhindern wollte, dass Vespermann den Beifahrersitz ergatterte, war Eile geboten. Eine Dreiviertelstunde lang hinter ihm zu sitzen, wehrlos den wabernden Knoblauchdünsten ausgesetzt – das ist mehr, als ich ertragen kann, dachte er.

Wolf und Vespermann waren kaum eingestiegen und hatten die Türen geschlossen, da legte Jo einen Blitzstart hin, als gelte es, eine Rallye zu gewinnen. Auf dem kürzesten Weg fuhr sie über Goldbach nach Ludwigshafen, dann auf der B 34 weiter in Richtung Radolfzell. Kurz vorher, auf den Höhen des Bodanrück, wechselte sie auf die vierspurig ausgebaute B 33, die von der Bodenseeautobahn nach Konstanz hinüberführte. Bereits nach wenigen Kilometern tauchte das Ortsschild Hegne vor ihnen auf.

Das »Kloster der Barmherzigen Schwestern vom Heiligen Kreuz«, so der vollständige Name, beherrschte weithin sichtbar das Landschaftsbild. Dahinter lagen, wie die Küken einer Henne, die Häuser des kleinen Dorfes Hegne, einem Ortsteil von Allensbach. Es war kühl und windig, Regen lag in der Luft.

Zielsicher steuerte Jo den großräumigen Klosterparkplatz an. Kaum war der Wagen zum Stillstand gekommen, atmete Wolf hörbar aus. Zwar befürwortete er vehement, auf Dienstfahrten keine Zeit zu verplempern, doch Jo als Fahrerin verursachte ihm regelmäßig Magenkribbeln.

Der Parkplatz grenzte an eine grüne Mauer, über zweieinhalb Meter hoch und gut eineinhalb Meter dick, dabei absolut blickdicht und undurchdringlich. Es handelte sich um eine akkurat geschnittene Thujahecke. Wolf fiel sogar der lateinische Name wieder ein: *Thuja occidentalis*, gemeinhin auch als »Lebensbaum« bekannt. Eine längst verschüttet geglaubte Weisheit, die er seiner Frau verdankte, die zeit ihres Lebens eine leidenschaftliche Hobbygärtnerin gewesen war.

Unmittelbar hinter der »Mauer« begann der Klosterfriedhof; zwei schmiedeeiserne Tore erlaubten den Durchgang zum Gottesacker. Vor dem oberen Tor patrouillierte ein Schutzpolizist. Er tippte grüßend an seine Mütze, bevor er anbot, sie auf kürzestem Weg zum Tatort zu bringen. Es ging an zahlreichen Gräbern verstorbener Ordensschwestern vorbei, bis sie schließlich an einen halbrunden, gleichfalls von Thujen umfriedeten Platz gelangten, an dessen Scheitelpunkt ein massives Kreuz aus Bronze aufragte und den Andachtsplatz nach hinten begrenzte. Es markierte die ehemalige Ruhestätte der Ordensschwester Ulrika von Hegne, die seit 1987 in der römisch-katholischen Kirche als Selige verehrt wird.

Auf dem Platz erwarteten sie zwei zivil gekleidete Männer

sowie eine Frau in Schwesterntracht. Einen der Männer kannte Wolf von früher: Hauptkommissar Stuber von der Kripo Radolfzell. Mit ernstem Gesicht kam Stuber ihnen entgegen.

»Hallo, Leo. Lange nicht gesehen.«

»Du sagst es.« Wolf verkniff sich ein Lächeln. Dafür klopfte er Stuber beim Händeschütteln auf die Schulter.

Wolf stellte Jo und Vespermann vor, und Stuber machte sie mit dem Kollegen aus Allensbach sowie der grauhaarigen, milde dreinblickenden Ordensschwester bekannt. Sie hörte auf den Namen Erentraud. Weiter hinten bemerkte Wolf drei »Schneemänner« von der Spusi Radolfzell. Mit Stöcken in der Hand suchten sie rund um das gut drei Meter hohe Kreuz den Boden ab, dabei jeden Stein, jeden Halm, jedes Blättchen umkehrend.

»Dort drüben, vor dem Kreuz, war das Opfer aufgebahrt«, erläuterte Stuber, der Wolfs Blicken gefolgt war. »Schwester Erentraud hat den Toten heute früh um sieben Uhr vierzig gefunden. Sie hat die Klosterleitung informiert und diese die Polizeiwache Allensbach.«

»Ich kann mir lebhaft vorstellen, wie Ihnen zumute war, Schwester Erentraud«, sagte Wolf, um einen mitfühlenden Ton bemüht. Dann wandte er sich wieder an Stuber und dessen Kollegen. »Gut, steigen wir ein. Du, Jo, solltest Schwester Erentraud befragen, während Gerd, also Oberkommissar Vespermann, sich die Kollegen von der Spusi vornimmt.« Er lächelte Stuber und den Kollegen aus Allensbach an. »Ich übernehme dann den Rest, soll heißen: euch beide, wenn ihr nichts dagegen habt.«

Beide äußerten Zustimmung.

Kurz vor Mittag kamen die drei Gruppen wieder zusammen. Danach stand fest: Dieser Mord ähnelte dem an Terhoven bis ins Detail. Die eigentliche Todesursache schien ein aufgesetzter Kopfschuss zu sein. Der Täter hatte den etwa fünfzigjährigen Mann exakt wie Terhoven drapiert: sitzend, diesmal unter dem Kreuz, auf der Stirn dieselbe eingeritzte Rune, in der Hand den Zettel mit einem Bibelzitat. Diesmal lautete es: »Sein Mund ist voll Fluch und Trug und Gewalttat; auf seiner Zunge sind Verderben und Unheil. Psalm 10,7.«

Es gab noch eine Übereinstimmung: Das Opfer trug weder Papiere noch eine Uhr noch irgendwelchen Schmuck bei sich – jedenfalls nichts, was eine Identifizierung ermöglicht hätte. Und wie bei Terhoven waren aus der Kleidung des Toten alle Etiketten herausgetrennt worden.

Es sah ganz so aus, als hätten sie es mit einem Serienmörder zu tun – Wolfs Alptraum war offenbar Wirklichkeit geworden.

Jo bat die Kollegen von der Spusi um eine schnelle Zusendung der Fotos vom Tatort sowie ihrer Berichte, während Stuber Wolf zusicherte, sofort nach seiner Rückkehr in die Dienststelle in Radolfzell die Überführung des Opfers zur rechtsmedizinischen Untersuchung in Überlingen in die Wege zu leiten.

»Sag mal, gibt es in der Nähe ein Lokal, in dem man jetzt eine Kleinigkeit essen kann?«, fragte Vespermann den Allensbacher Kollegen. Mit Blick auf Wolf fügte er treuherzig hinzu: »Entschuldige, Leo, aber mir hängt der Magen am Boden.«

Wolf nickte widerstrebend. »Na gut, wenn's schnell geht. Einen Kaffee könnten wir auch vertragen, nicht wahr, Jo?«

Jo, die strammen Schrittes zu ihnen zurückgelaufen kam, nickte enthusiastisch.

»Gute Idee«, pflichtete ihm nun auch Stuber bei.

»Dann bleiben wir doch am besten gleich hier im Kloster«, schlug der Allensbacher vor.

»Im Kloster?«

»Warum nicht? Die Schwestern betreiben nicht nur ein renommiertes Hotel, sondern auch ein gut geführtes Restaurant mit Café. Kommt mit, ich zeig's euch.«

Eine halbe Stunde später hatte Gerd Vespermann eine Riesenportion Rührei mit Schinken und reichlich Schnittlauch verputzt. Behaglich klopfte er sich auf den Bauch. »Man möchte fast Mönch werden«, sagte er seufzend. »Jedenfalls lass ich nichts auf die Klosterküche kommen.«

»Sollte dir entgangen sein, dass du hier in einem Nonnenkloster bist?«, fragte Stuber lachend.

Hätte Wolf nicht zur Eile gedrängt, würde Vespermann sich bestimmt noch einen Nachtisch bestellt haben.

Auf der Rückfahrt holte Wolf sein Handy hervor. Er wollte Dr. Reichmann den Neuzugang ankündigen. Als sich die Mailbox meldete, sprach er seine Nachricht aufs Band und kündigte für den Abend einen erneuten Anruf an. Doch kaum dass er die Verbindung unterbrochen hatte, begann sein Handy zu klingeln.

Na wer sagt's denn?, dachte Wolf. Die gute Franzi hat ihr Skalpell aus der Hand gelegt. Es drängt sie, Genaueres zu erfahren. Aber bitte sehr, der Dame kann geholfen werden!

»Hallo Franzi«, meldete er sich fröhlich – und griff sich im nächsten Moment erschrocken an den Kopf, als er hörte, wer wirklich dran war. »Entschuldigen Sie, Herr Staatsanwalt, ich habe einen anderen Teilnehmer erwartet.«

Wie peinlich. Ausgerechnet Dr. Hirth war am Telefon!

»Hab ich mir schon gedacht«, antwortete Hirth. Wolf hörte ihn förmlich grinsen. »Frau Dr. Reichmann wird sich kurz gedulden müssen. Wo sind Sie gerade, Wolf?«

»Auf der Rückfahrt vom Kloster Hegne. Um was geht's, Herr Staatsanwalt?«

»Darüber möchte ich nicht am Telefon sprechen. Bitte kommen Sie bei mir vorbei, wenn Sie zurück sind. Es ist dringend.«

»In einer Stunde?«

»In Ordnung.«

8

Kaum zurück, blieb Wolf gerade noch Zeit, flüchtig über seinen Schreibtisch drüberzuschauen, da musste er sich bereits wieder auf die Socken machen. Einen Staatsanwalt ließ man nicht warten, und einen Dr. Hirth schon zweimal nicht. Warum? Weil der Mann zu den umgänglicheren Exemplaren dieser Spezies gehörte und sich in der Vergangenheit – trotz einiger Marotten – stets fair gegenüber seinen Ermittlern verhalten hatte. Eine Einschätzung, die nach Wolfs Erfahrung nicht unbedingt die Regel war.

Glücklicherweise war das Gebäude, in dem die Staatsanwaltschaft residierte, nur wenige hundert Meter von der Polizeidirektion entfernt. Beim Bezug des Gebäudes – das lag nun zehn Jahre zurück – hatte Hirth seine Büroräume auswählen können und sich für den zweiten Stock entschieden. Sein Büro lag ganz am Ende eines langen, fensterlosen Ganges. Angeblich war es das einzige im ganzen Haus, von dem aus man den See sehen konnte – vorausgesetzt, man ging zum rechten äußeren Fenster, stellte sich auf die Zehenspitzen und reckte, so gut es ging, den Kopf in die Höhe. Bei Wolfs Besuchen hatte es Hirth jedoch stets verstanden, ihm dieses Schmankerl vorzuenthalten.

Als Wolf an Dr. Hirths Bürotür klopfen wollte, schrillte sein Mobiltelefon. Diesmal sah er zur Sicherheit auf das Display, bevor er den Anruf entgegennahm: Es war Gerd Vespermann.

Wolf meldete sich mit unwilligem Knurren.

»Leo, eben kam über Notruf eine Meldung rein. Im Parkhaus West in der Christophstraße sei eine Auseinandersetzung im Gange. Vermutlich versuchter Raubüberfall, keine weiteren Angaben. Eine Streife ist unterwegs. Ich denke aber, es wäre gut, wenn ich selbst hinfahre.«

»In Ordnung, mach das.«

Wolf steckte das Handy weg und klopfte an die Tür. Erst nach längerer Pause glaubte er, eine Antwort zu hören, wenn auch eine, die ihn zunächst zögern ließ. Hatte die Stimme nun

»Nein« oder »Herein« gerufen? Er entschied sich für Letzteres und öffnete die Tür.

Zu seinem Erstaunen war Hirth gar nicht da. Nicht allein, dass der Stuhl hinter seinem Schreibtisch verwaist war – auch sonst war er nirgends im Raum zu entdecken. Das wird ja immer schöner, dachte Wolf verärgert. Offensichtlich schienen Kommissare nach Meinung von Staatsanwälten alle Zeit der Welt zu haben.

Unübersehbar war dagegen etwas anderes: ein frei stehendes, raffiniert ausgeleuchtetes Aquarium von den Ausmaßen einer Badewanne, in dem exotisch aussehende Zierfische scheinbar ziellos durcheinanderschwammen. Gerade wollte Wolf – wie all die Male zuvor, wenn er Hirths Büro hatte aufsuchen müssen – das Treiben aus der Nähe betrachten, als er hinter dem Aquarium, grotesk verzerrt, ein Schemen gewahrte, das ihn entfernt an eine menschliche Gestalt erinnerte. Dann tauchte ein Kopf hinter der gläsernen Wanne auf. Dr. Hirths Kopf.

Seinem Gesichtsausdruck nach schien sich der Mann diebisch zu freuen; vermutlich war er gerade beim Füttern gewesen und hatte sich einen Spaß daraus gemacht, Wolf zu verwirren.

Was ihm auch trefflich gelungen war.

Mit ein paar schnellen Schritten trat Hirth hinter dem Aquarium hervor und reichte Wolf die Hand. »Schön, dass Sie gleich gekommen sind. Ich hoffe, Sie nehmen mir meine Nebenbeschäftigung nicht übel, aber die Fütterungszeiten müssen strikt eingehalten werden. Zweimal täglich, morgens um sieben und mittags um halb zwei, da kennen die Viecher kein Pardon.«

»Ein beeindruckendes Schauspiel«, gab Wolf zweideutig zurück und wies auf das Aquarium.

Hirth bat ihn, vor seinem Schreibtisch Platz zu nehmen. Er stellte das Döschen Fischfutter, das er in der Hand hielt, in den Schrank unter dem Aquarium und setzte sich hinter seinen Schreibtisch. Dort rückte er zunächst einige Gegenstände auf der Tischplatte zurecht, ein Ritual, das Wolf mit einiger Verwunderung verfolgte. Irgendwie wirkt der Mann heute angespannt, dachte er.

Schließlich hob Hirth entschlossen den Kopf, seine Augen

schienen sich in die von Wolf zu bohren. »Wenn ich richtig informiert bin, sind Sie derzeit mit der Aufklärung des Mordes an diesem Apotheker beschäftigt. Terhoven heißt er, glaube ich. Ist das richtig?«

»Das ist richtig.«

»Tja, die Apotheker.« Hirths Blick ging ins Leere, erst nach Sekunden hob er wieder den Kopf. »Wissen Sie, dass gegen einen anderen Apotheker gerade eine Strafanzeige läuft? Marian heißt der Mann, Klaus Marian. Betreibt eine Apotheke in Markdorf, dazu eine Filiale in Friedrichshafen.«

»Das ist mir neu, Herr Dr. Hirth.«

»Wollen Sie denn gar nicht wissen, *weshalb* man ihn angezeigt hat?«, fragte der Staatsanwalt lauernd.

»Ich nehme an, Sie werden es mir auch so sagen.«

Irritiert sah Hirth ihn an. »Wegen des widerrechtlichen Vertriebes von Nachahmerprodukten«, verkündete er dann.

»Sie meinen von Fälschungen?«

»Äh, ja.« Hirth legte eine kleine Pause ein. »Kläger ist übrigens ein bekannter Pharmakonzern aus Basel.«

Nun konnte Wolf sein Erstaunen nicht länger verbergen. »Verstehe. Aber was geht uns das an, Herr Staatsanwalt? Für Markdorf ist bekanntlich die Kripo Friedrichshafen zuständig.«

»Ich weiß, Wolf, ich weiß«, bekannte Hirth. »Ich wollte es Ihnen nur gesagt haben. Möglicherweise besteht ja eine Verbindung zu Ihrem Todesfall … zum Todesfall Verhoven meine ich. Wäre doch möglich, oder?«

»Es war kein Todesfall, sondern Mord, Herr Dr. Hirth. Terhoven ist ermordet worden, das sollten wir nicht vergessen. Auch wenn der Unterschied am Ende gering ist, wie ich zugeben muss. Tot ist schließlich tot.«

Hirth schien einen Moment lang irritiert angesichts der Schärfe in Wolfs Antwort. »Oh nein, das vergesse ich keineswegs, Herr Hauptkommissar«, erwiderte er ebenso nachdrücklich. Doch sogleich entspannten sich seine Gesichtszüge wieder. »Umso dankbarer sollten Sie mir für diese Information sein, Herr Wolf.«

Mit diesen Worten war Wolfs Audienz, kaum dass sie begonnen hätte, auch schon wieder beendet. Hirth reichte ihm die Hand, und ehe Wolf bis drei zählen konnte, stand er wieder draußen auf dem Flur.

Was zum Teufel sollte das eben bedeuten?, fragte sich Wolf verwundert. Hatte der Mann sie noch alle oder was?

***

Bei seinem Eintreffen in der unteren Ebene des Parkhauses konnte Vespermann nichts Auffallendes feststellen. Hätten vor dem silberfarbenen Wagen nicht die beiden Streifenbeamten gestanden, er wäre glatt daran vorbeigefahren.

Bei dem Fahrzeug handelte es sich um einen unauffälligen Hyundai i40 Kombi. Der Fahrer des Wagens saß hinter dem Steuer, die beiden Kollegen redeten durch die offene Tür auf ihn ein.

Vespermann stellte in der Nähe seinen Dienstwagen ab und ging zu dem Hyundai zurück.

»Was gibt's, Kollegen?«, fragte er, nachdem er sich mit seinem Dienstausweis zu erkennen gegeben hatte.

Der ältere der beiden Streifenbeamten wies auf die rechte Braue des Fahrers, an der eine klaffende Wunde prangte. Das Auge schillerte bereits grün und blau. »Der Mann behauptet steif und fest, sich die Verletzung durch einen Sturz hier im Parkhaus zugezogen zu haben.«

»Genau. Beim Aussteigen«, bestätigte der Fahrer.

»Ja, und? Was spricht gegen seine Version?«, fragte Vespermann den Kollegen.

»Erstens der Zeuge, der uns gerufen hat. In dem Notruf war ganz eindeutig von einer Auseinandersetzung die Rede gewesen, der Zeuge vermutete sogar einen Raubüberfall. Zweitens unsere eigene Beobachtung: Als wir hier unten ankamen, flüchtete eine dunkel gekleidete männliche Person. Wir haben zwar sofort die Verfolgung aufgenommen, doch sein Vorsprung war zu groß.«

»Wo ist der Zeuge jetzt?«

»Hat sich offenbar vor unserem Eintreffen entfernt.«

Vespermann kommentierte diese Auskunft nicht, stattdessen

nahm er nun den Fahrer ins Visier. »Guten Tag, ich bin Oberkommissar Vespermann von der Kripo Überlingen. Sie bleiben also dabei, nicht angegriffen worden zu sein, Herr …«

»Greuter heißt der Mann«, mischte sich der uniformierte Kollege ein, »Herbert Greuter. Hier ist sein Führerschein.«

Vespermann studierte das Dokument sorgfältig und notierte sich den Namen und die Anschrift des Fahrers. Nachdem er den Führerschein wieder zurückgegeben hatte, sah er sich die Verletzung des Mannes genauer an. »Also wenn Sie mich fragen, kann das wohl kaum von einem Sturz herrühren. Da müssten Sie ja direkt auf das Auge gefallen sein. Dann frage ich mich allerdings, warum Ihre Nase nichts abgekriegt hat. Wollen Sie uns nicht sagen, was wirklich passiert ist?«

»Was soll der ganze Aufstand? Wieso glauben Sie mir nicht? Zum letzten Mal: Ich bin gestolpert und hingefallen. Na und, kann doch passieren? Und jetzt lassen Sie mich endlich heimfahren, ich bin völlig in Ordnung.«

»Na gut«, stimmte Vespermann zögernd zu. »Aber lassen Sie wenigstens einen Arzt die Wunde ansehen. Meine Kollegen bringen Sie hin und fahren Sie danach auch nach Hause. Möglicherweise haben Sie eine Gehirnerschütterung und sind fahruntüchtig.«

»Kommt nicht in Frage, ich fühle mich fit. Den Kratzer auf der Stirn kann ich auch zu Hause verpflastern.«

Er ließ den Motor an und wollte die Tür zuschlagen, als Vespermann ihm ein letztes Mal ins Gewissen redete: »Wenn Sie darauf bestehen: Wir können Sie zu keiner Aussage zwingen. Ich mache Sie jedoch darauf aufmerksam, dass Sie sich auf eigene Verantwortung entfernen.«

»Ach, wissen Sie, das tu ich täglich. Alsdann, meine Herren, ich verspreche, Ihnen keinen Ärger mehr zu machen, okay?«

Er schloss die Tür, ließ den Motor an und war binnen Sekunden in Richtung Ausfahrt verschwunden. Die Polizisten sahen ihm mit gemischten Gefühlen nach.

***

Wolf hatte sich auf dem Rückweg vergeblich den Kopf darüber zerbrochen, aus welchem Grund der Staatsanwalt ihn eigentlich einbestellt hatte. Seiner Meinung nach bestand zwischen dem Mord an Terhoven und der Strafanzeige des Pharmaherstellers nicht der geringste Zusammenhang. Zudem lag Markdorf eine halbe Autostunde von Überlingen entfernt und befand sich somit außerhalb ihres Zuständigkeitsbereiches.

Nachdenklich zog er den Ordner mit der Aufschrift »Sonderfälle« aus dem Schrank. Dahinter verbarg sich eine unetikettierte Flasche, die eine milchig weiße Flüssigkeit enthielt: Pastis, mit Wasser im Verhältnis eins zu acht verdünnt. Behutsam goss er ein wenig davon in seine Tasse und stellte Flasche und Ordner wieder zurück ins Regal. Er ließ das Getränk in kleinen Schlucken die Kehle hinunterrinnen – eine rituelle Handlung, die er sich vor Jahren in einem Frankreichurlaub angewöhnt hatte und die er bis heute unverdrossen fortführte. Reflexartig holte er auch seine Gitanes hervor und steckte sich eine zwischen die Lippen – doch das Klicken des Feuerzeugs brachte ihn zur Besinnung. Kreuzteufel noch mal, fast wär ich schwach geworden, fluchte er stumm. Der Hirth weiß überhaupt nicht, was er mit seinem Gefasel anrichtet.

Irgendetwas musste der Mann mit seinem seltsamen Hinweis aber doch bezweckt haben … nur was?

Wollte der Staatsanwalt ihn für ein bestimmtes Thema sensibilisieren? Warum hatte er es dann nicht näher ausgeführt?

Heftiges Wummern an der Tür ließ ihn hochschrecken. Es war Jo. »Chef«, stieß sie atemlos hervor, »wir wissen jetzt, wer der Tote ist.«

»Welchen Toten meinst du?«

Jo schnappte nach Luft und verdrehte die Augen, als könnte sie die Begriffsstutzigkeit ihres Chefs kaum fassen. »Den vom Kloster Hegne natürlich«, antwortete sie spitz, »oder haben wir noch eine andere nicht identifizierte Leiche?« Sie räusperte sich. »Wir kennen jetzt seinen Namen und seine Adresse. Und wissen Sie, was der Hammer ist, Chef?«

»Willst du ein Ratespiel draus machen?«

»Er ist Apotheker.«

Im ersten Moment glaubte Wolf, sich verhört zu haben. Er sprang von seinem Stuhl auf und starrte sie an. »Sag das noch mal.«

»Sie haben richtig gehört, Chef. Der Mann ist Apotheker.«

Im Bemühen, die Nachricht zu verdauen, griff Wolf mechanisch zu seiner Tasse und führte sie an die Lippen. Etwas zu hastig allerdings, sodass er sich prompt verschluckte. Jo trat zu ihm hin und klopfte ihm mit der flachen Hand auf den Rücken. Ums Haar wäre ihm dabei das Barett vom Kopf gerutscht; eilig schob er es wieder an die richtige Stelle.

»Sag jetzt bloß nicht, der Mann heißt Marian«, sagte er leise.

Nun war es an Jo, überrascht zu sein. »Woher wissen Sie …«

Mit einer resoluten Handbewegung würgte Wolf ihre Frage ab. »Ich möchte, dass wir uns in einer halben Stunde hier zusammensetzen. Sag bitte Gerd Bescheid.«

»Sie haben Glück, der ist gerade zurückgekommen«, erklärte sie.

Wolf schien ihr gar nicht mehr zuzuhören. Er hatte sich an eines der Fenster gestellt und blickte nachdenklich zum nahen Stadtgarten hinüber – für Jo das Zeichen, dass er allein gelassen werden wollte.

Sie war bereits unter der Tür, als er sie noch einmal zurückrief. »Jo, noch was: Ruf bitte die Kollegen in Friedrichshafen an. Womöglich wurde Marian dort als vermisst gemeldet, und sie ermitteln bereits in der Sache. Sag ihnen, du hättest den Mann für sie gefunden.«

»Da wird bei den Kollegen aber Freude aufkommen, Chef.«

»Verklickere ihnen, dass das unser Fall ist. Wir brauchen alle Fakten, über die sie bereits verfügen. Berichte, Bilder, Spuren, einfach alles. Und möglichst vorgestern. Eh wir auch nur eine Minute verlieren, hol ich das Zeug lieber persönlich ab. – Nun geh schon, Mädchen, mach dich auf die Socken.«

Jo deutete ein Salutieren an und verschwand in ihr Büro.

Wolf verweilte noch zwei, drei Minuten am Fenster, um seine Gedanken zu ordnen, dann gab er sich einen Ruck. Auf dem Weg zu seinem Schreibtisch klingelte das Telefon. Eine aufgedrehte Karin Winter war dran und eröffnete ihm, sie habe soeben eine merkwürdige E-Mail erhalten, in der von Terhovens Hinrichtung die Rede sei.

»Ja, Sie haben richtig gehört, Herr Wolf«, sprudelte es aus ihr heraus, »der Absender gebrauchte tatsächlich das Wort ›Hinrichtung‹. Weiter ist in dem Text von ›Gottesstrafe‹ die Rede und von ›schweren Verfehlungen‹, die öffentlich gemacht gehören. Allerdings werden die nicht explizit benannt. Das Ganze schließt mit einem weiteren Spruch aus der Bibel, ich lese vor: ›Wer Unrecht tut, auf den rollt es zurück, und er weiß nicht, woher es ihm kommt. So spricht der Herr, dein Erlöser im Buch Sirach.‹ Dann die Unterschrift, sie lautet: R. E. Venger. Jetzt frage ich Sie: Können Sie mit diesem nebulösen Quatsch etwas anfangen, Herr Wolf?«

Wolf war zunächst einmal höchst überrascht und konnte nicht sofort reagieren. Als er sich wieder gefangen hatte, fragte er nach dem Absender.

»Wenn Sie seine Mail-Adresse meinen, die lautet: r.e.venger@googlemail.com.«

Wolf notierte ihre Angaben und bedankte sich. »Was Ihre Schlussfolgerung betrifft, dass der Absender seine Tat an die Öffentlichkeit bringen will ... da könnten Sie richtig liegen, Frau Winter. Sicher ist die Mail deswegen bei Ihnen gelandet. Würde es Ihnen etwas ausmachen, sie an mich weiterzuleiten?«

»Keineswegs. Wie, denken Sie, soll sich der ›Seekurier‹ in dieser Sache verhalten?«

Vorsichtig legte sich Wolf eine Antwort zurecht. »Ich kann Ihnen natürlich keine Vorschriften machen. Das Beste wäre wohl – für uns beide, wohlgemerkt –, Sie würden noch einen oder zwei Tage abwarten, bevor Sie darüber schreiben. Ich bin mir fast sicher, dass der Täter sich durch Ihr Schweigen weiter aus der Reserve locken lässt.«

Karin Winter seufzte etwas zu theatralisch. »Sie wissen, was Sie da von mir verlangen, oder? Ich meine, da serviert mir jemand eine tolle Geschichte quasi auf dem silbernen Tablett, und ich soll sie beiseitelegen, einfach so?«

»Wer sagt, dass Sie das ›einfach so‹ machen sollen?«, fragte

Wolf amüsiert. »Nun kommen Sie schon, Frau Winter, Sie wissen doch, wie es läuft.«

»Wenn Sie damit auf eine Erneuerung unseres bewährten Deals anspielen …«

»Na sehen Sie. Im Grunde ist es doch ganz einfach: *Sie* berücksichtigen unsere Interessen und *wir* die Ihren. So haben wir beide etwas davon.«

Er konnte förmlich hören, wie es in ihr arbeitete.

»Fehlt da nicht noch etwas, Herr Wolf – etwas ganz Entscheidendes?«

»Okay, okay. Sie erhalten nach Abschluss des Falles als Erste Zugriff auf die Fakten. Zufrieden?«

»Ich war selten zufriedener, Herr Wolf. Bis demnächst also. Grüßen Sie mir meinen dicken Lieblingskommissar. Und natürlich Jo.«

Wolf verabschiedete sich und wählte direkt im Anschluss Hohdorfs Nummer. In aller Kürze informierte er ihn darüber, dass es in der Ritualmordserie einen weiteren Toten gegeben habe.

»Wie … hab ich mich eben verhört, oder benutzten Sie das Wort ›Serie‹?«, fragte Hohdorf verblüfft.

»Allerdings. Sagen Sie, Dr. Hohdorf, Sie könnten sich nicht zufällig für eine halbe Stunde freimachen und herkommen? Dann erfahren Sie aus erster Hand, was es mit meiner Wortwahl auf sich hat. Sie werden überrascht sein, das verspreche ich Ihnen. Vor allem brauche ich Sie als Analysten, es gibt da ein paar Dinge, die ich partout nicht verstehe. Was meinen Sie, kann ich auf Sie zählen?«

Nach kurzem Überlegen sagte Hohdorf zu.

»Sehr gut. Bis gleich also.« Wolf bedankte sich und legte den Hörer auf.

Jo und Vespermann standen in der Verbindungstür zwischen den beiden Büros. »Können wir, Chef?«

»Ja. Unter einer Bedingung: Ihr habt einen Eimer Kaffee dabei. Je stärker, desto besser.«

Grinsend hielt Jo eine Warmhaltekanne hoch. »Ohne die hätte ich mich gar nicht hergetraut«, meinte sie und stellte die

Kanne auf den Besprechungstisch, bevor sie den Raum noch einmal verließ. Mit einem Tablett, auf dem drei Tassen, Kaffeelöffel und Milch und Zucker standen, kehrte sie gleich darauf zurück. Vespermann hatte es sich derweil am Tisch bequem gemacht.

»Moment noch, ich muss rasch eine vierte Tasse holen. Ich habe Dr. Hohdorf zu dem Gespräch dazugebeten ... Er müsste gleich da sein«, erklärte Wolf. Insgeheim fragte er sich allerdings, ob er mit seiner Einladung nicht etwas voreilig gewesen war. Mit jeder Minute verstärkte sich bei ihm das Gefühl, dass sie unmittelbar vor einer Wende standen. Egal, für eine Ausladung war es jetzt zu spät. Er musste es drauf ankommen lassen.

Just in diesem Moment öffnete sich, nach zaghaftem Klopfen, einen Spalt weit die Tür, und ein junges Mädchen sah herein. Es war die Aushilfe der Kantinenwirtin. Jo bat sie herein.

»Ihre Bestellung, Herr Wolf«, sagte das Mädchen mit piepsiger Stimme und stellte einen Korb auf den Tisch, um gleich darauf wieder zu verschwinden.

Während Wolf die Tasse für Hohdorf holte, hob Jo vorsichtig das Tuch an, das den Korb bedeckte. Der Duft frischer Butterbrezeln zog ihr in die Nase. »Verstehe, Chef, Sie wollen die Moral der Truppe stärken. Gute Idee. Ich hab seit heute Vormittag nichts mehr gegessen.«

Auch Vespermann äußerte ein zufriedenes Knurren.

Während Wolf Kaffee einschenkte, forderte er seine Kollegen auf, sich aus dem Korb zu bedienen. Als alle versorgt waren, hob er die Hand und sagte: »So, Leute, Essen hält zwar Leib und Seele zusammen, bringt uns aber in unserem Fall nicht voran. Ich würde deshalb – zur Einstimmung gewissermaßen – mit einer kurzen Zusammenfassung der Fakten beginnen wollen.«

Überrascht sah Vespermann auf. »Was soll das bringen, Leo? Das haben wir doch schon x-mal durchgekaut.«

»Ach, wirklich?«, gab Wolf mit ungewohnter Schärfe zurück. »Bin gespannt, ob du das in fünf Minuten noch genauso siehst. Also, ich beginne: Gestern Morgen um kurz nach acht wird der Überlinger Apotheker Terhoven als vermisst gemeldet. Ihr beide, du und Jo, beginnt vor Ort mit den Ermittlungen. Schon bald kristallisiert sich ein erster Verdacht heraus: Entführung, vermutlich zum Zweck einer Lösegelderpressung. Da taucht überraschend eine Zeugin auf. Sie berichtet von einem Lieferwagen, dessen Fahrer am Abend zuvor im Hof der Apotheke Kartons ausgeladen hat. Der Apotheker sei dabei gewesen, habe aber ›irgendwie anders‹ auf sie gewirkt, was immer sie damit meinte. Sind wir so weit d'accord?«

Jo und Vespermann nickten. Wolf räusperte sich kurz. »Gegen halb zwölf erreicht uns ein Anruf der Kantonspolizei Schaffhausen. Auf der Klosterinsel Werd hat man einen Toten gefunden, möglicherweise handelt es sich um Terhoven. Wir fahren hin und stellen fest, dass es sich bei der Leiche tatsächlich um den Apotheker handelt. Die näheren Umstände deuten auf einen Ritualmord hin. Heute Morgen nun erfahren wir – ironischerweise aus drei verschiedenen Quellen – von einem ähnlich gelagerten Fall: einer Ritualmordserie, begangen von Volker Rothemund vor elf Jahren drüben in Konstanz. So viel zur Vorgeschichte. Inzwischen haben wir einen zweiten Toten, der nach demselben Muster am Fundort in Hegne abgelegt wurde und – jetzt kommt's – gleichfalls Apotheker ist. So viel zu den Fakten.«

Wolf griff nach seiner Tasse und trank einen Schluck, um danach seinen Monolog wieder aufzunehmen. »Wo war ich … ah ja: Welche Folgerungen können wir nun aus diesen Fakten ziehen? Zunächst zu Rothemund. Vor Jahresfrist wurde er aus der Psychiatrie entlassen. Er könnte wieder rückfällig geworden sein und demnach als Täter in den aktuellen Mordfällen in Frage kommen. Genauso gut könnte es sich aber – auch da waren wir uns einig – um einen Nachahmungstäter handeln.«

»Augenblick, Leo. Ich weiß zwar nicht, was du gleich noch aus dem Hut zaubern wirst. Aber findest du nicht auch, dass die Indizien eine klare Sprache sprechen? Die Merkmale der alten wie der neuen Mordserie sind absolut identisch: die Rune auf der Stirn der Opfer, die Bibelzitate, das Ablegen der Leichen an religiösen Stätten … Warum sollte ein Nachahmungstäter sich so viel Mühe machen? Hinzu kommt, dass ich bei meiner Suche nach ihm immer noch keinen Erfolg hatte und Rothemund offenbar untergetaucht ist, was ihn nicht gerade entlastet. Aber nehmen wir mal an, er war es nicht. Welche andere Lösung schwebt dir vor? Wer und was soll sonst hinter den Morden stecken?«

»Gerd hat irgendwie recht, Chef«, pflichtete Jo ihm bei. »Oder wissen Sie vielleicht mehr als wir? Kann es sein, dass Sie uns etwas verschweigen?«

Beschwichtigend hob Wolf die Hand. »Nicht so ungeduldig, Herrschaften, ihr müsst mich ausreden lassen. Was ich bisher dargestellt habe, ist … nein, *war* der Stand von heute Mittag zwölf Uhr. Seitdem hat sich eine Menge getan. Wie ihr wisst, hat mich Staatsanwalt Dr. Hirth einbestellt. Im Kern teilte er mir mit, ein Baseler Pharmahersteller habe Strafanzeige gegen einen Apotheker gestellt – wegen des widerrechtlichen Vertriebs von Nachahmerprodukten, wie er sich ausdrückte.«

Vespermann, der sich eben zum dritten Mal Kaffee nachschenkte, blickte auf. »Konnte er den Apotheker namentlich benennen?«

»Er konnte. Der Mann heißt Marian und betreibt in Markdorf eine Apotheke.«

Jos Kopf ruckte hoch. »Ach, daher kannten Sie den Namen? Jetzt ist mir alles klar«, sagte sie.

Wolf nickte flüchtig in ihre Richtung. »Versteht ihr jetzt, warum ich –«

In diesem Augenblick wurde heftig an die Tür gepocht, fast gleichzeitig wurde sie einen Spalt weit geöffnet. Hohdorf streckte den Kopf herein. Mit den Worten: »Hab ich Sie doch noch gefunden«, betrat er sichtlich erleichtert das Büro.

Wolf erhob sich. »Ah, Sie sind's, Dr. Hohdorf. Kommen Sie, nehmen Sie Platz. Hoffentlich machen Sie mir jetzt keine Vorwürfe.«

»Vorwürfe?«, wiederholte Hohdorf, während er Wolf die Hand gab. »Weshalb? Wie meinen Sie das?«

Wolf war die Sache sichtlich unangenehm. Er gab sich einen Ruck. »Also gut, um nicht lange drumherum zu reden: Ich habe Sie möglicherweise etwas voreilig eingeladen, tut mir leid.«

Hohdorf lachte. »Soll das heißen, Sie wollen den Fall lieber ohne mich zu Ende bringen? Wenn Sie sich da mal nicht übernehmen, mein lieber Wolf. Nein, Spaß beiseite: Das käme mir sogar sehr gelegen. Grad heute hab ich wenig Zeit.« Nach einem begehrlichen Blick auf die Kaffeekanne setzte er hinzu: »Obwohl … für ein Tässchen würde es allemal reichen.«

»Daran soll's nicht fehlen. Bitte sehr.« Wolf füllte höchstselbst die bereitstehende Tasse und schob sie ihm hin. »Ach ja, darf ich Sie mit meinen beiden Kollegen bekannt machen?«

Er stellte ihm Jo und Vespermann vor, und Hohdorf ließ sich auf dem Stuhl neben Wolf nieder.

»Die Butterbrezeln hat unser Chef spendiert, bedienen Sie sich ruhig«, animierte ihn Jo.

»Da hör ich mich nicht Nein sagen, Zeitmangel hin oder her«, erwiderte Hohdorf lächelnd und griff in den Korb. Nachdem er ein Stück Butterbrezel abgebissen hatte, wandte er sich wieder Wolf zu. »Sie sagten, Sie hätten mich etwas voreilig eingeladen. Wie darf ich das verstehen?«

»Nun, es scheint, als hätte uns die Entwicklung des Falles in den letzten Stunden regelrecht überrollt. Sie erinnern sich noch an unsere Diskussion über den Fall Rothemund?«

»Auf der Klosterinsel? Und ob.«

»Da war die Welt noch in Ordnung, wenn ich das so sagen darf. Ein scheinbar klarer Mordfall nach bekanntem Muster, mit einem klassischen Lösungsansatz: Ein psychisch gestörter Mann, vor elf Jahren wegen einer Serie aufsehenerregender Ritualmorde in die Psychiatrie eingewiesen, wird freigelassen und fällt in sein altes Muster zurück. Es wäre nur eine Frage der Zeit gewesen, bis wir den Mann gefasst hätten.«

»Na und? Was hat sich seitdem geändert?«

Wolf rückte seinen Stuhl etwas zurück und schlug die Beine übereinander. Dann setzte er Hohdorf über sein Gespräch mit dem Staatsanwalt und den Toten vom Kloster Hegne in Kenntnis. »Verstehen Sie jetzt? Die Tatsache, dass es sich bei dem zweiten Toten gleichfalls um einen Apotheker handelt, der obendrein des Handels mit gefälschten Medikamenten verdächtigt wird, lässt den Fall nach meinem Dafürhalten in einem völlig neuen Licht erscheinen. Oder sehen Sie das anders?«

Nach kurzem Überlegen schüttelte Hohdorf vehement den

Kopf; fast wäre ihm dabei die Brille von der Nase gefallen. »Und ob ich das anders sehe. Aus meiner Sicht spielt es zunächst überhaupt keine Rolle, ob beide Opfer Apotheker waren oder nicht – genau wie die Frage, ob der Tote von Hegne tatsächlich mit gefälschten Medikamenten gehandelt hat, irrelevant ist. So, wie ich das sehe, ist Rothemunds Beteiligung an den Morden noch längst nicht vom Tisch. Immerhin ist es *seine* Vorgehensweise, mit der Sie sich hier konfrontiert sehen. Daher sollten Sie auf einen sachverständigen Ratgeber besser nicht verzichten. Und selbst wenn Rothemund ausgenommen werden kann: Auch Nachahmungstäter – die wir, wenn ich Ihrer Erinnerung etwas auf die Sprünge helfen darf, ausdrücklich ebenfalls in Betracht gezogen haben – sind unter bestimmten Umständen ein Fall für die forensische Psychiatrie, nicht selten werden ihnen psychische Defekte attestiert. Oder können Sie sich vorstellen, dass jemand mit stabiler Psyche auf die Idee verfällt, einen Mord nach dem Muster von Rothemund zu begehen?« Er blickte reihum in unschlüssige Gesichter. »Sehen Sie.«

Als hätte er vom vielen Reden einen trockenen Mund bekommen, setzte Hohdorf seine Tasse an die Lippen und trank sie in einem Zug leer.

Vespermann nutzte den Moment, um seine lange aufgestauten Einwände loszuwerden. »Nehmen wir an, Sie hätten recht …«

Doch Hohdorf schien nicht gewillt, sich auf Widerspruch einzulassen. »Glauben Sie mir, Herr Vespermann, in meinem Fachgebiet macht mir keiner was vor. Im Übrigen sind die Aufgaben der modernen Forensik in der Kriminalistik klar formuliert: kriminelle Handlungen systematisch identifizieren, analysieren, rekonstruieren – oder aber ausschließen. Ja, Sie haben richtig gehört, auch der Ausschluss gehört dazu. In diesem Sinne, meine Dame, meine Herren, besten Dank für Speis und Trank. Sollten Sie auch künftig meinen Rat wünschen, Herr Wolf, lassen Sie es mich wissen. Ich stehe Ihnen gern zur Verfügung – vorausgesetzt natürlich, dass es mir zeitlich möglich ist.« Er machte Anstalten, sich zu verabschieden.

Auch Wolf erhob sich und reichte ihm die Hand. »Ich bin sicher, wir kommen darauf zurück, Herr Dr. Hohdorf, vielleicht früher, als Sie denken.« Aus den Augenwinkeln bekam er mit, wie Vespermann zu einer geharnischten Widerrede ansetzte – vermutlich nagte Hohdorfs Zurechtweisung an seinem Ego. Nur durch heftiges verdecktes Winken gelang es Wolf, ihn davon abzuhalten.

Die Tür war kaum hinter Hohdorf zugefallen, da ließ Vespermann seiner Zunge auch schon freien Lauf: »Dieser eingebildete Lackaffe. Was glaubt der eigentlich, wer er ist? Meint wohl, er hätte die Weisheit mit Löffeln gefressen. Wir machen unseren Job schließlich nicht erst seit gestern.«

»Lass mal, Gerd – der Mann sieht das eben mit anderen Augen.« Wolf hatte wieder Platz genommen. Ohne sein Barett abzunehmen, kratzte er sich nachdenklich am Kopf.

»Manches von dem, was er sagte, ist nicht von der Hand zu weisen, finde ich.« Jo hatte sich in ihrem Stuhl zurückgelehnt. »Es ist nur so … wenn Sie Hohdorf weiter dabeihaben wollen, Chef, sollten Sie dann nicht Sommers Okay einholen?«

»Sommer hat das längst abgesegnet. Übrigens gibt es noch etwas, was ihr wissen solltet.« Er berichtete von der E-Mail mit dem Bibelzitat, die Karin Winter erhalten hatte.

Seine Schilderung war Wasser auf Vespermanns Mühlen. »Na, wer sagt's denn?«, meinte er selbstgefällig. »Wenn es noch eines Beweises bedurft hätte, dass Rothemund dahintersteckt – hier habt ihr ihn.«

»Ich bitte dich«, hielt Jo dagegen, »was daran soll Rothemunds Täterschaft beweisen? Diese E-Mail kann ebenso gut von jemandem stammen, der uns auf eine falsche Fährte locken will.«

Wolf stimmte zu, machte dann jedoch eine wegwerfende Handbewegung. »Mich beunruhigt dabei etwas ganz anderes: Anscheinend sucht der Täter die Öffentlichkeit. Ich frage mich, warum?«

»Irgendwelche Hinweise auf den Absender?«, wollte Jo wissen.

Wolf reichte ihr den Ausdruck, den er nach Eingang der E-Mail gemacht hatte.

Jo fuhr mit dem Finger die Zeilen entlang. Bei der Unterschrift verharrte sie. »R. E. Venger«, las sie und schüttelte den Kopf.

»Und hier, die Absenderzeile: a.venger@googlemail.com – so einen Account kann sich jeder einrichten. Der Name ist niemals echt.« Sie stutzte. »Lassen wir mal die beiden Punkte weg, dann steht da ›revenger‹. Das bedeutet im Englischen ›Rächer‹.«

Wolf griff sich an den Kopf. »Du hast recht! Jetzt, wo du's sagst … Verdammt, warum bin ich da nicht eher draufgekommen?«

»Aber was soll das bedeuten?«, warf Vespermann ein. »Immer vorausgesetzt, es steckt überhaupt ein Sinn dahinter?«

»Die Geschichte wird immer rätselhafter«, murmelte Jo mit gerunzelter Stirn.

Wolf klatschte in die Hände. »Lassen wir die E-Mail einmal außer Acht: Sind wir uns einig, dass sich die Faktenlage mit dem zweiten Mord geändert hat?«

»Und wie!« Jo rang sich ein Lächeln ab. »Dass auch der zweite Tote Apotheker war – das kann kein Zufall sein.«

»Sehe ich genauso. Und nimmt man den Verdacht auf Medikamentenfälschung hinzu …«

Vespermann fiel Wolf abrupt ins Wort. »Alles recht und schön, Leo, das will ich gar nicht bestreiten. Trotzdem plädiere ich dafür, dass wir zunächst die Rothemund-Spur abarbeiten – allerdings ohne den Mummenschanz dieses Psychofritzen.« Er schüttelte prüfend die Kaffeekanne. Enttäuscht stellte er sie wieder zurück.

»Warum nicht das eine tun, ohne das andere zu lassen?«, schlug Jo vor.

Mit einer Handbewegung brachte Wolf seine Kollegen zum Schweigen. »Ich möchte zunächst mal folgende Überlegung zur Diskussion stellen: Wenn unsere beiden Toten denselben Beruf ausübten – könnte es dann nicht sein, dass sie auch beide mit gefälschten Medikamenten handelten?«

»Wie kommst du darauf?«, fragte Vespermann erstaunt.

»Nur so eine Idee.«

Jo rieb sich das Kinn, während sie sich die Frage durch den Kopf gehen ließ. Dann nickte sie. »Sie könnten recht haben, Chef … Ja, der Gedanke hat etwas für sich.«

»Nicht, dass ich partout den Advocatus Diaboli spielen will«, warf Vespermann ein. »Aber findet ihr es nicht zu früh, in dieser

Phase solche Zusammenhänge herzustellen? Warum beginnen wir nicht mit dem Nächstliegenden und arbeiten dann die Alternativen ab – schön eine nach der andern?«

»Und was wäre deiner Meinung nach das Nächstliegende, Gerd?«

»Den Aufenthaltsort von Rothemund festzustellen. Selbst wenn ihr diese Spur nicht für vorrangig erachtet, so hätten wir zumindest ein loses Ende weniger ... ich meine, falls sich herausstellen sollte, dass Rothemund *nicht* unser Täter ist.«

Wolf nickte Vespermann anerkennend zu. »Gut, Gerd, ein Ansatz, den wir verfolgen sollten. Trotzdem möchte ich hier schon weiterdenken: Was ist, wenn Rothemund als Täter ausscheidet?«

»Dann haben wir es mit einem Nachahmer zu tun.«

»Einem Täter also, der Rothemund und dessen Taten so faszinierend findet, dass er sie aktiv nachvollzieht – oder mit einem Täter, der auf der Ritualmordschiene fährt, um so seine Spur zu verwischen. Richtig?«

»So ist es, Chef«, antwortete Jo. »Und wenn der Täter seine Opfer nicht wahllos aussucht, wie es bei einem psychotischen Mörder à la Rothemund wahrscheinlich wäre, wenn es also eine wie auch immer geartete Verbindung unter den Opfern gibt, müssen wir uns fragen, worin diese Verbindung besteht. Ich finde, vor diesem Hintergrund macht Ihre Frage, ob nicht *beide* Apotheker mit gefälschten Medikamenten gehandelt haben könnten, durchaus Sinn. Was meinst du, Gerd?«

Vespermann, ganz in Gedanken vertieft, fuhr verdattert hoch. Es dauerte eine Sekunde, bis er antwortete. »Nun, man kann es zumindest nicht ausschließen.«

»Also gut«, verkündete Wolf. »Diese Annahme einmal vorausgesetzt, sollten wir folgendermaßen vorgehen. Erstens: Der Lieferant, der Terhoven nachweislich zuletzt gesehen hat, muss ausfindig gemacht werden, mitsamt seinem Fahrzeug. Auch die anderen Lieferanten sollten wir genauer durchleuchten. Das könntest du übernehmen, Jo. Nimm dir in Terhovens Büro alle Papiere vor, die mit dem Wareneingang und deren Abrechnung zusammenhängen. Ach ja, und nimm Verbindung mit den Kollegen in Friedrichshafen auf. Falls wir richtig liegen, muss es da Parallelen geben. Und falls die Friedrichshafener das noch nicht erledigt haben, sind auch im Umfeld der Markdorfer Apotheke die Nachbarn zu befragen.«

Jo, die mit dem Schreiben von Stichworten auf ihrem Notizblock kaum nachkam, nickte eifrig. »Gebongt, Chef.«

»Nun zu dir, Gerd: Du übernimmst die Fahndung nach Rothemund, okay? Und was mich betrifft: Ich werde Frau Dr. Reichmann einen Besuch abstatten. Oder will jemand von euch …«

An der Mimik der beiden konnte er unschwer erkennen, dass seine Kollegen sich nicht um diesen Job rissen. Er kannte die Gründe, und er respektierte sie. In jungen Jahren war es ihm nicht anders ergangen. Ohne näher darauf einzugehen, fuhr er deshalb fort: »Von den Obduktionen verspreche ich mir in erster Linie Aufschluss über Tatwaffe und Tathergang. Projektile, Schmauchspuren, Schusskanäle und so weiter. So, alles klar, Herrschaften? Gut. Dann ran an die Buletten. Falls heute noch was sein sollte: Ich bin jetzt erst mal für 'ne knappe Stunde drüben bei Sommer. Und anschließend mach ich auf meinem Schreibtisch klar Schiff … Verdammt, dabei fallen mir jetzt schon die Augen zu.«

Er erhob sich ächzend, raffte seine Unterlagen zusammen und schlurfte zur Tür. »Ach ja, fast hätt ich's vergessen: Wann tauschen wir uns wieder aus?«

Etwas ratlos sahen sich Jo und Vespermann an.

»Also gut: nächste Lagebesprechung Montag, elf Uhr. Bis dahin sind wir hoffentlich einen großen Schritt weiter. Nutzt das Wochenende. Und denkt immer dran: Es kommen auch wieder ruhigere Zeiten.«

***

Wolf lehnte sich zufrieden zurück. Er hatte Sommer den aktuellen Stand dargelegt und ihm gleich mehrere vielversprechende Lösungsansätze aufgezeigt. Von einem schnellen Ermittlungserfolg waren sie zwar noch meilenweit entfernt, doch Sommer hatte seine Hilfe zugesagt, sollten auswärtige Dienststellen es an der nötigen Kooperationsbereitschaft fehlen lassen. Überdies hatte er eine Verstärkung der Mann-Kapazität des D1 in Aussicht gestellt, sollte Wolf das für erforderlich halten. Jetzt ging es nur noch darum, zu entscheiden, ob sie die Nachrichtensperre um einige Tage verlängern sollten.

Noch während sie das Für und Wider zu diesem Punkt erwogen, klingelte Sommers Telefon. Er reichte den Hörer an Wolf weiter. »Dein Typ wird verlangt, Leo. Frau Louredo ist dran.«

»Was gibt's?«, fragte Wolf, als er den Hörer übernommen hatte.

»Chef, eben kam eine Meldung rein. Ein Sporttaucher hat auf dem Seegrund zwischen Bodman und Sipplingen eine männliche Leiche gefunden. Die Wapo ist bereits mit einem Boot vor Ort, in Kürze holt ein Polizeitaucher den Toten nach oben. Angeblich hängt dem Leichnam ein Betonblock um den Hals.«

»Also kein Unglücksfall?«

»Negativ. Sieht wohl eher nach vorsätzlicher Tötung aus.«

Wolf verkniff sich einen derben Fluch. Ausgerechnet jetzt, dachte er. Doch es half nichts: Irgendjemand aus ihrem Dezernat sollte bei der Bergung zugegen sein.

»Gerd soll hinfahren«, ordnete er an.

»Und der Leichnam?«

»Zur gerichtsmedizinischen Untersuchung hierher nach Überlingen. Ende.« Er setzte Sommer noch kurz ins Bild, dann verabschiedete er sich eilig.

Im Vorzimmer wurde er von Frau Bender angesprochen. »Ich fürchte fast, Ihr Wochenende können Sie sich abschminken, Herr Wolf. Herr Dr. Hirth erwartet dringend Ihren Anruf. Soll ich Sie rasch verbinden?«

»Ein Unglück kommt selten allein.« Wolf seufzte ergeben. »Wenn es Ihnen keine Umstände macht, gern.«

Einige Sekunden verstrichen, bis der Staatsanwalt sich meldete; wie üblich glich sein Name einem hastig hervorgestoßenen »Irr«. »Hören Sie, Wolf, ich hab ein kleines Attentat auf Sie vor«, bellte er. »Sie sollten sich – wenn möglich sofort – mit einem Pharmahersteller in Basel treffen. Notieren Sie mal …« Er nannte

Wolf einen Namen und eine Telefonnummer. »Ihr Gesprächspartner dort wird der Vertriebschef sein. Er hat wichtige Infos für Sie, Ihren aktuellen Fall betreffend.«

»Lässt sich das nicht am Telefon erledigen?«, wagte Wolf einzuwenden.

»Wo denken Sie hin? Die Leute sind bereit, die Hosen runterzulassen, also, bildlich gesprochen. Da werden streng vertrauliche Interna zur Sprache kommen. So was breitet man doch nicht am Telefon aus. Ich hoffe, ich kann mich auf Sie verlassen, Wolf, ja? Und bitte halten Sie mich auf dem Laufenden.«

»Geht klar, Herr Staatsanwalt«, versprach Wolf zähneknirschend.

***

X-mal war Wolf schon in Basel gewesen, doch aus dieser Perspektive hatte er die Stadt noch nie gesehen. Von hier oben, aus dem Konferenzraum im Verwaltungstrakt eines der Pharmariesen betrachtet, lag sie wirklich und wahrhaftig zu seinen Füßen. Wenigstens ein kleiner Trost für das wachsende Ärgernis, seit mehr als zwanzig Minuten hier abgestellt und offensichtlich vergessen worden zu sein. Fünf Minuten wollte er den hohen Herren noch zugestehen. Standen sie dann nicht auf der Matte, würde er sang- und klanglos verschwinden.

Doch oh Wunder: Kaum zwei Minuten später wurde die Tür des Konferenzzimmers aufgerissen, und zwei Männer segelten herein: ein braun gebrannter agiler Dreißigjähriger, einen dicken Stapel Papier unter dem linken Arm, gefolgt von einem respekteinflößenden, zur Fülle neigenden Weißhaarigen, den Wolf als das perfekte Double des monegassischen Fürsten Rainier bezeichnet hätte.

Was ihr Outfit betraf, so schienen sie sich derselben Einkaufsquellen bedient zu haben: Beide trugen elegante Businessanzüge, kombiniert mit hellblauen Hemden und dezenten Krawatten, dazu hochelegante, offenbar rahmengenähte schwarze Maßschuhe.

Wolf war entschlossen, seinen Fensterplatz bis auf Weiteres

beizubehalten. Sollten die Leute doch zu ihm kommen, wenn sie ihn schon herbestellten und auch noch warten ließen.

Beim Näherkommen schien der Jüngere kurz zu stocken. »Herr Wolf von der Kripo Überlingen?«, fragte er gedehnt und fügte, als Wolf bejahte, erstaunt hinzu: »Sehe ich das richtig: Sie sind allein gekommen?«

Wieso spricht der arrogante Kerl kein Schwyzerdütsch?, fragte sich Wolf. Er meinte sogar, einen hessisch gefärbten Dialekt herauszuhören. Aber klar, vermutlich kam er von Hoechst oder Böhringer Ingelheim. Die Schweiz war für Deutsche ein beliebtes Arbeitgeberland.

Er wischte den Gedanken beiseite und setzte sein freundlichstes Lächeln auf. »Stellen Sie sich vor, ich bin alt genug, um ohne meine Eltern zu verreisen. Oder wie soll ich Ihre Frage verstehen?«

Nun trat der Weißhaarige vor, er machte einen leicht amüsierten Eindruck. In kehligem Schwyzerdütsch ergriff er das Wort: »Wir möchten uns erst mal kurz vorstellen. Das ist Herr von Strelow, unser leitender Vertriebsdirektor. Mein Name ist Beat Rother-Stuehli. Ich bin der CEO des Gesamtkonzerns.«

CEO, hieß das nicht »Chief Executive Officer«? Also war der Mann so was wie ein geschäftsführendes Vorstandsmitglied. Wolf war perplex. Die scheinen die Sache ja verdammt hoch zu hängen, dachte er verwundert. Wenigstens wusste er jetzt, an wen er sich im Ernstfall zu halten hatte.

»Zurück zu meiner Frage«, übernahm der Jüngere nun wieder das Wort. »Beim Telefonat mit Staatsanwalt Dr. Hirth gewann ich den Eindruck, er würde uns ein kompetentes Ermittlungsteam schicken. Wir gingen sogar davon aus, dass die Ermittlungen in der Hand Ihres Landeskriminalamtes liegen würden. Wie mir scheint, wird bei Ihnen die Brisanz des Falles noch immer unterschätzt.«

»Ließe sich das nicht besser im Sitzen besprechen?«, schlug Wolf vorsichtig vor.

»Natürlich. Entschuldigen Sie bitte.«

Sie setzten sich an dem gewaltigen Mahagonitisch einander gegenüber, während Rother-Stuehli, die Hände auf dem Rücken, an einem der Fenster stehen blieb und auf das abendlich erleuchtete Basel hinabblickte. Offenbar wollte er die Gesprächsführung zunächst seinem Vertriebschef überlassen.

»Was Sie mit Staatsanwalt Dr. Hirth besprochen haben, Herr von Strelow, entzieht sich meiner Kenntnis«, erklärte Wolf. »Ich habe lediglich die Order erhalten, mich bei Ihnen zu einem informellen Gespräch einzufinden. Es geht um eine Strafanzeige Ihres Hauses gegen den Markdorfer Apotheker Marian, soweit ich weiß, und zwar wegen des Handels mit gefälschten Medikamenten. Ich vermute, dass es sich dabei um Produkte Ihres Hauses handelt, und schlage vor, Sie erzählen mir zunächst die Details, ehe ich mich dazu äußere.«

Unwillig schnaubte von Strelow durch die Nase. »Soll das heißen, Ihr Staatsanwalt hat Ihnen keine genauen Zahlen genannt?«

»Nein, hat er nicht.«

»Gut. Das will ich ihm auch geraten haben. Die Sache ist nämlich äußerst brisant – für unser Haus, meine ich. Obwohl es sich hierbei um ein generelles Problem der gesamten Pharmabranche handelt.« Von Strelow machte eine kurze Pause, als erwartete er von Wolf eine Bestätigung. Als der nicht reagierte, fuhr er sichtlich ungehalten fort: »Details wollen Sie wissen? Na gut, die sollen Sie haben. Allerdings muss ich Sie um größtmögliche Verschwiegenheit bitten. Nicht dass Sie –«

»Herr von Strelow, bemühen Sie sich nicht. Als Kriminalbeamter bin ich schon von Gesetzes wegen zur Verschwiegenheit verpflichtet. Wenn Sie also bitte zur Sache kommen wollen.«

Von Strelow zog überrascht die Brauen hoch. Widerworte schien er von seinen Pharmareferenten nicht gewohnt zu sein. Er räusperte sich. »Na gut. Anfang des Jahres sind wir bei einer Routinekontrolle in der Markdorfer Rosenapotheke erstmals auf Satrapen gestoßen … so nennen wir intern Fälschungen unserer Produkte.«

»Entschuldigen Sie, was meinen Sie mit Routinekontrollen?«

»Nun, wie soll ich Ihnen das erklären? Passen Sie auf: Die Marketingabteilung unseres Hauses lässt in signifikanten Märkten regelmäßig Testkäufe durchführen, um das Beratungspotenzial unserer Wiederverkäufer –«

»Das sind die Apotheken, nehme ich an?«

Von Strelow nickte. »... um das Beratungspotenzial unserer Wiederverkäufer einschätzen zu können. Das machen alle so, auch unsere Mitbewerber, meine ich. Selbstredend werden sämtliche solchermaßen erworbenen Produkte bei uns im Haus einer genauen Prüfung unterzogen.«

»Aha. Und dabei sind Sie in der Rosenapotheke auf Fälschungen gestoßen. Verstehe. Sagen Sie, wie muss ich mir als Laie den Vertrieb gefälschter Produkte eigentlich vorstellen? Ich meine, wie kommen die Apotheker an das Zeug, wie wird es in die Läden gebracht? Und über welche Mengen reden wir da überhaupt – oder anders gefragt: Lässt sich beziffern, in welchem Umfang Ihr Unternehmen davon betroffen ist?« Während Wolf seine Fragen stellte, überzeugte er sich mit einem Seitenblick davon, dass Rother-Stuehli noch immer regungslos am Fenster stand und auf die Basler Altstadt hinunterstarrte.

»Tja, Herr Kommissar«, antwortete von Strelow mit ironischem Lächeln, »dann wollen wir Sie mal aufklären. Wie hoch schätzen Sie – wenigstens ungefähr – den Schaden ein, der durch den Handel mit gefälschten Medikamenten weltweit entsteht? Im Jahr, meine ich.«

»Soll ich das jetzt googeln, oder sagen Sie's mir auch so?«

Von Strelow lehnte sich entspannt in seinem Stuhl zurück. »Laut Angaben der WHO betrug der Gesamtschaden bereits im Jahr 2003 über zweiunddreißig Milliarden US-Dollar.«

»Oha. Eine gewaltige Summe.«

»Eher ein Nasenwasser, würde ich sagen – im Vergleich zu 2010. Da waren es bereits fünfundsiebzig Milliarden. Das entspricht einem Anstieg von über zweihundertdreißig Prozent – Tendenz weiter steil steigend.«

»Scheint ein lohnendes Geschäft zu sein«, musste Wolf zugeben.

»Ist es auch. Dabei handelt es sich gewissermaßen nur um die Spitze des Eisbergs. Wir reden hier nämlich ausschließlich von den der Pharmaindustrie entgangenen Umsätzen. Die gesamtwirtschaftlichen Auswirkungen sind nicht einmal annähernd zu bemessen. Zu den Verlusten müssten die bei den Patienten entstandenen Schäden und die ihnen daraus erwachsenen Unkosten hinzugerechnet werden. Im besten Falle erhält der Patient ›nur‹ ein Placebo, was bedeutet, dass das Mittel überhaupt keinen Wirkstoff enthält und dem Patienten keinen gesundheitlichen Schaden zufügt. Doch was sich harmlos anhört, entpuppt sich für den Betroffenen schnell als Desaster, denn schließlich bleibt durch das Fehlen des Wirkstoffs auch der therapeutische Nutzen aus, und die Krankheit kann ungebremst fortschreiten. Andere Mittel wiederum enthalten zwar den erforderlichen Wirkstoff, jedoch zu wenig davon. Mit anderen Worten: Das Zeug wird gestreckt – mit Kreide, Backpulver, Sägemehl und was weiß ich noch alles, bei flüssigen Arzneimitteln mit gefärbtem Wasser. Dadurch hat das Medikament lediglich eine stark eingeschränkte Wirkung. Vollends die Arschkarte gezogen – entschuldigen Sie die rüde Ausdrucksweise – haben aber die Patienten, deren Arzneien man anstelle des Wirkstoffes sogar hochschädliche Zutaten beigemengt hat – Lösungsmittel wie Diethylenglycol, um nur eines davon zu nennen. 1996 verstarben in Haiti sechsundneunzig Kinder an einem Hustensaft, dem man dieses Mittel zugesetzt hatte. In Nigeria sind vierundsechzig Prozent der Malariamedikamente gefälscht. Beispiele dieser Art gibt es zuhauf. Hinzu kommt, dass die Produktionskosten lächerlich gering sind. Vieles wird in ganz normalen Haushalten, in Garagen und Hinterhöfen zusammengemixt. Und selbst wenn Fälschungen entdeckt werden, was leider selten passiert, wird das allenfalls mit geringen Strafen sanktioniert.«

»Was ist mit den Verpackungen und den Beipackzetteln?«, wollte Wolf wissen.

»Gut, dass Sie das ansprechen. Da gibt es nahezu alles, von täuschend echt abgekupfert bis zu frei adaptiert. Oftmals sind sie dem Original so stümperhaft nachempfunden, dass sich die Ware schon auf den ersten Blick als Fälschung entlarven lässt.«

»Kapiert. Und wo kommt das Zeug in der Regel her?«

»Die in Europa vertriebenen Fälschungen stammen fast ausnahmslos aus Fernost, konkret: aus Indien, China, Hongkong oder Singapur. Der Verkauf an den Endverbraucher erfolgt überwiegend über das Internet, inzwischen aber in zunehmendem Maße auch über niedergelassene Apotheken. Leider entzieht es sich unserer Kenntnis, über welche Kanäle die Apotheken ihre Bestellungen aufgeben und wie die Ware angeliefert wird.« Er fixierte Wolf, bevor er abschließend verkündete: »Genau *das* sollen Sie ja herausbekommen.«

»Verstehe ich Sie recht: Sie unterstellen damit, dass niedergelassene Apotheker nicht etwa versehentlich an gefälschte Medikamente gelangen, indem sie von vermeintlich seriösen Lieferanten betrogen werden?«

Von Strelow holte tief Luft, ehe er Wolfs Frage beantwortete. »Ja, davon können Sie ausgehen.«

Wolf kam nicht umhin, die umfassende Sachkenntnis des Vertriebsmannes anzuerkennen. Das Thema schien dem Mann außerdem unter die Haut zu gehen. Je länger er sprach, desto eifernder klang er. Eine einzige der von Wolf gestellten Fragen hatte er unbeantwortet gelassen. Steckte Absicht dahinter?

»Danke für die umfassende Aufklärung, Herr von Strelow. Eines aber ist nach wie vor offen geblieben, nämlich in welchem Umfang Ihr Unternehmen von den Fälschungen betroffen ist.«

Einen kurzen Moment lang hatte Wolf den Eindruck, er hätte seinen Gesprächspartner aus einem Traum gerissen.

Von Strelows Blick war ins Leere gegangen, doch jetzt setzte er ein schiefes Lächeln auf. »Sie erwarten nicht im Ernst, dass ich Ihnen darauf antworte«, sagte er. »Diese Zahlen sind schließlich nicht für Hinz und Kunz bestimmt. Was denken Sie, was passiert, wenn sie unseren Mitbewerbern zu Ohren kommen? Sie glauben ja nicht, wie schnell sich aus solchen Fakten Wettbewerbsvorteile basteln lassen. Immerhin bewegen wir uns in einem der am härtesten umkämpften Märkte der Welt. Nein, nein, Herr Wolf, Sie sollten jetzt erst mal herauskriegen, was in Markdorf genau gelaufen ist. Knöpfen Sie sich diesen Marian vor, quetschen Sie ihn aus. Es wird Zeit, dass wir hinter die kriminellen Machenschaften dieser Leute kommen.«

Mit verschränkten Armen lehnte sich Wolf zurück. »Das wird

kaum gehen«, erwiderte er mit undurchdringlichem Gesichtsausdruck.

»Und warum nicht, wenn ich fragen darf?«

»Weil Marian tot ist.«

»Ich verstehe nicht … was meinen Sie mit ›tot‹?«

»Ich muss Ihnen jetzt nicht das Adjektiv ›tot‹ erklären, oder?«

Rother-Stuehli war unbemerkt zu ihnen an den Tisch getreten. Zum ersten Mal seit der Begrüßung richtete der Konzernboss das Wort an Wolf. »Sie werden verstehen, dass wir von dieser Nachricht äußerst überrascht sind, Herr Wolf«, sagte er freundlich. »Könnten Sie uns die näheren Umstände von Marians Tod vielleicht kurz erläutern? Natürlich nur, wenn das gegen keine Ihrer Vorschriften verstößt.«

»Nun, da Sie gewissermaßen Betroffene sind …« Wolf legte ihnen knapp die Umstände von Marians Ableben dar.

Nachdenklich legte der Konzernchef den linken Zeigefinger an die Lippen. »Das wäre bereits der zweite Tote bei Ihnen am See«, murmelte er.

Nach dieser Feststellung musste Wolf erst mal schlucken. »Wie, Sie wissen von dem Apotheker aus Überlingen?«, fragte er erstaunt.

»Von Heinz Terhoven? Aber ja. Er soll gleichfalls ermordet worden sein. Die Kantonspolizei Schaffhausen, mit der wir wegen anhängiger Anzeigen ständig in Kontakt sind, hat uns gestern Nachmittag davon unterrichtet. Ich brauche Sie wohl nicht zu fragen, ob Sie einen Zusammenhang zwischen den beiden Morden vermuten?«

»Für Schlussfolgerungen ist es noch zu früh, schließlich haben die Ermittlungen erst begonnen«, log Wolf. Das ging den guten Mann nun wirklich nichts an. »Lassen Sie mich eine Gegenfrage stellen: Haben Sie auch bei der Terhoven Testkäufe durchführen lassen?«

Rother-Stuehli sah seinen Vertriebsbeauftragten fragend an. Der hatte bereits eine Liste aus seinen Papieren genommen, mit dem Finger fuhr er eine Spalte entlang. »Ah, hier«, bestätigte er. »Zwei Testkäufe, getätigt am Mittwochmorgen. Das Ergebnis der Untersuchung steht allerdings noch aus.«

»Dann machen Sie die Sache dringlich, von Strelow. Und sorgen Sie dafür, dass die Ergebnisse umgehend an Herrn Wolf weitergeleitet werden«, ordnete Rother-Stuehli an.

»Natürlich. Ich werde sofort im Labor anrufen.«

Wolf zog eine Visitenkarte aus seiner Jackentasche und legte sie auf den Platz des Vertriebschefs, der aufgestanden und mit seinem Blackberry ein paar Schritte zur Seite gegangen war.

Rother-Stuehli war wieder ans Fenster getreten, erneut hielt er die Hände auf dem Rücken verschränkt. Wolf stellte sich neben ihn, und beide sahen auf die Stadt hinab, während von Strelow im Hintergrund gedämpft in sein Telefon sprach.

»Immer wieder ein imposanter Ausblick«, meinte Rother-Stuehli leise, als spräche er mit sich selbst. Der Anflug von Stolz in seiner Stimme war nicht zu überhören.

»Ganz Basel zu meinen Füßen ... das hab ich mir immer gewünscht«, versicherte Wolf.

Einen kurzen Moment lang lächelte Rother-Stuehli amüsiert. Ohne seine Haltung zu verändern, brach er nach längerer Pause abermals das Schweigen: »In Ihrer Haut möchte ich nicht stecken, Herr Wolf.«

Leo Wolf versuchte, im Gesicht des Konzernchefs zu lesen. »Was meinen Sie?«, hakte er nach, obwohl er ahnte, worauf Rother-Stuehli hinauswollte.

»Sie befürchten, dass die beiden Morde mit dem Beruf der Opfer zusammenhängen und dass auch Terhoven gefälschte Medikamente vertrieben hat, hab ich recht?«

Abwartend sah Wolf den Konzernboss an, der sich ihm inzwischen zugewandt hatte. »Nehmen wir mal an, es wäre so?«

»Nun, ich vermute, dass Sie sich in dem Zusammenhang die Frage stellen müssen, welchen Apotheker es vielleicht als nächsten trifft?« Rother-Stuehli stockte kurz, bevor er den Blick wieder auf die Stadt zu ihren Füßen richtete. »Terhoven und Marian werden kaum die Einzigen sein, die sich in ihrer Habgier für das schnelle Geld entschieden haben.«

»Irgendwo müssen wir aber anfangen.«

»Gute Nachricht, meine Herren«, sagte von Strelow in ihrem Rücken. Er hatte sein Telefonat beendet und kam wieder zu ihnen. »Die Untersuchung der bei Terhoven beschafften Medikamente ist bereits erfolgt. Das Labor schickt mir gleich eine E-Mail mit den Ergebnissen.«

Er hatte kaum ausgesprochen, als sein Blackberry einen Piepton von sich gab. Von Strelow betätigte eine Taste und strich mehrere Male mit dem Finger über das Display. Dann hatte er die soeben eingegangene E-Mail vor sich. Je länger er darin las, desto verblüffter wirkte er. Schließlich reichte er das Gerät an Rother-Stuehli weiter.

»Das hatte ich in Anbetracht der Umstände nicht erwartet. Aber sehen Sie selbst. Das Ergebnis steht ganz unten«, erklärte er.

Rother-Stuehli las die Nachricht gleich zweimal nacheinander. Schließlich hob er den Kopf und sah Wolf ins Gesicht. »Ich weiß nicht recht, ob wir lachen oder weinen sollen«, sagte er schleppend und ließ sich auf einen der Stühle sinken. Den Blick wieder auf das Display gerichtet, erklärte er: »Unsere Leute haben bei Terhoven acht unserer Produkte erworben und untersucht. Ihrem Auftrag entsprechend waren es dieselben acht Produkte wie bei Marian. Mit einem gravierenden Unterschied: Terhovens Mittel sind clean – absolut clean.«

Wolfs Stimme glich einem heiseren Flüstern. Er wusste nicht, ob er erleichtert oder enttäuscht sein sollte. »Wollen Sie damit sagen, dass es sich bei Terhoven um echte Präparate handelte? Also keine Fälschungen?«

»So ist es, Herr Kommissar.«

9

»Ich bin's, Boss. Entschuldigen Sie die Störung …«

Schweigen. Dann eine schlaftrunkene Stimme: »Du, Bruno? Mann Gottes, weißt du eigentlich, wie spät es ist?« Sein Chef gab sich wenig Mühe, seinen Ärger zu verbergen.

»Natürlich weiß ich das, Boss. Fast elf, also hier in Friedrichshafen, meine ich. Dann ist es bei Ihnen in Hongkong acht Uhr in der Früh oder so, aber was soll ich machen?«

»Es ist sieben. Wie oft soll ich dir noch sagen, dass es acht Stunden Zeitverschiebung sind, nicht neun. Und jetzt hör auf, so herumzustottern. Was gibt's?«

»Also, die Sache ist die, Boss, wie soll ich sagen …«

»Gottverdammich, Bruno, lass es endlich raus.«

»Also gut, Boss: Irgend so ein Kerl spioniert hier herum.«

Stille. Eine bange Sekunde lang befürchtete Bruno, die Leitung sei hopsgegangen.

Dann fragte sein Chef so gelassen, als hätte sich Bruno beiläufig über das Wetter geäußert: »Könntest du bitte etwas genauer werden?«

Bruno räusperte sich. »Also. Heute Vormittag war ich wie üblich die Post holen, so gegen elf. Unterwegs habe ich noch –«

»Bruno!«

»Okay, okay. Jedenfalls saß da so ein Typ schräg gegenüber von unserem Anwesen in einem Wagen und tat so, als würde er Löcher in die Luft starren.«

»Was für ein Wagen?«

»Schwarzer SUV.«

»Kennzeichen?«

»Weiß der Geier. So rote Dinger, Werkstattschilder vermutlich. Ich hab mir das eine Weile angesehen, dann platzte mir der Kragen. Ich also raus und will ihn zur Rede stellen, da gibt der Typ Gas und haut ab.«

»Und du bist dir sicher, dass er uns auf dem Kieker hatte?«

»Hundert Prozent, Boss. Aber das ist noch nicht alles. Als ich später durch das Buschwerk die Straße entlangspechte, entdecke ich

schon wieder die Karre mit dem Kerl darin, diesmal auf der anderen Straßenseite. Stand mit laufendem Motor in einer Einfahrt und glaubte wohl, ich würd ihn nicht entdecken. Aber nicht mit mir!« Bruno warf sich stolz in die Brust, wenn sein Gesprächspartner das auch nicht sehen konnte. »Ich, nicht faul, geh hinten raus, umrunde das Nachbargrundstück und pirsche mich an ihn ran. Der Typ war so was von erschrocken, als ich neben ihm auftauchte, das Gesicht hätten Sie sehen sollen, Boss.« Nur mit Mühe unterdrückte Bruno ein Lachen.

»Herrgott noch mal, bleib bei der Sache.«

»Äh, ja. Als ich die Fahrertür aufreißen will, hab ich fast den Griff in der Hand. Hat der Arsch doch tatsächlich die Türsperre aktiviert. Und fährt mit quietschenden Reifen davon. Hätt ich nicht losgelassen, der hätte mich glatt hinter sich hergeschleift.«

»Hm. Beschreib mir den Mann. Es war doch ein Mann, oder?«

»Natürlich war es ein Mann, wieso?«

»Ach, vergiss es. Hab nur kurz überlegt, ob vielleicht Karla dahintersteckt. Okay, mach weiter.«

»Also, wenn ich den beschreiben soll, ich weiß nicht recht. Hab ihn ja nur im Wagen sitzen sehen. So um die fünfzig, würde ich sagen, vollschlank, irgendwie gepflegt …« Bruno kam ins Stocken.

»Ja und? Haarfarbe, Frisur, Augen, besondere Merkmale?«

»Kann ich nicht sagen, Boss. Der Kerl trug eine Schirmmütze, die er tief ins Gesicht gezogen hatte. Und eine Sonnenbrille.«

Am anderen Ende ertönte ein unwilliges Schnauben. »Auf die Idee, ihn zu fotografieren, bist du nicht gekommen?«

»Ja, wie denn? Ich musste doch die Hände frei haben. – Hallo, Boss, sind Sie noch dran?«

»Lass mich, ich muss nachdenken.«

Dann, nach einer Weile, erklärte er: »Okay, hör zu. Ich möchte, dass du ein paar unserer Fahrer zusammentrommelst. Haltet Ausschau nach dem Typ und nehmt Kameras mit, ich will Bilder von ihm und von seinem Wagen – mit Nummernschild, das ist ganz wichtig. Leider kann ich noch nicht genau sagen, wann wir hier fertig sind. Aber sobald ich mit Jing Zhao im Reinen bin, nehm ich die nächste Maschine. Vor dem Abflug meld ich mich noch einmal bei dir.«

Es piepte, und die Leitung war unterbrochen.

10

Um halb sechs in der Früh trieb seine innere Uhr Wolf aus den Federn. Die ersten Handgriffe nach dem Aufwachen hätte er auch im Schlaf erledigen können: aufstehen, Katze füttern, Kleidung raussuchen – und ab unter die Dusche. Diese allmorgendliche Routine sorgte dafür, dass er nichts vergaß und seine Zeitressourcen ökonomisch einsetzte.

Für gemütliches Gehabe war der Feierabend da.

An diesem Morgen jedoch schien er die Rechnung ohne den Wirt gemacht zu haben. Gerade hatte er sich unter die Dusche gestellt und das Wasser aufgedreht, da klingelte sein Telefon.

Um sechs Uhr fünfundvierzig in der Früh, an einem Samstagmorgen, das musste man sich mal vorstellen!

Hektisch vor sich hin schimpfend stieg er aus der Kabine, wobei er den Stuhl umstieß, auf den er seine Kleidung gelegt hatte. Schreiend stob die Katze Fiona davon. Natürlich erreichte er den Apparat viel zu spät, der Anrufer hatte bereits aufgelegt. In weiser Voraussicht nahm er das Telefon mit ins Bad und legte es direkt vor die Kabine. Eine halbe Minute später klingelte es ein zweites Mal. Mit einem saftigen Fluch riss er die Schiebetür auf, dass Fiona erschrocken miauend erneut das Weite suchte. Dabei verhedderte sie sich im Telefonkabel und riss den Hörer vom Apparat. Mit tropfender Hand griff Wolf danach und meldete sich.

Der Kollege von der Wochenendbereitschaft war verlegen ob des unerwartet stürmischen Empfangs. »Morgen, Leo, tut mir aufrichtig leid.«

Gemeiner Lügner, ich weiß genau, dass du dich diebisch freust, dachte Wolf missmutig. »Was gibt's?«, stieß er atemlos hervor und angelte nach dem Duschhandtuch.

»Nichts weiter. Nur einen Mord. Offenbar ein weiterer Fall in eurer Ritualmordserie.«

Na bitte, offener Sarkasmus – also hatte er den Kerl doch richtig eingeschätzt.

»Und wo?«

»Kartause Ittingen.«

»Ist das nicht in der Schweiz?«

»Ist es. Ein paar Kilometer südlich von Stein.«

Wolf stieß einen abgrundtiefen Seufzer aus. »Ich nehme an, die Schweizer sind bereits vor Ort?«

Der Kollege lachte keckernd. »Aber ja. Ein Kommissär Birmoos von der Kantonspolizei Schaffhausen lässt dir Grüße bestellen.«

»Okay, ich fahr hin«, entschied Wolf schicksalsergeben und legte auf.

Kaum zehn Minuten später fuhr er auf der B 31 auf Meersburg zu. Ein Glück, dass ich gestern von Basel mit dem Dienstwagen nach Hause gefahren bin, dachte er. Mit dem Drahtesel wäre ich verratzt gewesen.

In Meersburg lag die Sieben-Uhr-Fähre zum Auslaufen bereit; sein Wagen wurde als einer der letzten an Bord gewunken. Im Bordrestaurant kaufte er sich zwei Butterbrezeln, die er – zusammen mit einem Humpen Kaffee – genussvoll verputzte. Nachdem er in Konstanz die Fähre wieder verlassen hatte, passierte er die nahe Grenze und folgte dem Schild nach Frauenfeld.

Während der Fahrt auf der nur mäßig befahrenen A 7 dachte er über das Gespräch mit den Pharmaleuten vom Vorabend nach. Besonders ein Satz von Rother-Stuehli drängte sich immer wieder in den Vordergrund: »Terhovens Mittel sind clean – absolut clean«, hatte der Pharma-Boss verkündet und seine Verblüffung dabei kaum verhehlen können.

Clean? Wie konnte das sein? Darauf gab es im Grunde nur zwei schlüssige Antworten. Entweder war der Überlinger Apotheker am Handel mit gefälschten Medikamenten überhaupt nicht beteiligt. Oder er war sehr wohl beteiligt, jedoch mit anderen Produkten als Marian, möglicherweise sogar mit den gefälschten Produkten eines ganz anderen Herstellers – ein wahrhaft deprimierender Gedanke, fand Wolf.

Endlich erreichte er die idyllisch gelegene Kartause Ittingen. Er stellte seinen Dienstwagen auf dem Parkplatz ab, wo neben mehreren Streifenwagen auch zwei Zivilfahrzeuge des Polizeikommandos Thurgau aus Frauenfeld standen. Durch das nahe gelegene Uesslinger Tor gelangte er in das Innere des Klosters.

Am Tor wurde Wolf von einem Uniformierten angehalten. Nachdem er sich ausgewiesen hatte, durfte er passieren. Beiläufig erfuhr er, dass hier nicht Birmoos die Ermittlungen führte, sondern ein Kollege aus Frauenfeld, ein gewisser Kommissär Chrüzegg. Auf seine Frage, wo er Chrüzegg fände, antwortete der Uniformierte lapidar: »Hier durch das Tor, immer den Hauptweg entlang, am Barockgarten vorbei zum Labyrinth. Da liegt der Tote. Dort finden Sie sicher auch Kommissär Chrüzegg.«

Bei dem Stichwort »Labyrinth« wurde Wolf hellwach. Zwar war er vor Längerem schon einmal in Ittingen gewesen, die Existenz eines Labyrinths aber hatte er entweder verdrängt oder vergessen.

Gleich hinter dem Tor hatten die Schweizer Kollegen trotz der frühen Stunde rot-weiß gestreiftes Flatterband gespannt, um den Publikumsverkehr aus dem Klosterpark fernzuhalten. Er schlüpfte darunter hindurch und folgte der Wegbeschreibung des Uniformierten.

Schon von Weitem gewahrte er hinter dem Barockgarten geschäftiges Treiben. Gut ein halbes Dutzend Beamte und Beamtinnen, einige von ihnen in weißen Einwegoveralls, waren dabei, nach Spuren zu suchen oder den Tatablauf zu rekonstruieren. Gebückt, teilweise kniend, gingen sie ihrer Arbeit nach, sprachen in Diktiergeräte, machten Fotos und Notizen, diskutierten oder tauschten sich aus – das alles auf einer Grünfläche ähnlich jener auf Werd, auf der mit handtellergroßen Flusskieselsteinen verschlungene Wege zu einem Labyrinth gelegt worden waren. Wie auf Werd liefen die Wege auf einen Mittelpunkt zu, an dem, wie Wolf jetzt erkannte, noch immer das Mordopfer lehnte, den Blicken zufällig Vorüberkommender durch eine silbern schimmernde Folie entzogen.

Endlich stand Wolf vor Chrüzegg, dem leitenden Ermittler. Er stellte sich kurz vor und erklärte, Kollege Birmoos aus Schaffhausen habe ihn über den Mord informiert, weil es sich bei dem Toten um das dritte Opfer in einer Mordserie handeln könnte.

»Ich gehe davon aus, dass Ihnen die beiden Fälle in den Klöstern Werd und Hegne bekannt sind, Herr Kollege?«

Wolfs Rede schien Chrüzegg nicht wirklich zu beeindrucken. »Birmoos?«, sagte er. »Wie kommt Birmoos dazu, sich hier einzumischen? Ittingen liegt im Thurgau. Für die Ermittlungen in diesem Mordfall ist folglich das Polizeikommando Frauenfeld zuständig.«

»Niemand stellt das in Frage, Kollege Chrüzegg. Es wäre aber möglich, dass sich euer Mordopfer wie im Kloster Werd als deutscher Staatsbürger herausstellt. Zumal es sich hier vermutlich nicht um den Tatort, sondern lediglich um den Fundort der Leiche handelt.«

»So, tut es das?«, gab Chrüzegg gelangweilt zurück. »Dann wisst ihr mehr als wir.«

Wolf musste an sich halten, um nicht aufzubrausen. »Von Wissen kann keine Rede sein, das war rein hypothetisch. Damit wir uns recht verstehen, Herr Kommissär: Niemand will Ihnen ins Handwerk pfuschen und ich schon gar nicht.«

»Das dürfte euch auch kaum gelingen. So, und jetzt halten Sie mich nicht länger von meiner Arbeit ab. Sollte euch der Fall tangieren, werden wir es euch wissen lassen.«

Betreten sahen Chrüzeggs Kollegen weg.

»Aber mich etwas umsehen hier, das darf ich doch wohl.«

»Tun Sie, was Sie nicht lassen können, Herr Kollege.«

Von den argwöhnischen Blicken des Kommissärs verfolgt, versuchte Wolf, sich ein Bild zu verschaffen. Gar zu gern hätte er mit seinem Handy einige Aufnahmen gemacht oder wenigstens ein paar Notizen. Doch um die Stimmung nicht weiter zu vergiften, verzichtete er darauf. Einer Versuchung konnte er allerdings nicht widerstehen: Als er den Mittelpunkt des Labyrinths erreichte, hob er mit raschem Griff wie zufällig die silberne Folie an, die das Opfer bedeckte.

Wie aus dem Erdboden gestampft, stand Chrüzegg hinter ihm. »Finger weg! Hier wird nichts angefasst, dass das klar ist.«

Doch Wolf hatte bereits genug gesehen. Insbesondere war ihm die Schusswunde über der Nasenwurzel nicht entgangen. Na toll, ein Déjà-vu, dachte er.

Ohne Chrüzegg eines Blickes zu würdigen, zog er die Folie wieder über den Leichnam. Ohne Hast schritt er in Richtung Parkplatz davon. Er hatte das Tor am Ausgang bereits passiert, als er hinter sich eilige Schritte hörte.

»Warten Sie bitte.« Der Mann, offenbar einer von Chrüzeggs Kollegen, war leicht außer Atem. »Ich bin Kommissär Rüti von der Kriminalpolizei Schaffhausen«, stellte er sich vor. »Und Sie, wenn ich recht verstanden habe, sind Hauptkommissar Wolf aus Überlingen, ja?«

Wolf nickte, während er sein Barett aus der Stirn schob. »So ist es. Sie arbeiten also mit dem Kollegen Birmoos zusammen?«

»Ja.«

»Demnach scheint Chrüzegg einen gewissen Zusammenhang der Mordfälle von Werd und Ittingen nicht von vornherein auszuschließen. Das ist tröstlich.«

»Für den Kollegen Chrüzegg möchte ich mich entschuldigen. Sie müssen ja ein völlig falsches Bild von der Schweizer Polizei bekommen.« Er lächelte etwas unsicher.

»Sie sind eben dabei, es wieder geradezurücken, Kommissär Rüti«, gab Wolf lächelnd zurück.

Rüti räusperte sich. »Sollten Sie noch Fragen haben – ich stehe Ihnen gern zur Verfügung.«

Da brauchte Wolf nicht lange zu überlegen. »Ja, eine hätt ich schon: Gehe ich recht in der Annahme, dass die Identität des Toten ungeklärt ist?«

»Korrekt. Der Mann trug keine Papiere bei sich. Auch sonst nichts, was über seine Identität oder den Tathergang Aufschluss geben könnte.«

»Keine Uhr, keine Ringe …«

»Auch das ist richtig«, antwortete Rüti.

Wolf nickte, er hatte nichts anderes erwartet. »Auch keine Zeugen, nehme ich an.«

»Keine.«

»Könnte es sein, dass der Täter das Opfer durch das Tor dahinten auf das Gelände geschafft hat?« Wolf wies auf eine Pforte in der Außenmauer, die weit hinten, unweit des Labyrinths, vom Klostergelände führte.

»Nach allem, was wir wissen: ja.«

»Danke, Herr Kollege. Vielleicht kann ich Ihnen auch mal einen Stein in den Garten werfen.« Als Rüti ihn nur verständnislos anblickte, winkte Wolf belustigt ab. »Nur so 'ne Redensart, hat nichts zu bedeuten.«

»Ah ja. Dann will ich mal wieder zurück, sonst macht mich Chrüzegg zur Schnecke. Und entschuldigen Sie noch einmal ...«

»Keine Ursache.« Wolf hob grüßend die rechte Hand. »Tschau dann, Kollege Rüti. Und danke für die Auskünfte.«

Im Weggehen steckte er sich eine Gitanes zwischen die Lippen und schnippte sein Feuerzeug auf, schloss es aber sogleich wieder. Etwas Unverständliches murmelnd, warf er die Zigarette in den Straßengraben. Unvermittelt erschien ein Lächeln auf seinem Gesicht.

Es ging gegen zehn, als Wolf wieder in seinem Wagen saß und die Rückfahrt antrat. Vor einer Stunde hatte Dr. Reichmann mit der Obduktion begonnen. Selbst wenn er sich Zeit ließ bei der Rückfahrt, konnten die Obduktionen bis zu seinem Eintreffen keinesfalls abgeschlossen sein. Erste Hinweise jedoch würde ihm Franzi sicher geben können. Außerdem wäre es kein Schaden, wenn er sich mal wieder persönlich blicken ließe. Also nahm er die Strecke über Stein und die Höri. Die Landschaft entlang des Untersees hatte so etwas Gemütliches, Beruhigendes, Unaufgeregtes, fand er.

Kurz hinter Stein – er hatte gerade die Grenze passiert – klingelte sein Telefon. Verwundert sah er auf das Display. Es war Vespermann. »Na, schon bei den Vorbereitungen für das Wochenendmenü?«, begrüßte er ihn.

Doch Vespermann ignorierte seine Anspielung. »Wieso hattest du dein Handy ausgeschaltet?«, fragte er vorwurfsvoll.

Handy ausgeschaltet? Spinnt der Kerl jetzt vollends?, dachte Wolf entrüstet. Er musste sich regelrecht zur Ruhe zwingen, um wenigstens einigermaßen gelassen antworten zu können. »Wie kommst du darauf, dass ich es ausgeschaltet hatte? Während du mit deinen Knoblauchzehen beschäftigt warst, habe ich mich heute Morgen schon um einen neuen Mord kümmern müssen. Das Tal hier wird in einem Funkloch liegen, vermute ich.«

Am anderen Ende der Leitung blieb es kurz still. »Wie? Was meinst du? Welcher neue Mord? Erzähl.«

Wolf berichtete ihm von dem Toten im Kartäuserkloster Ittingen. »Alles Weitere dann Montagfrüh«, schloss er und wollte die Verbindung schon unterbrechen, als ihm einfiel, dass Vespermann ihn sicher nicht grundlos angerufen hatte. »Was wolltest du eigentlich von mir? *Du* hast schließlich *mich* angerufen.«

»Ach ja, richtig. Es geht um die Bergung des Toten aus dem See gestern Abend, du erinnerst dich?«

»Ein Mann also?«

»Richtig. Es handelt sich zweifelsfrei um ein Tötungsdelikt. Der Täter hat die Leiche mit einem Gewicht beschwert und dann ins Wasser geschmissen, so ziemlich an der tiefsten Stelle des Überlinger Sees, würde ich sagen.« Scheinbar zusammenhanglos begann Vespermann zu kichern. »Leider, oder besser gesagt: zu unserem Glück, ist der Täter ziemlich dilettantisch vorgegangen. Vielleicht war es auch dunkel, oder er hatte nicht genügend Zeit, jedenfalls hat sich aus irgendeinem Grund das schlampig angebrachte Gewicht gelöst, und die Leiche kam an die Oberfläche.«

»Sieh mal an. Früher oder später machen sie alle Fehler«, brummte Wolf.

»Die Leiche ist noch nicht identifiziert, das Opfer trug keine Papiere bei sich. Todesursache war vermutlich ein aufgesetzter Schuss direkt ins Herz, Todeszeitpunkt vor circa zwei bis drei Tagen. Genaueres wissen wir erst nach der Obduktion.«

Bei der Erwähnung des aufgesetzten Schusses war Wolf kurz zusammengezuckt. »Kommt uns das nicht bekannt vor?«, meinte er finster. »Hast du schon in die Vermisstendatei geschaut?«

»Keine Entsprechung. Ich würde vorschlagen, ein Bild des Toten samt Personenbeschreibung an die Presse zu geben.«

»Sehr gut, mach das. Aber nicht dem ›Seekurier‹, den übernehme ich selbst. Schick mir dazu das Bild auf mein Handy, okay?« Wolf wartete noch Vespermanns Einwilligung ab und unterbrach dann die Verbindung.

Während der Weiterfahrt fragte er sich, ob es einen Zusammenhang zwischen dem Leichenfund und ihrer Mordserie gab. Zumindest die Todesart sprach dafür, wenn der Schuss auch in die Brust statt in die Stirn gegangen war, und ebenso die räumliche und zeitliche Nähe zum ersten Mord. Dass bei dem Toten keine Papiere gefunden worden waren, musste nichts besagen, das war die Regel.

Unvermittelt tauchte das Ortsschild von Horn vor ihm auf. Spontan beschloss er, einen kurzen Stopp einzulegen. Auf dem Parkplatz des Gasthofes »Hirschen« an der Hauptstraße stellte er seinen Dienstwagen ab, um der spätgotischen Johanneskirche einen Besuch abzustatten. Seit Langem schätzte er die Anhöhe, auf der sie stand, als einen der schönsten Aussichtspunkte am See. Über die Reichenau und die Silhouette von Konstanz hinweg ging Wolfs Blick zum Schweizerischen Südufer hinüber, das von Steckborn über das Schloss Arenenberg bis nach Ermatingen reichte und sich schließlich in der Ferne bei den schneebedeckten Alpengipfeln verlor. Großherzog Friedrich I. von Baden soll sich einmal, neben der Kirche stehend, geäußert haben: »Wenn ich nicht Großherzog von Baden wäre, wollte ich Pfarrer von Horn sein.«

Wolf konnte den Mann nur zu gut verstehen. Auch die Kirche selbst schien aus der Zeit zu fallen: Wie eine Glucke wachte der Treppengiebelturm über die letzten Ruhestätten des ihn umgebenden Kirchhofes. Wenn es einen Ort gab, zu dem der Begriff »Entschleunigung« passte, dann war es dieser.

Bei dem Gedanken daran fiel ihm Dr. Reichmann wieder ein. Er sah auf die Uhr und machte sich auf die Socken.

Um kurz nach elf erreichte er das Kreiskrankenhaus von Überlingen und stellte den Wagen kurzerhand auf einem freien Ärzteparkplatz ab.

Er hatte den Empfangsschalter bereits passiert, als eine schrille Stimme ihn noch einmal zurückrief: »Hallo, Sie! Sie können da nicht parken, diese Stellplätze sind reserviert.«

Wolf verharrte. Der Zuruf hatte ohne Zweifel ihm gegolten. Klar weiß ich das, du Zerberus, dachte er giftig. Reserviert für einen Halbgott in Weiß, nicht wahr? Er schluckte hinunter, was ihm auf der Zunge lag. Dann drehte er sich um und ging zum Schalter zurück. »Sagen Sie, haben Sie schon einmal einer Leichenöffnung beigewohnt?«, fragte er zuckersüß.

»Lenken Sie nicht ab«, zeterte die Frau. »Und überhaupt …«

»Haben Sie?«, donnerte Wolf mit Stentorstimme, was die Frau erschrocken zusammenfahren ließ. Während sie noch nach Worten suchte, zückte er seinen Dienstausweis und hielt ihn ihr unter die Nase. Mit sanfter Stimme erklärte er: »Nichts für ungut, liebe Frau, aber ich bin Kriminalhauptkommissar und mit der Aufklärung einer schlimmen Mordserie betraut. Jetzt soll ich da runter in die Anatomie und einer Leichenöffnung beiwohnen. Denken Sie, das ist ein Zuckerschlecken für mich? Da kann einem vor Aufregung schon mal ein Fehler passieren, meinen Sie nicht? Aber gut, wenn Sie darauf bestehen …« Er gab vor, wieder hinausgehen zu wollen, um den Wagen umzuparken.

»Aber nein, Herr Kommissar, so war das nicht gemeint«, beeilte sich die Frau zu sagen.

»Ich *danke* Ihnen«, schleimte Wolf und übergab ihr seine Visitenkarte. »Natürlich möchte ich nicht, dass Sie Ärger bekommen«, raunte er ihr zu. »Auf dieser Karte finden Sie meine Handynummer. Rufen Sie mich einfach an, wenn der Herr Doktor draußen einparken will, ja?«

Zufrieden lief er die Treppe zum Untergeschoss hinab, während die Frau ihm nur noch mit offenem Mund nachstarren konnte.

Der arme Mann, der ist ja völlig durch den Wind – das oder Ähnliches schien ihre Miene auszudrücken.

Nachdem Wolf einen spärlich beleuchteten Flur entlanggegangen war und einen düsteren Vorraum durchschritten hatte, stand er vor einer Tür mit der Aufschrift »Gerichtsmedizin, kein Zutritt«. Er legte die Hand auf die Klinke und holte noch einmal tief Atem, bevor er eintrat.

Der Raum war, im Unterschied zum Gang, strahlend hell erleuchtet, ohne dass Wolf die Lichtquelle hätte ausmachen können. Dieser Eindruck wurde durch den weiß gekachelten Boden und ebensolche Wände noch verstärkt. In der Raummitte fielen Wolf zwei Edelstahltische ins Auge, auf denen sich unter grünem Tuch die Umrisse zweier menschlicher Körper abzeichneten. Allerlei undefinierbare Gerätschaften ergänzten das Arrangement. Das einzig Lebendige im Saal schien ein jüngerer Mann zu sein, der mit dem Rücken zu ihm an einem Waschtisch stand und sich die Hände wusch. Sein grünes Outfit wies ihn als Mitarbeiter der Gerichtsmedizin aus, auch wenn Wolf ihn hier noch nie gesehen hatte. Immerhin hatte sich der Mann bei seinem Eintreten kurz umgedreht und ihm zugenickt.

Während Wolf sich vergebens bemühte, den über allem liegenden, widerlich süßen Geruch zu ignorieren, betrat Dr. Reichmann von einem Nebenraum aus den Sektionssaal. Wie ihr Mitarbeiter trug auch sie eine grüne Schlupfjacke mit gleichfarbiger Hose. Als sie Wolf bemerkte, legte sich ein Lächeln auf ihr Gesicht. Mit ausgebreiteten Armen segelte sie auf ihn zu und hielt ihm die Wange hin. Da ihre Körpergröße die eins sechzig nur wenig überschritt, blieb Wolf nichts anderes übrig, als sich klein zu machen, um sie zu umarmen.

»Hallo, Leo, schön, dass Sie da sind«, trompetete sie.

»Die Freude ist ganz auf meiner Seite, liebe Franzi.«

Als reichte ihr seine Antwort nicht, sah sie ihn fragend an. »Na, nun sagen Sie's schon.«

»Was denn?«

»Dass Sie mich lieber auf der Terrasse des Leonhard zum Essen getroffen hätten als ausgerechnet hier«, erwiderte sie. »Oder sollte ich mich irren?«

Wolf lächelte gequält. »Wenn Sie's eh schon wissen …«

Wolf kannte Franzi Reichmann nun schon seit mehr als zwanzig Jahren. Zugegeben, es hatte etwas gedauert, bis er sich an ihre »Schnodderschnauze« gewöhnt hatte, doch was sollte man von einer Berlinerin auch anderes erwarten? Dementsprechend wurde ihr Ruf in der Fachwelt nur noch von zwei Dingen übertroffen: ihrem quirligen Temperament und ihrem schwarzen Humor.

Organisatorisch war Dr. Reichmann der Anatomie der Uni Tübingen unterstellt. Da Überlingen über keine eigene Anatomie verfügte, nahm sie Obduktionen bei Bedarf aber auch im hiesigen Krankenhaus vor.

Wolf deutete auf den jungen Mann. »Wie ich sehe, haben Sie Verstärkung bekommen, Franzi?«

»War ein harter Kampf, das kann ich Ihnen sagen. Dann, vor zwei Wochen, wurde die Planstelle überraschend genehmigt. Seitdem greift Dr. Marx mir unter die Arme – natürlich bildlich gesprochen.« Sie lachte glucksend. »All die Jahre über haben sich die Schwarzen im Innenministerium einen Teufel darum geschert, dass bei Obduktionen laut Strafprozessordnung immer zwei Ärzte zugegen sein müssen. Aus Kostengründen, wie es hieß. Ist das nicht zum Lachen? Auf Anhieb könnte ich Ihnen tausend andere Dinge nennen, für die immer Geld da war. Jetzt haben wir einen roten Innenminister, der Staatsanwalt macht ein bisschen Druck, und siehe da – plötzlich geht es. Ach übrigens, Leo«, setzte sie unvermittelt zu einem ihrer Medizinerwitze an, während ihr Assistent den Raum verließ, »hab ich Ihnen *den* schon erzählt –«

Wolf sah etwas hektisch auf die Uhr. »Nicht jetzt, Franzi. Tut mir leid, aber mir brennt die Zeit unter den Nägeln. Vielleicht sagen Sie mir rasch, was Sie über die beiden Mordopfer herausgefunden haben.«

»Aber bitte, wenn's nur das ist, was Sie interessiert«, beschied ihn Franzi enttäuscht. »Da gibt's im Moment nicht viel zu sagen. Beide Männer sind auf dieselbe Weise gestorben. Oder besser: gestorben *worden*. Beide Male handelte es sich um einen aufgesetzten Schuss mit einer kleinkalibrigen Waffe. Hier, sehen Sie selbst, das ist der zuletzt angelieferte Leichnam.«

Noch im Sprechen war sie an den am nächsten stehenden Edelstahltisch getreten und hatte das grüne Tuch zurückgeschlagen. Doch Wolf winkte ab, er wusste, dass sie ihn damit nur aufziehen wollte.

»Was ist los, Leo, haben Sie das Interesse an dem Fall verloren oder was?« Scheinheilig grinsend griff sie sich an den Kopf, als sei ihr etwas eingefallen. »Ach so, ich vergaß, Sie machen sich nicht so viel aus geöffneten Leichen. Na gut, muss ich es Ihnen verbal verklickern. Also: Wie gesagt, beide Male ein aufgesetzter Schuss.« Sie ging zu einem Beistelltisch und kehrte mit zwei blauen Kunststoffschalen in der Hand zu Wolf zurück. »Hier, die Projektile, für die ballistische Untersuchung; die können Sie Ihrer KTU mitnehmen. Aus den angehängten Etiketten geht hervor, aus welchem Körper wir sie geholt haben.«

»Danke, Franzi.« Wolf verstaute beide Projektile einzeln in Klarsichtbeuteln und steckte sie in seine Jackentasche.

»Wie bei Wunden dieser Art nicht anders zu erwarten, müssen beide Männer sofort tot gewesen sein. Ach ja, noch ein Wort zu den Einschusskanälen: Sie verlaufen in beiden Fällen etwa zehn Grad aufwärts.«

»Aha. Demnach müssen Schütze und Opfer etwa gleich groß gewesen sein«, überlegte Wolf.

»Genau. Und was die sogenannten Runen auf der Stirn der Opfer betrifft: Der Täter muss sie mit einem lanzettenähnlichen Werkzeug in die Haut geritzt haben – zum Beispiel mit einem Skalpell, wie man es bei Operationen oder in der Anatomie benutzt.«

»Der Kerl scheint eine sadistische Ader zu haben.«

»Wenn es Sie tröstet: Bei der Beibringung der Schnitte waren die Männer bereits tot, das beweisen die fehlenden Ausblutungen.«

»Ein schwacher Trost. Sie sagten eben ›in die Haut geritzt‹, wie genau muss ich mir das vorstellen? Ich meine, erfolgten die Schnitte eher laienhaft oder … nun ja, von geübter Hand?«

»Sie meinen, hinter dem Täter könnte ein Arzt oder so was stecken, sozusagen ein moderner Dr. Frankenstein?« Auf ihrem Gesicht erschien ein belustigtes Lächeln. »Ich will nicht sagen, dass es danach aussieht, aber ich kann es auch nicht ausschließen, Leo. Schließlich gibt es unter Medizinern ähnlich viele schwarze Schafe wie unter Polizisten – rein statistisch gesehen.«

Nun musste auch Wolf lächeln. »Botschaft angekommen. Sonst noch was?«

»Nein, außer dem jeweiligen Einschussloch gibt es keine weiteren Verletzungen. Keine Traumatisierung der Gesichter, keine Abwehrverletzungen an den Händen, keine durch Festhalten bedingten Hämatome – also nichts, was für einen Kampf vor dem Tod sprechen würde.

»Gut. Danke, Franzi, dass Sie Ihren Samstag geopfert haben. Das gilt auch für Dr. Marx. – So, ich muss leider wieder.«

»Moment, Leo, so ungeschoren kommen Sie mir nicht davon. Diesen einen müssen Sie sich wenigstens noch anhören.«

Wolf, der bereits den Weg in Richtung Tür eingeschlagen hatte, zuckte leicht zusammen. Alles, nur keine Medizinerwitze, zumindest nicht jetzt, dachte er, während er sich weiter auf die Tür zubewegte. »Beim besten Willen, Franzi, es geht wirklich nicht«, rief er über die Schulter zurück.

Doch Dr. Reichmann blieb ihm dicht auf den Fersen. »Ach, kommen Sie, Leo, seien Sie kein Spielverderber. Geht auch ganz schnell. Sie wissen doch, was ein Neurotiker ist, ja?«

Notgedrungen blieb er stehen und drehte sich um. »Nun, ich würde sagen –«

»Richtig, Leo. Das ist einer, der Luftschlösser baut. Und was, meinen Sie, könnte ein Psychotiker sein?«

Während Wolf noch nach Worten suchte, kam sie ihm abermals zuvor: »Genau. Das ist einer, der in den Luftschlössern wohnt.« Schon an dieser Stelle musste sie an sich halten, um nicht loszuprusten. »Und was, denken Sie, ist ein Psychotherapeut?«

Selbst wenn Wolf die passende Antwort parat gehabt hätte – er wäre sie nicht mehr losgeworden. Auch diesmal erwies sich Franzi als schneller: »Ist doch ganz einfach, Leo. Er ist derjenige, der die Miete kassiert. – Na, was sagen Sie?«

Wolf lächelte schief, während er sein Barett zurechtrückte. Medizinerwitze konnten ihm heute gestohlen bleiben. Er hatte im Augenblick andere Sorgen. Wenn er das Foto des Toten aus dem See in der Montagsausgabe haben wollte, war es höchste Eisenbahn, die Redaktionsräume des »Seekuriers« aufzusuchen. Auch die Winter saß samstags nur eingeschränkt an ihrem Schreibtisch.

Auf Franzis nochmaliges Nachhaken entgegnete er knapp: »Nicht schlecht, doch, wirklich ... Ich denke, der hat was. Jetzt muss ich aber los, ein dringender Termin beim ›Seekurier‹. Wir brauchen die Mithilfe der Zeitungsleute bei einer wichtigen Fahndung in unserem Fall.« Vage wies er auf die beiden Seziertische.

»Leo, Leo, Sie sind ein Spielverderber«, meinte Dr. Reichmann schalkhaft.

»Was soll ich machen … Sie verstehen das sicher. Also dann, liebe Franzi, es war mir eine Freude.« Mit einem entschuldigenden Lächeln schüttelte er ihr die Hand und setzte sich in Richtung Ausgang in Bewegung.

Auf dem Flur vor dem Sektionsraum begegnete er Franzis Assistenten. »Ah, gut, dass ich Sie treffe, Dr. Marx. Mir ist gerade noch etwas eingefallen. Wo ist eigentlich die Wasserleiche?«

»Im Kühlfach. Der konnten wir uns noch nicht annehmen. Warum?«

»Nur so. Und noch was: Würden Sie Frau Dr. Reichmann bitte ausrichten, dass irgendwann in der kommenden Woche vermutlich ein weiteres Opfer eingeliefert wird? Der Tote wurde heute früh im schweizerischen Kloster Ittingen gefunden, und ich vermute eine Verbindung zu unserer Mordserie. Allerdings ist zu befürchten, dass sich die Überführung noch ein bisschen hinziehen wird.«

Marx lachte. »Wenn Sie sich da mal nicht täuschen. Nach meiner Erfahrung ist die sprichwörtliche Langsamkeit der Schweizer ein Vorurteil. So oder so, Herr Wolf: Ich werd's Frau Dr. Reichmann ausrichten. Bis zum nächsten Mal also.«

***

In der Hafenstraße fand Wolf einen freien Parkplatz. Von hier aus waren es nur wenige Minuten Gehzeit bis zur Greth, dem einstigen Kornhaus von Überlingen direkt an der Promenade, dessen Erdgeschoss von einer Markthalle und diversen Restaurantbetrieben eingenommen wurde. Wolfs Ziel, die »Seekurier«-Redaktion, lag im Obergeschoss. Doch bevor er ins Innere des Gebäudes gelangte, musste er erst mal die bewirtschaftete Freifläche vor dem Eingang überwinden – im Klartext: Er musste zwischen voll besetzten Tischgruppen hindurchlavieren, an denen am ersten Sonnensamstag seit Wochen ein quirliges Treiben herrschte.

Als er die Eingangstür endlich erreicht hatte, hörte er jemanden von einem der Tische aus seinen Namen rufen. Er sah sich um und entdeckte Karin Winter, die dort vor einer Pizza saß und ihm lächelnd zuwinkte. Er gesellte sich zu ihr und bestellte ein Kännchen Kaffee.

»Es ist Mittagszeit, da pflegen anständige Leute zu essen, Herr Wolf«, erwiderte sie auf seine Frage, was sie hier mache. »Sie wollten doch hoffentlich nicht zu mir? Ich hätte Sie Montagfrüh sowieso angerufen, dann ist Ihre Frist nämlich abgelaufen.«

»Welche Frist denn?«

Karin Winter legte ihr Besteck aus der Hand. »Das glaub ich jetzt nicht. Sie haben mich doch gebeten, die E-Mail des Täters zurückzuhalten. Der Bibelspruch, Sie erinnern sich?«

»Ach, das meinen Sie.«

»Genau, das meine ich. Falls Sie's noch immer nicht verinnerlicht haben sollten: Unsere Zeitung lebt von Nachrichten, Herr Wolf. Kann ich die E-Mail also endlich veröffentlichen?«

»Ich kann's Ihnen ja schlecht verbieten, oder? Tun Sie, was Sie nicht lassen können.«

»Es gibt wohl auch keinen Grund mehr, es zu lassen, nachdem unsere Konkurrenz die Sache bereits weidlich ausschlachtet. Hier, lesen Sie selbst.« Sie zog eine zusammengefaltete Ausgabe der »Schwäbischen Zeitung« aus ihrer Tasche und legte sie vor Wolf auf den Tisch, bevor sie sich wieder über ihre Pizza hermachte.

Er musste nicht lange suchen, auf der Titelseite hatte sie einen Einspalter gelb markiert. Er überflog die reichlich schwammig formulierte Nachricht über angebliche Ritualmorde, die sich vor allem dadurch auszeichnete, dass sie so gut wie keine Fakten enthielt. Aber woher hätten die auch kommen sollen, nachdem sie die Nachrichtensperre verhängt hatten?

»Was Ihre Kollegen sich so alles aus den Fingern saugen«, meinte Wolf kopfschüttelnd. »Zugegeben, ein bisschen mehr könnten Sie Ihren Lesern mit dem Abdruck der E-Mail schon bieten. Allerdings ...«

»Vergessen Sie nicht, was Sie sagen wollten«, unterbrach ihn Karin Winter. »Aber haben Sie sich den Absender der E-Mail eigentlich mal näher angesehen?«

Er grinste. »Sie meinen den Hinweis auf den Rächer?«

Karin Winters Kinnlade klappte nach unten. »Ach, das haben Sie auch schon bemerkt?«, meinte sie enttäuscht.

»Hätten Sie uns gar nicht zugetraut, was?« Wolf nahm einen Schluck von seinem Kaffee. »Allerdings rate ich Ihnen, sich für das Abdrucken der E-Mail nicht allzu stark zu machen.« Er zögerte kurz, bevor er noch einen Halbsatz dranhängte: »Das gilt selbst dann, wenn Sie von weiteren Toten aus angrenzenden Klöstern hören sollten.«

Misstrauisch hob Karin Winter den Blick. »Was wollen Sie damit sagen?«

»Dass diese Spur längst nicht so eindeutig ist, wie sie scheint, egal, wie viele Tote es in diesem Fall noch geben wird.«

»Sie meinen, ich soll mir weitere Recherchen zu Rothemund und dem Ritualmord an Terhoven – oder soll ich sagen: zu der Ritualmordserie? – sparen?« Abrupt schob sie ihren Teller zurück, als hätte Wolfs kryptische Andeutung ihr den Appetit verdorben.

»Tut mir leid, meine Liebe, mehr kann und darf ich Ihnen dazu nicht sagen. Nicht heute.«

Nachdenklich kaute Karin Winter auf ihrer Unterlippe, dann nickte sie. »Verstehe. Was wird dann aus unserem Deal?«

»Was mich betrifft, so wird sich daran nichts ändern. Zumal ich heute mit einer Bitte zu Ihnen komme.«

»Ah ja. Sie meinen, eine Hand wäscht die andere, und meine wäscht Ihre eben zweimal.« Sie lachte bitter.

»Warum nicht?« Er zog sein Handy hervor und rief das Foto auf, das Vespermann ihm geschickt hatte. Dann hielt er ihr das Display vor die Augen. »Ein Taucher hat diesen Mann gestern Nachmittag auf dem Grund des Bodensees gefunden.« So gut es ging, beschrieb er ihr den Fundort.

Mit neu erwachtem Interesse betrachtete Karin Winter das Bild. »Hängt die Sache irgendwie mit dem Ritualmordfall zusammen?«

»Nicht dass ich wüsste.«

»Okay. Sie haben also ein unbekanntes Todesopfer zu identifizieren und dachten sich, die Winter könnte das Bild doch einfach in ihre Zeitung setzen … könnte ja sein, dass einem unserer Leser ein Name dazu einfällt. Richtig?«

»Sie haben's erfasst. Am liebsten wäre uns die Montagsausgabe. Und zwar auf der Titelseite. Ich bin sicher, Sie kriegen das hin. Meinetwegen erzählen Sie Ihrem Chefredakteur –«

»Ach, lassen Sie Matuschek mal meine Sorge sein. Liefern Sie mir lieber ein paar Stichworte, damit ich den Text formulieren kann. Was genau wollen Sie von unseren Lesern erfahren? Den Namen natürlich, wenn möglich mit Adresse. Dann, ob jemand in dem betreffenden Seegebiet Beobachtungen gemacht hat und falls ja, wann und welche. Sonst noch was?«

»Die entscheidenden Fragen haben Sie bereits druckreif formuliert. Und was das Prozedere anbelangt: Es wäre gut, wenn eingehende Anrufe direkt bei uns auflaufen würden.«

Karin sah auf die Uhr. »Geht klar. Also gut, dann werd ich mich mal auf die Socken machen. Schicken Sie mir das Bild gleich zu? Und vergessen Sie bitte nicht, Montagmorgen einen ›Seekurier‹ zu kaufen.«

»Glauben Sie mir: Wann immer ich Ihre Auflage steigern kann, werd ich's tun, Frau Winter.«

Sie lachte. »Das sagen ausgerechnet Sie, Sie alter Zeitungsmuffel.«

Wolf legte einige Euromünzen auf den Tisch und erhob sich. »Also dann, Frau Winter, schönes Wochenende. Und danke für Ihre Hilfe, Sie haben mal wieder was gut bei mir.«

»Immer gern.«

»Ach, übrigens, was macht eigentlich Henning zurzeit?«

»Warum fragen Sie ihn das nicht selbst?«

»Sie haben recht«, antwortete Wolf zerknirscht. »Ich werde mit ihm telefonieren. Heute noch. Versprochen.«

»Noch besser, Sie reden persönlich mit ihm«, meinte sie verschmitzt. »Er kommt nämlich heute Abend nach Überlingen. Die Mutter seines Freundes Maik Müller ist gestorben, und er will an der Beerdigung teilnehmen.«

»Hermine Müller ist tot? Das tut mir aber leid. Ich kannte die Frau, eine äußerst patente Person. Wissen Sie, an was sie … also, was ihr gefehlt hat?«

»Sie hatte am Donnerstag einen Schlaganfall. In der Nacht darauf ist sie gestorben.«

»Wieso hat mir Henning nichts davon erzählt?«

»Er ging wohl davon aus, dass Sie die Traueranzeige im ›Seekurier‹ lesen würden. Na ja, ich bin sicher, er wird sich heute oder morgen bei Ihnen melden. Obwohl …«

»Obwohl?«

»Nun, er hat mich schon vorgewarnt, dass er wenig Zeit haben wird. Er ermittelt gerade in einem Mafia-Fall, aber das wissen Sie sicher schon.«

»I wo, nicht die Bohne. Wir hatten in letzter Zeit wenig Gelegenheit … na, ist ja jetzt auch egal. Was meinen Sie übrigens mit Mafia? Deutsche, russische, türkische Mafia?«

»Fernöstliche, glaube ich.«

»Ah ja. Also gut, sollte er nach der Beerdigung nichts von sich hören lassen, ruf ich ihn an. Es kommen auch wieder bessere Zeiten. Und wer weiß, vielleicht zieht er ja sogar mal wieder an unseren See.« Mit glucksendem Lachen fügte er hinzu: »Dann hätten wir beide mehr von ihm, nicht wahr, meine Liebe?«

11

Die Hände in den Taschen, stand Wolf am Fenster seines Büros und starrte blicklos in den Himmel. Es war kurz nach sechs, und der Tag hatte eigentlich sehr schön begonnen. Früher als sonst hatte ihn die Sonne aus dem Bett gelockt, auch die allmorgendlichen Verrichtungen waren ihm leichter von der Hand gegangen als an anderen Montagen. Dann, auf der Fahrt nach Überlingen, die Ernüchterung: Vier Tage waren seit dem Mord an Terhoven vergangen – vier Tage, und noch immer standen sie mit leeren Händen da.

Das hieß, so ganz stimmte das nicht. Immerhin hatten sich in diesen Tagen einige Alternativen eröffnet, was die Täterschaft und das Motiv betraf. Unausgegorene Alternativen, musste er leider zugeben. Weder war es ihnen gelungen, die verschiedenen Hinweise logisch zu verknüpfen, noch konnten sie tatsächlich Verdächtige benennen oder ein konkretes Täterprofil erstellen.

Und als sei das alles noch nicht genug, waren zwei weitere Morde hinzugekommen.

Grübelnd setzte sich Wolf an seinen Schreibtisch und verschränkte die Arme hinter dem Kopf. Was konnten sie tun, um aus dem Dickicht herauszufinden, das ihnen die Sicht versperrte und in dem sie sich hoffnungslos verfangen hatten? Wie kamen sie weiter? Wo, verdammt noch mal, sollten sie ansetzen? Mit jedem Toten hielt er es für unwahrscheinlicher, dass Rothemund mit der Sache zu tun hatte. Doch wenn nicht er, wer dann? Wer ahmte ihn nach?

Irgendetwas an der Geschichte passte nicht zusammen – aber was? Er kam nicht drauf. Und noch etwas ärgerte ihn: Übers Wochenende war ihm mehrfach ein Gedanke in den Sinn gekommen, flüchtig nur, sodass er ihn nicht fassen konnte. Seitdem ließ ihn das Gefühl nicht los, für Bruchteile einer Sekunde der Lösung ganz nahe gewesen zu sein.

Außerdem mussten sie sich fragen, ob der Tote aus dem See mit ihrem Fall zu tun hatte. Wolf hoffte auf eine rasche

Klärung dieser Frage, vorausgesetzt, ihre Fahndung führte zu einem Ergebnis oder ein Zeitungsleser erkannte den Mann.

Um kurz nach sieben hörte er Jo kommen, wenig später Gerd Vespermann. Dann klingelte sein Telefon, und eine aufgeregte Männerstimme rief: »Ja, Stäudle mein Name. Höret Sie, i hab grad im ›Seekurier‹ Ihren Fahndungsaufruf glesen. I kenn den Mann.«

»Den Mann auf dem Bild? Sind Sie sich Ihrer Sache auch ganz sicher, Herr Steigle?«

»Stäudle heiß i. Aber wenn i's Ihne doch sag: I kenn den Mann. Er hat vor drei Monat a Garage bei mir gmietet.«

»Sehr gut, Herr Stäudle, dann schießen Sie mal los. Wie heißt der Gesuchte, und wissen Sie, wo er wohnt?«

»Äh … weshalb wird'r denn gsucht? Hat'r was ausgfressa?«

»Eins nach dem andern. Wenn Sie mir erst mal den Namen und die Anschrift des Mannes nennen würden.«

»Na ja, Kostic heißt er, Petar Kostic, hinten mit c. Sei Adresse weiß i leider net.«

»Heißt das, Sie haben dem Mann eine Garage überlassen, ohne einen Mietvertrag mit ihm abzuschließen?«

»Ja, und? Seit wann isch des verbota? Wega läppische dreißig Euro im Monat brauch i doch koin Vertrag net, oder?« Die Stimme des Mannes war merklich kühler geworden.

»Aber woher wissen Sie dann, wie man seinen Namen schreibt? Ich meine das c am Schluss?«

»Ha, ganz oifach: I hab drei Monatsmieten im Voraus verlangt, die hat'r bar bezahlt. Ond wie er dann a Quittung verlangt hat, hab i gfragt, wie er sich schreibt, verstehet Sie?«

»Gut. Und der Standort der Garage?«

Der Anrufer nannte einen Straßennamen.

»Wenn Sie mir jetzt noch den Ort verraten, Herr Stäudle?«, hakte Wolf ungeduldig nach, während er die Adresse notierte.

»Na, bei uns halt, in Radolfzell.«

»Aha, verstehe. Hat er Ihnen auch gesagt, wofür er die Garage brauchte?«

»Woher soll i des wissa? Solang der sei Miete zahlt, war mir des wurscht. Des heißt, moment mal: Für sei Auto bräucht'rs net, hat'r gsagt, sondern als Lagerraum. Man hat den Mann ja ganz schlecht verstanda, der hat ja kaum Deutsch könna. Aber jetzt saget Se doch: Was hat'n der ausgfressa?«

»Gegenfrage: Was machen Sie beruflich, Herr Stäudle?«

»I bin Rentner.«

»Sehr gut. Dann schlage ich Folgendes vor: Wir treffen uns um acht vor der Garage, wenn's recht ist. Ich hoffe, Sie haben einen Zweitschlüssel?«

»Hab i. Und dann saget Se mir, was der aufm Kerbholz hat, net wahr, Herr Kommissar?«

»Mach ich. Also, bis später dann.« Wolf unterbrach die Verbindung und riss die Tür zum Nachbarbüro auf. »Wisst Ihr, wen ich eben am Rohr hatte?«

»Guten Morgen erst mal«, meinte Vespermann muffig.

Wolf überhörte den Einwurf und fuhr ungerührt fort: »Einen Leser des ›Seekurier‹, ein gewisser Stäudle. Was denkt ihr, was er wollte?«

»Er kennt den Toten aus dem See?«, versuchte sich Jo.

»So ist es. Wir treffen ihn um acht vor seiner Garage, die hatte er an den Toten vermietet. Du kommst mit, Jo.« Er wollte die Tür bereits wieder schließen, als ihm noch etwas einfiel. »Ach ja, eh ich's vergesse: Die Garage befindet sich in Radolfzell.«

»Gut, dass Sie's noch rausgelassen haben«, meinte Jo ironisch. »Dann geh ich mal einen Dienstwagen besorgen.«

***

»Sie haben Ihr Ziel erreicht.«

Jo stellte das Navi aus und parkte den Wagen kurz vor der Einfahrt, die letzten Schritte würden sie zu Fuß gehen.

Auf dem fraglichen Grundstück befanden sich achtzehn Garagen; in zwei einander gegenüberliegenden Reihen zu je neun Stück. Wolf vermutete, dass sie zu den Wohnblöcken dahinter gehörten.

An der Einfahrt stand ein kleines, hageres Männchen.

»Herr Stäudle, nehme ich an.« Wolf reichte ihm die Hand.

»Ich bin Hauptkommissar Wolf, das ist Kommissarin Louredo. Danke, dass Sie gekommen sind.«

»Ach, wisset Se«, sagte das Männchen, »i bin heut eh früher aus de Federn, hab ja mit Ihne telefoniera müssa. Wär's Ihne recht, wenn i jetzt aufschließa tät?«

»Ich bitte darum.«

Das Tor schwang hoch. Auf den ersten Blick barg die Garage nichts Überraschendes, wenn man davon absah, dass sie anstelle eines Autos eine Vielzahl unterschiedlich großer, scheinbar ungeordnet aufeinandergestapelter Pappkartons enthielt.

»Sieht aus wie ein stinknormales Warenlager«, stellte Wolf enttäuscht fest, während Jo sich zwischen den Kartons hindurchschlängelte. »Und Sie haben keine Vorstellung davon, was Kostic beruflich gemacht hat?« Die Frage war an Stäudle gerichtet.

»I hab Ihne doch gsagt …«

»Ja, ja, schon gut.«

»Chef, kommen Sie mal?«, rief Jo gedämpft aus dem Garageninneren.

»Was gibt's?«

»Sehen Sie mal. Etwa die Hälfte der Kartons ist auf Englisch beschriftet, aber hier, das scheinen mir chinesische Schriftzeichen zu sein.« Sie sah Wolf mit großen Augen an. »Ich würde gar zu gern wissen, was die Kartons enthalten.«

»Worauf wartest du dann noch?«, ermunterte er sie.

Mit Hilfe des Autoschlüssels durchtrennte sie die Klebestreifen eines Kartons und klappte ihn auf.

»Heiliges Kanonenrohr«, fluchte Wolf, als der Inhalt offen vor ihnen lag. Der Karton war bis obenhin mit Medikamentenpackungen gefüllt. Auch die nachfolgenden Stichproben führten zum selben Ergebnis: Arzneimittel unterschiedlicher Marken, handelsüblich verpackt, teils in Schachteln, Röhrchen, Döschen oder Fläschchen. Alle Kartons eines Stapels trugen dieselbe dreistellige Nummer, von Hand mit blauem Filzstift aufgemalt; offenbar war die Ware für einen bestimmten Abnehmer kommissioniert worden.

»Sieht aus, als hätte der Mann Medikamente ausgeliefert«, vermutete Jo.

»Könnte hinkommen. Für einen Pharmareferenten steht mir hier zu viel Ware herum. Außerdem bezweifle ich, dass seine Deutschkenntnisse für diesen Job ausgereicht hätten – nicht wahr, Herr Stäudle?«

»Da hen Se recht, des mit dem Fahrer, des trifft's fei voll. Deshalb war der au schtändig mit so 'nem Transporter unterwegs, ein Sprinter glaub i, allerdings ziemlich ramponiert.«

»Wissen Sie noch das Kennzeichen?«

»I bitt Sie. Da hätt i viel zum doa, wenn ich mir das Kennzeichen von jedem Auto merken würde, das hier rumfährt«, wehrte Stäudle ab. Dann hob er die Hand. »Halt, jetzt fällt's mir wieder ein. Konstanz war's … ja, KN für Konstanz und dann FS … glaub i wenigstens.«

»Aber sicher sind Sie nicht?«

»Doch, eigentlich schon. I hab nämlich no denkt, des sind ja meine Initialen … also meine Anfangsbuchstaben. I heiß Fritz, wisset Se.«

»Sehr gut. Sicher können Sie sich auch an die Farbe des Fahrzeugs erinnern?«

»Ha klar, i bin doch net deppert. Weiß war er. Ja, ein weißer Sprinter.«

»Mit Scheiben oder geschlossen?«

»Scheiben? Na, hat'r koine ghabt. Der war rundum gschlossa.«

Nachdem sich in den Kartons trotz akribischer Suche keine Lieferscheine, Adresslisten oder andere verwertbare Hinweise gefunden hatten, forderten sie Stäudle auf, die Garage wieder abzuschließen.

»Tut mir leid, aber wir müssen das Tor versiegeln und den Schlüssel mitnehmen. Die Spurensicherung wird vorbeikommen und sich alles ansehen, danach können Sie über die Garage wieder frei verfügen.«

Stäudle bekam einen roten Kopf. »Ja, aber saget Se mal, wer schafft denn dann des ganze Zeug dadrinna weg?«, zeterte er.

»Darum müssen Sie sich nicht kümmern, das übernehmen unsere Leute. Ach ja, noch etwas: Ich muss Sie bitten, heute oder morgen in der Polizeidirektion Überlingen vorbeizukommen, um Ihre Aussage protokollieren zu lassen.«

»I? Nach Überlinga? Ja, jetzt hört ab'r älles auf. Wie soll i denn nach Überlinga komma, kennat Se mir des bitte mol saga? Und was des wied'r koscht! Wer zahlt mir des?«

»Ihre Kosten bekommen Sie natürlich erstattet.«

Ihr Abschied ging in Stäudles Zetern unter. Außerdem vergaß der Mann vollkommen seine vordem so dringliche Frage, was Kostic denn eigentlich ausgefressen habe.

Auf dem Rückweg zum Wagen holte Wolf sein Handy hervor und drückte Vespermanns Kurzwahltaste. Ungeduldig wartete er, bis der Angerufene abnahm.

»Hallo, Gerd. Lass bitte alles stehen und liegen und kümmere dich für mich um ein paar Dinge.«

»Wieso? Was ist passiert?«

»Das erklär ich dir später. Im Moment nur so viel: Der Tote aus dem See heißt Kostic, hinten mit c, Vorname Petar, Wohnort unbekannt. Möglicherweise hält er sich illegal in Deutschland auf. Du musst bitte dringend zwei Dinge veranlassen. Erstens: Schick die Spusi zu Kostics Garage in Radolfzell. Hier der genaue Standort …« Er nannte Vespermann die Adresse. »Den Schlüssel sollen sich die Kollegen in der Polizeidirektion Radolfzell abholen, wir hinterlegen ihn dort. Zweitens: Kostic verfügte über einen weißen geschlossenen Sprinter, Kennzeichen KN für Konstanz, dann FS, die nachfolgenden Ziffern sind unbekannt. Bitte veranlasse eine Eil-Fahndung nach dem Wagen, beginnend in Radolfzell bis nach Konstanz, inklusive aller Teilgemeinden. So, und was Jo und mich betrifft: Wir sind in einer guten Dreiviertelstunde wieder zurück. Ende.«

Erleichtert kappte Wolf die Verbindung. Was von hier aus getan werden konnte, hatte er getan. Die nächsten Schritte waren in die Wege geleitet, sie hatten keine Zeit verloren. Die Spusi würde das Medikamentenlager genauestens analysieren und dokumentieren. Und in Kürze würden Streifenwagen auf der Suche nach dem Sprinter ausschwärmen.

Eines war ihm inzwischen klar geworden: Zwischen den Ritualmorden – oder sollte er besser sagen: den *angeblichen* Ritualmorden? – und dem Toten aus dem See und gab es einen

Zusammenhang. Und der war nicht Rothemund. Die Anzeige des Pharmaherstellers in Basel und die Tatsache, dass es sich bei mindestens zwei der drei Ermordeten um Apotheker handelte, während der dritte Tote haufenweise Medikamente in einer auf Zeit gemieteten Garage lagerte ... das alles hing auf verteufelte Weise miteinander zusammen, er wusste nur noch nicht genau, wie. Immerhin, auch wenn noch längst nicht alle Puzzleteilchen ineinanderpassten: Jetzt sah er endlich Licht am Ende des Tunnels.

Und noch etwas anderes sah er auf sich zukommen: eine sogenannte »Große Lage«. Hinter dieser Bezeichnung verbarg sich eine erweiterte Lagebesprechung, an der alle am Fall Beteiligten mitzuwirken hatten, angefangen bei den Ermittlern einschließlich Spusi und Kriminaltechnik bis hin zu den Leitern der betroffenen Dezernate, dem Kripochef und der Staatsanwaltschaft.

Es mussten schnellstens alle Fakten auf den Tisch gelegt und die richtigen Schlussfolgerungen daraus gezogen werden, bevor der Fall immer größere Kreise zog und heiße Spuren womöglich erkalteten.

***

Wie immer zu Wochenbeginn war das Wartezimmer des Überlinger Internisten Dr. Gruber gut gefüllt. Zu den Wartenden zählte an diesem Morgen auch Maik Müller. Er hatte sich von seiner Kampfsportschule losgeeist, um einen Sachverhalt zu klären, der ihm seit dem Tod seiner Mutter auf der Seele brannte.

Wenn ihn nicht alles täuschte, musste er der Nächste sein, der aufgerufen würde. Tatsächlich führte ihn eine Arzthelferin wenig später in Dr. Grubers Sprechzimmer.

»Hallo, Maik, was kann ich für Sie tun?«, fragte der Arzt, als sie Platz genommen hatten. Doch ehe Maik antworten konnte, hob Gruber die Hand. »Halt, lassen Sie mich raten: Es geht gar nicht um Sie, sondern um Ihre Mutter, nicht wahr?«

»So ist es, Dr. Gruber. Seit ihrem Tod lässt mich eine Frage nicht mehr los: Wieso hat sie so kurz nach dem Schlaganfall sterben müssen? Sie war doch erst zweiundsechzig und hatte zuvor keine Beschwerden. Also zumindest nichts Ernsthaftes, soviel ich weiß.«

»Das stimmt so nicht, Maik, und das wissen Sie. Sie hatte einen deutlich zu hohen Blutdruck, den wir allerdings im Griff hatten.«

»Genau. Dafür hatten Sie ihr doch das Medikament verschrieben.«

»Ich weiß.« Dr. Gruber schien nach Worten zu suchen, fahrig schoben seine Hände einige Gegenstände auf dem Schreibtisch hin und her. »Das ist alles nicht so einfach, Maik ...«

»Wissen Sie«, fiel Maik ihm erregt ins Wort, »ich frage nicht ohne Grund. Es ging ihr gut, großartig sogar. Ich meine, sie hat die Tabletten doch genommen, damit so etwas gar nicht erst passiert. Darum werde ich den Verdacht einfach nicht los, dass mit dem Medikament, das Sie ihr verschrieben hatten, etwas nicht gestimmt hat. Sie haben die Schachtel doch nicht grundlos mitgenommen, oder? Dazu ihre kryptischen Äußerungen ... Ich verlange eine Erklärung, Dr. Gruber.«

»Ich versichere Ihnen, Maik, dass alles Menschenmögliche für Ihre Mutter getan wurde.«

»Daran habe ich keine Zweifel. Allerdings ist das nur die eine Seite der Medaille. Wieso hat sie den Schlaganfall nicht überlebt? Ging da etwas nicht mit rechten Dingen zu? Ich warte auf Ihre Antwort, Dr. Gruber.«

Endlich hob Gruber den Kopf und sah Maik lange an. »So leid es mir tut, Maik, aber ich kann Ihnen noch nichts dazu sagen. Ich habe mir selbst schon Gedanken darüber gemacht und die Packung an den Hersteller geschickt, der Inhalt wird dort geprüft. Die Untersuchung des Medikaments ist aber noch nicht abgeschlossen. Außerdem habe ich das Gesundheitsamt eingeschaltet.«

»Sie vermuten also eine Fälschung? Das hab ich mir fast gedacht«, antwortete Maik mit grimmiger Miene.

Gruber hob beschwichtigend beide Hände. »Langsam, langsam, Maik. Lassen Sie mich zunächst eines klarstellen: Vorläufig handelt es sich lediglich um einen Verdacht. Wir müssen die

Untersuchungsergebnisse des Herstellers und das Statement des Gesundheitsamtes abwarten. Allerdings …«

»Allerdings?«

»Nun, sollte sich der Verdacht bestätigen, müssen wir die Polizei einschalten. Bitte, Maik, unternehmen Sie nichts, solange wir keine Beweise haben. Sobald ich etwas erfahre, melde ich mich bei Ihnen. Einverstanden?«

Mit gesenktem Kopf saß Maik vor Dr. Gruber. »Okay, Doc. Aber sollte sich Ihr Verdacht bestätigen, mach ich die Leute platt, das schwör ich Ihnen.«

12

Bruno Schlebes legte den Kopf in den Nacken und kniff die Augen zusammen, während er versuchte, auf der riesenhaften Anzeigetafel über ihm den gesuchten Flieger auszumachen. Hier in Frankfurt war alles ein bisschen gigantischer als auf anderen Flughäfen. Wenn er da an den Bodensee-Airport in Friedrichshafen dachte … Im Vergleich zu Frankfurt ging es dort richtig gemütlich zu. Dumm nur, dass von dort keine Maschinen nach Hongkong flogen.

Endlich fand er, was er suchte: Flugnummer 3117, Cathay Pacific aus Hongkong, planmäßige Landung zehn Uhr fünfunddreißig. Bis dahin war es noch fast eine Stunde. Rechnete man eine weitere halbe Stunde für das Aussteigen der Passagiere und die Gepäckausgabe hinzu, müsste der Boss gegen elf Uhr hier am Ausgang aufkreuzen. Zeit genug, ein gepflegtes Bierchen zu zischen. Doch so schnell, wie Bruno der Gedanke gekommen war, verwarf er ihn wieder. Es käme gar nicht gut an, wenn der Boss seine Fahne röche. Also sah er sich nach einer geeigneten Sitzgelegenheit um. Auf einer Bankreihe weiter hinten entdeckte er mehrere freie Plätze. Ungeniert streckte er sich lang darauf aus.

Mit geschlossenen Augen ließ er die vergangene Nacht Revue passieren. Was für ein Etablissement! Jetzt noch, Stunden später, brannten die Peitschenhiebe auf seinem Rücken, spürte er das Gewicht der auf ihm sitzenden Reiterin. Eine im wahrsten Sinne des Wortes geile Nacht war das gewesen.

Nur mit halbem Ohr nahm er die Ansagen wahr. Als er irgendwann hochschreckte und auf seine Armbanduhr sah, war es kurz nach elf. Die Maschine musste bereits gelandet sein.

Verfluchte Scheiße, er war doch tatsächlich eingenickt.

Er setzte sich auf, hob die Arme über den Kopf und reckte und streckte sich tüchtig. Dann marschierte er, noch immer gedankenschwer, in Richtung Exit Terminal 2. Dort versuchte er, durch die halb transparente Scheibe einen Blick in die dahinterliegende Halle mit den Gepäckbändern zu erhaschen. Hier musste in Kürze sein Brötchengeber auftauchen.

Und dann war es so weit: Mit großen Schritten steuerte der Boss auf den Ausgang zu, seinen Trolley hinter sich herziehend – als unvermittelt zwei grün gekleidete Männer von der Seite an ihn herantraten und auf ihn einredeten.

Zollbeamte.

Na und? Sollten sie ihn ruhig befragen, seinetwegen sogar filzen, sein Innerstes nach außen kehren – beim Boss würden sie todsicher nicht fündig werden. An dem würden sich die Schnüffler die Zähne ausbeißen, davon war Bruno überzeugt.

Wirklich beunruhigend dagegen fand er etwas anderes: In gewissem Abstand war dem Boss ein anderer Passagier gefolgt – ein Mann von kräftiger Statur, mit einem grauen Anzug und einer unauffälligen Krawatte bekleidet und sichtlich bemüht, den Boss trotz des ringsum herrschenden Trubels nicht aus den Augen zu verlieren.

Nun doch leicht befremdet musste Bruno mit ansehen, wie der Boss, von den Zöllnern flankiert, in einen Raum geführt wurde, worauf sein Schatten vor der geschlossenen Tür Stellung bezog.

Was ging hier vor? Spielte denn plötzlich die ganze Welt verrückt? Zuerst der überraschende Tod zweier wichtiger Abnehmer aus ihrer Region, worüber die Zeitungen wenig detailliert berichtet hatten; dann das Foto von Kostic heute Morgen im »Seekurier«; dazu der Spanner, der seit Freitag ihr Haus umschlich.

Und nun das.

***

»Herr Siefermann? Jan Siefermann?«

»Der bin ich. Was gibt es?«

»Würden Sie bitte mit uns kommen?« Der ältere, nach den Rangabzeichen höhergestellte Beamte wies mit der Hand auf eine nahe gelegene Tür. Sie trug die Aufschrift »Kontrollraum Zollbehörde«.

»Aus welchem Grund?«, fragte Siefermann ungerührt.

»Routinekontrolle. Kein Grund, sich aufzuregen«, gab der Beamte zurück.

Siefermanns Augen verengten sich, er sah auf die Uhr. »Na gut, wenn's denn unbedingt sein muss. Aber fassen Sie sich kurz, ich werde erwartet.« Schon schloss sich die Tür hinter ihm und den beiden Zöllnern.

Während der jüngere der beiden Beamten am Ausgang Stellung bezog, wies sein Kollege auf den mittig stehenden Tisch. »Bitte stellen Sie Ihr Gepäckstück hier drauf und öffnen Sie es«, verlangte er.

Widerwillig folgte Siefermann der Aufforderung. »Ich frage mich, wieso Sie ausgerechnet mich herausgepickt haben?« Es lag Schärfe in seiner Stimme.

»Wie gesagt, reine Routine«, antwortete der Zöllner gleichmütig. Stück um Stück nahm er den Inhalt aus dem Koffer und legte alles auf den Tisch. Dann unterzog er das Gepäckstück selbst einer eingehenden Prüfung.

Mit mühsam unterdrückter Nervosität trat Siefermann von einem Fuß auf den anderen, zum wiederholten Mal sah er auf seine Uhr. »Sagen Sie, geht das nicht etwas schneller?«, drängte er. »Ich bin Geschäftsmann, meine Zeit ist knapp.«

»Tut mir leid, Herr Siefermann, wir tun nur unsere Pflicht.«

»Na klar«, entgegnete Siefermann verärgert. »Time is money – schon mal gehört? Ach so, ich vergaß, solche Rücksichtnahmen können Sie als Beamte ja getrost ignorieren, nicht wahr?«

Der Zöllner ging nicht auf seine Bemerkung ein, sondern bat ihn, ihm sein Jackett auszuhändigen.

Im ersten Moment dachte Siefermann, er habe sich verhört, doch dieser Kerl da vor ihm schien es ernst zu meinen.

»Dürfen Sie das überhaupt?«, protestierte er.

»Glauben Sie mir, wir dürfen«, erwiderte der Mann ruhig. »Bitte tun Sie, worum ich Sie gebeten habe.«

Als der Zöllner schließlich sein Portemonnaie und seine Brieftasche forderte und ihn gar bat, Hose und Schuhe auszuziehen, war für Siefermann die Grenze endgültig überschritten – er sah rot. »Wissen Sie was? Sie können mich mal. Ich werde jetzt hier rausmarschieren, ob Ihnen das schmeckt oder nicht. Mein Gepäck lasse ich Ihnen gern da, Sie können es mir ja zuschicken. Ich denke, Sie überschreiten Ihre Befugnisse – und zwar gewaltig.«

Mit einer raschen Bewegung stieß er den Beamten zur Seite und marschierte in Richtung Tür, als sich ihm der zweite Zöllner in den Weg stellte. »Hiergeblieben, Freundchen«, herrschte er Siefermann an und fasste ihn am Arm.

Siefermann kostete das nur ein müdes Lächeln. Mit den Worten:

»Seit wann duzen wir uns?«, wehrte er den Zöllner mühelos ab. Ehe der sich versah, lag er auch schon am Boden.

Siefermann griff nach dem Knauf, um die Tür aufzureißen, als sie sich wie durch Geisterhand von selbst öffnete. Ein kräftiger Mann in einem grauen Anzug mit unauffälliger Krawatte versperrte ihm den Durchgang und drängte Siefermann in die Kabine zurück, wo das Trio ihn zu dritt auf einen Stuhl verfrachtete.

»Ich fürchte, mit Ihrem Fluchtversuch haben Sie sich einen Bärendienst erwiesen«, meinte der ältere Zöllner ungerührt. Vermutlich erlebte er es nicht zum ersten Mal, dass ein Verdächtiger sich verdünnisieren wollte. »Wenn ich jetzt noch einmal um Ihre Hose und Ihre Schuhe bitten dürfte.«

Siefermann stand auf, zog sich aus und reichte ihm das Geforderte. Finster fügte er hinzu: »Das wird Sie noch teuer zu stehen kommen, meine Herren. So geht man in einem Rechtsstaat nicht mit unschuldigen Bürgern um.«

»Ob Sie unschuldig sind, muss sich erst noch erweisen. Ihr Verhalten gibt in dieser Hinsicht zu erheblichen Zweifeln Anlass, das ist Ihnen doch klar.«

Während die Zöllner schweigend ihre Arbeit fortsetzten, fasste Siefermann den Mann im grauen Anzug genauer ins Auge. »Welche Rolle spielen eigentlich Sie in dieser Angelegenheit, wenn ich fragen darf?«

Auf dem Gesicht des Angesprochenen erschien ein feines Lächeln. »Entschuldigen Sie, dass ich mich nicht vorgestellt habe. Hofer mein Name, ich bin von der Steuerfahndung.« Er zückte einen Dienstausweis und hielt ihn Siefermann vor die Nase. »Das muss Sie nicht beunruhigen. Wenn Sie wirklich so unschuldig sind, wie Sie behaupten, dann haben Sie auch nichts zu befürchten.«

Siefermanns Gesicht wurde eine Spur grauer. »Steuerfahndung? Wieso interessiert sich die Steuerfahndung für mich?«

»Denken Sie nach. Vielleicht fällt Ihnen ja was ein?«

»Verfluchte Scheiße, das darf doch nicht wahr sein! Ich möchte sofort den Grund für diese Behandlung erfahren.« Er richtete das Wort wieder an die beiden Uniformierten. »Außerdem verlange ich, Ihre Vorgesetzten zu sprechen, und zwar dalli, wenn ich bitten darf.«

Doch die Beamten ließen sich nicht aus der Ruhe bringen. »Klar dürfen Sie das ... also, darum bitten, meine ich«, meinte Hofer gelassen. »Allerdings wird es nichts an unserer Vorgehensweise ändern. Ich versichere Ihnen, dass die Kollegen vom Zoll und ich uns streng an die Buchstaben des Gesetzes halten. Natürlich steht es Ihnen frei, sich darüber zu beschweren. Aber eins nach dem anderen, das verstehen Sie doch?«

Eine Sekunde lang fühlte sich Siefermann einem Schlaganfall nahe, dann hatte er sich wieder gefangen. Das kann doch alles nicht wahr sein, dachte er und überlegte, wer ihm diese Suppe eingebrockt haben mochte. Steckte einer seiner missliebigen Konkurrenten dahinter, vielleicht sogar der unbekannte Spitzel aus Friedrichshafen? Oder handelte es sich lediglich um ein Missverständnis, eine Routinekontrolle, wie die Zöllner von Anfang an gesagt hatten – mit ihm als von einem läppischen Zufall ausgewählten Opfer?

Aus den Augenwinkeln bekam er mit, wie einer der Zöllner zu Hofer trat und ihm ein Schriftstück aushändigte. Sie mussten in seiner Brieftasche irgendetwas Verdächtiges gefunden haben – er fragte sich, worum es sich dabei handelte.

Hofer studierte das Schriftstück eingehend. »Wie ich sehe, betreiben Sie einen Großhandel für Medikamente, ist das richtig?«

»Na und? Ist ja nicht verboten«, antwortete Siefermann schnippisch. »Solange ich mit meiner Firma Arbeitsplätze schaffe und den Gewinn ordnungsgemäß versteuere, kann ja wohl niemand etwas dagegen haben.« Mit gönnerhafter Miene fügte er hinzu: »Schließlich sorge ich auf diese Weise auch für Ihre Bezüge, meine Herren.«

Der Steuerfahnder warf wie beiläufig einen Blick auf den älteren Zöllner. Der zog kaum merklich die Schultern hoch – Siefermann meinte, aus der Geste so etwas wie Resignation herauszulesen.

Wie es aussah, hatte er sich nicht getäuscht. Hofer hielt das Schriftstück zwar noch eine ganze Weile unschlüssig in den Händen, gab sich aber schließlich einen Ruck und reichte es ihm zurück. »Hier, Herr Siefermann. Sie können gehen«, beschied er ihn kurz.

Siefermann versuchte, sich seine Erleichterung nicht anmerken zu lassen. »Wurde aber auch höchste Zeit. Immerhin hat mich Ihr Diensteifer eine halbe Stunde gekostet«, motzte er. »Grundlose Durchsuchungen empfinde ich als Schikane, damit Sie's wissen. Ich kann Ihnen jetzt schon versprechen: Das wird ein Nachspiel haben.«

Dem jüngeren Zöllner schien ob seiner Überheblichkeit der Kragen zu platzen. »Wie kommen Sie darauf, dass die Kontrolle grundlos erfolgte? Wir haben über Sie –«

»Tun Sie, was Sie nicht lassen können, Herr Siefermann«, fiel ihm sein älterer Kollege ins Wort. »Wir machen hier nur unsere Arbeit. Auf Wiedersehen. Oder meinetwegen, wenn Ihnen das lieber ist: Auf Nimmerwiedersehen.«

Wortlos raffte Siefermann seine Siebensachen zusammen und schlüpfte in sein Jackett. Ohne die Beamten noch eines Blickes zu würdigen, verließ er den Raum.

Der unbeherrschte Ausruf des jungen Zöllners sprach nach Siefermanns Ansicht Bände. Seine Befürchtungen hatten sich als richtig erwiesen: Irgend so ein Sauhund da draußen musste ihn verpfiffen haben. Doch sosehr er sich auch den Kopf darüber zerbrach, es wollte ihm kein passender Name einfallen.

Egal, jetzt erst mal raus hier, zu Bruno und zum Wagen. Während er auf den Ausgang und seinen ihm nervös entgegenblickenden Chauffeur zustrebte, beglückwünschte er sich zu seinen Vorsichtsmaßnahmen. Deren oberstes Gebot lautete: keine belastenden Papiere mit sich führen. Nicht zum ersten Mal hatte diese Regel seinen Hals gerettet.

Ein diebisches Lächeln glitt über sein Gesicht, als er sich die Enttäuschung ausmalte, die die Männer vom Zoll und der Steuerfahndung jetzt sicher empfanden. Da hatten sie sich dermaßen ins Zeug gelegt, und was war ihnen in die Hände gefallen? Eine Mitteilung über die Rückzahlung zu viel entrichteter Einkommensteuer, ausgestellt auf die Firma Jan Siefermann, Medikamentengroßhandel in Friedrichshafen. Welch ein Glück, dass er die Nachricht unmittelbar vor seiner Abreise im Postkasten vorgefunden hatte.

Als sie den Parkplatz erreicht hatten und in den Audi eingestiegen waren, lehnte Siefermann sich im Fond zufrieden zurück.

Nun ja, das Leben ist nun mal kein Ponyhof, dachte er.

13

Um kurz nach elf trafen Wolf und Jo wieder in ihrer Dienststelle ein. Um keine Zeit zu verlieren, hatte Wolf seine Kollegin darum gebeten, ihn am Haupteingang herauszulassen. »Einparken kannst du ja wohl allein«, hatte er grinsend gemeint, in Anspielung auf den popelig kleinen Parkplatz hinter dem Gebäude, der das Einparken mitunter zum Geduldspiel machte.

Auf dem Weg zum Lift geriet er an Sommer. Ausgerechnet jetzt, dachte er, wo ich eh wenig Zeit habe. Andererseits … Gab es eine bessere Gelegenheit, dem Kripochef die Große Lage schmackhaft zu machen?

»Guten Morgen, Ernst, gut, dass ich dich treffe«, sagte Wolf denn auch. »Hast du einen Moment für mich?«

Sommer lachte. »Dasselbe wollte ich dich gerade fragen. Gehen wir zu dir oder zu mir?«

»Zu dir, das ist näher.«

»Gib's zu, du bist scharf auf den Kaffee von Frau Bender, stimmt's?«

»Ertappt. Wenn du dazu noch das eine oder andere Macaron spendieren würdest …«

»Auf die musst du wohl verzichten. Sind leider schon alle. Ach ja, apropos verzichten: Wie man hört, verzichtest du neuerdings aufs Rauchen? Respekt, Leo, hätt ich dir gar nicht zugetraut.«

»Sagen wir, im habe meinen Konsum etwas eingeschränkt. Ganz bin ich noch nicht davon weggekommen. Du weißt ja, der Geist ist willig …«

Sie hatten Sommers Vorzimmer erreicht und traten ein.

»Frau Bender, bitte einen Kaffee für Herrn Wolf«, sagte Sommer im Vorübergehen und hielt Wolf die Tür zu seinem Büro auf, wo sie an seinem Schreibtisch Platz nahmen. »Also, wie kommt ihr voran?«

Ehe Wolf zu einer Antwort ansetzen konnte, öffnete sich die Tür wieder, und Frau Bender stellte lächelnd eine Tasse Kaffee vor ihm ab. Sie nahm die Unterschriftenmappe von Sommers Schreibtisch mit, als sie wieder ging.

Genießerisch nippte Wolf an seinem Kaffee und blickte danach mit verklärtem Gesicht zur Decke hinauf. »Möchte gar zu gern wissen, wie sie den so hinkriegt.«

Sommer sah misstrauisch zur Tür, ehe er sich zu Wolf hinüberbeugte. »Ich verrat's dir, Leo: Kardamom.«

»Kardamom?«

»Ja, eine kleine Prise Kardamom. Aber verpfeif mich nicht, hörst du? Frau Bender würde mich lynchen, wenn sie wüsste, dass ich ihr Geheimnis gelüftet habe.«

Noch einmal nahm Wolf seine Tasse hoch und roch daran. »Einfach unvergleichlich«, flüsterte er, als er sie wieder abstellte. »Wo waren wir? Ja, richtig. Ernst, möglicherweise stehen wir vor einem Durchbruch. Aus diesem Grund will ich um dreizehn Uhr eine Große Lage ansetzen.«

»Jetzt hast du mich aber neugierig gemacht. Wie kommt's? Erzähl.«

Wolf sah auf die Uhr. »Du meinst jetzt? Hat das nicht Zeit bis eins, dann muss ich nicht zweimal –«

»Glaubst du, ich gehe unvorbereitet in eine so wichtige Besprechung?«, fiel ihm Sommer ins Wort. »Du hast gegackert, Leo, jetzt leg auch gefälligst.«

»Na gut«, meinte Wolf resigniert und schilderte Sommer, was sich seit Freitag alles ereignet hatte. »Sollte sich meine Befürchtung als richtig erweisen, wovon ich ausgehe, haben wir einen Fall an der Backe, der unsere Leistungsfähigkeit und unsere Kompetenz binnen Kurzem übersteigen wird. Deshalb plädiere ich dafür, das Landeskriminalamt ins Boot zu holen, ehe uns das alles über den Kopf wächst. Wenn du willst, spreche ich mal Henning darauf an … *off the record* gewissermaßen, wie man auf Badisch sagt.«

Sommer erhob sich und trat ans Fenster. Gut eine Minute verging, ehe er sich wieder Wolf zuwandte. »Okay, ich stehe hinter dir.«

»Und die Große Lage? Ich weiß, das kommt sehr kurzfristig.«

»Besondere Umstände erfordern besondere Maßnahmen,

Leo. Dreizehn Uhr ist gut. Ich sehe zu, dass ich die Staatsanwaltschaft an den Tisch kriege. Du informierst die Spusi und die Kriminaltechnik. Und natürlich das LKA. Einverstanden?«

»Okay, Ernst.«

»Wird Hohdorf auch dabei sein?«

»Nein. Nach der Wendung, die die Mordserie genommen hat, halte ich das nicht für notwendig.«

»In Ordnung. Bis nachher dann. – Das heißt, eine Frage hätt ich noch: Gibt's was Neues über den Leichenfund im Kloster Ittingen?«

»Ach ja, richtig, die Schweizer haben eingelenkt und heute Morgen eine E-Mail geschickt. Es spreche nun nichts mehr gegen eine Übergabe des Falles an uns, heißt es darin lapidar. Mit freundlichen Grüßen, Kommissär Chrüzegg.«

»Ich weiß nicht, ob wir uns darüber freuen sollen«, meinte Sommer ironisch.

»Wir werden sehen. Dann bis später, Ernst.«

Zurück in seinem Büro, erledigte Wolf die erforderlichen Telefonate. Zuletzt hatte er Henning am Apparat. »Hallo Henning, ich grüße dich. Ich habe gehört, dass Maiks Mutter gestorben ist. Das dürfte ihn ziemlich mitgenommen haben.«

»Allerdings, zumal sie noch einige Jährchen vor sich hatte, wie alle glaubten. Aber so spielt das Leben.«

»Und du? Alles okay bei dir? Wie geht es Arne?«

»Zu Frage eins: ja. Zu Frage zwei: keine Ahnung, wir sehen uns nämlich kaum, zumindest momentan. Ich denke allerdings, um Arne brauchen wir uns keine Sorgen zu machen. Und du, wie läuft's bei dir?«

»Ach, mal rauf, mal runter, das ist jobabhängig.«

Für einen kurzen Moment war Wolf nicht ganz bei der Sache. Ihm stand wieder der Fall vor Augen, an dessen Aufklärung Hennings Sohn Arne vor zwei Jahren mitgewirkt hatte. Inkognito – genauer gesagt: unter dem Namen seiner Mutter – hatte er sich damals bei ihnen eine Praktikantenstelle verschafft; die hatte er im Rahmen seines Studiums an der Polizei-Hochschule in Villingen-Schwenningen nachweisen müssen. Nur ungern erinnerte Wolf sich an die Vorgeschichte. Arne hatte sich bei seiner Stellensuche nämlich aus triftigem Grund auf die Kripo Überlingen versteift. Durch lange zurückreichende familiäre Querelen war Wolfs Kontakt zu seinem Sohn Henning schon Jahre zuvor abgerissen – weshalb Arne, des ständigen Haders leid, sich in den Kopf gesetzt hatte, das Schweigen zu durchbrechen. Und tatsächlich, dank seiner Beharrlichkeit war es ihm schließlich gelungen, alle strittigen Themen auszuräumen und die Kontrahenten wieder miteinander zu versöhnen.

Damals hatte sich Wolf die Dienste seines Sohnes als Zielfahnder des LKA zunutze gemacht. Warum sollten sie nicht auch diesmal zusammenkommen? Entschlossen schob er sein Barett zurück. »Hör mal, Henning, der Grund meines Anrufs …«

»Lass mich raten: Irgendetwas läuft quer bei euch. Ich vermute, das hängt mit diesen ominösen Ritualmorden zusammen, die ihr neuerdings an der Backe habt, stimmt's?«

»Du weißt davon?«

»Entschuldige mal, Vater, so was passiert ja nicht alle Tage. Außerdem bin ich, wie du weißt, mit einer dir nicht unbekannten Journalistin vom ›Seekurier‹ liiert.«

»Du hast recht.« Wolf schilderte Henning den bisherigen Verlauf des Falles und bat ihn um seine Meinung.

Henning hielt damit nicht lange hinter dem Berg. »Solltest du recht behalten mit deiner Befürchtung, lässt sich das wohl kaum als Zufall abtun.«

»Wie meinst du das?«

»Nun, bei uns laufen derzeit Anfangsermittlungen gegen einen Medikamentenfälscherring, der mit asiatischen Fabrikaten von Süddeutschland aus den Rest der Republik und die angrenzenden Staaten beliefern soll.«

Leo Wolf verschlug es vor Überraschung kurzzeitig die Sprache. Vor dem Hintergrund der LKA-Ermittlungen konnte eine Mordserie im Apotheker-Milieu tatsächlich kein Zufall sein. Grund genug, den Stier bei den Hörnern zu packen. »Wir haben heute um dreizehn Uhr zu dem geschilderten Fall eine Große Lage. Sollten wir uns da nicht zusammenschmeißen? Das heißt, falls du dich freimachen kannst.«

Henning zögerte. »Im Prinzip schon. Allerdings kann ich frühestens um vierzehn Uhr, vorher schaffe ich es nicht. Außerdem müsst ihr euch darüber im Klaren sein, dass das LKA die Ermittlungen an sich ziehen wird, sollte euer Fall unsere eigenen Ermittlungen tatsächlich und nachweislich tangieren.«

»Damit müssen wir wohl leben. Dann bis vierzehn Uhr hier bei uns, okay?«

»Ich werde da sein. Sollte hier irgendjemand Sperenzchen machen, was ich nicht glaube, melde ich mich noch mal. Tschau dann, Vater.«

Das hat ja besser geklappt als erwartet, dachte Wolf, als er den Hörer auflegte und sofort wieder hochnahm. Er musste sämtliche Beteiligten über die Verschiebung informieren und sich im Anschluss daran mit Jo und Vespermann besprechen.

Was für ein Stress! Jetzt brauchte er erst mal einen kleinen Pastis – diese Zeit hatte Henning ihm soeben verschafft.

***

Karin Winter kehrte gerade von der Redaktionskonferenz an ihren Schreibtisch zurück, als ihr Manu, ihre Assistentin, den Telefonhörer hinhielt. »Für dich, eine Frau Laub. Es geht um den Toten aus dem See.«

»Wieso ruft die hier an?«, fragte Karin leise. »Na gut, gib her.« Während sie mit der Linken nach dem Hörer griff und ihren Namen nannte, legte sie ihr iPhone und den leeren Kaffeepott auf dem Schreibtisch ab.

»Dieser Tote da, dessen Foto Sie heute veröffentlicht haben … der Artikel stammt doch von Ihnen, ist das richtig?«

»Ich habe die Unterlagen aufbereitet und in die heutige Ausgabe gegeben, wenn Sie das meinen. Wie kann ich Ihnen helfen, Frau Laub?«

»Ich wollte nur sagen, dass ich den Mann kenne. Er wohnt in unserer Nachbarschaft, ein gewisser Petar Kostic, wohl ein Kroate.«

»Können Sie mir seine Adresse nennen?« Die Anruferin nannte eine Straße in Böhringen, einer Teilgemeinde von Radolfzell. Karin notierte sie sich und schrieb den Namen der Anruferin dahinter, gefolgt von der Nummer, die sie vom Display ablas. »Sehr gut, Frau Laub. Ich nehme an, Sie haben das auch der Polizei mitgeteilt?«

»Nein, hab ich nicht«, antwortete die Frau patzig.

»Na gut. Ich dachte nur, weil die Ermittlungen …«

»Weiß ich. Aber mit denen will ich nichts zu schaffen haben.«

»Oh. Darf ich fragen, warum?«

»Das kann ich Ihnen sagen: Mit den Knöllchen, die diese Griffelspitzer mir bisher verpasst haben, könnte ich mein Wohnzimmer tapezieren. Schikane ist das, wenn Sie mich fragen, aber hallo! Nee, nee, nicht mit mir. Wenn Sie wollen, können Sie's denen ja weitergeben, ich hab nichts dagegen.« Es knackte in der Leitung; die Verbindung war unterbrochen.

»Die Bullen scheinen der Armen ja übel mitgespielt zu haben.« Manu, die das meiste mitgehört hatte, grinste.

»Nicht wahr? Dann ruf ich jetzt mal den Oberbullen an – äh, Leo Wolf, meine ich.« Karin kicherte.

Als sie ihn in der Leitung hatte, gab sie ihm durch, was sie soeben erfahren hatte.

»Danke, Frau Winter. Das erspart uns einiges.«

»Man tut, was man kann.«

***

Wolf hatte sich aus der Kantine drei Laugenstangen besorgt. Nun stand er mampfend am Fenster seines Büros und schaute zum Stadtgarten hinüber. Er dachte über den Toten aus dem See nach, als Gerd Vespermann hereinkam.

»Na, schmeckt's?«, meinte Vespermann und bekam große Augen.

»Du störst bei einer heiligen Handlung, mein Lieber«, antwortete Wolf und biss noch einmal ungeniert ab. »Was gibt's?«

»Die Kollegen von der Streife haben Kostics Sprinter gefunden.«

Wolf stellte vorübergehend das Kauen ein, ehe er sich nach dem Fundort erkundigte.

»Auf dem öffentlichen Parkplatz am westlichen Ortseingang von Überlingen.«

»Also praktisch vor unserer Haustür. Das muss ich sehen. Komm mit, wir fahren hin.« Im Aufstehen griff er nach einer Bäckertüte. »Hier Gerd, für dich, mein letztes Leckerli.«

»Leckerli?«

»Eine Laugenstange. Falls du so etwas Profanes überhaupt isst. Ich meine, du als Gourmet.«

»Ich ess inzwischen alles. Hauptsache, ich bekomm was in den Magen.«

Schon von der Einfahrt des Parkplatzes aus konnte Wolf den Sprinter erkennen. Mayer zwo lief gestikulierend um das Fahrzeug herum, einen Kollegen von der Kriminaltechnik in seinem Kielwasser. Ihr Anblick erinnerte Wolf an zwei angestochene Kälber. Am Heck des Wagens machte sich ein weiterer Spusi-Kollege zu schaffen, offenbar sicherte er gerade Fingerabdrücke.

Sie begrüßten Mayer zwo und dessen Kollegen.

»Habt ihr schon den Innenraum inspiziert?«, fragte Wolf.

»Wir wollten auf euch warten«, tat Mayer zwo kund und reichte den beiden je ein Paar Vinyl-Einweghandschuhe. Dann öffnete sein Kollege die Doppeltür am Heck des Wagens. Vorsichtig, um keine Spuren zu zerstören, untersuchten sie den Laderaum. Doch außer einigen Kartons – ähnlich denen in Kostics Garage – fand sich nichts, was auf Anhieb ihr Interesse hätte wecken können. Da hörten sie einen Ruf aus der Fahrerkabine und eilten nach vorne. Mayer zwo hielt ihnen einen Klarsichtbeutel hin, in dem sich ein Formular im Format DIN-A5 befand.

»Hat hier zwischen dem Fahrersitz und der Schaltkonsole gesteckt«, erklärte er.

Wolf besah sich das Papier in dem Beutel von allen Seiten, ehe er es an Vespermann weiterreichte. »Was hältst du davon?«, wollte er wissen.

»Ein Lieferschein«, konstatierte Vespermann nach gründlicher Prüfung, »ausgestellt von einer Firma KaBePharma, leider ohne genauen Empfänger, das heißt ohne Lieferanschrift, aber das war vielleicht beabsichtigt. Hier sind nur irgendwelche Kürzel, hinter denen sich der Kunde verbergen könnte. Bei der aufgelisteten Ware dürfte es sich um den Inhalt der Kartons im Laderaum handeln. – Sonst hast du nichts gefunden?«, fragte er Mayer zwo.

»Keine weiteren Unterlagen, falls du das meinst. Da war ein anderer wohl schneller.«

»Du denkst an Kostics Mörder? Da könntest du recht haben. Vermutlich hat er den Wagen gründlich gefilzt, bevor er ihn hier abstellte.«

»Zum Beispiel. Immerhin haben wir reichlich Prints und Mikrospuren gefunden. Und bergeweise Müll hier unten im Fußraum.«

»Stimmt, auch der Laderaum strotzt vor Dreck. Besonders pfleglich scheint dieser Kostic mit seinem Wagen nicht umgegangen zu sein.«

»Ich mach dann mal weiter«, verkündete Mayer zwo und klinkte sich aus dem Gespräch aus.

Wolf hatte unterdessen sein Handy hervorgezogen und war zur Frontseite des Fahrzeugs gegangen. »Jo, ich bin es. Ich hab 'ne Halterabfrage.« Er gab ihr die Nummer des Sprinters durch. »Bitte kümmere dich darum. Es ist dringend. Ende.«

Es dauerte nicht lange, bis Jo zurückrief. Wolf notierte sich, was sie ihm durchgab, und reckte den Daumen in die Höhe, als Vespermann auf ihn zutrat. »Bingo, Gerd. Der Wagen ist auf die KaBePharma GmbH mit Sitz in Friedrichshafen zugelassen.«

»Dann nichts wie hin.«

»Immer langsam mit den jungen Pferden. Erst mal müssen wir Genaueres über den Laden erfahren. Und ich weiß auch schon, wie. Ich frag einfach Harras, der kennt sich in Friedrichshafens verschiedenen Wirtschaftszweigen am besten aus. Was er selbst nicht weiß, kann er uns notfalls beschaffen.«

»Wie, du kennst einen sprechenden Hund?«, gab Vespermann feixend zurück.

»Quatsch. Harras ist ein Kollege. Eigentlich ist er Hunde*führer*, aber er heißt wirklich Harras. Vielleicht erreiche ich ihn, und wir wissen bald mehr.« Wolf nahm das Handy wieder ans Ohr. Nach einer Weile verzog er das Gesicht zu einem Lachen und trompetete los: »Harras, altes Haus! – Ja, du hast richtig geraten.« Dann dämpfte er die Stimme und ging ein Stück zur Seite.

Als er zu Vespermann zurückkehrte, machte er ein skeptisches Gesicht.

»Schlechte Nachrichten?«

»Wie man's nimmt. Den Laden gibt es wirklich, die Adresse deckt sich mit der Halterabfrage. Allerdings ist die Firma bislang nicht auffällig geworden; ein unbeschriebenes Blatt sozusagen. Als Geschäftsführerin ist eine gewisse Karla Breitenbach eingetragen. Wie es aussieht, hat die Dame aber zwischenzeitlich das Weite gesucht. Weder unter ihrer Privatadresse noch am Firmenstandort ist sie derzeit anzutreffen. Auch die Nachbarn haben sie seit Tagen nicht gesehen.«

»Ach? Und wie hat dein Harras das so schnell rausgefunden?«

»Ganz einfach: Sie hat eine Vorladung bekommen, zu der sie nicht erschienen ist. Da hat man eine Streife hingeschickt.«

»Also war bei der Firma demnach doch nicht alles sauber?«

»Nichts da – ein Verkehrsdelikt, keine große Sache. Ich hab den Kollegen gebeten, den Firmenstandort einmal unauffällig unter die Lupe nehmen zu lassen.« Wolf sah auf die Uhr. »So, und nun lass uns zurückfahren. In einer halben Stunde beginnt die Große Lage.«

***

Eine Entschuldigung murmelnd, betrat Wolf als Letzter den Konferenzraum. Es war fünf nach zwei, und er war leicht außer Atem. Jo und Vespermann hatten bereits am Tisch Platz genommen. Auch Sommer und Henning, die drüben am Fenster standen, beendeten jetzt ihre Unterhaltung und setzten sich Jo und Vespermann gegenüber. An der Stirnseite hatten es sich Staatsanwalt Dr. Hirth und Mayer zwo bequem gemacht. Hirth sah bei Wolfs Erscheinen demonstrativ auf die Uhr. Na, Freundchen, hab ich dich ertappt!, schien sein Blick zu sagen. Wolf rechnete es ihm dennoch hoch an, dass er auf einen Kommentar verzichtete.

»Noch jemand Kaffee?«, fragte Sommer, ehe er an seine Tasse klopfte und die Besprechung eröffnete. »Ich darf voraussetzen, dass die Eckdaten des Falles allen Anwesenden bekannt sind. Trotzdem schlage ich vor, dass die Kollegen vom D1 bei ihrer Zusammenfassung der aktuellen Sachlage noch einmal ganz von vorne beginnen. Schließlich haben wir mit Staatsanwalt Dr. Hirth und Hauptkommissar Henning Wolf zwei Männer am Tisch, deren Kenntnisse ... tja, wie soll ich sagen ... zumindest lückenhaft sein dürften. Aus gutem Grund natürlich«, beeilte er sich hinzuzufügen.

Hirth holte bereits Luft, um Einspruch einzulegen, da übernahm Wolf das Wort. »Ich bin sicher, die beiden werden das in Kürze aufgeholt haben. Insbesondere den Kollegen vom LKA müssen wir mit Informationen füttern. Immerhin hat ihn das Landeskriminalamt eigens dazu abgestellt, die Ermittlungen unserer Dienststellen zu koordinieren – eine Aufgabe, die die lückenlose Kenntnis aller Tatumstände zwingend voraussetzt.«

»Selbstverständlich im permanenten Austausch mit der Staatsanwaltschaft«, ergänzte Sommer mit Blick auf Dr. Hirth.

Wolf nickte pflichtschuldig und machte sich daran, den Mord an Terhoven in allen Einzelheiten zu schildern. Besonderes Gewicht legte er auf die rituelle Inszenierung von Leiche und Fundort, die er mit Bildern – mittels eines Beamers an die Wand projiziert – untermauerte. Er war hoch konzentriert, nicht ein einziges Mal während seines Vortrages musste er seine Notizen zurate ziehen. Nicht einmal das Auftauchen eines uniformierten Kollegen, der eine Nachricht für Jo überbrachte, konnte ihn aus der Ruhe bringen. Jo warf lediglich einen kurzen Blick auf den Zettel, den man ihr gereicht hatte, nickte und legte ihn zu ihren Unterlagen. Sie würde die Information zum richtigen Zeitpunkt weitergeben.

Der Bericht von Mayer zwo, die kriminaltechnischen Untersuchungen betreffend, schloss sich an. Breiten Raum nahmen außerdem die von Vespermann vorgetragenen Parallelen zu der Ritualmordserie ein, die sich vor mehr als zehn Jahren in der Region ereignet hatte.

Dann folgte Wolfs Bericht über die Mordopfer von Hegne und Ittingen.

Als er geendet hatte, hob Staatsanwalt Dr. Hirth die Hand. »Herr Wolf, Sie sagten, bei den ersten beiden Toten habe es sich um Apotheker gehandelt. Wissen wir Näheres über das dritte Opfer?«

»Leider nein, der Mann konnte noch nicht identi…«

»Entschuldigung, Chef«, fiel ihm Jo ins Wort und schwenkte das Papier durch die Luft, das ihr der Uniformierte hereingereicht hatte. »Eben hab ich eine Nachricht erhalten, sie betrifft das dritte Mordopfer. Es handelt sich um den vierundfünfzigjährigen Konstanzer Stefan Blum, bei dem wir es – nicht ganz überraschend – gleichfalls mit einem Apotheker zu tun haben.« Bei der Nennung des Berufs warf sie einen bedeutsamen Blick in die Runde.

»Na bitte«, entfuhr es Wolf. Von den anderen Teilnehmern kam gedämpftes Murmeln.

Sommer nutzte den Moment, um an seine Tasse zu klopfen. »Herrschaften, lasst uns an dieser Stelle eine Pause machen.«

Die Pause wurde auf eine Viertelstunde begrenzt, lange genug, um Kaffee nachzufassen sowie gewissen anderen dringenden Verrichtungen nachzukommen. Mit dem Hinweis auf ein Telefonat mit Friedrichshafen verließ Wolf den Raum. Auf dem Weg in sein Büro steckte er sich eine Gitanes zwischen die Lippen und ließ gedankenverloren sein Feuerzeug klicken. Als ihm sein Tun bewusst wurde, machte er es postwendend wieder aus und steckte die Zigarette zurück in die Schachtel. Verdammte Hacke, dachte er geknickt, schon wieder wäre ich beinahe schwach geworden.

Bereits nach zehn Minuten hatten alle wieder ihre Plätze eingenommen.

»Okay, dann weiter im Text«, mahnte Ernst Sommer.

In knappen Sätzen berichtete Wolf von seinem Gespräch in Basel, wobei er nicht vergaß, Staatsanwalt Dr. Hirth als Initiator zu erwähnen.

»Das deckt sich voll und ganz mit den Erkenntnissen des LKA«, pflichtete Henning ihm bei, kaum dass er geendet hatte. »Wir werden noch darauf zu sprechen kommen.«

Vespermanns Bericht über die Bergung und Identifizierung von Kostics Leiche schloss sich an, gefolgt von Jos Schilderung des Medikamentenfunds in Kostics Garage. Mehr noch als durch ihre Worte schienen die Zuhörer von den Bildern beeindruckt, die durch die schiere Warenmenge sowie die chinesischen Schriftzeichen für Gemurmel unter den Anwesenden sorgten.

Wolf blieb es schließlich vorbehalten, den Schlusspunkt zu setzen. Ausführlich berichtete er, wie sie in Kostics Wagen auf den Namen KaBePharma gestoßen waren und was die Kollegen aus Friedrichshafen über die Firma ermittelt hatten.

Kaum war er zum Ende gekommen, machte sich Unruhe breit, und alle redeten durcheinander, bis Sommer resolut an seine Tasse klopfte. »Ja, ja, wem das Herz voll ist, dem läuft der Mund über«, meinte er sarkastisch. »Ich verstehe eure Erregung, liebe Kollegen, aber so bringt das nichts. Einer nach dem anderen bitte, sonst sitzen wir morgen früh noch hier.«

»Ernst hat recht«, bestätigte Wolf. »Also, wer macht den Anfang?«

Eher reflexartig hob Henning die Hand und begann fast gleichzeitig zu sprechen. »Die Spur nach Friedrichshafen finde ich hochinteressant. Damit haben wir endlich konkrete Ansatzpunkte. Dass das LKA sich derzeit mit der Suche nach den Drahtziehern hinter dem Handel mit Medikamentenfälschungen befasst, wurde ja schon erwähnt. Nun zur Vorgeschichte aus unserer Sicht: Vor gut sechs Wochen erhielten wir erste ernst zu nehmende Hinweise, dass in Deutschland große Mengen gefälschter Medikamente im Umlauf sind. Wegen der Brisanz des Themas wurde umgehend eine Ermittlergruppe zusammengestellt – bislang allerdings mit mäßigem Erfolg. Natürlich verfolgten wir alle von Apotheken und Pharmaherstellern eingegangenen Anzeigen, hörten Telefonate ab, erfuhren weitere Namen und konnten sogar Transporte abfangen, auf die wir von Kontaktleuten aufmerksam gemacht wurden. Eines aber hat uns bis heute gefehlt, nämlich konkrete Hinweise auf Tatbeteiligte. Dank eurer Ermittlungen hat sich das jetzt geändert. Gut gearbeitet, kann ich da nur sagen.«

»Es müsste doch mit dem Teufel zugehen«, schob der Staatsanwalt nach, »wenn wir die Leute nicht bald zu fassen bekämen. Unsere Marschrichtung ist jedenfalls klar: Sie, Wolf, und Ihre Leute verfolgen weiter mit Hochdruck die Fälle hier in der Region. Insbesondere die Friedrichshafener Spur scheint mir vielversprechend, vorbehaltlich, dass sich der Verdacht gegen KaBePharma bestätigt. Parallel dazu übernimmt das LKA die überregionalen Ermittlungen und ist für die Koordination aller Einzelmaßnahmen verantwortlich. Mit anderen Worten: Beim LKA laufen die Fäden zusammen. Können wir uns darauf einigen?«

Während ringsum Zustimmung geäußert wurde, griff Hirth nach seiner Tasse und trank einen Schluck. »Was sich mir allerdings immer noch nicht erschließt: Wo kommt das Teufelszeug eigentlich her, und wer bringt es unter die Leute? Ich weiß, über Apotheken, die wiederum von Leuten wie Kostic beliefert werden. Aber wer produziert es, und wie funktioniert der Vertrieb genau, über welche Kanäle, welche Routen? Die drei toten Vertreter der Apothekerzunft können uns ja leider keine Auskunft mehr geben, und Kostic …«

»Das ist doch nur ein kleiner Fisch«, warf Vespermann ein.

Hirth sah ihn strafend an. Er hasste es, wenn man ihm ins Wort fiel. Entsprechend grollend fiel seine Antwort aus. »Na und? Auch ein kleiner Fisch kann unter bestimmten Umständen zum Schwarm führen – und genau das wollen wir doch, oder, Herr Oberkommissar?« Wieder an die Runde gewandt, setzte er hinzu: »Immerhin kennen wir Kostics Warenlager. Und wir haben seinen Wagen sichergestellt. Vielleicht finden sich ja noch weitere verwertbare Spuren und Unterlagen, die uns diese Fragen beantworten können, was, Herr Mayer?«

Mayer zwo nickte ergeben. »Wir sind dran, Herr Dr. Hirth. Allerdings habe ich das dumpfe Gefühl, dass wir bezüglich irgendwelcher Unterlagen in der Wohnung des Mannes mehr Erfolg hätten. Dummerweise wissen wir nicht, wo die ist.«

»Doch«, rief Wolf, »inzwischen kennen wir Kostics Adresse.« Er berichtete kurz von Karin Winters Anruf, ohne jedoch deren Namen zu nennen, und setzte hinzu: »Die Durchsuchung der Wohnung in Böhringen könnte Kollege Vespermann übernehmen, sobald er Luft hat. In Ordnung, Gerd? – Gut. Dann noch ein ergänzender Hinweis zu dem, was Dr. Hirth eben gesagt hat: Dass wir die einzelnen Akteure, ihre Distributionswege und das grundlegende Geschäftsmodell der Fälscherbande nicht kennen, ist kein Zufall. Hinter der Verschleierung steckt System. Die Ware muss ja am deutschen Zoll vorbeigeschleust werden. Was ich sagen will, ist: Wir haben es keinesfalls mit Anfängern zu tun, daran sollten wir immer denken. Im Fall Kostic hatten wir einfach Glück: Der Mörder hat aus dem Lieferfahrzeug alles mitgehen lassen, was Aufschluss über die Identität des Fahrzeughalters und der Hintermänner hätte geben können – bis auf diesen einen Lieferschein, der wohl zufällig zwischen Fahrersitz und Mittelkonsole gerutscht war. Den muss er in der Dunkelheit übersehen haben.«

»Zum Vertrieb der Fälschungen kann ich zumindest Folgendes sagen«, führte Henning aus. »Die Bestellungen werden nach unserer Kenntnis zentral ausgelöst – im Unterschied zur Auslieferung, die bewusst dezentral erfolgt, wie eure Ermittlungen im Fall Kostic gezeigt haben. Das bedeutet: Die Hersteller, die übrigens ausnahmslos in Asien sitzen, bringen die Ware am Zoll vorbei ins Land und schaffen sie in eines ihrer Verteilzentren. Von dort aus werden sie – vermutlich von gewöhnlichen Dienstleistern wie UPS oder DHL – in unauffälligen Chargen an ein Netz von Auslieferfahrern weitergeleitet. Deren Aufgabe ist es, die Apotheken mit den Fälschungen zu versorgen. Aller Wahrscheinlichkeit nach betreut jeder von ihnen ein genau abgegrenztes Vertriebsgebiet. Über die Art der Abrechnung liegen uns noch keine Informationen vor. Ich vermute, sie ist ähnlich undurchsichtig.«

»Nach unseren bisherigen Erkenntnissen hat sich Kostic illegal in Deutschland aufgehalten«, ergänzte Jo. »Das könnte für die Bosse bei der Auswahl ihrer Vertriebsleute ein entscheidendes Kriterium sein – diese könnten im Fall eines Falles ja wohl schlecht zur Polizei gehen.«

»Klingt plausibel«, stimmte Sommer zu. »Nun aber zur wichtigsten Frage: Haben wir schon eine Theorie, wie der Medikamentenhandel und die Mordserie zusammenhängen? Ist angesichts der jüngsten Erkenntnisse irgendein Motiv in Sicht?«

Das Schweigen in der Runde war beredt genug.

Wolf versuchte sich dennoch an einer Antwort: »Das Bemühen eines zwar seriösen, aber missgünstigen Pharmaherstellers, die Produkte eines Mitbewerbers in Verruf zu bringen, wäre denkbar – allerdings kann ich darin noch kein Motiv für die Morde erkennen. Revierkämpfe verfeindeter Fälscherbanden sind da schon eine plausiblere Möglichkeit, vielleicht sogar der Racheakt eines geschädigten Patienten …«

Wolf hielt kurz inne, er musste seine Gedanken ordnen, doch dem ungeduldigen Hirth dauerte die Pause zu lange. »Nun kommen Sie schon, Wolf, lassen Sie die Katze aus dem Sack«, drängte er.

»Du bist der Meinung«, sprang Henning seinem Vater bei, »dass wir die ersten beiden Vorschläge getrost vergessen können, richtig? Du denkst, wir haben es mit einem Racheakt zu tun, dem Racheakt eines durch gefälschte Medikamente geschädigten Patienten.«

»Avenger«, flüsterte Jo laut genug, dass es für jeden hörbar war.

»Genau. Der Rächer. So hat er sich selbst genannt.«

Sommer nickte zögernd. »Ich fürchte, du hast recht, Leo.«

»Rächer, Avenger«, wiederholte Hirth aufgebracht. Auf seiner Stirn hatte sich eine senkrechte Falte gebildet. »Was soll das? Würden mich die Herrschaften bitte mal aufklären?«

Wolf erläuterte kurz, was es mit der E-Mail auf sich hatte, die am Freitag beim »Seekurier« eingegangen war. »Allerdings wäre eine auf den Rächer beschränkte Suche zu kurz gegriffen.«

»Genau«, fuhr Henning auf. »Die Medaille hat ja noch eine andere Seite – und zwar eine weitaus gefährlichere, was mögliche Opferzahlen betrifft: Der Schmuggel und der Verkauf von gefälschten Medikamenten hat womöglich ebenfalls eine tödliche Wirkung. Das heißt, wir haben es mit zwei getrennten Tatkomplexen zu tun, die dennoch eng zusammenhängen.«

»So ist es. Wenn ich richtig liege mit meiner Vermutung, haben die gefälschten Medikamente den Rachefeldzug ja erst ausgelöst.«

Hirth sah auf die Uhr, schob seinen Stuhl zurück und griff

nach seinen Unterlagen. »Tut mit leid, Herrschaften, aber ich muss dringend weg. In meinem Büro wartet Regierungsrat Böll vom Justizministerium auf mich. Also, wie wollen Sie vorgehen? In Stichworten, bitte.« Fahrig wanderte sein Blick zwischen Wolf und Henning hin und her.

»Nun«, sagte Wolf und lächelte süffisant, »da die Koordinierung der Ermittlungen ja durch das LKA erfolgt, sollten wir wohl zuerst die Meinung des LKA-Beauftragten einholen.« Erwartungsvoll sah er zu Henning hinüber.

Der ließ sich nicht lange bitten. »Die Sache ist ganz einfach: Wir folgen der aussichtsreichsten Spur, und die führt unbestritten nach Friedrichshafen. Ihr«, damit sprach er die Kollegen von der Kripo an, »nehmt KaBePharma unter die Lupe. Seht euch den Laden genau an und sprecht mit den Leuten – das heißt, falls ihr welche antrefft. Konfrontiert sie mit dem Lieferschein aus Kostics Wagen und kriegt raus, wieso sein Fahrzeug auf die Firma läuft. Checkt ihre Telefonverbindungen und kontaktiert vor allem den Zoll. Ach ja, und schließt euch am besten schon vorab mit den Kollegen in Friedrichshafen kurz. Sobald sich ein begründeter Tatverdacht ergibt, beantragen wir einen Durchsuchungsbeschluss, Dr. Hirths Einverständnis vorausgesetzt.«

Der Staatsanwalt, bereits auf dem Weg zur Tür, bestätigte das mit einem Nicken. »Aber, meine Herren: Ich möchte über jeden Ihrer Schritte auf dem Laufenden gehalten werden. Ist das klar?«

»Klar«, antwortete Wolf. »Nur eine bescheidene Frage noch: Welchen Part übernimmt eigentlich das LKA?«

»Den schwierigsten, wie immer.« Henning grinste jungenhaft. »Nein, im Ernst: Wir versuchen, die Geschäftsführerin von KaBePharma aufzutreiben, diese Karla Breitenbach.«

Gerd Vespermann, konzentriert mit dem Malen von Strichmännchen beschäftigt, unterbrach seine Tätigkeit, langsam hob er den Kopf. »Würde mich nicht wundern, wenn die Dame kalte Füße bekommen und sich abgesetzt hätte«, meinte er.

»Falls sie überhaupt noch unter uns weilt«, bemerkte Wolf düster.

»Wer sollte der schon ans Leder wollen?«

»Da fallen mir einige ein. Unter anderem unser Rächer.«

»Das ist jetzt nicht dein Ernst.«

»Warum nicht? Eins ist so wahrscheinlich wie das andere. Jedenfalls ist sie abgetaucht, das sollte uns zu denken geben.«

»Find ich auch«, pflichtete Sommer ihm bei. »Die Frau wird uns einiges zu erklären haben.«

»Für mich ist sie der Schlüssel zur Aufklärung des Falles«, erklärte Henning entschlossen, während er nun ebenfalls seine Unterlagen zusammenpackte.

»Fragt sich nur, wie du an sie herankommen willst«, brummte Vespermann mit skeptischer Miene.

»Kein Problem. Nicht umsonst bin ich seit Jahren als Zielfahnder unterwegs.«

14

Back to the roots, dachte Jan Siefermann, als er im Fond seines Wagens von seinem Notebook aufsah und die draußen vorbeigleitenden mächtigen Vulkanschlote der Hegauberge erblickte. Eine knappe Stunde noch, und er würde zu Hause sein. Da konnte ihm das ganze fernöstliche Gedöns gestohlen bleiben.

Die demütigende Prozedur am Frankfurter Flughafen steckte ihm noch tief in den Knochen. Das hätte gewaltig ins Auge gehen können. Zudem hatte er keinen blassen Schimmer, welcher unliebsame Zeitgenosse ihn beim Zoll verpfiffen hatte. Sollten seine Tage in diesem Geschäft bereits gezählt sein? So oder so, er würde nun ein für alle Mal reinen Tisch machen müssen.

Am östlichen Ortsausgang von Friedrichshafen, genauer: am Ende der Eckener Straße, verlangsamte Bruno Schlebes die Fahrt. In der Einfahrt zu Siefermanns Garage, die dem Haus vorgelagert war, kam der Audi zum Stehen.

Bruno hatte sein Mobiltelefon zur Hand genommen, eine Taste gedrückt und schaute nun erwartungsvoll auf das Garagentor – aber nichts geschah. Er versuchte es noch einmal. Wieder Fehlanzeige. Seufzend drehte er sich zu Siefermann um. »Tut mir leid, Boss, aber die App für die Fernsteuerung lässt uns mal wieder im Stich. Ich muss kurz aussteigen und das Tor manuell öffnen, wenn Sie wollen, dass ich in die Garage fahren soll.«

Siefermann hatte sein Notebook zusammengeklappt und in seiner Tasche verstaut. »Quatsch.« Er winkte ab. »Gehen wir eben durch das Haupttor rein.«

»Wenn Sie meinen, Boss.« Eilfertig sprang Bruno vom Fahrersitz, um die hintere Wagentür aufzureißen, doch Siefermann hatte den Wagen bereits verlassen. Er steuerte das zweiflügelige Haupttor neben der Garage an, das im Zusammenspiel mit der um das Grundstück laufenden Mauer nicht nur gegen neugierige Blicke, sondern vor allem gegen jedweden Zutritt von Fremden schützte. So blieb Bruno nichts anderes übrig, als zum Kofferraum zu eilen und das Gepäck zu holen.

Als er Siefermann erreichte, stand dieser bewegungslos vor dem Tor und starrte entgeistert auf den rechten Torflügel. Er war nur angelehnt, nicht geschlossen.

»Paula hat wohl wieder geträumt«, entfuhr es Bruno. Es war nicht das erste Mal, dass dem Hausmädchen das passierte. Und das, obwohl der Boss die klare Anweisung erlassen hatte, alle Außentüren stets sorgsam geschlossen zu halten. Die exponierte Lage des Areals und die nicht minder exponierte Tätigkeit seines Besitzers ließen ihm keine Wahl. Wollte er vor einem Anschlag oder einer Entführung sicher sein, waren bestimmte Vorkehrungen unumgänglich.

»Sag ihr, wenn das noch mal passiert, ist sie gefeuert«, schnaubte er. »Und jetzt geh zum Haus voraus. Aber vorsichtig.«

Vorsichtig zu sein bedeutete für Bruno vor allem eines, nämlich sich vorab zu bewaffnen. Ein schneller Griff unters Jackett, und es lag eine 9-mm-Walther in seiner Hand. In Brunos Pranke wirkte sie beinahe zierlich.

Die entsicherte Waffe im Anschlag, schob Bruno langsam den unverschlossenen rechten Torflügel auf und scannte aufmerksam das vor ihm liegende Gelände. Doch in dem parkartigen Vorgarten bewegte sich kein Blatt. Auch am weiter hinten liegenden Haus, einer raffinierten Synthese aus Glas und weißem Klinker, war nichts Verdächtiges zu erkennen.

Den mit Kies bestreuten Fahrweg bewusst vermeidend, arbeitete sich Bruno zügig zum Hauseingang vor, jeden Busch, jeden Zierstrauch als Deckung nutzend. An der Haustür kauerte er sich nieder und signalisierte Siefermann, ihm zu folgen. Der kam der Aufforderung nur zu gern nach, schließlich machte ihn die Ungewissheit von Sekunde zu Sekunde kribbeliger – und das nicht zu Unrecht, wie er zu seinem Leidwesen feststellen musste, denn auch die Haustür stand einen Spalt weit offen.

Wie konnte das sein? Es stimmte, in letzter Zeit hatte Paula oft ein wenig fahrig gewirkt; aber so viel Schusseligkeit traute er ihr dann doch nicht zu.

Mit der Waffe drückte Bruno die Tür vollends auf und spähte nach innen. »Hallo, Paula?«, rief er laut. »Paula, melde dich! Wo bist du?« Keine Antwort. Im Haus herrschte Totenstille.

Oder täuschte er sich? Waren da nicht eben Schritte zu hören gewesen?

Sämtliche Sinne in Alarmbereitschaft, durchquerte Bruno geräuschlos die Halle und inspizierte sorgsam die Garderobe und den Treppenaufgang. In kurzem Abstand folgte Siefermann. Auch der Salon lag friedlich da. Halb geschlossene Jalousien zeichneten helle Streifen auf die mittig angeordnete Sitzlandschaft, die dezent farbenen Kissen wirkten frisch aufgeschüttelt, den gläsernen Designertisch schmückte ein Tulpenstrauß. Die groß dimensionierten Fenster erlaubten einen weiten Blick auf den Obersee bis hinüber zum Schweizer Ufer.

Siefermann legte sein Notebook auf dem Glastisch ab, und auch Bruno begann allmählich, sich zu entspannen – bis im Obergeschoss ein markerschütternder Schrei ertönte, so grell, dass selbst dem hartgesottenen Bruno ein Schauer über den Rücken lief. Ohne groß zu überlegen, hasteten sie die Treppe hoch, Bruno voraus, zwei Stufen auf einmal nehmend. Oben angekommen, nahmen sie sich nacheinander alle vier Räume vor und durchsuchten selbst die hintersten Ecken.

Sämtliche Zimmer waren leer, es gab nichts, was einen solchen Schrei hätte erklären können. Einzig in dem geräumigen Flur, von dem alle Türen abgingen, wurden sie fündig: Auf einem Tischchen lag ein fremdes Handy.

»Wie kommt das Ding hierher?«, fragte Siefermann misstrauisch.

»Keine Ahnung, Boss. Hab ich noch nie gesehen.«

»Gehört es vielleicht Paula?«

Bruno griff nach dem Mobiltelefon und sah es prüfend an. »Definitiv nicht, Boss. Paulas Handy kenne ich. Könnte es sein, dass es … nun, dass es Karla gehörte?«

Er hatte das letzte Wort noch nicht ausgesprochen, da ertönte der gellende Schrei aufs Neue, diesmal lauter und durchdringender als zuvor – so durchdringend, dass Bruno reflexartig das Handy von sich schleuderte.

Siefermann bückte sich nach dem Handy, während sich der Schrei wiederholte. Er machte ein Gesicht, als sei ihm ein fürchterlicher Verdacht gekommen. Ohne sich zu melden, drückte er auf die grüne Empfangstaste.

Der Anrufer hielt sich ebenfalls nicht mit Floskeln auf. »Lustig, mein Klingelzeichen, was, Siefermann? Hab's extra laut gestellt, damit Sie es ja nicht überhören. Ich hoffe, Sie haben sich gut amüsiert. Na ja, auf diese Weise hab ich etwas Zeit gewonnen.«

»Wer sind Sie, Mann?«, fuhr Siefermann wütend auf, »und was wollen Sie von mir? Was soll das geheimnisvolle Getue, hä?«

»Ach ja«, fuhr der Anrufer ungerührt fort, »was ich noch sagen wollte: Ihre Paula finden Sie unten in der Besenkammer, in der ich mich versteckt hatte, bis Ihre Schritte auf der Treppe zu hören gewesen waren. Sie sollten mal nach ihr sehen; wär doch schade, wenn dem armen Mädchen die Luft ausginge, nicht wahr? Und danke für Ihr Notebook. Ich hatte schon befürchtet, ich sei umsonst gekommen …«

Siefermann stieß einen gurgelnden Schrei aus. Er warf Bruno das Handy zu, als hätte es ihm einen elektrischen Schlag versetzt, und stürmte nach unten. Dann tönte ein gellendes »Neiiiiin!« durchs Haus, ähnlich unter die Haut gehend wie kurz zuvor der Hilfeschrei.

Am Seeufer begann ein Bootsmotor zu tuckern. Siefermann riss die Terrassentür auf und stürmte in Richtung See. »Komm mit! Das Schwein erwischen wir noch«, rief er Bruno über die Schulter zu.

Sekunden später erreichten sie den hauseigenen Bootsanlegeplatz. Schon auf dem Weg dorthin hatte Siefermann seine Schlüssel aus der Tasche gezogen. Jetzt sprang er behände auf das Boot und eilte zum Steuerstand, während Bruno die Haltetaue löste.

Doch sosehr sich Siefermann auch abmühte: Der Motor wollte ums Verrecken nicht anspringen. Auf der Suche nach der Ursache bemerkte er ein paar weiße Körnchen, die wie hingestreut rings um den Tankeinfüllstutzen lagen. Da endlich fiel der Groschen: Dieser Motor hatte nur noch Schrottwert, er würde nie mehr laufen. Sein unbekannter Widersacher hatte Zucker in den Tank gefüllt.

Wutschnaubend stellte Siefermann sich hart an die Reling, fast wäre er dabei ins Wasser gefallen. Mit erhobener Faust schickte er dem entschwindenden Boot eine Drohgebärde nach der anderen hinterher, doch er erntete lediglich ein höhnisches Lachen.

Ein Lachen, das ihm lange danach noch schmerzhaft in den Ohren klang.

15

Nach der Besprechung hatte sich Henning in einem ungenutzten Büroraum im ersten Stock notdürftig eingerichtet und danach seine vorgesetzte Dienststelle angerufen, um die jüngst getroffenen Vereinbarungen absegnen zu lassen. Nachdem er den Hörer aufgelegt hatte, packte er seine Sachen zusammen und verließ das Büro.

Auf dem Weg zu seinem Wagen fiel ihm Karin ein. Er hatte ihr heute Mittag per SMS mitgeteilt, dass er von seinem Vater nach Überlingen zur Großen Lage eingeladen worden war. Kurz entschlossen drückte er auf seinem Handy ihre Kurzwahltaste.

»Hallo, mein Großer«, empfing sie ihn, »ich habe gehofft und gefürchtet zugleich, dass du anrufen wirst.«

»Soll das heißen, du liebst mich nicht mehr und willst nicht mit mir sprechen?«, antwortete er lachend.

»Ach was, natürlich freue ich mich, dich zu hören. Es ist nur … Hast du etwa keine Mittagsnachrichten gehört?«

»Nein. Hab ich etwas verpasst?«

»Hast du. Die Schavan ist zurückgetreten.«

»Also doch. Aber wieso tangiert das dich, seit wann gehörst du zum Politik-Ressort?«

»Da merkt man mal wieder, dass du nicht am Bodensee lebst …«

»Ist das schlimm? Lässt du dich jetzt von mir scheiden?«

»Wie soll das gehen, wo du noch nicht mal um meine Hand angehalten hast, du Sprüchemacher. Nein, ganz im Ernst: Die Schavan hat hier in Überlingen ihren Zweitwohnsitz. Vielleicht verstehst du jetzt, warum die gesamte Redaktion rotiert, vom Chefredakteur angefangen. Da kann ich mich ja wohl kaum heraushalten, wo ich doch angeblich sein bestes Pferd im Stall bin – O-Ton Matuschek.« Nach kurzem Luftholen fügte sie hinzu: »Am späten Abend könnt ich freilich schon. Und du?«

»Tut mir leid, Karin. Und wenn die Sehnsucht noch so sehr

brennt, ich kann im Moment nichts zusagen. Bin in einer Fahndungssache unterwegs.«

»Ach komm! Irgendwann wirst du doch Feierabend haben.«

»Du müsstest meinen Job doch inzwischen kennen. Bei manchen Fällen gibt es leider keinen Feierabend. Der aktuelle zählt dazu.«

»Dann steigst du also in die Ermittlungen ein? Was ist vorgefallen? Kannst du darüber reden?«

»Ich bin auf der Suche nach einer vermutlich Tatbeteiligten, einer Friedrichshafenerin, das ist alles, was ich dir sagen kann. Du kennst doch die Spielregeln.«

»Also zieht der Fall bereits weitere Kreise?«

»Was die Morde anbelangt, ist es für solche Schlussfolgerungen noch viel zu früh. Möglicherweise handelte es sich bei dieser Karla, die wir suchen, nur um eine Randfigur.«

»Moment mal, sagtest du eben Karla?«, fragte Karin, die hellhörig geworden war. »Da war doch was … bitte bleib dran.« Er hörte Papier rascheln, dann kam sie wieder ans Telefon. »Hier hab ich's. Ist das die Frau mit dem Verkehrsunfall, drüben in der Schweiz?«

»Verkehrsunfall? Davon weiß ich nichts.«

»Aber es handelt sich um eine Frau mit Vornamen Karla, Karla B. aus F., wie es hier heißt. Ich gehe jede Wette ein, das F. bedeutet Friedrichshafen.«

»Woher hast du das?«, fragte Henning. »Was weißt du über diese Frau?«

Sie berichtete ihm von einer Meldung, die am Vormittag des gestrigen Tages hereingekommen war. Bei St. Gallen war eine Frau aus Friedrichshafen von der Straße abgekommen und in eine Schlucht gestürzt. Man hatte sie schwer verletzt in ein Krankenhaus eingeliefert, der Wagen war ein Totalschaden. Die Unfallursache habe der Kantonspolizei einige Rätsel aufgegeben, hieß es in der Meldung.

»Das passt. Es scheint sich wirklich um die von uns gesuchte Frau zu handeln. Das würde auch ihr Verschwinden erklären. Steht dort, in welchem Krankenhaus sie sich befindet?«

»Nein, aber das kann ich recherchieren.«

»Vergiss es.« Er lachte. »Das ist jetzt mein Part. Jedenfalls danke ich dir, du hast mir sehr geholfen. Ich melde mich, sobald ich zurück bin, versprochen.«

Er legte auf und wählte die Nummer der Kantonspolizei St. Gallen. Nach mehrfachem Weiterverbinden hatte er schließlich den richtigen Mann an der Strippe. Der Kollege erklärte ihm in kehligem Schwyzerdütsch, dass zum Unfallhergang noch ermittelt werde, bejahte jedoch die Frage, ob es sich bei dem Opfer um Karla Breitenbach handele.

Er nannte ihm auch das Krankenhaus, in dem sie lag.

Henning rief sofort dort an, um sich zu erkundigen, ob Karla Breitenbach vernehmungsfähig war. Das wurde bestätigt, und er kündigte an, noch am Abend bei ihr vorbeizuschauen.

***

Wolf konnte es kaum fassen. Das sollte alles gewesen sein? Auf halbem Weg zum Wagen drehte er sich noch einmal um und ließ seinen Blick über das Gebäude gleiten, dessen Tür sie soeben hinter sich zugeschlagen hatten – ein unscheinbarer, frei stehender Flachdachbungalow am Ende einer tristen Vorstadtstraße.

Noch immer klangen ihm die Worte im Ohr, mit denen Henning die Lagebesprechung abgeschlossen hatte: *Wir beginnen mit der vielversprechendsten Spur, und die führt nun mal nach Friedrichshafen*. Er hatte keinen Namen nennen müssen, jeder wusste, wer gemeint war: KaBePharma, die Medikamentenfälscher. Wolf korrigierte sich: Die *Verteiler* der gefälschten Medikamente. Wobei er nicht hätte sagen können, welche der beiden Sparten die üblere war. Doch diese ach so vielversprechende Spur hatte ins Leere geführt.

Dabei hatten sie größte Sorgfalt walten lassen. Um Punkt achtzehn Uhr waren sie mit ihren Kollegen in der Polizeidirektion Friedrichshafen zusammengetroffen, um den Einsatz zu koordinieren. Wolf hatte darauf bestanden, den Ablauf der Durchsuchung in allen Einzelheiten durchzuspielen, um jegliche Panne von vornherein auszuschließen. In zwei Zivilfahrzeugen waren sie schließlich zum Einsatzort gefahren; ein Streifenwagen mit zwei uniformierten Beamten war ihnen gefolgt.

Bereits bei der ersten flüchtigen Inaugenscheinnahme war Wolf stutzig geworden: Das Anwesen machte einen auffallend vernachlässigten Eindruck. Die sonst übliche Beschilderung bei Firmensitzen fehlte, ebenso jeglicher Hinweis auf die Anwesenheit von Hausbewohnern.

Nachdem ihr Klingeln ungehört verhallt war, war einer der Friedrichshafener Kollegen an die Tür getreten und hatte ein Pickset mit Edelstahlklingen aus der Tasche gezogen. Schon nach wenigen Sekunden hatte das Türschloss kapituliert.

»Mein lieber Scholli, du könntest glatt die Seiten wechseln«, hatte Wolf beeindruckt geurteilt.

Während Vespermann mit den Uniformierten das Haus rückseitig sicherte, waren sie hineingegangen und hatten Raum für Raum bis in den letzten Winkel durchsucht, außer Fingerabdrücken und Mikrospuren jedoch so gut wie nichts gefunden.

Mit anderen Worten: Der Bau war leer.

Wobei das Adjektiv »leer« durchaus wörtlich zu nehmen war, denn in der Mehrzahl der Räume fehlte selbst das nötigste Mobiliar. Es gab keine Spur einer wie auch immer gearteten betrieblichen Nutzung und keinerlei Büroinventar, von pharmazeutischen Labors oder Produktionsanlagen ganz zu schweigen. Dieses Haus, so viel stand fest, war nie und nimmer der Firmensitz von KaBePharma. Das Gebäude diente bestenfalls als Scheinadresse, mit anderen Worten: Man hatte sie hereingelegt.

Dummerweise war bei der früheren Suche nach Karla Breitenbach nicht sorgfältig genug recherchiert worden; die beauftragte Streife hatte nur ihre Privatadresse gecheckt. Entsprechend kleinlaut fielen bei ihrer Rückkehr in die Friedrichshafener Dienststelle die Kommentare aus.

Gegen neun verabschiedeten sich Wolf und seine Kollegen.

»Da schlägt man sich für nichts und wieder nichts den Abend um die Ohren«, maulte Vespermann, kaum dass sie die Rückfahrt angetreten hatten. Wie ein sprungbereiter Terrier saß er mittig auf der Rückbank, beide Hände in die Lehnen der Vordersitze gekrallt.

Wolf zuckte mit den Schultern. »Wir sollten mit den Kollegen nicht gar zu hart ins Gericht gehen«, antwortete er, »so was passiert. – Und dir, Jo, wäre ich sehr verbunden, wenn du etwas weniger auf die Tube drücken würdest. Wir fahren keine Rallye.«

Mit einem Seufzer nahm Jo den Fuß vom Gas. »'tschuldigung, Chef – eine schlechte Angewohnheit.« Mit gebührender Vorsicht überholte sie einen langsam fahrenden Sattelzug, ehe sie fortfuhr: »Sagen Sie, könnte es nicht sein, dass wir Potemkinschen Dörfern nachjagen? Dass sich am Ende nicht nur der angebliche Firmensitz, sondern die ganze KaBePharma als Windei entpuppt?«

»Meine Rede«, stimmte Vespermann mit finsterer Miene zu. »Hier scheint aber auch nichts zusammenzupassen.«

Wolf wiegte nachdenklich den Kopf hin und her. »Glaub ich nicht. Diese Leute handeln mit einer Massenware. Über die Mengen, die sie bewegen, können wir nur spekulieren, aber ich schätze, da kommt einiges zusammen. Denkt nur an die vielen Kartons in Kostics Garage – und er war nur einer der Auslieferer. Möchte nicht wissen, wie viele solcher Garagen es in Deutschland gibt.«

»Und was folgern Sie daraus?«

»Ganz einfach: Solche Geschäfte erfordern logistische Ressourcen, und zwar nicht zu knapp. Diesen Firmensitz gibt es, da bin ich mir absolut sicher. Wir haben einfach an der falschen Stelle gesucht.«

»Ah ja. Und wie finden wir die richtige, kannst du mir das mal sagen?«, maulte Vespermann.

Ein feines Lächeln schlich sich auf Wolfs Gesicht. »Hab Geduld, mein lieber Gerd. Morgen wissen wir sicher mehr.«

Jo bedachte ihn mit einem schnellen Seitenblick. »Sie denken dabei an Karla Breitenbach, Chef?«

»So ist es. Ich hoffe einfach, Henning hat bei seiner Suche mehr Erfolg als wir.«

***

Je näher Henning der Stadt St. Gallen kam, desto flauer wurde ihm im Magen. Gerade mal zwei Tage war es her, dass er vom Tod von Maiks Mutter erfahren hatte. Nun fragte er sich, was ihn auf der Intensivstation des Kantonsspitals St. Gallen erwartete. Natürlich musste jeder Vergleich der beiden Schicksale hinken, zumal er Karla Breitenbach nicht persönlich kannte. Vermutlich würde der Anblick, der sich ihm bot, jedoch nicht besonders angenehm sein. Inzwischen war er allerdings innerlich gewappnet. Um auf andere Gedanken zu kommen, repetierte er im Geiste die Fragen, die er ihr stellen wollte.

Am Empfang des Kantonsspitals fragte er die junge Frau hinter dem Tresen nach der Intensivstation. Sie schickte ihn in den ersten Stock, er brauche nur den Schildern zu folgen. Sie würde ihn inzwischen telefonisch avisieren.

Kurz darauf stand er an der Schleuse zur Intensivstation dem behandelnden Arzt gegenüber. »Zehn Minuten, keine Sekunde länger«, schärfte der ihm ein. Vielsagend fügte er hinzu: »Sie sollten sich nicht allzu viel davon versprechen. Die Patientin leidet unter einer retrograden Amnesie.«

Henning nickte verstehend, obwohl ihm die Diagnose nicht viel sagte. Ehe er sich versah, stand er neben ihrem Bett.

Zu seiner großen Verwunderung war im Gesicht der Frau keine Verletzung zu erkennen; offenbar beschränkten sich die Folgen des Unfalls auf andere Körperregionen. Die Frau wirkte gefasst und gleichzeitig teilnahmslos.

»Guten Tag, Frau Breitenbach, ich bin Henning Wolf vom Landeskriminalamt Baden-Württemberg«, stellte er sich ihr vor. Im Gesicht der Frau verzog sich keine Miene, sodass er hinzusetzte: »Ich bin hier, um Ihnen ein paar kurze Fragen zu stellen. Glauben Sie, das wird gehen?«

Noch immer zeigte die Frau keinerlei Reaktion, sodass er sich schon fragte, ob sie ihn überhaupt verstanden hatte. Schließlich hob sie den Kopf und sah mit verschleiertem Blick zu ihm auf. »Seit wann ermittelt das Landeskriminalamt bei Verkehrsunfällen?«, fragte sie mit brüchiger Stimme.

»Keine Sorge, ich habe Sie nicht wegen Ihres Unfalls aufgesucht. Aber ich wüsste trotzdem gern, wie es dazu kam?«

Unverwandt starrte sie die Decke an, bevor sie sich ihm wieder zuwandte. »Keine Ahnung«, flüsterte sie. »Alles in meinem Kopf ist tot, irgendwie ausgelöscht. Die Ärzte haben mir gesagt, ich sei mit dem Auto verunglückt ... stimmt das?«

»Das ist richtig. Sie erinnern sich also nicht? Wissen Sie denn wenigstens, wer Sie sind, wie Sie heißen?«

»Breitenbach«, antwortet sie müde, »Karla Breitenbach.«

»Na, sehen Sie, Ihr Gedächtnis kehrt langsam wieder zurück.«

Sie schüttelte den Kopf. »Da muss ich Sie enttäuschen, Herr ... Herr ... sehen Sie, nicht einmal einen Namen kann ich behalten.«

»Henning Wolf ist mein Name.«

»Ja, richtig. Trotzdem, Sie irren sich, Herr Wolf. Meinen Namen hat mir das Krankenhauspersonal verraten.«

Langsam, aber sicher sah Henning seine Felle davonschwimmen. Hatte er die Fahrt hierher womöglich umsonst gemacht? Wie dem auch sei, so schnell würde er nicht aufgeben – jedenfalls nicht, solange ihn der Arzt nicht der Station verwies. Er beugte sich etwas weiter zu Karla Breitenbach hinab und suchte ihren Blick. »Sagt Ihnen der Name KaBePharma etwas?«

»KaBe... was?«

»KaBePharma.«

Sie machte ein Gesicht, als würde sie sich das Hirn zermartern. »Nein, tut mir leid, noch nie gehört. Was soll das sein?«

»Das ist der Name Ihrer Firma in Friedrichshafen. Erinnern Sie sich wirklich nicht? Sie sind dort Geschäftsführerin.«

Wieder schüttelte sie den Kopf. »Ich ... ich kann Ihnen nicht helfen, glauben Sie mir. Und jetzt bin ich müde, bitte lassen Sie mich allein.« Sie schloss die Augen und drehte den Kopf zur Seite.

Als hätte er sie gehört, erschien der Arzt auf der Bildfläche und tippte mit dem rechten Zeigefinger auf seine Uhr. Henning verstand – die zehn Minuten, die er ihm gewährt hatte, waren um. Enttäuscht nickte er dem Mediziner zu und begab sich zum Ausgang.

Kaum hatte er die Schleuse durchschritten, trat ein mittelgroßer, unauffällig gekleideter Mann auf ihn zu. Er hatte offensichtlich auf ihn gewartet. Seine Oberlippe wurde von einem mächtigen Schnäuzer verdeckt. »Entschuldigen Sie, sind Sie Hauptkommissar Wolf vom LKA Baden-Württemberg?«, fragte er auf Schwyzerdütsch.

»Der bin ich, ja.«

»Grüetzi, Herr Wolf. Ich bin Kommissär Walther von der Kantonspolizei St. Gallen. Man hat mir gesagt, ich könne Sie hier treffen. Sie waren bei Karla Breitenbach, richtig? Wenn ich Sie dazu kurz sprechen könnte, Herr Wolf? Ich bin sicher, was ich Ihnen zu sagen habe, wird Sie interessieren.« Er lächelte matt.

»Grüetzi. Natürlich, Kommissär. Wo wollen wir hingehen? Vielleicht könnten wir in einem Schwesternzimmer …«

»Nein, nein, von mir aus können wir auch hier reden, um diese Zeit ist hier ja kein Verkehr. Außerdem dauert es nicht lange.«

»Ist mir recht.«

Der Schweizer Kollege zwirbelte seinen Schnäuzer. »Sie wissen, dass bezüglich des Verkehrsunfalls von Frau Breitenbach Ermittlungen aufgenommen wurden, Herr Wolf?«

»Natürlich.« Henning lächelte ihn freundlich an. »Allerdings bin ich nicht wegen des Unfalls hier, sondern um Frau Breitenbach als Zeugin in einem Fall zu befragen, der sich bei uns ereignet hat. Trotzdem, ich bin gespannt, was Sie mir sagen wollen, Herr Kollege.«

»Nun, es ist so, dass wir inzwischen die Unfallursache ermittelt haben.«

»Ja. Und?«

»Nun … jemand hat die Bremsleitungen an ihrem Wagen angesägt.«

Im Kopf von Henning machte etwas klick. »Sagen Sie das noch mal«, forderte er Walther auf, bestrebt, sich seine Erregung nicht anmerken zu lassen.

»Sie haben recht gehört, Herr Wolf: Die Bremsleitungen an Frau Breitenbachs Wagen wurden angesägt.«

Hennings Frust war vergessen. Wenn das nicht mit ihrem Fall zusammenhing, fraß er einen Besen. »Das ist hochinteressant. Erzählen Sie.«

»Tut mir leid, aber das war's schon. Der Unfallwagen wurde, wie es üblich ist, nach der Bergung kriminaltechnisch untersucht. Dabei sind unsere Techniker darauf gestoßen. Leider konnte Frau Breitenbach sich dazu bisher nicht äußern … oder haben Sie etwas aus ihr herausgekriegt?«

»Kein Wort. Nach Angabe der Ärzte leidet sie unter einer …«

»… retrograden Amnesie, ich weiß. Na gut, dann müssen wir uns eben noch etwas gedulden. So schnell wird sie die Klinik ja nicht verlassen.«

»In Ordnung, Kommissär. Hätten Sie vielleicht eine Karte für mich?«

Nachdem Walther sie ihm ausgehändigt hatte, setzte er hinzu: »Einstweilen besten Dank, Herr Kollege. Ihre Nachricht könnte uns in unserem Fall ein gutes Stück weiterhelfen.«

»Alsdann, uf Wiederluaga, Herr Wolf.«

Henning ließ sich das Gehörte noch einmal durch den Kopf gehen, ehe auch er sich in Richtung Ausgang aufmachte. Dann kam ihm ein Gedanke. Ob er noch einmal zurückgehen sollte? Er sah sich kurz um: Weit und breit war kein Personal zu sehen. Den Versuch war es wert.

Ein zweites Mal stand er am Bett von Karla Breitenbach, die wie schlafend vor ihm lag. Als er sich räusperte, schlug sie die Augen auf. In ihrem Blick lag Erstaunen. Oder war es Bestürzung?

»Sie schon wieder«, sagte sie teilnahmslos und drehte sich weg.

»Ja, ich, Frau Breitenbach. Ich muss Ihnen etwas Wichtiges mitteilen. Die Schweizer Polizei hat die Ursache Ihres Unfalls ermittelt. An Ihrem Wagen hat jemand die Bremsleitungen angesägt.«

Wieder kam keine Reaktion, zumindest nicht fürs Erste. Schließlich öffnete sie die Augen, starrte sekundenlang ins Nichts, sodass Henning schon glaubte, nicht verstanden worden zu sein. Bis unvermittelt ein Schatten ihr Gesicht überzog und die Blässe ihrer Haut in einen kräftigen Rotton wechselte, der von Sekunde zu Sekunde an Intensität zunahm.

Ihre Lider begannen zu zucken – und dann brach es aus ihr

heraus. »Dieses Schwein, dieses gottverdammte Schwein!«, schrie sie mit sich überschlagender Stimme. Dabei schlug sie mit beiden Händen auf die Decke ein, immer und immer wieder. Die Kanülen lösten sich aus ihren Armen, und die Infusionslösung tropfte auf das Oberbett.

Ihr Schreien rief ein paar Schwestern auf den Plan, schon stürmte auch der Arzt heran. »Was machen Sie da?«, rief er. »Hatte ich Sie nicht gebeten, die Patientin in Ruhe zu lassen? Verlassen Sie sofort die Station.« Er drückte Henning grob zur Seite, eine Schwester fasste seinen Arm und wollte ihn zur Schleuse führen.

Henning riss sich los. »Ich muss Sie sprechen, Doktor …«

Der Arzt schien jedoch nur noch eines im Sinn zu haben, nämlich den lästigen Schnüffler so schnell als möglich loszuwerden. »Wie oft soll ich es Ihnen noch sagen? Sie sollen gehen«, rief er aufgebracht.

»Hören Sie, Doktor, Sie können sich die Arbeit sparen.« Henning wies auf die Schwester, die gerade die Infusion richtete, während ihre Kollegin Karla Breitenbach beruhigte. Nach kurzer Pause setzte er mit erhobener Stimme hinzu: »Ich kann beweisen, dass die Patientin simuliert.«

Wie von der Tarantel gestochen fuhr der Arzt in die Höhe, zornig funkelte er Henning an. »Ach, und Sie glauben, das beurteilen zu können? Was bilden Sie sich eigentlich ein?«

»Verdammte Hacke, hören Sie mich halt an!«, brüllte Henning zurück.

Ob es an höherer Einsicht, einem aufkeimenden Verdacht oder an Hennings Hartnäckigkeit lag – der Arzt lenkte überraschend ein. »Na gut, damit Sie endlich Ruhe geben. Kommen Sie.« Er fasste Henning am Ärmel und zog ihn ein paar Schritte beiseite.

Mit gedämpfter Stimme, sodass Karla Breitenbach nichts mitbekam, redete Henning eine endlose Minute lang auf ihn ein, immer wieder von Fragen und Einwürfen des Arztes unterbrochen. Im Sekundentakt wechselte dessen Mienenspiel von strikter Ungläubigkeit über Skepsis bis hin zu plötzlichem Verstehen. Schließlich nickte er entschlossen. »Na, dann wollen wir der Dame mal gründlich auf den Zahn fühlen, was? Los, kommen Sie.«

Auf dem Weg zurück zu Karla Breitenbachs Krankenbett bat Henning den Arzt darum, ihr die ersten Fragen stellen zu dürfen. Der meldete prompt Bedenken an.

»Keine Experimente, solange die Simulation nicht erwiesen ist – wir würden die Frau nur noch mehr traumatisieren«, erklärte er.

»Also gut, ich werde mich auf eine einzige Frage beschränken. Sollte die Antwort Sie nicht davon überzeugen, dass Frau Breitenbach simuliert, sind Sie mich endgültig los. Einverstanden?«

Der Arzt schien innerlich mit sich im Widerstreit zu sein, stimmte letztlich aber zu.

»Frau Breitenbach«, begann Henning, als er zum dritten Mal an ihrem Krankenbett stand, »ich verstehe ja, dass Sie sich am liebsten hier im Krankenhaus vor der Außenwelt verstecken möchten. Allerdings können Sie mit keiner noch so gut gespielten Amnesie verhindern, dass Sie hier aufgespürt werden – vielleicht schon morgen. Ich habe Sie ja schließlich auch gefunden.«

Die Reaktion der Patientin ließ nicht lange auf sich warten. Und sie war frappierend. Als fiele eine Maske von ihr ab, heftete sie den Blick klar und wachsam auf Henning. Mit einer Leichtigkeit, die die beiden Männer ihr nicht zugetraut hätten, setzte sie sich auf. »Zeigen Sie mir Ihren Dienstausweis«, verlangte sie.

Sie vertiefte sich sekundenlang in das scheckkartengroße Dokument, ehe sie es zurückgab. Die Prüfung schien zu ihrer Zufriedenheit ausgefallen zu sein. Mit zusammengekniffenen Lippen sah sie auf und richtete nun ihrerseits eine Frage an ihn: »Können Sie mich hier rausschaffen und an einen sicheren Ort bringen, ehe ich rede? Denn das ist es doch, was Sie von mir erwarten?«

***

Eine halbe Stunde noch bis Mitternacht. Selten war Wolf so spät ins Bett gekommen. Er war eben am Einschlafen, da schrillte sein

Telefon. Erschrocken fuhr er hoch. Am anderen Ende meldete sich Henning.

»Entschuldige den späten Anruf, aber ich hab Karla Breitenbach gefunden. Sie liegt im Kantonsspital von St. Gallen.« Er schilderte Wolf die Ereignisse auf der Intensivstation.

Der verließ im Verlauf von Hennings Erzählung das Bett und setzte sich auf einen Stuhl. Es bereitete ihm Mühe, die Nachricht zu verdauen. Irgendwann sprang Fiona auf seinen Schoß; mit einer Armbewegung wischte er sie wieder hinunter.

»Als ich dann merkte«, berichtete Henning weiter, »dass das Gedächtnis der Frau auf wundersame Weise wieder funktionierte, hab ich den Arzt beiseitegenommen und ihn mit meinem Verdacht konfrontiert.«

»Du hast ihm gesagt, die Amnesie sei nur gespielt? Und das hat er dir abgenommen?« Jetzt musste Wolf kichern.

»Natürlich nicht. Zumindest nicht gleich. Der Mann war tief gekränkt, aber du kennst mich ja. Ich hab auf ihn eingeredet, bis er widerstrebend nachgab. Jedenfalls durfte ich sie noch einmal ins Gebet nehmen.«

»Henning, erzähl schon. Was hast du rausbekommen?«

»Ich habe ihr klargemacht, dass eine Amnesie sie nicht vor ihren Feinden schützen kann. Spätestens als ich ihr die Ursache für ihren Verkehrsunfall nannte, wurde ihr wohl klar, was ihr blühte. Ab da hatte sie nur noch ein einziges Interesse: Sie wollte, dass wir sie in Sicherheit bringen. Nur in diesem Fall sei sie bereit, gegen KaBePharma und die Hintermänner auszusagen.«

»Sie spekuliert auf eine Kronzeugenregelung?«

»Offensichtlich. Allerdings halte ich für fraglich, ob für uns viel dabei rumkommt.«

»Warum das?«

»Weil ich die Breitenbach in Wirklichkeit für ein ziemlich unbeschriebenes Blatt halte, darum. Bestimmt hat sie gewisse Dinge mitbekommen. Aber ich halte sie eher für eine Strohfrau, die lediglich auf dem Papier die Rolle der Geschäftsführerin ausübte. Mittelfristig könnte sie uns natürlich trotzdem von Nutzen sein.«

»Sehe ich auch so. Was hast du konkret veranlasst?«

»Der Arzt hat zugesagt, die Patientin umgehend in ein anderes Zimmer zu verlegen, wo man sie abschirmen kann. Ein Schweizer Kollege wird zu ihrer Bewachung abgestellt. Morgen Vormittag kann Sie dann von einem unserer Verhörspezialisten abgeholt werden. Dann sehen wir weiter.«

»Und?«

»Was meinst du?«

»Na komm, lass es schon raus: Was hat sie bisher preisgegeben? Hat sie Namen genannt?«

»Nur einen. Jan Siefermann. Er sei es, der unter dem Deckmantel eines seriösen Pharmagroßhändlers seine schmutzigen Geschäfte betreibt. Bei ihm sollen alle Fäden zusammenlaufen. Ich hab sogar eine Adresse.«

»Da bin ich aber gespannt.«

»Nach Karla Breitenbachs Darstellung handelt es sich um eine futuristische Villa in Friedrichshafen direkt am See, und zwar am östlichen Ortsausgang in Richtung Lindau. Soll inmitten eines parkartigen Grundstücks liegen.« Er nannte die genaue Adresse.

»Verdammt. Kein Wunder, dass wir bei der Firmenadresse mit leeren Händen abziehen mussten.« Wolf resümierte kurz, wie sie den mutmaßlichen Firmenstandort der KaBePharma vorgefunden hatten.

»Mach dir nichts draus. Du weißt ja: Es gibt Jagdtage, und es gibt Fangtage. Ihr habt einfach –«

»Ja, ja, veräppeln kann ich mich selber. Bislang hat nichts von dem, was wir über die Fälscher wussten, gestimmt. Aber erzähl du erst mal zu Ende. Ich nehme an, die Breitenbach und dieser Siefermann waren liiert?«

»So war es, und zwar einige Jahre lang. Nachdem sie sich von ihm gelöst hatte und getürmt war, hat Siefermann ihr für den Fall, dass sie auspackt, telefonisch mit dem Tod gedroht. In ihrer Angst wollte sie zu ihrer Mutter fahren, die angeblich in St. Gallen wohnt. Vielleicht könntest du das morgen Vormittag nachprüfen lassen?«

»Um ihre Glaubwürdigkeit zu checken? Klar, machen wir.«

»Jedenfalls kam ihre Flucht zu spät. Siefermann hat schneller zugeschlagen, als sie befürchtete. Das Ergebnis kennen wir.«

»Was schlägst du als nächsten Schritt vor – außer dass ihr die Breitenbach abholt?«

»Ich denke, es wird Zeit, dass wir dem Spuk ein Ende bereiten. Im Morgengrauen lasse ich durch ein SEK den Laden stürmen. Wir haben genügend Verdachtsmomente, die eine solche Aktion rechtfertigen – nicht zuletzt das Untersuchungsergebnis der Ware von Kostic. Die Verbreitung gefälschter Medikamente ist alles andere als ein Kavaliersdelikt, wie du weißt. Und in den Tabletten und Mittelchen ist alles Mögliche drin, wie die Gutachten zeigen, nur keine Wirkstoffe. Außerdem ist Gefahr im Verzug, aber das muss ich dir ja nicht sagen. Und jetzt wünsche ich dir eine gute Nacht. Bis morgen.«

»Dir dasselbe. Ist nicht mehr lang bis dahin. Schlafen wir diese Nacht eben ein bisschen schneller.«

16

Der folgende Morgen begann für Wolf mit einem Paukenschlag. Erst musste er feststellen, dass er verschlafen hatte, was ihm so gut wie nie passierte. Um fünf nach sieben klingelte dann auch noch sein Telefon. Murrend legte er sein Rasierzeug aus der Hand und schlurfte zum Apparat. »Wer stört?«, blaffte er ungnädig in den Hörer.

»Sind Sie das, Chef?«, kam es verwundert zurück. »Normalerweise sind Sie um diese Zeit doch längst im Büro. Fehlt Ihnen was?«

Jo immer mit ihren penetranten Fragen!

»Was mir fehlt, willst du wissen? Das kann ich dir sagen: Fünf Stunden Schlaf fehlen mir, mindestens. Und, was gibt's?«

»Sitzen Sie?«

»Au weia. So schlimm?«

»Kann man wohl sagen. Vor einer halben Stunde kam per Fax eine Meldung über zwei Todesfälle rein. Dreimal dürfen Sie raten, was dahintersteckt.«

»Nun spuck's schon aus«, quetschte er hervor, während er mit dem Rasierer an seiner linken Wange herumschabte. Das Telefon hatte er auf Lautsprecher gestellt.

»Verdacht auf Einnahme gefälschter Medikamente.«

Abrupt stellte Wolf seine Bemühungen ein. »Sag das noch mal.«

»Die Meldung kam vom Gesundheitsamt Überlingen.«

»Wie, um diese Zeit?«

»Da sehen Sie, welche Brisanz die Geschichte hat. Jedenfalls, gestern haben zwei verschiedene Notärzte auf den Totenscheinen Verstorbener eine ungeklärte Todesursache konstatiert und die Vermutung geäußert, es könne einen Zusammenhang mit gefälschten Medikamenten geben. Unabhängig voneinander haben sie das Gesundheitsamt informiert. Die Medikamente wurden sichergestellt, derzeit werden sie untersucht. Sie wissen, was das bedeutet, Chef. Also, wann können wir mit Ihnen rechnen?«

»Verdammt und zuge... Entschuldige bitte, jetzt ging der Gaul mit mir durch. In längstens zehn Minuten bin ich hier fertig, dann fahr ich los. Weißt du, ob Sommer und Hirth schon informiert sind?«

»Sind sie. Auf der schriftlichen Meldung steht ›Kopie an KrR Sommer und Staatsanwalt Dr. Hirth‹.«

»Sehr gut. Bis gleich also. – Halt, Moment! Bist du noch dran?«

»Ja.«

»Du und Gerd, ihr solltet euch ans Telefon hängen. Versucht rauszukriegen, wo und auf welchem Weg die fraglichen Medikamente gekauft wurden.«

»Sehen Sie mal auf die Uhr, Chef. Jetzt um sieben liegen die alle noch in den Federn.«

»Sollen die Notdienste die Ärzte und Apotheker eben herausklingeln, verdammt noch mal. Wir machen das schließlich nicht zu unserem Vergnügen. Außerdem bleibt die Uhr nicht stehen, mit jeder Viertelstunde steigt eure Chance, die Leute ans Rohr zu kriegen. Ach ja, und noch etwas: Wir sollten wissen, worin sich die Fälschungen von den echten Präparaten unterscheiden – rein äußerlich, meine ich.«

»Sie meinen Merkmale, an denen auch Laien erkennen könnten, dass es sich um Fälschungen handelt?«

»Genau. Falls es die gibt. Und jetzt das Wichtigste: Bitte sorge dafür, dass ich einen Eimer starken Kaffee bekomme, sonst garantiere ich für nichts.«

»In Ihrem Kühlschrank herrscht mal wieder Ebbe, was? Na gut, ich werde sehen, was ich tun kann«, gab Jo kichernd zurück und legte auf.«

Hektisch vollendete Wolf seine Verschönerungsarbeiten, stürzte seinen Tee hinunter, sah noch kurz nach Fiona und setzte abschließend sein Barett auf. Auf dem Weg nach draußen wurde ihm plötzlich bewusst, dass er seit Tagen keine einzige Zigarette mehr geraucht hatte – seit Freitag letzter Woche, um genau zu sein. Wahrhaftig eine reife Leistung. Am liebsten hätte er sich selbst auf die Schulter geklopft. Mit neuem Schwung steckte er den Autoschlüssel in das Zündschloss des Dienstwagens und fuhr los.

Er hatte noch keine hundert Meter zurückgelegt, da hörte er sein Handy klingeln. Fluchend fuhr er rechts ran und begann, das Ding zu suchen. In der rechten Jackentasche wurde er fündig. »Wolf«, meldete er sich barsch.

»Äh … kann es sein, dass mit Ihnen heut nicht gut Kirschen essen ist, Herr Wolf?« Die Stimme gehörte Karin Winter.

»Das hängt von Ihrem Begehr ab. Schießen Sie los, ich hab's eilig.«

»Eigentlich wollte ich Sie um ein paar Hintergrundinfos bitten.«

»Zu was?«

»Zu den Todesfällen, die das Gesundheitsamt heute früh gemeldet hat.«

Wolf verdrehte genervt die Augen. »Sie hören wohl das Gras wachsen, wie? Woher wissen Sie davon?«

»Ooch, das hat mir ein Vöglein zugezwitschert«, gab sie vieldeutig zur Antwort, besann sich dann aber. »Na gut, wenn Sie's genau wissen wollen: Einer der Notärzte hat uns angerufen. Daraufhin hab ich Kontakt mit dem Gesundheitsamt aufgenommen, und meine Quelle dort hat seine Aussage bestätigt. Daher frag ich Sie noch mal, Herr Wolf: Was ist dran an den Meldungen um gefälschte Medikamente? Glauben Sie nicht, dass die Öffentlichkeit ein Recht darauf hat, vor solchen Produkten geschützt zu werden? Doch wie soll das gehen ohne ausreichende Aufklärung?«

»Gemach, gemach. Sie schütten mal wieder das Kind mit dem Wasser aus.«

»Mit dem Bade, meinen Sie. Aber egal. Was ich wissen will, ist, ob die Vorwürfe, es seien gefälschte Medikamente im Umlauf, überhaupt zutreffen. Und wenn ja, was die Behörden dagegen zu unternehmen gedenken.«

»Hören Sie, ich kann Ihnen nichts dazu sagen, zumindest noch nicht. Wir wissen von den Todesfällen kaum länger als Sie, wenn überhaupt. Jetzt lassen Sie uns erst mal die Lage sondieren. Erst dann können Maßnahmen beschlossen werden.«

»Einverstanden. Wann darf ich mich noch mal melden?«

»Sie erwarten jetzt nicht, dass ich Ihnen eine genaue Uhrzeit nenne, oder? Probieren Sie's einfach gegen Mittag noch mal, in Ordnung?«

»In Ordnung. Und viel Erfolg.«

An diesem Tag betrat Wolf sein Büro mit – gemessen an normalen Tagen – gut einstündiger Verspätung, also um kurz vor halb acht. Noch immer kam er nicht darüber hinweg, dass seine innere Uhr ihn im Stich gelassen hatte. Heute Abend würde er früher ins Bett gehen, das schwor er sich. Mal wieder so richtig erholsam durchschlafen …

Ein vernehmliches Räuspern riss ihn aus seinen Gedanken. »Äh, Chef, gut, dass Sie hier sind«, sagte Jo. »Sommer und Dr. Hirth haben nach Ihnen gefragt. Ich soll Ihnen ausrichten –«

»Ja, ja, ich kann's mir denken. Ich soll zu Sommer kommen«, antwortete er ahnungsvoll. »Meine Tasche auf den Tisch legen darf ich aber schon noch, oder?«

»Von mir aus dürfen Sie alles.« Jo grinste breit. »Wollen Sie vorher noch hören, was Gerd und ich bisher erfahren haben?«

»Schieß los. Ach, wo ist Gerd übrigens?«

»Beim Gesundheitsamt, die sichergestellten Medikamente abholen.«

»Sag ihm, er soll von jedem auch ein Originalpräparat mitbringen.«

»Meinen Sie, daran hätten wir nicht selbst gedacht?«, gab Jo pikiert zurück. »Wie sonst sollten wir die Unterschiede zwischen Original und Fälschung herausbekommen?«

»So war das nicht gemeint«, brummte Wolf versöhnlich. »Also, was habt ihr herausbekommen?«

»Ich muss vorausschicken, dass die beiden Todesfälle ausschließlich Überlingen betreffen – ich meine damit das Einzugsgebiet des Gesundheitsamtes Überlingen. Gerd wird veranlassen, dass von dort aus entsprechende Eilanfragen an die übrigen Ämter in der Region rausgehen – soweit noch nicht geschehen – und eine Liste aller Todesfälle der letzten sechs bis acht Wochen mit ähnlichen Merkmalen erstellt wird. Gerd will außerdem sicherstellen, dass alle Unterlagen und Daten schnellstmöglich an uns weitergeleitet werden. So, und jetzt zu den Fakten, und die können sich sehen lassen: Die beiden sichergestellten Fälschungen wurden – man höre! – über den uns nicht ganz unbekannten Apotheker Terhoven verkauft. Das dürfte eine für alle weiteren Maßnahmen ausgesprochen wichtige Information sein.«

Da schloss sich ein Kreis. Terhoven hatte also doch mit gefälschten Medikamenten zu tun gehabt, wenn die Ergebnisse des Baseler Pharmaunternehmens auch etwas anderes ergeben hatten.

»Danke. Gut gemacht. Und was ist mit meinem Kaffee?«

»Haben Sie noch so viel Zeit?«

»Nach einer Nacht wie der letzten kannst du mich an die Hasen verfüttern … ohne Kaffee, meine ich.«

Jo reichte ihm eine dampfende Tasse. Vorsichtig setzte er sie an die Lippen, und binnen Kurzem war sie leer.

»Ich geh dann mal zu Sommer«, sagte er etwas aufgeräumter und eilte von dannen.

Fast hätte sich Wolf die Augen gerieben, als er Sommers Büro betrat. Hirth und Sommer saßen verloren an dem ausladenden Konferenztisch, starrten schweigend vor sich hin und spielten mit ihrem Schreibzeug. Ohne eine Miene zu verziehen, nickten sie Wolf bei dessen Eintritt zu, Hirth deutete müde auf einen der freien Stühle. Wolf lag bereits die Frage auf der Zunge, welch schreckliche Unbill den beiden widerfahren sei. Im letzten Moment fiel ihm ein, was sie heute hier zusammengeführt hatte. So schluckte er die Frage ungestellt hinunter.

Sakra! Als gäbe es zwischen himmelhoch jauchzend und zu Tode betrübt kein Mittelding, dachte er.

»Gut, dass Sie da sind, Wolf«, ließ Hirth schließlich verlauten, »wie ich sehe, in alter Frische – das freut mich. Leider geht es unserem Freund Ernst Sommer weniger gut, sodass die Hauptlast der bevorstehenden Maßnahmen auf unser beider Schultern liegt.«

»Das ist doch Quatsch«, wandte Sommer mit gepresster Stimme ein. Doch Hirth wedelte abwehrend mit den Händen.

»Von wegen Quatsch. Mit einem Bandscheibenvorfall ist nicht zu spaßen.«

Erst jetzt fiel Wolf die verkrampfte Haltung seines Freundes auf. Ein Bandscheibenvorfall? Das erklärte natürlich alles. »Willkommen im Club«, meinte er mit einem mitfühlenden Blick auf Sommer und deutete dezent eine Verbeugung an. »Hatten wir alle schon mal, nicht wahr, Herr Dr. Hirth? Nicht umsonst gelten Rückenleiden als Volkskrankheit. Vielleicht hast du ja Glück, Ernst, und es ist nur ein Hexenschuss, wer weiß? Vier Wochen Reha wirken wahre Wunder. Nein, Spaß beiseite: Wurde von deiner Wirbelsäule schon eine MRT gemacht?«

»Jetzt hört mir endlich mit der verdammten Wirbelsäule auf und lasst uns zum Thema kommen«, donnerte Sommer. »Wo fangen wir an?«

Nach kurzem Überlegen hob Wolf die Hand. »Ich denke, den Auslöser des heutigen Treffens können wir als bekannt voraussetzen. Vielleicht sollte ich ergänzend erläutern, was meine Leute darüber noch in Erfahrung gebracht haben.«

Als Hirth und Sommer nickten, gab er in knappen Sätzen wieder, was Jo ihm berichtet und was er daraufhin veranlasst hatte.

Hirth notierte etwas auf seinem Block. »Dieses Szenario habe ich befürchtet. Dabei …« Er zögerte einen Moment. »Dabei bin ich sicher, dass die zwei gemeldeten Toten nur die Spitze des Eisbergs darstellen. Keiner kann wissen, wie viele noch folgen werden – oder wie viele es schon vorher gab.« Er strich sich mit der rechten Hand über Stirn und Augen. »Für den Anfang sehe ich zwei Schritte, die wir gehen sollten, und zwar –«

Er wurde durch ein Klopfen an der Tür unterbrochen. Fast zeitgleich ging sie einen Spalt weit auf, und Henning Wolf streckte den Kopf herein. »Wie ich sehe, tagt der Krisenstab bereits«, meinte er mit ernster Miene.

Frau Bender schien ihn über den Gemütszustand der Herren bereits informiert zu haben. Ohne weitere Worte ließ er sich neben Sommer nieder.

»Ich schlage vor«, meinte Hirth, »dass wir die SEK-Aktion hinterher behandeln und zunächst unsere Lagebeurteilung und die Konsequenzen daraus zu Ende bringen. Einverstanden?« Alle nickten, sodass er fortfuhr: »Ich sagte eben, dass ich zwei

Schritte sehe, die mit Hochdruck in Angriff genommen werden müssen. Der erste: Wir müssen sicherstellen, dass alle Fäden – also alles, was im Entferntesten mit gefälschten Medikamenten zu tun hat – hier bei uns zusammenlaufen. Wenn ich Sie richtig verstanden habe, Wolf, haben Sie das bereits veranlasst, oder?«

»Korrekt.«

»Und der zweite – auch den hat Ihr Dezernat bereits angepackt: Wir müssen den Verbrauchern dringend Hilfen an die Hand geben, mittels derer sie das Originalprodukt von einer Fälschung zweifelsfrei unterscheiden können.«

»Ist gleichfalls in Arbeit.« Wolf nickte, während er sich Notizen machte.

»Die entscheidende Frage wird sein«, ergriff nun Sommer das Wort, »wie wir das nach draußen kommunizieren.«

»Da haben wir keine große Wahl, mein lieber Ernst. Wir müssen schlicht alles, was sich an die Verbraucher richtet, als Sprachrohr nutzen, allen voran Rundfunk und Fernsehen«, sagte Wolf.

»Und die Presse, und zwar flächendeckend in der gesamten Region«, betonte Hirth. »Da empfehle ich, dass Sie sich mit Ihrer Pressestelle und der der Staatsanwaltschaft kurzschließen. Die kennen die richtigen Ansprechpartner und haben die nötige Erfahrung. Und sie kennen sich mit Internetforen und Social Media aus.«

»Das sowieso«, warf Wolf ein, als handle es sich um Selbstverständlichkeiten.

Erneut ging die Tür auf, diesmal war es Frau Bender. Sie stellte ein Tablett mit Geschirr und einer Warmhaltekanne auf den Tisch, füllte Kaffee in eine Tasse und setzte sie vor Henning ab.

»Ich war so frei, Frau Bender darum zu bitten«, erklärte Henning entschuldigend.

Frau Bender nahm den Rest der Runde ins Visier. »Und Ihnen täte es sicher auch gut, meine Herren. Wenn Sie sich also bitte bedienen wollen«, meinte sie, ehe sie sich wieder entfernte.

»Äh … ja, gut.« Hirth versuchte, zum Thema zurückzufinden. »Hat jemand ergänzende Vorschläge in petto?«

»Ja«, meldete sich Wolf, während er nach der Kaffeekanne griff. »Ich bin zwar, wie bekannt, kein Freund von Pressekonferenzen. Aber in diesem Fall werden wir wohl kaum um eine solche herumkommen, oder?«

»Gut, dass du diesen Punkt anschneidest, Leo«, entgegnete Sommer. »Ich schlage vor, Dr. Hirth und ich loten das zusammen aus. Allerdings sollte je ein Vertreter des LKA und des zuständigen Kripo-Dezernats zugegen sein.«

Sowohl Henning als auch Wolf äußerten Zustimmung.

»Gut. Dann kommen wir zum Bericht von Hauptkommissar Henning Wolf über den SEK-Einsatz bei KaBePharma. Henning, bitte.«

»Ich will's kurz machen, meine Herren. Der SEK-Einsatz war ein Schlag ins Wasser – der Bau war nämlich leer. Damit meine ich nicht nur, dass keine verdächtigen Personen angetroffen wurden. Nach unseren Recherchen haben die mutmaßlichen Täter auch sämtliche schriftlichen Unterlagen mitgenommen – außer den Kontoauszügen verschiedener Banken, die allerdings sämtlich auf null gestellt waren. Im Klartext: Sämtliche Konten wurden rechtzeitig abgeräumt.«

»Immerhin wissen wir jetzt sicher, dass die Leute Dreck am Stecken haben«, warf Sommer resigniert ein.

Henning nickte. »Aus dieser Vorgehensweise schließen wir, dass die Auflösung der Firmenzentrale minutiös geplant war. Das, meine Herren, ist der aktuelle Stand. Allerdings fürchte ich, dass sich daran bis auf Weiteres nicht viel ändern wird. Ein Spurensicherungsteam ist vor Ort und nimmt die Räume auseinander, andere Kollegen befragen die Nachbarschaft. Nach deren Abzug werden wir versteckt eine Wache postieren, da nicht ausgeschlossen werden kann, dass Tatbeteiligte zurück–«

Schrilles Telefonklingeln ließ Henning abbrechen. Wie gewohnt wollte Sommer aufspringen und zu seinem Schreibtisch gehen, doch diesmal blieb er mit schmerzverzerrtem Gesicht sitzen.

Hirth, der dem Telefon am nächsten saß, stand auf und nahm den Hörer ab. Er hörte kurz zu, dann meinte er etwas ungnädig:

»Na gut, ich sag's ihm«, und ergänzte an Wolf gewandt: »Für Sie. Die Kommissarin Louredo.«

Wolf ging um den Tisch herum und übernahm den Hörer. Bereits nach wenigen Sätzen zeichnete sich Verblüffung auf seinem Gesicht ab. »Warte mal, Jo, ich stelle auf laut.«

Jos aufgeregte Stimme füllte den Raum – doch mehr noch als ihre Stimme zog die Nachricht, deretwegen sie angerufen hatte, die Zuhörer in ihren Bann. »Guten Morgen, meine Herren. Ich lese Ihnen nun eine E-Mail vor, die soeben bei uns im D1 eingegangen ist. Als Absender ist die E-Mail-Adresse r.e.venger@googlemail.com angegeben. Ich zitiere: ›Die nachfolgend aufgeführten vierzehn Apotheken aus dem Bodenseekreis und dem Landkreis Konstanz haben nachweislich vom Siefermann-Syndikat gefälschte Medikamente bezogen und in den Verkauf gebracht. Die Namen der Apotheken stammen aus einer Originallieferliste der Fälscher, die mir in den Schoß gefallen ist. Die Weitergabe an Sie geschieht in der Hoffnung, dass weitere Opfer verhindert werden und die Täter ihre gerechte Strafe erhalten.‹ Zitatende. Unterschrift: ›R. E. Venger‹.«

Für einige Sekunden herrschte unter den Anwesenden betroffenes Schweigen – bis Wolf, der noch immer den Hörer in der Hand hielt, die Stille durchbrach. »Jo, schick die E-Mail bitte allen hier Anwesenden zu, okay?«

»Geht klar, Chef.«

»Danke.« Wolf legte auf und sammelte sich kurz, dann sah er die Gesprächsteilnehmer der Reihe nach an. »Wenn mich nicht alles täuscht, haben wir es mit demselben Absender zu tun, der am vergangenen Freitag eine E-Mail an den ›Seekurier‹ geschickt hat. Am vergangenen Freitag ist unsere Suche nach diesem ›Revenger‹ im Sande verlaufen, die Nachricht wurde aus einem Internet-Café verschickt. Das wird diesmal kein Haar anders sein, da bin ich mir sicher.«

»Ich frage mich, wie der Mann es schafft, uns immer einen Schritt voraus zu sein«, überlegte Sommer.

Wolf strich sich mit der linken Hand über sein Kinn. »Es muss da etwas geben, was ihn schon sehr früh in die Nähe der Täter gebracht hat.«

»An was denkst du?«

»Nun, wir haben gestern schon mal kurz darüber geredet. Er könnte zum Beispiel selbst Opfer eines gefälschten Medikamentes geworden sein. Oder er hat einen Angehörigen durch ein falsches Medikament verloren. Deshalb tötet er die, die er für die Schuldigen hält.«

Hirth nickte. »Das ist das eigentlich Erschreckende an diesem Fall, dass wir gezwungen sind, an zwei verschiedenen Fronten gleichzeitig zu ermitteln. Auf der einen Seite gegen diesen ominösen Rächer, auf der anderen gegen das Syndikat, um die Terminologie des Mannes zu gebrauchen. Trotzdem, wir werden unsere Pläne wohl erweitern müssen. Wenn wir unterstellen, dass die Angaben in der E-Mail des Rächers stimmen, dann … dann …« Hirth geriet ins Stocken. Vermutlich war ihm erst jetzt die volle Tragweite seiner noch unausgesprochenen Forderung klar geworden.

Henning ahnte als Erster, was er hatte sagen wollen: »Wir werden alle vierzehn Apotheken während der Ermittlungen schließen müssen, meinen Sie. Das sehe ich genauso.«

»Exakt. Aber damit ist es noch nicht getan. Wir werden die Inhaber vernehmen müssen, gegebenenfalls auch das Personal, das mit dem Einkauf, den Wareneingängen und der Regalpflege betraut ist. Und vor allem sind gefährdete Kunden zu finden und zu warnen. Womöglich sind dafür Tausende von Rezepten zu sichten – eine Herkulesaufgabe. Das Schlimmste aber: Wir dürfen nicht eine Sekunde verlieren, meine Herren, nicht eine Sekunde. Also, wie gehen wir's an?«

Nach kurzem Überlegen hob Henning die Hand. »Ich sehe nur einen Weg, das alles unter einen Hut zu bringen: Wir müssen eine Hundertschaft der Bundespolizei in Marsch setzen.«

»Sehr gut.« Hirth nickte. »Weitere Vorschläge?«

»Wie wäre es«, schloss Wolf sich an, »wenn eine Soko die einzelnen Maßnahmen koordinieren würde? Am besten hier bei uns, unter Leitung des D1. Jo Louredo und Gerd Vespermann könnten sofort dafür abgestellt werden, bedarfsweise verstärkt von Kollegen aus anderen Dezernaten.«

Hirth ließ sich das durch den Kopf gehen, dann nickte er. »Angenommen. Also, meine Herren, worauf warten wir noch?«

Auf dem Flur ging Wolf ein paar Schritte mit Hirth zusammen. »Ich hoffe«, sagte Wolf, »dass Ihre Fische es Ihnen nicht übel nehmen, wenn sie ihr Futter heute etwas später als sonst bekommen, Herr Dr. Hirth.«

Überrascht blieb der Staatsanwalt stehen und sah Wolf ins Gesicht. »Wie ... Sie haben sich die Zeiten meiner Fischfütterung gemerkt?« Kopfschüttelnd setzte er sich wieder in Bewegung. »Respekt, mein lieber Wolf. Aus Ihnen wäre ein vorzüglicher Aquarianer geworden.«

»Ach, ich weiß nicht«, wehrte Wolf ab. »Ich kann mir eben Zahlen gut merken, das ist alles. Anders sähe es aus, wenn Sie mir die Namen Ihrer Fische genannt hätten, da hätte ich schlechte Karten.«

»Na ja«, Hirth musste lachen, »wer kann schon zweihundert Namen behalten? Ich jedenfalls nicht. Alsdann, Wolf, machen Sie's gut. Und vergessen Sie nicht: Ich möchte über die kleinste Kleinigkeit auf dem Laufenden gehalten werden, haben wir uns da verstanden?«

»Sie können sich wie immer auf uns verlassen, Herr Dr. Hirth.«

***

Ein Team von sechs Kolleginnen und Kollegen unter Federführung von Jo und Vespermann hatte sich im großen Vernehmungsraum im Untergeschoss der Polizeidirektion provisorisch eingerichtet. Nachdem Wolf sie genauestens instruiert hatte und zwei Festnetztelefone für interne Gespräche angeschlossen worden waren, hatten sie sich in zwei Gruppen zu je drei Kollegen aufgeteilt. Während die eine Gruppe per Mobiltelefon niedergelassene Ärzte aus der Region kontaktierte, konzentrierte die zweite sich auf die Rettungsdienste – genauer gesagt: Notärzte, Sanitäter und Assistenten. Als erstrangiges Ziel der Aktion war festgelegt worden, alle Pharmazeutika herauszufiltern, die in den letzten Wochen einen Anlass zu Zweifeln an ihrer Authentizität gegeben hatten – einschließlich deren Quellen. Schon jetzt, knapp eine halbe Stunde nach dem Start der Aktion, hatte Jo auf ihrem Flipchart sechs Präparate aufgelistet, bei deren Einsatz dem medizinischen Fachpersonal eine Abweichung im äußeren Erscheinungsbild oder in der Wirkung aufgefallen war, sprich: bei denen ein zumindest vager Verdacht auf eine Fälschung bestand.

Wolf half aus, wo immer Not am Mann war, insbesondere dann, wenn ein eigenwilliger Mediziner allzu viele Fragen stellte oder sich das »Einmischen« der Polizei schlichtweg verbat. Er war es auch, der veranlasste, dass das Team mit allem Nötigen versorgt wurde, insbesondere mit Mineralwasser und Kaffee. In unregelmäßigen Abständen tauschte er sich mit Henning aus, der für die Einsatzplanung der Hundertschaft der Bundespolizei verantwortlich zeichnete.

Irgendwann meldete Wolfs Handy den Eingang einer SMS. Aus Zeitmangel verschob er jedoch das Lesen auf später. Als er die Meldung eine Viertelstunde danach öffnete, traute er zunächst seinen Augen nicht – ein Witzbold musste sich einen Scherz mit ihm erlaubt haben. Fahrig suchte er nach einem freien Stuhl, um den Text ein weiteres Mal zu lesen, diesmal im Sitzen.

Nein, er hatte sich nicht geirrt. Der Absender war eindeutig der ihm nicht mehr ganz unbekannte *R. E. Venger*. Abermals hatte der Rächer sie mit einer Botschaft bedacht, bereits der zweiten innerhalb weniger Stunden. Die Nachricht lautete, unter Verzicht auf eine Anrede, kurz und bündig: *»Wenn Sie an der Auslieferung eines lebendigen Jan Siefermann interessiert sind, seien Sie pünktlich um 14 Uhr auf dem Parkplatz des Zeppelin-Kongresszentrums in Friedrichshafen. Stellen Sie Ihren Wagen ab und bleiben Sie darin sitzen, ich finde Sie. Dann erfahren Sie alles Weitere. Einzige Bedingung: Sie müssen allein kommen.«*

Unschlüssig kaute Wolf auf seiner Unterlippe, schließlich wählte er Hennings Nummer. »Henning, hör bitte kurz zu. Ich hab soeben eine SMS bekommen, ich lese sie dir vor …« Wolf wiederholte den Inhalt der Nachricht. Als er geendet hatte, fragte er: »Und, was hältst du davon?«

Henning ließ sich den Text einige Sekunden durch den Kopf

gehen. »Ich weiß nicht. Er wird sich davon überzeugen wollen, dass du auf seine Bedingung eingehst, also wird er dich überwachen, ohne dass du es merkst. Du müsstest tatsächlich allein gehen, auf Sichtweite jedenfalls. Willst du dir das wirklich antun? Und vielleicht belässt er es nicht bei dem Treffpunkt, sondern lotst dich weiter, um selbst in Deckung zu bleiben. Es könnte in eine Art Schnitzeljagd ausarten.«

»Seine letzte Nachricht, also die mit der Auflistung der Apotheken, könnte man immerhin so interpretieren, dass er bis zu einem gewissen Grad auf unserer Seite steht. Gut, die Morde, die wir ihm zuschreiben, sprechen eine andere Sprache. Andererseits: Haben wir eine Wahl?«

»Die haben wir. Genauer gesagt: Du hast sie. Indem du *mich* für dich gehen lässt. Oder einen Kollegen vom SEK-Team.«

»Nee, kommt nicht in Frage. Was ist, wenn er deswegen abspringt? Willst du das riskieren? Außerdem ist da dieser merkwürdige Satz …«

»Ich weiß, was du meinst: Die Stelle, wo er von der Auslieferung des *lebendigen* Siefermann spricht, richtig? Die Formulierung könnte implizieren, dass er vorhat, Siefermann umzubringen.«

»So ist es. Deshalb machen wir es genau so, wie er es verlangt hat, basta. Ich rufe jetzt Dr. Hirth an. Wenn er zustimmt, werde ich dem Rächer mein Kommen ankündigen.«

»Du bist und bleibst ein Dickkopf. Also gut. Aber lass mich wenigstens gewisse Vorkehrungen treffen. Bis zu deiner Abfahrt bleiben noch … lass es mich überschlagen … fast drei Stunden. Das müsste dicke reichen.«

Als Wolf sich schon verabschieden wollte, fiel Henning noch etwas ein. »Ach, übrigens, das mit der Breitenbach haben wir ändern müssen. Ihr Arzt hat einem Transport nach Deutschland noch nicht zugestimmt. Zwar sei die Amnesie vom Tisch, aber ihre Gehirnerschütterung stünde dagegen. Allerdings werden die Kollegen drüben weiter für ihre Abschirmung sorgen. Nur, damit du Bescheid weißt.«

17

»Die Oberbürgermeisterin will uns weismachen, meine Damen und Herren, in Überlingen könne jeder x-beliebige Investor einen Bauantrag für eine Windkraftanlage stellen – genau aus diesem Grund sei das Landesplanungsgesetz ja geändert worden.«

Der Redner mit dem markanten weißen Kinnbart legte eine wohlbedachte Pause ein. Er trank einen Schluck aus dem Wasserglas, das links vor ihm auf dem Rednerpult stand, und richtete den Blick erneut auf seine Zuhörerschaft.

»Dabei verschweigt sie«, fuhr er fort, »dass Investoren vorab die Windhöffigkeit des Standortes nachweisen und ein volles Jahr lang die Windstärken messen müssen, bevor sie mit einem Zuschuss rechnen können – und nur mit einem Zuschuss lassen sich Windkraftanlagen wirtschaftlich betreiben, wie wir alle wissen. Sie möchte, aus welchen Gründen auch immer, sogenannte ›Konzentrationszonen‹ ausweisen, obwohl der Regionalverband auf Überlinger Gemarkung kein Vorranggebiet für Windkraftanlagen ausgewiesen hat. Und – man höre und staune! – sie macht sich für eine Teilfortschreibung des ›Flächennutzungsplanes Windenergie und Windräder‹ auf dem Nesselwanger Berg stark, obwohl der Überlinger Gemeinderat genau dies ablehnt. Ja, mehr noch: Er will nicht einmal darüber diskutieren! Das alles passt ins Bild, kann ich nur sagen. Und deshalb bleibe ich bei meiner Einschätzung: Unsere Oberbürgermeisterin verfolgt ein anderes Ziel als die Mehrheit des Gemeinderates.«

Nach diesem flammenden Plädoyer fasste der Mann sein Manuskript zusammen und stieg unter zustimmendem Beifall der Opposition vom Podium. Wie kein Zweiter verstand er es, der Überlinger Rathauschefin bei den öffentlichen Gemeinderatssitzungen im Kursaal Paroli zu bieten.

Während die Leiterin der Anhörung eine halbstündige Pause bis zur nächsten Rede ankündigte, wurde er am Tisch seiner Fraktion mit großem Hallo empfangen, man drückte ihm die Hand, der eine oder andere klopfte ihm anerkennend auf die

Schulter. »Gut gemacht«, war zu hören oder: »Hast ihr wieder mal gezeigt, wo der Bartel den Most holt, was?«

Bis ihn jemand kurz beiseitenahm und auf eine hinter ihm stehende, gut aussehende Brünette um die vierzig aufmerksam machte. »Frau Winter vom ›Seekurier‹ möchte ein Interview mit dir machen.«

Der Mann mit dem weißen Kinnbart wandte sich neugierig um, kritisch musterte er die Reporterin. Offenbar fiel die Prüfung zu seiner Zufriedenheit aus. Er hielt ihr die Hand hin und stellte sich vor, während seine Fraktionskollegen den Vorgang mit wachen Augen verfolgten.

»Geht es Ihnen um ein Interview ganz allgemein, oder möchten Sie tiefer in die spezielle Thematik der heutigen Materie einsteigen, Frau Winter?«

»Ich kann mir nicht vorstellen, dass Ihrer Rede noch etwas hinzuzufügen wäre. Nein, mir geht es heute um etwas anderes. Vielleicht haben Sie in den Neun-Uhr-Nachrichten die Meldung über die beiden Todesfälle gehört, die laut Gesundheitsamt auf gefälschte Medikamente zurückzuführen sein sollen.«

»Wie bitte?« Er konnte seine Überraschung nur leidlich verbergen. »Nein, tut mir leid, ich hab heute noch keine Nachrichten gehört. Sehen Sie sich um, dann kennen Sie den Grund.« Mit einer ausholenden Armbewegung wies er freundlich lächelnd auf den gut gefüllten Saal.

»Okay, Sie sind entschuldigt.« Karin Winter lächelte zurück.

»Zwei Todesfälle, sagen Sie? Das ist ja schrecklich.« Routiniert legte er seine Stirn in Falten.

Karin Winter nickte. »Ja, und zwar nur im Einzugsgebiet des Gesundheitsamtes Überlingen. Nicht auszudenken, wie die Zahlen bezogen auf die ganze Region am Ende aussehen werden. Eine Liste des Gesundheitsamtes mit mutmaßlichen weiteren Opfern kursiert bereits.«

»Darf ich fragen, Frau Winter, weshalb Sie gerade mich darauf ansprechen?«

»Nun, seit die Polizei vor einer knappen Stunde eine Kampagne in der Sache gestartet hat, erhitzen sich die Gemüter. Neben Vertretern der medizinischen Dienste haben sich inzwischen auch Verbraucherschützer zu Wort gemeldet. Sie sind ein über Ihren Wahlkreis hinaus bekannter und angesehener Regionalpolitiker ...«

»Hört, hört«, warfen einige der Umsitzenden ein.

»... an dessen Meinung zu den Vorgängen unsere Leser sicher sehr interessiert sind, zumal ... nun, zumal der Name Ihres kürzlich verstorbenen Vaters auf besagter Liste steht.« Während sie sprach, hatte sie einen Stenoblock aus ihrer Tasche gezogen und sah ihn nun erwartungsvoll an.

Ein Schatten schien über sein Gesicht zu gleiten, als sie seinen Vater erwähnte – nur den Bruchteil einer Sekunde lang, und dennoch entging er ihr nicht. Gleich darauf stellte er wieder seine gewohnte Miene zur Schau. »Kommen Sie, lassen Sie uns ein stilleres Plätzchen suchen«, schlug er vor, legte die Hand an ihren Ellbogen und führte sie vom Tisch seiner Parteifreunde weg.

»Nichts dagegen. Man versteht in dem Trubel hier ja sein eigenes Wort nicht mehr.«

Mitten im Gehen hielt er auf einmal an und drehte sich zu ihr um, fast wäre sie auf ihn geprallt. »Sagen Sie, sind Sie eigentlich mit dem Wagen da?«

»Na klar. Ich parke gleich nebenan, im Parkhaus West in der Christophstraße. Warum fragen Sie?«

»Mir ging gerade etwas durch den Kopf ... aber nein, das kann ich nicht von Ihnen verlangen.«

»Wollten Sie mir einen unsittlichen Antrag machen oder was?«, meinte sie lachend.

»Um Gottes willen! Nein, ich habe mich nur gefragt, ob Sie mich ein Stückchen mitnehmen könnten? Ich bin zu Fuß gekommen und habe gleich anschließend noch einen Termin. Sie können mich doch genauso gut im Fahren befragen. Was halten Sie davon?«

»Einverstanden.«

»Dann holen Sie Ihr Auto, bitte. Ich werde draußen auf Sie warten.« Damit ließ er sie stehen und verschwand in Richtung Ausgang.

Kurz hinter der Ausfahrt wurde sie von dem Mann mit dem weißen Kinnbart erwartet. Mit hochgeschlagenem Mantelkragen stand er in Deckung eines Baumes; offenbar legte er Wert darauf, nicht zusammen mit einer Reporterin gesehen zu werden.

Jetzt ja keinen Fehler machen, dachte Karin, während sie rechts ranfuhr und ihn zusteigen ließ. Sie brauchte ehrliche Antworten. Es ging ihr bei diesem Interview nicht um eine Politikermeinung, sondern darum, möglichst unauffällig einen Verdacht zu überprüfen, der zwar ohne Beweis und noch recht vage war, sich aber dennoch als eine Schlagzeile sondergleichen entpuppen konnte.

Kaum hatte er sich in den Sitz fallen lassen, legte sie den Gang ein und fuhr los, stadtauswärts, an der Therme vorbei auf Goldbach zu.

Wortlos klappte er die Sonnenblende herunter, ehe er ihr das Gesicht zuwandte. »Also gut, Frau Winter, jetzt sind wir unter uns. Nun lassen Sie mal die Katze aus dem Sack … oder anders gesagt: Worum geht es Ihnen wirklich?«

Seine Direktheit verunsicherte sie, sie kam sich überrumpelt vor. Irgendetwas an ihren Fragen musste sie wohl verraten haben, das verdeutlichten auch seine Stimmlage und der kalte Blick, mit dem er sie jetzt bedachte. Was, wenn sie sich – anstatt mit einem vermeintlichen Opfer, das die Schuldigen an seinem tragischen Verlust zur Rechenschaft ziehen wollte – mit einem pathologischen Serienmörder eingelassen hatte? Dann wäre es ein nicht wiedergutzumachender Fehler gewesen, ihn ohne Not in ihren Wagen steigen zu lassen. Was aber sollte, was konnte sie jetzt noch tun? Wie konnte sie sich aus der Sache hinauslavieren? Noch hatte sie nichts von ihrem Verdacht preisgegeben. Und vielleicht war er ja auch gar nicht der, als den sie ihn sah. Am besten wäre es, ebenso direkt zu sein, dachte sie. Dann werde ich es schon merken. Also beschloss sie, alles auf eine Karte zu setzen.

»Sagt Ihnen der Name R. E. Venger etwas?«

»R. E. Venger? Wer soll das sein?«, fragte er reserviert.

»Ich dachte, wir wollten mit offenen Karten spielen?« Sie lächelte matt.

»In Ordnung, dann also R. E. Venger. Was wissen Sie über ihn?«

Also doch. Sie hatte recht gehabt.

Karin bemühte sich, ihre Stimme ruhig klingen zu lassen, und richtete den Blick fest auf die Straße. »Offen gestanden, nicht viel – und doch genügend, um Sie in Schwierigkeiten bringen zu können. Doch das ist nicht meine Absicht, zumindest nicht hier und jetzt. Das müssen zu gegebener Zeit andere übernehmen. Nein, was mich interessiert, ist das Motiv für Ihr Tun. Sie werden wohl kaum in Abrede stellen wollen, dass der Tod Ihres Vaters Ihre Handlungen … nun, sagen wir, zumindest beeinflusst hat. Oder? Ein Tod wohlgemerkt, der einzig der Gier nach Geld geschuldet war.« Sie schickte ein Stoßgebet zum Himmel, dass er sie aufgrund ihrer Worte als ungefährlich einstufen und zu reden beginnen würde, und setzte noch eins drauf: »Immerhin haben drei Apothekenbesitzer ihr Leben lassen müssen. Und Sie sind es, der es ihnen genommen hat … um Ihren Vater zu rächen. Ist es nicht so?«

Sein Gesicht nahm einen maskenhaften Ausdruck an, seine Hände verkrampften, bis sie weiß wurden wie Papier. »Lassen Sie meinen Vater aus dem Spiel«, entgegnete er gepresst. Er hielt die Augen geschlossen, als wollte er sich zur Ruhe zwingen. Als er sie eine gute Weile später wieder öffnete, fuhr er in ruhigerem Tonfall fort: »Trotzdem, nehmen wir einmal an, Sie hätten recht. Woher haben Sie Ihr Wissen? Was ist das für eine Liste, von der Sie sprachen? Gibt es die wirklich, oder bluffen Sie nur?«

»Wenn Sie wollen, zeige ich sie Ihnen. Soll ich anhalten?«

Er sah Karin Winter prüfend von der Seite an. »Nein, nicht nötig. Wie sind Sie überhaupt in den Besitz der Liste gekommen?«

»Das will und darf ich Ihnen nicht beantworten, tut mir leid.«

»Informantenschutz, nehme ich an?«

»So ist es.«

Unschlüssig kaute er auf seiner Unterlippe, während draußen die Goldbacher Sylvesterkapelle und die Heidenhöhlen vorüberflogen. Die Landstraße ging in die B 31 über. Drei Kilometer noch, und sie würden Sipplingen erreichen. Karin

Winter überlegte fieberhaft, wie sie weiter vorgehen sollte, als ihr Beifahrer überraschend die Initiative ergriff.

»Gleich kommt die Ausfahrt zum Industriegebiet Sipplingen. Bitte fahren Sie dort kurz raus, ich muss Ihnen etwas zeigen«, sagte er und kramte in seiner Tasche.

Karin scherte aus und brachte den Wagen auf einem Feldweg zum Stehen. Doch statt der erwarteten Papiere zog der Mann einen schwarzen zylindrischen Gegenstand aus der Tasche, führte ihn vor ihre Augen und löste einen Sprühstrahl aus, der sie in wenigen Augenblicken kampfunfähig machte.

Ein K.-o.-Spray mit CS-Gas, dachte Karin Winter geschockt. Verdammt, wieso war sie auf so was nicht vorbereitet gewesen? Wie hatte sie nur so leichtsinnig sein können?

Mit tränenden Augen und einem brummenden Schädel fiel sie in ein endlos tiefes schwarzes Loch.

***

Sie hatte keine Ahnung, wie spät es war, als sie endlich wieder klar denken konnte; der Entführer hatte ihr die Armbanduhr weggenommen. Rings um sie herum herrschte undurchdringliches Dunkel, einzig ein paar Ritzen in der Decke verrieten ihr, dass es außerhalb ihres Kerkers noch Tageslicht gab … Vielleicht handelte es sich aber auch nur um eine Lampe? Ihr Zeitgefühl hatte sie gänzlich verlassen; seit ihrer Überrumpelung konnten ebenso gut Minuten wie Stunden vergangen sein. Noch immer fühlten sich ihre Augen gereizt und geschwollen an, auch die Schleimhäute in Hals und Rachen waren rau und kratzig. Wenigstens funktionierte ihr Erinnerungsvermögen, auch wenn sie nicht wusste, ob sie sich darüber freuen sollte.

Nicht im Traum hätte sie sich vorstellen können, noch einmal in ihrem Leben in eine solche Situation zu geraten. Ihre Entführung und Gefangenschaft in der mallorquinischen Finca fielen ihr wieder ein, bei der sie – und mit ihr Henning – nur mit knapper Not dem Tod entronnen war. Damals hatte die Guardia Civil sie herausgehauen. Diesmal war sie auf sich allein gestellt.

Schon wieder war sie gekidnappt worden. Immerhin, die wenigen Sätze, die sie mit dem Mann gewechselt hatte, bestärkten sie in ihrer Gewissheit, den geheimnisvollen R. E. Venger enttarnt zu haben. Er hatte sich keine große Mühe gegeben, das zu verschleiern, sondern sie überwältigt und hierhergeschleppt, vermutlich sogar mit ihrem eigenen Wagen.

Aber wo war »hierher«? Wo befand sie sich, und was hatte ihr Entführer mit ihr vor? Bei den schmalen Lichtstreifen in der Decke musste es sich um Ritzen zwischen Bohlen handeln. Je länger sie darüber nachdachte, desto sicherer wurde sie: Die Decke dieses Kellerlochs war gleichzeitig der Boden des darüberliegenden Raumes – eine andere Lösung fiel ihr nicht ein.

Sie versuchte, sich aufzurichten, was ihr überraschend leicht gelang. Verrückt … Er hatte ihr keine Fesseln angelegt! Andererseits, und das dämpfte ihre Euphorie etwas: Wenn der Rächer eine Fesselung für unnötig erachtete, dann doch nur, weil er glaubte, dass sie keine Chance hatte, diesem Loch zu entfliehen.

Sie lauschte angespannt nach oben, doch da war nichts – nichts, was die Anwesenheit eines Menschen verraten hätte. Eine gute Gelegenheit, meinen Kerker zu erkunden, dachte sie. Mit vorsichtigen Trippelschritten begann sie, sich vorzutasten.

Der Raum, in dem sie sich befand, maß, grob gerechnet, drei mal drei Meter. Sämtliche Wände wie auch der Boden waren aus unverputztem Beton. In einer Ecke des Raumes stieß sie auf eine hölzerne Treppe, die steil und in schmalen Stufen zur darüberliegenden Ebene hochführte. Die Klappe, die sie oben ertastete und hinter der vermutlich die Freiheit winkte, war fest verriegelt; trotz heftigem Drücken ließ sie sich nicht einen Millimeter anheben. Gar zu gern hätte sie gewusst, wo genau der Rächer sie eingesperrt hatte. War es eine Scheune? Eine Jagdhütte? Ein Ferienhaus? Jedenfalls musste die Baulichkeit in unbewohntem Gelände liegen; nicht das leiseste Geräusch drang zu ihr herunter.

Die Einrichtung ihres Verlieses beschränkte sich auf ein massives, bis kurz unter die Decke ragendes Wandregal, das der Treppe gegenüberstand und in dem die unterschiedlichsten Gegenstände gelagert waren, sowie eine Art Anrichte, gerade mal hüfthoch, mit mehreren Fächern und zwei Türen. Auch dieses Möbel war, ähnlich dem Regal, mit allerlei Krimskrams vollgestopft. Hinzu kamen mehrere Hakenleisten, die man in Kopfhöhe an die Wände gedübelt hatte und an denen Kleidungsstücke sowie Bodenbearbeitungsgeräte wie Spaten, Schaufeln und Besen hingen. Einen Tisch oder einen Stuhl konnte sie nicht ertasten. Wenn sie müde wurde und sich setzen wollte, würde sie notgedrungen mit dem kalten Betonboden vorliebnehmen müssen.

Hatte sie anfangs noch die vage Hoffnung gehabt, bei der Erkundungsaktion irgendwann auf ihre Tasche zu stoßen, so wurde sie nun bitter enttäuscht. Offensichtlich hatte der Kidnapper die Tasche oben behalten. Schade. Sie bewahrte darin, neben tausend anderen Utensilien, auch ein Feuerzeug auf. Und natürlich ihr iPhone, auch wenn zweifelhaft war, ob in diesem Loch eine Verbindung nach draußen überhaupt zustande käme. Vor allem dem Feuerzeug trauerte sie nach; es hätte ihr als Lichtquelle gute Dienste geleistet.

In Ermangelung einer Sitzgelegenheit schwang sich Karin kurzerhand auf das Sideboard. Den Rücken an die kalte Betonwand gelehnt, versuchte sie nachzudenken: über ihre Lage, die vermutlichen Pläne des Entführers … und darüber, wie sie ihn überlisten und fliehen konnte.

Ein Plan musste her.

***

In der Bahnhofstraße in Überlingen stoppte der Mann das blaue Cabrio, das ihm Karin Winter unfreiwillig »überlassen« hatte. Nachdem er den Motor ausgemacht und die Seitenfenster geschlossen hatte, holte er ein Handy hervor und tippte eine Nummer ein.

»Redaktion ›Seekurier‹, was kann ich für Sie tun?«, meldete sich nach kurzer Wartezeit eine weibliche Stimme.

»Grüß Gott. Würden Sie mich bitte mit Frau Winter verbinden?«, bat er.

»Ich werd's versuchen. Wen darf ich melden, bitte?«

»Mein Name tut nichts zur Sache. Frau Winter weiß schon Bescheid.«

Die Telefonistin schien Gespräche mit anonymen Anrufern gewohnt zu sein. »Na gut. Wenn Sie bitte warten wollen«, sagte sie. Es knackte, ein paar Sekunden lang weilte er im telefonischen Niemandsland, dann kam die Frauenstimme wieder. »Hören Sie? Ich kann Frau Winter nirgends finden, sie muss außer Haus sein. Kann ich ihr etwas ausrichten?«

»Es ist aber wichtig. Sie wartet dringend auf eine Information, die ich für sie beschaffen sollte. Würden Sie es bitte noch einmal versuchen?«

»Wie ich schon sagte –«

»Bitte, versuchen Sie es noch einmal. Vielleicht weiß ja einer ihrer Kollegen, wo sie sich gerade aufhält. Sie hat mich gebeten, ihr die Info unbedingt persönlich zuzustellen.«

Die Telefonistin zögerte kurz. »Ich frag mal rum. Bitte bleiben Sie dran.«

Na also, wer sagt's denn, dachte er zufrieden.

Es dauerte geraume Zeit, bis die Frau sich wieder meldete. »Es tut mir leid, aber Frau Winter hat nirgends eine Adresse hinterlassen. Wir denken, sie ist zu Recherchen unterwegs. Wollen Sie es später noch einmal versuchen?«

»Das muss ich dann wohl. Trotzdem danke.« Mit einem Lächeln beendete er das Gespräch. Offenbar hatte Karin Winter über das mit ihm geplante Interview keine weiteren Redaktionsmitarbeiter informiert.

Erneut ließ er den Motor an. Sein Ziel war diesmal das nahe gelegene Parkhaus West, wo er Karin Winters Wagen in einer Lücke auf der obersten Ebene abstellte. Mit einem Lappen wischte er alle Teile, die er berührt hatte, sorgfältig ab. Dann fuhr er mit dem Lift ins Erdgeschoss, wo er den soeben erhaltenen Parkschein in den Kassenautomaten steckte. Er entrichtete den angezeigten Betrag und stieg über die Treppe zur Ebene U2 hinab. Kurz darauf verließ er mit seinem eigenen Wagen das Parkhaus und fuhr in Richtung Bogentaler Wald bei Espasingen.

Halbwegs zwischen Goldbach und Sipplingen, kurz hinter

der Einmündung der B 31, lief die Straße ein Stück weit neben dem Seeufer her. Dort entledigte er sich des Handys, mit dem er den »Seekurier« angerufen hatte; in hohem Bogen warf er das Gerät in den See. In Ludwigshafen legte er einen weiteren Zwischenstopp ein, um sich zwei knusprige Croissants zu besorgen.

Eine knappe halbe Stunde später erreichte er den Bogentaler Wald. Hier ging es auf Forstwegen zunächst steil bergan, bis er oben auf der Höhe ein von ihm präpariertes Brombeerdickicht erreichte – der ideale Platz, um darin seinen Wagen zu verstecken. Dann begab er sich zu seinem unweit gelegenen Jagdhaus.

Er überzeugte sich davon, dass die vergitterten Fenster unbeschädigt und die beiden Sicherheitsschlösser an der Eingangstür abgeschlossen waren, ehe er die Tür öffnete und ins Innere trat. Sorgfältig schloss er hinter sich ab. Sein zweiter Blick galt der kaum sichtbaren Bodenklappe, unter der die Kellertreppe lag. Alles paletti. Der Vogel saß wohlverwahrt in seinem Käfig, und da sollte er auch bleiben – zumindest vorerst.

Er sah auf die Uhr. Zeit, sich eine letzte kleine Stärkung zu genehmigen. Bald würde er den Coup zu Ende gebracht haben. Wer wusste schon, ob und wann sich wieder eine Gelegenheit dazu bot?

Also schaltete er die Espressomaschine an, legte ein Pad ein, stellte eine Tasse unter den Auslauf und drückte auf Start. Während die Maschine geschäftig dampfte und gluckerte, vertilgte er das erste der beiden Croissants. Danach führte er die Espressotasse an die Lippen. Als er sich eben das zweite Croissant vornehmen wollte, fiel ihm seine Geisel wieder ein. Schweren Herzens steckte er das Gebäck in die Tüte zurück und angelte eine Flasche Mineralwasser aus einem Kasten. Nachdem er mit der freien Hand eine starke Taschenlampe vom Tisch genommen und sie in die Jackentasche gesteckt hatte, entriegelte er die Klappe und hob sie vorsichtig an.

»Hören Sie?«, rief er laut und deutlich hinunter.

Keine Antwort.

Die Frau war doch wohl nicht eingeschlafen? Die hatte vielleicht Nerven.

»Frau Winter, hören Sie mich?«

Abermals keine Antwort.

Verwundert strich er über seinen Kinnbart. »Ich wollte Ihnen Wasser und etwas zu essen bringen«, rief er. »Aber okay, wenn Sie nicht wollen …«

Angestrengt lauschte er seinen Worten nach. Wieder erfolgte keine Reaktion. Verdammt. Werd ich wohl doch runtermüssen, dachte er und beschloss, einen letzten Versuch zu unternehmen. »Widerspenstigkeit nützt Ihnen gar nichts, Frau Winter. Sie verschlimmert Ihre Lage nur.«

Nichts. Keine Antwort, nicht das leiseste Geräusch. Selbst auf Atemzüge lauschte er vergebens.

Verärgert hob er die Klappe vollends hoch und ließ sie nach hinten fallen. Er zog die Lampe aus der Tasche, knipste sie an und begann, Stufe um Stufe vorsichtig die Treppe hinabzusteigen, jeden Moment darauf gefasst, von einer unerschrockenen, um ihr Leben kämpfenden Karin Winter angegriffen zu werden. Doch die Frau schien sich buchstäblich in Luft aufgelöst zu haben.

Langsam, aber sicher begann er unruhig zu werden. Er musste sich selbst zur Ordnung rufen: Und wenn sie mit dem Teufel im Bunde steht – ein Entkommen ist absolut ausgeschlossen, dachte er. Nicht aus diesem Raum.

Unten leuchtete er systematisch in alle Ecken – bis der Lichtkegel ein Bündel auf dem Boden erfasste, offenbar ein menschlicher Körper, regungslos und zusammengekrümmt. Erleichtert atmete er auf, das Rätsel war gelöst. Bei der Gestalt am Boden konnte es sich nur um Karin Winter handeln. Vermutlich hatte sie die Angst übermannt, oder ihr war übel geworden. Was soll's? Die kam sicher wieder auf die Beine.

Er trat näher und stieß ihr mit der Fußspitze in die Seite. Ein äußerst merkwürdiges Geräusch war die Folge, so, als würden mehrere Glasflaschen aneinanderstoßen. Doch noch ehe er sich über die Ursache des Geräusches klar werden konnte, stürzte plötzlich das schwere Wandregal auf ihn herab, ein harter, schmerzhafter Stoß traf seine rechte Schulter, aufstöhnend ging er zu Boden.

Wie ein Füllhorn schüttete das Regal seinen gesamten Inhalt über ihm aus und begrub ihn unter sich. Glücklicherweise war er zu diesem Zeitpunkt schon ohne Besinnung.

***

Auch Karin Winter war nicht ohne Blessuren davongekommen. Nachdem sie aus leeren Säcken eine Art Puppe gebaut und deren »Körper« mit herumliegenden Flaschen gefüllt hatte, hatte sie dieser ihre Hose, ihre Jacke und ihre Stiefeletten angezogen. So gut es ging, hatte sie ihr »Ebenbild« wie schlafend auf dem nackten Betonboden drapiert und sich, nur mit ihrer Unterwäsche bekleidet, auf einen der oben liegenden Regalböden gelegt, in der Absicht, das Regal durch einen kräftigen Fußstoß an die Wand im rechten Moment zum Kippen zu bringen.

Während die Ablenkung mit der Puppe ganz gut funktioniert hatte, wäre der zweite Teil beinahe schiefgegangen. Nur unter Aufbietung all ihrer Kräfte war das verfluchte Regal schließlich ins Wanken geraten. Dass sie dabei unsanft mit in die Tiefe gerissen worden war und sich ein paar üble Schürfungen und Prellungen zugezogen hatte, war zu verschmerzen; solche Wehwehchen buchte sie unter »Kollateralschaden« ab. Hauptsache, sie konnte ihr Gefängnis endlich verlassen.

Ihr erster Gedanke war, nach dem Verschütteten zu sehen, dann überwog ihre Angst, und sie eilte zur Treppe. Als sie oben ankam, war sie anfänglich wie geblendet, doch nach wenigen Augenblicken hatte sie sich an das Tageslicht gewöhnt. Sie rannte zur Eingangstür, um sie aufzureißen und hinauszustürzen, fort, nur fort von diesem unseligen Ort. Doch der Weg in die Freiheit war verschlossen. Vielleicht hatte der Rächer etwas geahnt? Sie musste eine andere Möglichkeit finden, von unten drangen bereits rumpelnde Geräusche zu ihr hoch. Während sie voll Panik zu einem der Fenster rannte, vernahm sie hinter sich ein hämisches Auflachen. Erschrocken fuhr sie herum.

Der Weißbärtige ragte von der Hüfte an aufwärts aus der Luke. An der Stirn hatte er sich eine blutende Platzwunde zugezogen, und seine rechte Schulter hing schlaff herab. Daraus würde Karin jedoch keinen Vorteil ziehen können, denn in seiner linken Hand lag drohend eine Waffe.

»Geschickt eingefädelt, Frau Winter, aber nicht geschickt genug«, sagte er belustigt. Ohne Übergang verfinsterte sich seine Miene. »Herkommen, aber ein bisschen plötzlich.« Er wedelte hektisch mit der Waffe. »Jetzt auf den Boden mit Ihnen … auf den Bauch bitte, und die Hände auf den Rücken. Wird's bald? Und kommen Sie ja nicht auf die Idee, zu schreien. Glauben Sie mir, ich würde rücksichtslos von dem Ding hier Gebrauch machen.« Um seine Drohung zu unterstreichen, zielte er mit der Pistole auf sie.

Während sie widerstrebend gehorchte, stieg er vollends aus der Luke. Er stellte sich über sie und zog ein Stück Schnur aus der Tasche, mit dem er sorgfältig ihre Hände verschnürte. Als sie sich instinktiv wehren wollte, herrschte er sie an: »Wenn Sie so weitermachen, Gnädigste, haben Sie ruck, zuck einen Knebel im Mund. Auf solche Mätzchen kann ich gern verzichten, aber wenn Sie mich dazu zwingen …«

Schon wenig später fand Karin Winter sich erneut in dem Kellerraum wieder.

Immerhin, ihre Beine waren ungefesselt.

»Kann ich eine Decke haben, ich friere«, bat sie.

Ohne eine Miene zu verziehen, fuhr er sie an: »Ihre Schuld. Sie hätten sich ja nicht auszuziehen brauchen.« Und ehe sie sich versah, hatte er ihr ein Stück Klebeband über den Mund geklebt. »Sicher ist sicher«, erklärte er selbstzufrieden und stieg die Treppe hinauf.

Kurz vor der letzten Stufe wandte er sich noch einmal um. »Ach ja, eh ich's vergesse: Neben Ihnen steht ein leerer Eimer – für den Fall, dass Sie mal müssen, klar?«

Die Klappe fiel zu. Wieder saß sie im Dunkeln.

***

»Na, meine Kleine, wie war's in der Schule?«, fragte Claudia Bauer, nachdem sie ihrer Tochter die Tür geöffnet hatte. »Habt ihr die Geschichte zu Ende gelesen?«

Nadine drückte sich wortlos an ihrer Mutter vorbei. Während sie den Flur entlangging, nahm sie ihren Schulranzen ab und schmiss ihn achtlos in eine Ecke.

Claudia Bauer warf einen prüfenden Blick nach draußen, schloss die Haustür und folgte ihrer Tochter. Nadine hatte sich im Wohnzimmer in einen Sessel geworfen, starrte mit Schmollmund und verschränkten Armen vor sich hin.

Ihre Mutter ging vor ihr in die Hocke. »Was hat denn mein Spätzchen? Wer hat dir was getan? Willst du's mir nicht sagen, hm?«

Abweisend schüttelte Nadine den Kopf.

»Na gut, meine Kleine. Reden wir später drüber, einverstanden? Und jetzt räum bitte deine Schultasche auf.«

Widerwillig nickte Nadine.

Claudia Bauer erhob sich, um in die Küche zu gehen. Ihr Blick streifte Nadines Schultasche. Da stutzte sie. Am rechten Trageriemen hing etwas, was sie dort noch nie gesehen hatte. Sie bückte sich, um es genauer in Augenschein zu nehmen.

Es handelte sich um ein geflochtenes Lederarmband, in das ein goldfarbenes ovales Medaillon eingearbeitet war. Claudia Bauer zuckte zurück. Ahnungsvoll griff sie nach dem Medaillon und öffnete es. Als sie das Bildchen sah, fuhr ihr der Schreck durch alle Glieder – ihre schlimmsten Befürchtungen schienen sich zu bewahrheiten.

Das Bild zeigte ihr eigenes lächelndes Gesicht.

Dieses Lederarmband hatte sie ihrem Mann um das Handgelenk gelegt, als er sich vor gut sechs Wochen zu seinem Flug nach Hongkong verabschiedet hatte. Wie kam das verdammte Ding an die Schultasche ihrer Tochter?

»Nadine, kommst du mal bitte?«, rief sie, bemüht, jeden verräterischen Unterton aus ihrer Stimme zu verbannen.

»Ja?«, sagte Nadine.

»Wo hast du das her?«, fragte sie und zeigte auf das Armband an der Tasche.

»Ach das … das hat mir ein Mann geschenkt.«

»Was für ein Mann? Wann war das? Wie sah er aus?«

»Weiß ich nicht mehr. Ein Mann eben.«

»Kleines, wie oft hab ich dir schon gesagt, dass du von fremden Leuten nichts annehmen sollst?«

»Aber der Mann ist mir doch gar nicht fr…« Als Nadine merkte, dass sie sich verplappert hatte, legte sie erschrocken die Hand auf den Mund.

In diesem Augenblick klingelte das Telefon. Unwillig hob Claudia Bauer ab und nannte ihren Namen. Am anderen Ende meldete sich eine gehetzte Stimme, eine Stimme, die ihr bekannt und doch fremd vorkam.

»Karlheinz, bist du das?«

Seit Tagen hatte sie nichts mehr von ihrem Mann gehört, auch wenn sie angerufen hatte, war er nie an den Apparat gegangen.

»Schatz. Hör zu. Ich habe hier … nun, sagen wir mal, gewisse Probleme.«

»Nein, Karlheinz, jetzt hörst du mir bitte zu …«

»Unterbrich mich nicht«, fuhr er sie an, in einem Ton, den sie von ihm noch nie gehört hatte. »Die können mich jederzeit hier wegholen.«

»Von wem sprichst du? Wer soll dich wo wegholen? Ich dachte, deine neue Firma sei ein seriöses Unternehmen?«

»Verdammt noch mal, das will ich dir ja gerade erklären. Das Unternehmen *ist* seriös, aber da gibt es Leute, die zwingen mich zu … na ja, zu ungesetzlichen Handlungen. Doch damit ist jetzt Schluss, ich steige aus.«

»Karlheinz, ich versteh das alles nicht …«

Hektisch und ohne auf ihren Einwurf einzugehen, fuhr er halblaut fort: »Ich rufe dich vom Flughafen aus wieder an. Wenn alles gut geht, bin ich schon morgen bei euch. Und jetzt hör mir gut zu, Claudia: Bitte verständige, wenn du nichts mehr von mir hörst, ohne Zögern die Kripo in Überlingen … Oder nein, noch besser: Informiere den ›Seekurier‹. Es gibt da eine Reporterin – Winter heißt sie, glaube ich –, die hat mit Sicherheit ein offenes Ohr für dich. Und was noch wichtiger ist:

Sie kann mehr Wind machen als die Polizei. Sag ihr, sie soll im Internet die Website ›KHB Rückversicherung‹ anklicken, hörst du? Dort findet sie detaillierte Angaben zu den Vorgängen, um die es hier geht. Und noch etwas: Fahr mit Nadine für eine Weile weg, zu deiner Mutter vielleicht …«

Plötzlich war die Leitung tot.

18

»Mir schlafen gleich die Füße ein«, jammerte Manu leise.

»Hast recht«, gab de Boer gleichfalls flüsternd zurück. »Inzwischen bin ich mir sicher, dass der Vogel ausgeflogen ist. Los, packen wir's. Sollte uns doch jemand in die Quere kommen, lass *mich* reden, hörst du?«

»Aye, aye, Sir.«

Die beiden erhoben sich aus dem tiefen Gras, in dem sie, von jungen Fichten und Krüppelkiefern gedeckt, eine gute halbe Stunde gekauert hatten. Während dieser Zeit hatten sie nichts gehört und noch weniger gesehen, was auf die Anwesenheit von Menschen hätte schließen lassen – geschweige denn, dass sich Anzeichen für eine Auseinandersetzung oder gar eine Gefangene in der Jagdhütte gefunden hätten.

»Und du bist sicher, Charles, dass wir hier richtig sind?«, fragte Manu, während sie im Stechschritt auf die Jagdhütte zuliefen.

»Bin ich, ja. Wenn ich deiner Erinnerung etwas auf die Sprünge helfen darf: Genau hier habe ich Karins Handy geortet. Und keine fünfzig Meter entfernt haben wir in dem Brombeerdickicht den Wagen gefunden, den du heute Morgen für Karin ermitteln solltest. Nur gut, dass du gleich gemerkt hast, dass sie überfällig ist.«

»Sie hatte den Termin im Kalender stehen, so was vergisst sie sonst nie.«

»Dass sie sich aber auch nicht abgemeldet hat … So, still jetzt, wir sind gleich da.«

Natürlich war die Eingangstür abgeschlossen.

»Lass uns einmal um die Hütte herumgehen und durch die Fensterscheiben schauen«, entschied der »Seekurier«-Fotograf.

Da der Blick ins Innere sie nicht viel schlauer machte, gingen sie zur Tür zurück.

»Abrakadabra.« De Boer förderte aus einer seiner unergründlichen Taschen einen sogenannten Kuhfuß zutage, ein unterarmlanges, speziell geformtes Brecheisen aus Schwedenstahl.

Geschickt setzte er das Eisen auf Höhe des Schlosses an, es machte kurz »ratsch«, und die Tür war offen.

Mit der nötigen Vorsicht betraten sie die Hütte.

Das Innere des Jagdhauses bestand aus einem einzigen Raum, den man allerdings geschickt gegliedert hatte. Den Mittelpunkt bildete eine Sitzgruppe aus dunklem Ziegenleder. Drumherum gruppierten sich an den Wänden ein zweitüriger, mit Türen und Schubfächern ausgestatteter Schrank, eine Kochnische und ein rustikaler offener Kamin. Zahlreiche Trophäen und Jagdutensilien schmückten die Wände. Der Fußboden war mit dunklen, roh behauenen Bohlen belegt, lediglich unter dem Tisch der Sitzgruppe lag ein dicker Berber. In der Luft hing ein Duft von Kaminfeuer und Leder.

Während de Boer auf der Suche nach einem Versteck den Boden unter die Lupe nahm, stieß Manu plötzlich einen spitzen Schrei aus. »Charles, schau mal, was ich gefunden habe.« Mit der Rechten hielt sie eine blaue Umhängetasche hoch. »Die gehört Karin«, sagte sie und bekam vor Eifer rote Wangen. »Auch ihr Handy ist drin, sogar eingeschaltet.«

»Na klar«, sagte er amüsiert, »wie hätte ich es sonst auch orten sollen?«

Manu freute sich wie ein Schneekönig. »Mein Gott, Charles, wir haben sie gefunden … Wir haben Karin gefunden! Hier irgendwo muss sie sich aufhalten.«

Derweil schritt de Boer den Boden ab. »Wollen's hoffen«, brummte er unbestimmt.

»Wieso? Wo soll sie denn sonst sein?«

»Nun, der Typ könnte nur die Tasche hierher und Karin an einen anderen Ort gebracht haben. Oder er hat sie betäubt oder sonst wie zum Schweigen gebracht.«

Manu wurde blass. »Was willst du damit sagen?«

De Boer war in die Knie gegangen. »Warte … ich hab hier was … Ja, hier ist eine Fuge. Ich vermute, es handelt sich um eine Bodenklappe. Gleich haben wir's.«

Er fuhr mit dem Kuhfuß die Fuge entlang, und als er einen Widerstand spürte, drückte er ihn gefühlvoll nach unten. Mit einem Knarren schwang aus dem hölzernen Boden eine Klappe auf. Eine steile Treppe rückte in ihr Blickfeld, die in einen dunklen Kellerraum hinunterführte.

Von unten erklang ein eigenartiger, an- und abschwellender Brummton – als stünde der Angriff eines Bienenschwarms unmittelbar bevor. Da wusste de Boer, dass sie fündig geworden waren. Er machte sich gerade daran, die Treppe hinabzusteigen, als Manu ihn an der Jacke zurückhielt.

»Du willst doch wohl nicht im Dunkeln da runter … oder hast du 'ne Lampe mit?«, fragte sie und drückte ihm, als de Boer sie nur fragend anschaute, ein Einwegfeuerzeug in die Hand. Auf seinen erstaunten Blick hin erntete er ein Schulterzucken. »Na und? Ich bin alt genug, auch mal eine zu rauchen. Nun geh schon.«

»Behalt das Ding.« Er gab das Feuerzeug zurück und schaltete an seinem Handy stattdessen eine Leuchtdiode ein. Dann machte er sich an den Abstieg.

Ein, zwei Minuten verstrichen, ohne dass von unten etwas zu hören war – außer dem Brummen, das mittlerweile sogar zugenommen hatte.

Dann ertönte ein Ruf: »Ich glaube, hier ist was, hier hinter dem Regal … ja, das könnte sie sein … Moment, ich hab's gleich …«

Es folgte ein spitzer Schrei aus weiblicher Kehle: »Ahh, Luft … ich bekomm wieder Luft … Mein Gott, ist das herrlich. Komm her, Charles, und lass dich knutschen!«

»Beeilt euch mal lieber«, rief Manu hinab; sie hatte oben jedes Wort verstanden.

»Sag mal, du … du«, hörte sie den Fotografen stottern, »du sitzt hier in Unterwäsche rum … Der Typ hat doch nicht … Ich meine …«

»Nein, hat er nicht. Manu hat recht. Komm, lass uns rasch raufgehen, nicht dass der Kerl überraschend zurückkommt.«

Karin Winters Gesicht tauchte in der Treppenluke auf. Mit wackligen Beinen stieg sie nach oben.

»Dem werd ich's geben«, rief de Boer hinter ihr drohend.

»Gar nichts wirst du. Der Mann ist bewaffnet. Womöglich landen wir dann noch alle drei hier unten.«

Karin hatte die letzte Stufe geschafft, und die beiden Frauen fielen sich in die Arme.

Manu löste sich als Erste. »Ach ja, hier ist deine Tasche, die lag da drüben rum. Und wo sind eigentlich deine Kleider?«

»Oje, noch unten an der getürkten Puppe.« Auf die fragenden Blicke ihrer Retter hin winkte Karin gestresst ab. »Nicht jetzt, ich erzähl's euch später.«

Während de Boer noch einmal in das Kellerloch stieg, durchsuchte Karin ihre Tasche. Manu sah ihr mit verständnislosem Gesichtsausdruck zu.

»Mist, hab ich's mir doch gedacht«, rief Karin Winter aufgebracht. »Der Kerl hat die Liste herausgenommen.«

De Boer war wieder oben und reichte Karin ihre Kleidung. Dann schloss er die Bodenklappe und trat ans Fenster. Vorsichtig spähte er auf die Lichtung hinaus. Weder dort noch auf der Zufahrt war etwas Verdächtiges zu erkennen. »Kommt, lasst uns verschwinden, solange die Luft noch rein ist.«

Sie hatten die massive Bohlentür eben hinter sich zugeschlagen, da verhielt die vorauseilende Manu den Schritt. »Seid mal ruhig!«, rief sie. »Ich habe ein Motorgeräusch gehört.«

»Nun lauft schon, wir schaffen das«, erklärte de Boer hastig, ungestüm zog er Karin hinter sich her. Sie rannten zunächst zur Rückseite der Hütte und von dort, für etwaige Ankommende nicht einsehbar, in den Wald hinein.

Mitten im Lauf fiel Karin ein, dass sie die Polizei verständigen sollte. Doch erst mal mussten sie aus der Gefahrenzone raus.

Völlig außer Atem erreichten sie schließlich de Boers Wagen.

Dabei wäre die Hast gar nicht nötig gewesen – wie aber hätten sie das wissen sollen? Wie sollten sie ahnen, dass zur selben Stunde unweit von jenem Jagdhaus ein Ungetüm durch den Wald kroch, ein Forstschlepper Welte W210, mit ebenso vielen Pferdestärken unter der Haube und drei Holzrückern an Bord, kräftige Waldarbeiter, die samt Schlepper zu einem neuen Einschlag unterwegs waren.

Manu hatte das Motorgeräusch des Schleppers für einen nahenden Pkw gehalten.

Ein bedauerlicher Irrtum. Aber entschuldbar.

***

Um halb eins erklärte Henning die Vorbereitungen für Leo Wolfs Mission in Friedrichshafen für abgeschlossen. Dr. Hirth verabschiedete sich von Wolf und den beteiligten LKA-Spezialisten, nicht ohne ihnen Hals- und Beinbruch gewünscht zu haben. Sommer hatte sich krankheitsbedingt entschuldigen lassen; sein behandelnder Arzt hatte ihn zu einer MRT einbestellt, ohne die ein Bandscheibenvorfall nicht gezielt behandelt werden könne.

Nach dem Auseinandergehen ging Wolf nach unten in den Konferenzraum und sprach noch mal kurz mit Jo. Die hatte eine knappe Stunde zuvor mit dem Zoll Kontakt aufgenommen. Die Suche nach dem Namen Jan Siefermann in der Datenbank der Zollbehörden hatte einen Treffer ergeben. Nicht im Hinblick auf irgendwelche Lieferungen aus China, sondern weil man Siefermann tags zuvor auf dem Frankfurter Flughafen gefilzt hatte. Ergebnis: negativ.

»Hatten sie denn einen Verdacht?«, wollte Wolf wissen.

»Jedenfalls keinen konkreten. Die Durchsuchung soll aufgrund einer anonymen Anzeige erfolgt sein. Verdacht auf Steuerhinterziehung, wie es hieß.«

»Sieh an, sieh an«, orakelte Wolf. Unter Mitnahme einer Tasse Kaffee zog er sich in sein Büro zurück, angeblich, um ein paar dringende Telefonate zu erledigen. In Wirklichkeit wollte er den Ablauf der bevorstehenden Aktion noch einmal in aller Ruhe durchgehen und sich vor allem auf potenzielle Schwachpunkte konzentrieren. Und so ging er, leise vor sich hin murmelnd, vor seinem Schreibtisch auf und ab. Irgendwann klopfte er gewohnheitsmäßig seine Taschen ab. Wo waren sie nur … Dann fiel es ihm wieder ein: Er hatte die Dinger in den Papierkorb geschmissen. Flugs bückte er sich und wühlte suchend darin herum.

»Da sind sie ja«, rief er erleichtert, als er schließlich fündig wurde. Triumphierend hielt er das tintenblau bedruckte Päckchen Gitanes in die Höhe, das er tags zuvor – im sicheren Gefühl, seine Sucht überwunden zu haben – weggeschmissen hatte.

Ohne sich von seinem eigentlichen Thema zu lösen, schüttelte er eine Zigarette heraus, schob sie zwischen die Lippen und steckte sie an. Genießerisch zog er den Rauch in die Lungen – und begann heftig zu husten. Als würde er sich erst jetzt seines Tuns bewusst, nahm er die Gitane aus dem Mund und starrte sie ungläubig an.

»Ja, Gottverdammich … was tu ich da?«, stieß er reumütig hervor – und schon flog die glimmende Zigarette in hohem Bogen in den Papierkorb.

Er hätte besser daran getan, diesem Impuls nicht zu folgen, denn kaum war die Zigarette in dem Behälter gelandet, kräuselten auch schon erste Rauchwölkchen hoch. In seiner Not ergriff Wolf, was ihm am nächsten stand: die volle Kaffeetasse.

Um Viertel vor eins hielt er es nicht länger aus, entschlossen griff er nach den Autoschlüsseln. Auf dem Weg zu seinem Dienstwagen kontrollierte er kurz sein Fahrrad. Ordnungsgemäß angekettet stand es an seinem Platz, exakt so, wie er es am Vortag abgestellt hatte. Erst letztes Jahr hatte ihm so ein Schweinehund den Sattel geklaut … ihm, einem Kriminaler, das musste man sich mal vorstellen. Peinlicher ging's ja wohl kaum. Nur ungern erinnerte er sich an den Vorfall.

Dann stand er an seinem Dienstwagen. Er schloss die Tür auf und setzte sich hinter das Steuer. Er fragte sich, was ihn am Ende der Fahrt erwarten würde.

»Denk dran, Vater, was wir besprochen haben«, hatte Henning ihm noch einmal eingeschärft. »Wir werden jedes Wort mithören und können rechtzeitig reagieren.«

»Und ihr meint, der Rächer würde das nicht einkalkulieren?«, hatte er geantwortet. »Ich weiß nicht … Wir sollten den Mann nicht unterschätzen. Manchmal denk ich sogar, der steckt tiefer in dem Fall drin, als wir es jemals schaffen werden. Wenn ich ehrlich sein soll: Das beunruhigt mich schon.«

»Mein Angebot gilt immer noch.«

»Dass du statt meiner gehst? Was wäre damit gewonnen? Nein, nein, mir ist lieber, du ziehst die Fäden im Hintergrund.« Wolf hatte sich einen amüsierten Zusatz nicht verkneifen können: »Ich denke, Karin Winter wird es mir danken, meinst du nicht auch?«

Wolf betätigte den Anlasser und trat aufs Gaspedal. »Los geht's«, sagte er in das unter seinem Hemdkragen versteckte Mikro. Dann setzte sich der Wagen auch schon in Bewegung.

Normalerweise betrug die Fahrzeit von Überlingen nach Friedrichshafen eine gute halbe Stunde, vorausgesetzt, auf der B 31 gab es keine Staus. Zwar hatte die letzte Meldung des »Seefunks« genau das versprochen, trotzdem hatte Wolf mit seiner frühen Abfahrt auf Nummer sicher gehen wollen. Lieber eine halbe Stunde zu früh als auch nur eine Sekunde zu spät.

Zu viel stand auf dem Spiel.

Ohne Zweifel hatte Henning recht gehabt, auf einer gründlichen Vorbereitung der Mission zu bestehen. Nachdem bei Wolf ein ebenso unauffälliges wie leistungsstarkes Mikrofon installiert worden war, das jedes gesprochene Wort an seine heimlichen Begleiter weiterleiten würde, hatten sie alle denkbaren Szenarien mehrfach durchgespielt sowie last, but not least, ein Codewort vereinbart, mit dem Wolf im geeigneten Moment den Zugriff des in Stellung gegangenen Sonderkommandos auslösen sollte. Der Wahl des richtigen Wortes kam entscheidende Bedeutung zu, da waren sich alle Beteiligten einig gewesen. Unter keinen Umständen durfte der Rächer vorzeitig gewarnt werden und womöglich in Panik wild um sich schießen. Ihre Wahl war auf das Wörtchen »Uhr« gefallen. Es ließe sich in nahezu jeder Situation in einen sinnvollen Satz kleiden, ohne den Rächer misstrauisch zu machen oder gar vorzeitig zu warnen.

Nun denn … was soll da noch schiefgehen?, fragte sich Wolf mit Galgenhumor, wusste er doch, dass Fragen dieser Art nur rhetorische Bedeutung besaßen. Im Ernstfall konnte eine Menge, wenn nicht gar alles schiefgehen. Was wäre zum Beispiel, wenn der Rächer ihn bei der Ankunft auf Mikrofone und Sender absuchen würde? Oder wenn er das Gespräch nicht auf dem Parkplatz führen wollte und das Sonderkommando ihre Spur verlor?

Über die spannendsten Fragen jedoch wagte er nicht einmal ansatzweise zu spekulieren: Würde der Rächer sie wirklich zu Siefermann führen? Was mochte ihn zu diesem Angebot veranlasst haben? Und vor allem: Welche Vorkehrungen hatte er getroffen, um seine Enttarnung und Festnahme zu verhindern? Oder sollte er es gerade darauf angelegt haben?

Wolf erinnerte sich nicht, jemals in seiner Laufbahn vor einer solchen Herausforderung gestanden zu haben. Auf der einen Seite ein Syndikat skrupelloser Medikamentenfälscher. Auf der anderen eine dubiose Rächergestalt, die sich unverhohlen als Widerpart der Fälscher *und* der Ermittler gebärdete und Letztere zudem mehr als einmal an der Nase herumgeführt hatte.

Der Rächer – wer zum Teufel steckte hinter diesem Pseudonym? Wolf musste sich eingestehen, dass er keinen blassen Schimmer hatte. Augenscheinlich war er ein Mann, der in keines der gängigen Täterschemata passte.

Ehe sich Wolf noch tiefer in seiner Gedankenwelt verheddern konnte, hatte er unversehens sein Ziel erreicht. Der Parkplatz des Friedrichshafener Zeppelin-Kongresszentrums lag direkt am Seeufer und war, weil zentral gelegen, gut belegt. Gewohnheitsmäßig sah Wolf auf seine Armbanduhr: fünf nach halb zwei. Mit halblauter Stimme wiederholte er die Zeit für die mithörenden Kollegen.

»Keine besonderen Vorkommnisse«, fügte er hinzu – und weil er damit rechnen musste, beobachtet zu werden, tat er so, als würde er sich an der Nase kratzen.

Er suchte eine Lücke und parkte ein. Anschließend warf er – sicherheitshalber – einen Blick auf sein Handy. In der Meldung hatte gestanden, er solle um vierzehn Uhr auf dem Parkplatz sein – ohne präzise Ortsangabe. Diese Bedingung war schon mal erfüllt. Wolf sah sich um. Weder eine verdächtige Person noch die Leute vom SEK waren zu entdecken, obwohl er wusste, wo sich Letztere positioniert hatten. Er fragte sich, wie es weitergehen würde. Wolf wäre jede Wette eingegangen, dass der Mann ihn bereits ins Visier genommen hatte; er würde sich vergewissern wollen, dass er allein gekommen war. Für alle Fälle bereitete sich auf eine längere Wartezeit vor. Geduld, das hatte er als Polizist früh lernen müssen, war bei Ermittlungen eine unverzichtbare Voraussetzung.

Als er das Handy wieder in die Tasche stecken wollte, stieß seine Hand auf etwas, das sich wie ein Brief anfühlte. Prompt erinnerte er sich wieder: Jo hatte ihm mitten in den Vorbereitungen einen Umschlag gegeben, den er zunächst ungeöffnet weggesteckt hatte, in Gedanken bereits bei dem bevorstehenden Einsatz. Neugierig zog er ihn nun hervor und warf einen Blick auf das Adressfeld.

An den
Leitenden Ermittler
der Mordfälle Terhoven ff.
Kripo Überlingen
Streng vertraulich

Links unten auf der Hülle war der Absender vermerkt: Gesundheitsamt Überlingen/Bodenseekreis. Darin steckten zwei gefalzte, zusammengetackerte Blätter im Format DIN-A4. Die etwas kryptische Überschrift auf dem Deckblatt lautete: »Vorläufige Aufstellung möglicher Todesfälle infolge Einnahme beziehungsweise Verabreichung gefälschter Medikamente«. Wolf übersprang den einleitenden Text und konzentrierte sich auf die nachfolgende Liste, die, sauber durchnummeriert, insgesamt sechzehn Positionen umfasste. Die Einträge beinhalteten die Namen und Anschriften der Opfer und waren nach dem Datum des Todes geordnet, was bedeutete, dass die jüngsten Fälle zuoberst standen. Jede Position listete das verdächtigte Medikament respektive dessen gefälschte Ausführung auf sowie den Namen des behandelnden Arztes, in wenigen Fällen eines Rettungsdienstes beziehungsweise einer Klinik.

Wolf hatte die Liste zunächst nur überflogen, jetzt nahm er sie genauer unter die Lupe. Auf Position elf stieß er überraschend auf den Namen Hermine Müller. Dabei musste es sich, wenn er sich nicht täuschte, um die Mutter von Maik Müller handeln, dem Freund seines Sohnes. Wolfs Finger fuhr tiefer. Er blätterte um. Doch keiner der anderen Namen sagte ihm etwas – bis er schließlich die vorletzte Position erreichte.

Ihm war, als hätte ihn ein Blitz gestreift. Handelte es sich lediglich um eine Verwechslung, oder halluzinierte er?

Er las den Namen noch einmal und dann ein weiteres Mal. Schließlich kontrollierte er die Anschrift.

Nein, jeder Irrtum war ausgeschlossen.

Wolf ließ die Liste sinken. Sekundenlang starrte er ins Nichts. Verdammt, ich glaub's nicht ... ich glaub's einfach nicht, dachte er. Wieso bin ich da nicht schon viel früher drauf gekommen? Diese Liste hatte ihm die Augen geöffnet, mit einem Mal fielen alle Puzzlesteine an die richtige Stelle. Gerade noch rechtzeitig, dachte er erschüttert. Nicht auszudenken, wenn ich erst morgen darauf gestoßen wäre.

Von seiner Erkenntnis überwältigt, steckte er die Liste weg und musterte ein weiteres Mal aufmerksam seine Umgebung. Doch da war nichts, absolut nichts, was seine Aufmerksamkeit hätte erregen können. Wieder ging sein Griff zur Nase, um zu verbergen, dass er sprach.

Henning war von der Identität des nunmehr enttarnten Rächers ebenso überrascht wie er selbst.

»Sorgt dafür, dass er uns nicht entschlüpfen kann«, schickte Wolf hinterher. Dann warf er einen Blick auf die Uhr: wenige Minuten nach zwei. Nach seiner Erfahrung stellte selbst eine längere Zeitüberschreitung keinen Grund zur Beunruhigung dar – im Gegenteil, sie gehörte sozusagen zum Geschäft, sollte dafür sorgen, den Gegenspieler nervös zu machen, ihn weichzukochen.

***

Neben ihren Aufgaben in der Soko fielen für Jo und Vespermann immer wieder Sondereinsätze an, die sie nicht delegieren konnten. So hatte am frühen Vormittag das Kantonsspital aus St. Gallen angerufen. Das Einverständnis der Patientin vorausgesetzt, könne Karla Breitenbach jederzeit vernommen werden; aus medizinischer Sicht jedenfalls gebe es keine Vorbehalte mehr.

Da Jo bereits bei Dr. Reichmann avisiert gewesen war, um die Obduktionsergebnisse des toten Kostic und der drei Apotheker zu beschaffen, und da sie gleich danach einen Termin bei der Steuerfahndung hatte, die um Infos zum Stand der Ermittlungen gegen Siefermann bat, war die Fahrt nach St. Gallen an Gerd Vespermann hängen geblieben. Lustlos hatte er sich auf den Weg gemacht, kaum dass Jo ihren Part erledigt hatte und der Soko wieder zur Verfügung stand. »Befehlsgemäß« hatte er um die Mittagszeit die Vernehmung durchgeführt, um anschließend gleichermaßen lustlos wieder zurückzufahren. Natürlich hatte die Breitenbach sich nicht lange geziert. Warum sollte sie auch? Sie war nur eine Randfigur, und ihren Verflossenen, diesen Siefermann, hatte sie ja schon Henning gegenüber in die Pfanne gehauen.

Mit anderen Worten: Vespermann war sauer über die angebliche Doppelbelastung, fühlte sich überfordert und haderte damit, nicht in die SEK-Operation eingebunden worden zu sein, zu der sein Chef und die LKA-Einheiten vor einer knappen Stunde aufgebrochen waren. Stocksauer, um es genau zu sagen.

Auch das, was Vespermann nach seiner Rückkehr blieb, zählte definitiv nicht zu seinen Lieblingsbeschäftigungen: Die Ergebnisse der Vernehmung mussten in einem Bericht festgehalten werden. Da Jo der Soko bereits wieder zur Verfügung stand – genau genommen nahm sie gerade ein Jagdhaus unter die Lupe, in dem dieser Rächer angeblich die Winter gefangen gehalten hatte –, konnte er sich dazu wenigstens in sein Büro zurückziehen. Verbissen fuhr er seinen Computer hoch und öffnete in Word die Vorlage »Vernehmungsprotokoll«, als in Wolfs Büro das Telefon zu schrillen begann und nicht aufhören wollte. Offenbar hatte sein Chef vergessen, bei der Zentrale eine Rufumleitung zu veranlassen.

Irgendwann erbarmte er sich und ging nach nebenan, um dem lästigen Klingeln ein Ende zu machen.

»Büro Hauptkommissar Wolf, Vespermann am Apparat.« Den üblichen Nachsatz »Was kann ich für Sie tun?« sparte er sich diesmal.

Nach kurzem Zögern meldete sich eine Frauenstimme. »Ich möchte Herrn Wolf sprechen.«

»Hauptkommissar Wolf ist nicht da.«

»Und wann kommt er wieder? Es ist dringend, wissen Sie.«

Na ja, das kennt man, dachte Vespermann. Was die Leute eben so für dringend halten. Entsprechend barsch fiel seine Antwort aus: »Das kann ich Ihnen nicht sagen, gute Frau. Um welches Delikt geht es denn? Wollen Sie vielleicht Anzeige erstatten?«

»Wie kommen Sie darauf? Nein, will ich nicht. Es geht um … Mein Gott, wie erklär ich Ihnen das?«

»Ah, verstehe, etwas Privates. Warum sagen Sie das nicht gleich?« Langsam wurde er ungeduldig.

»Rein gar nichts verstehen Sie. Zum letzten Mal: Ich will Herrn Wolf sprechen. Und zwar dringend … außerordentlich dringend sogar.«

Die Wiederholung des Adjektivs »dringend« ließ Vespermann kalt. Er atmete tief durch. »Wie stellen Sie sich das vor, gute Frau? Wer sind Sie überhaupt? Und was ist angeblich so dringend?«

»Ich bin Claudia Bauer. Mein Mann arbeitet für ein deutsches Unternehmen in Hongkong, und jetzt … Aber warum erzähl ich Ihnen das? Hören Sie zu: Sie geben mir jetzt sofort die Handynummer von Herrn Wolf, oder …«

»Oder?«

»Ach, wissen Sie was? Sie können mich mal. Ich hätte meinem Mann folgen und mich gleich an die Presse wenden sollen.«

Presse? Hat die Presse gesagt?, dachte Vespermann erschrocken. Verdammt, das klingt nach Ärger. »Hören Sie, so war das nicht gemeint …«

Doch die Leitung war bereits tot.

***

Je mehr Zeit verstrich, desto wacher beobachtete Wolf seine Umgebung. Dennoch kam die Kontaktaufnahme des Rächers für ihn überraschend. Sein Handy klingelte und meldete den Eingang einer SMS. Gespannt drückte er auf die Lesetaste.

Er fand bestätigt, was er bereits ahnte: dass sein Gegenspieler ihn permanent überwachte. »Sie sind allein gekommen. Gut so. Prüfung bestanden.« Doch schon der nachfolgende Satz verursachte Wolf Magengrimmen. »Werfen Sie deutlich sichtbar Ihr Handy aus dem Fenster. Jetzt sofort.«

Ohne die Lippen zu bewegen, las er die Forderung des »Rächers« vom Display ab, ganz so, als würde er einen Bauchredner imitieren. Er hoffte, dass die Kollegen am anderen Ende ihn verstanden hatten. Dann öffnete er das Seitenfenster. Schweren Herzens streckte er den Arm hinaus und ließ das Handy aus dem Wagen fallen. Kurz darauf entdeckte er im Rückspiegel einen Radler, einen Jungen von höchstens acht oder neun Jahren. Er lehnte das Fahrrad, das viel zu groß für ihn war, an die Beifahrertür und bedeutete Wolf per Handzeichen, das Seitenfenster zu öffnen. Kaum war dieser seiner Forderung nachgekommen, flog ein Zettel in den Innenraum – und schon war der Junge wieder im Gewühl des Parkplatzes verschwunden. Das Fahrrad hatte er stehen gelassen.

Gespannt faltete Wolf den Zettel auseinander. Mit dem, was er las, hatte er nicht gerechnet: »Bitte setzen Sie die Fahrt mit dem Fahrrad fort. Ich erwarte Sie an folgender Adresse …«

Wolf kannte die Adresse. Henning hatte ihm das Haus beschrieben – oder nein, eigentlich musste man es eine Villa nennen. Eine sündteure dazu.

Sie gehörte niemand anderem als Siefermann, dem Boss des Syndikats der Medikamentenfälscher.

Ein letztes Mal tat Wolf, als müsste er sich an der Nase kratzen. »Ich muss die Fahrt mit einem Fahrrad fortsetzen«, sagte er halblaut ins Mikrofon. »Du hattest recht, Henning, es wird eine Schnitzeljagd. Nur steht das Ziel bereits fest. Es ist Siefermanns Villa. Bis später dann. Ende.«

***

Henning war außer sich. Die Durchsuchung von Siefermanns verlassener Villa lag gerade mal ein paar Stunden zurück. Bei ihrem Rückzug hatten sie gegenüber dem Anwesen einen Lieferwagen abgestellt, in dessen Laderaum zwei junge SEK-

Beamte Position bezogen hatten. Ihr Auftrag: den Eingang des Anwesens permanent im Auge behalten, etwaige Besucher der Villa überprüfen, ihre Personalien festhalten und/oder sie notfalls zur erkennungsdienstlichen Behandlung festnehmen.

Eine sichere Sache, sollte man meinen – und nun das!

»Könnt ihr mir mal verraten«, fuhr Henning die beiden vor ihm stehenden Kollegen an, »wie es dem Typ gelingen konnte, ungesehen in die Villa zu spazieren – trotz eures klar definierten Auftrags? Wie's aussieht, reiste er sogar mit einem Gefangenen an, diesem Siefermann, dem das Haus gehört. Dass ihr mich nicht falsch versteht: Es ist immer gut, wenn wir gleich mehrere Täter in einem Aufwasch verhaften können. Trotzdem hätte ich gern gewusst, wieso ihr die beiden übersehen habt. Also, Kollegen, was habt ihr vorzubringen?« Er fixierte die beiden vor ihm stehenden Kommissare, deren betretene Blicke Betroffenheit ausdrückten.

Kommissar Rolf Hansen, der Kleinere der beiden, zuckte verdrossen mit den Schultern. Nach einem kurzen Seitenblick auf den neben ihm stehenden Kollegen erklärte er: »Wir wissen auch nicht, wie das passieren konnte. An uns ist jedenfalls keiner vorbeigekommen, da sind wir uns sicher.«

»Ach nee«, gab Henning süffisant zurück, »ihr wollt sagen, die beiden hätten sich einen Tarnumhang à la Harry Potter umgehängt, um sich unsichtbar zu machen, ja?«

»Natürlich nicht. Sie müssen das Grundstück vom See her betreten haben. Vielleicht sind sie mit einem Boot gekommen?«

»Hatten wir nicht festgelegt, dass das Grundstück auch seeseitig gesichert werden muss?«

Nun erwachte auch der Größere der beiden aus seiner Trance. »Die seeseitige Grundstücksgrenze ist durch Bewegungsmelder gesichert, und die schlagen bekanntlich Alarm, sobald jemand in den Detektionsbereich tritt. Haben sie aber nicht.«

Henning stutzte. »Könnte jemand die Bewegungsmelder deaktiviert haben?«

»Schon. Das geht ratzfatz. Es gibt an jedem der Geräte so ein –«

»Ja, ja, verschont mich mit technischen Details.« Henning

kaute nachdenklich auf seiner Unterlippe. »Okay, die Dinger sind also mit einem Handgriff zu deaktivieren. Bleibt die Frage, woher der Eindringling gewusst hat, dass die Melder da waren?«

Die beiden Kommissare nickten. »Tja, genau das ist das Problem.«

***

Wolf war ohne Zwischenfälle zu der angegebenen Adresse geradelt, die in Seenähe am östlichen Stadtrand von Friedrichshafen lag. Unterwegs hatte er keine sonderliche Eile an den Tag gelegt, überhaupt war er recht gelassen, seit er die Liste studiert und ihr Geheimnis entdeckt hatte … das Geheimnis, wer hinter dem »Rächer« steckte.

Als er das Anwesen nun endlich erreichte, stellte er das Fahrrad seitlich vom Haupttor ab. Die Tatsache, dass dieses Abstellen des Drahtesels etwas umständlicher als sonst geriet, war seinen rege umherschweifenden Blicken geschuldet. Rechts neben dem Tor fand er schließlich eine in die Mauer eingelassene Klingel mit Sprechanlage. Doch ehe er den Finger auf den Klingelknopf legen konnte, um seine Ankunft zu melden, schnarrte der Toröffner. Wolf suchte aus den Augenwinkeln die nähere Umgebung ab und entdeckte auf Anhieb zwei Kameras, die Siefermann mehr oder weniger versteckt im Eingangsbereich hatte montieren lassen. Ziemlich sicher gab es dazu auch Mikrofone.

Während er über den Fahrweg auf den Hauseingang zuschritt, hörte Wolf hinter sich das schwere Eisentor ins Schloss fallen. An der Haustür wiederholte sich die Prozedur. Wie zuvor schnarrte der Öffner, ehe Wolf die Klingel auch nur berührt hatte – mit dem Unterschied, dass diese Tür automatisch aufschwang.

Der Moment der Wahrheit – nun war er da.

Zum ersten Mal stand er dem »Rächer« Auge in Auge gegenüber. Obwohl … Auge in Auge traf die Sache nur halb, denn das Gesicht des vor ihm stehenden Mannes war hinter einer Maske verborgen. Einer Vendetta- oder Guy-Fawkes-Maske, um genau zu sein.

19

Eins musste man dem »Rächer« lassen: Er verstand es perfekt, sich in Szene zu setzen. Mit der Maske hatte er sich in gewisser Weise selbst übertroffen. Sympathisch auf der einen, beängstigend auf der anderen Seite, stand sie gleichermaßen für Sendungsbewusstsein wie für Mummenschanz. Nichts hätte die zwielichtige Rolle des »Rächers« besser ausdrücken können als diese Maske.

Wie der perfekte Gastgeber, der seinen Besuch willkommen heißt, stand er in diesem Augenblick unter der Eingangstür, entspannt, die Linke lässig in der Hosentasche. Einzig die Pistole in seiner rechten Hand wollte nicht so recht ins Bild passen.

»Willkommen im Haus unseres gemeinsamen Gegners, Herr Wolf. Treten Sie ruhig näher.« Er trat einen Schritt zurück und deutete eine leichte Verbeugung an. »Ach ja, wenn ich um Ihre Dienstwaffe bitten dürfte.«

Auch wenn der »Rächer« seine Stimme ganz offensichtlich verstellte, so war Wolf doch sicher, den Mann erkannt zu haben. Alle äußeren Merkmale stimmten mit seiner Annahme überein: Körpergröße, Haltung, Bewegungsmuster – und vor allem die Gestik.

»Ich trage prinzipiell keine Waffe«, stellte Wolf unmissverständlich klar. »Hier, überzeugen Sie sich selbst.« Er knöpfte seine Jacke auf und präsentierte dem »Rächer« seine freien Achseln – nirgends ein Holster oder eine Ausbeulung, die auf eine Waffe hätten schließen lassen. »Sie können mich ja abtasten, wenn Sie mir nicht trauen«, fügte er mit einem freudlosen Lächeln hinzu.

»Das möchten Sie wohl gern, was? Weil Sie hoffen, mich dabei überwältigen zu können. Oh nein, mein Lieber, das lassen wir hübsch bleiben. Bitte sehr, Sie gehen voraus.« Mit diesen Worten dirigierte er Wolf durch eine Vorhalle in einen weitläufigen Salon, der – abgesehen von den raumhohen Glasaußenwänden und der exquisiten Möblierung – vor allem durch einen traumhaft schönen Seeblick bestach. Auch die zwischen Haus und See liegende Terrassenlandschaft konnte sich sehen lassen: grüne Inseln im Wechsel mit Wasserspielen und futuristischen Sitz- und Liegemöbeln.

Dumm nur, dass Wolf keinen Blick für all das hatte – längst war sein Blick auf etwas weitaus Fesselnderes gefallen. Vor der Vollglastür, die auf die Terrasse führte, stand ein Lehnstuhl, auf dem Wolf eine jammervoll in sich zusammengesunkene Männergestalt gewahrte. Wäre der Mann nicht mit kräftigen Riemen an den Sessel geschnallt gewesen, er läge vermutlich längst am Boden.

Wolf war überzeugt, dass es sich um Siefermann handelte. Wie hatte der »Rächer« ihn in seine Gewalt bekommen?

»Beeindruckend, die Aussicht, nicht wahr? Davon kann unsereins nur träumen«, sagte der »Rächer« in diesem Moment in Wolfs Rücken. »Kommen Sie, nehmen Sie Platz. Vielleicht hier? Dann sitzen wir uns gegenüber, da redet es sich leichter. Leider kann ich Ihnen nichts anbieten, was Sie in Anbetracht der Umstände sicher verstehen werden.«

Wolf, der bislang wie in Trance auf der Stelle verharrt und nur Augen für die Gestalt im Sessel gehabt hatte, erwachte bei diesen Worten wieder zum Leben. Doch anders, als vom »Rächer« gewünscht, ließ er sich nicht in einen der Sessel sinken, sondern schritt langsam auf den Lehnstuhl zu und umrundete ihn, die Augen starr auf den angeschnallten Mann gerichtet. »Gehe ich recht in der Annahme, dass es sich bei diesem Menschen um Jan Siefermann handelt?«

Akribisch verfolgte der »Rächer« jede seiner Bewegungen. »Ich rate Ihnen, den Kerl nicht anzurühren«, sagte er scharf. »Oder wollen Sie mit der hier Bekanntschaft machen?« Er hob erneut die Pistole in seiner rechten Hand. »Glauben Sie mir, ich schieße selten daneben.«

»Ein Jägersmann, ja?«, gab Wolf zurück, ohne den Blick von dem Mann im Lehnstuhl zu nehmen, und einen kurzen Moment lang stutzte der »Rächer«.

Wolf wandte sich um und sah seinen Gegenspieler an. »Entschuldigen Sie, aber der Mann sieht mir nicht so aus, als hätten wir Zeit, plaudernd hier herumzusitzen. Er gehört in ein Krankenhaus – wenn es nicht gar schon zu spät ist.«

»Pah! Ihr Mitgefühl in Ehren, aber Sie sollten es nicht an solche Typen verschwenden. Menschen wie der sind schlimmer als Tiere.« Während er sprach, glomm Hass in den Augen hinter der Maske auf; doch schnell hatte er sich wieder in der Gewalt.

Wolf ließ sich nun ebenfalls in einen der Ledersessel sinken. Jetzt, auf Augenhöhe dem »Rächer« gegenübersitzend, fiel ihm erstmals das aufgeklappte Notebook auf, das dieser auf dem Tisch vor sich stehen hatte und auf das er in regelmäßigen Abständen blickte. Wolf konnte sich zunächst keinen Reim darauf machen. Hatte der »Rächer« etwa einen Regieplan vorbereitet, nach welchem er diese Sitzung hier abzuspulen gedachte? Wohl kaum. Er beschloss, die Klärung dieser Frage auf später zu verschieben; einstweilen gab es Wichtigeres zu tun.

»Was haben Sie mit ihm angestellt?«, fragte er mit Blick auf Siefermann. »Sind Sie sicher, dass er überhaupt noch lebt?« Seine Frage hatte noch einen anderen Grund, als sie vordergründig insistierte. Ihm war aufgefallen, dass der »Rächer« hin und wieder in seine normale Stimmlage verfiel. Wenn er Glück hatte, passierte ihm das wieder. Spätestens dann könnte er sich absolut sicher sein, sein Pseudonym geknackt zu haben.

»Was ihm fehlt, fragen Sie? Wollen Sie das wirklich wissen?« Höhnisch lachte der »Rächer« auf. »Wie kommen Sie bloß darauf, dass ihm etwas fehlen könnte? Nein, nein, der Kerl hat bekommen, was er verdient.«

Volltreffer!

Ganz abgesehen von der Sprengkraft seines letzten Satzes: Diesmal hatte ihn seine Stimme endgültig verraten. Kein Zweifel: Wolf kannte den Mann.

»Sie sagen, er hat bekommen, was er verdient. Nun sieht er im Moment nicht gerade gesund aus. Heißt das, Sie haben ihm …«

»Erraten, Wolf. Ja, ich habe ihn dieselben Pillen fressen lassen, die mein Vater bekommen hat.«

»War das Ihr Ziel? Gleiches mit Gleichem zu vergelten? Das ist Selbstjustiz. Sie sind ja verrückt, Mann.« Wolf war aufgesprungen.

Sofort brachte der »Rächer« seine Pistole in Anschlag. »Ach

ja?« Er setzte ein schmales Lächeln auf. »Na und? Was ist schlecht an dem Motto ›Auge um Auge, Zahn um Zahn‹? In mancher Hinsicht war das Alte Testament unserer Zeit weit voraus.«

»So, finden Sie? Machen Sie es sich da nicht ein bisschen zu einfach?«

»Ach, hören Sie doch auf. Gerade Sie müssten es eigentlich besser wissen. ›Vor Gericht und auf hoher See ist man in Gottes Hand‹, sagt man. Und da soll ich unserer Justiz vertrauen? Was heißt der Spruch denn anderes, als dass Gerichtsentscheide Glückssache sind? Einen tüchtigen Anwalt und einen liberalen Richter, mehr braucht es nicht für ein Fehlurteil. Ich kenne Dutzende von Fällen, bei denen Täter straffrei ausgingen.«

»Gut, solche Fälle mag es geben …«

Mit einer schneidenden Handbewegung fuhr der »Rächer« dazwischen. »Solange auch nur die geringste Wahrscheinlichkeit besteht, dass Schweinehunde wie Siefermann sich herauslavieren können, nehme ich die Entscheidung über Schuld oder Unschuld in meine Hände.« Für einen kurzen Moment sank sein Kopf auf die Brust, dann schien er sich wieder besonnen zu haben. »Sehen Sie: Zwei Jahre, nachdem sich meine Frau von mir getrennt hatte, erkrankte mein Vater an Parkinson. Um die Krankheit wenigstens einigermaßen in Schach zu halten, mussten ihm regelmäßig L-Dopa-Mittel verabreicht werden. Alles verlief zufriedenstellend, bis sich vor vier Wochen sein Zustand von jetzt auf nachher gravierend verschlechterte – unmittelbar nach einer Medikamenteneinnahme, wohlgemerkt. Einen Tag später war er tot … einfach so. Ich hatte sofort das L-Dopa-Mittel im Verdacht. Also hab ich durch einen befreundeten Chemiker eine Analyse machen lassen. Und was soll ich Ihnen sagen? Es enthielt eine viel zu geringe Dosis des Wirkstoffes Levodopa, dafür hohe Dosen an giftigen Schwermetallen. Ach ja, und nicht zu vergessen reichlich Glykol.«

Wieder ging sein Blick zum Monitor. Und plötzlich wusste Wolf, was es mit dem Notebook auf sich hatte: Auf dem Bildschirm liefen die Kontrollbilder der Videoüberwachungsanlage zusammen!

Er musste zugeben, sein Gegenüber unterschätzt zu haben. Hoffentlich machte das SEK da draußen keine Fehler.

»Vielleicht wäre ich misstrauisch geworden«, fuhr der »Rächer« fort, »wenn ich mir die Verpackung und den Beipackzettel genauer angesehen hätte. Aber wer macht das schon?«

»Dann fiel Ihnen ein, dass Sie das Zeug in der Apotheke von Terhoven gekauft haben, richtig?«

»Sie haben's erfasst. Zu meiner Überraschung war es gar nicht so schwer, hinter das Netzwerk der Medikamentenfälscher zu kommen. Na ja, den Rest können Sie sich zusammenreimen.«

»Vermutlich haben Sie ihn mit dieser Waffe da erledigt?« Wolf wies auf die Pistole in des »Rächers« Hand.

»Ganz recht. Terhoven und die anderen. Und wissen Sie was? Ich würd's wieder tun.«

***

»Karin, Besuch für dich.« Mit dem Kopf wies Manu auf die hübsche junge Frau, die etwas unschlüssig unter der Tür stand und zu Karin Winter herüberblickte. »Meinst du, es geht, oder soll ich sie vertrösten? Ich könnte verstehen, wenn du etwas Abstand brauchst nach deinem Abenteuer.« Besorgt blickte sie auf Karin hinab.

»Wer ist es?«

Manu zuckte mit den Schultern. »Wollte sie mir nicht sagen. Aber es scheint mit dieser Medikamentengeschichte zusammenzuhängen.«

Karin überlegte nur kurz. »Jep. Ich rede mit ihr.« Auch wenn sie sich keinen Reim darauf machen konnte, was die Frau von ihr wollte: Anhören würde sie sie auf jeden Fall. Wäre schließlich nicht das erste Mal, dass ein Unbekannter – sie korrigierte sich: eine Unbekannte – vor ihrem Schreibtisch auftauchte und mit einer tollen Geschichte aufwartete.

Mit raschen Schritten durchquerte sie das Großraumbüro, in dem das Herz des »Seekuriers« schlug: die Redaktion.

»Guten Tag, ich bin Karin Winter. Wie kann ich Ihnen helfen?« Sie drückte die Hand der jungen Frau, die einen fahrigen, unkonzentrierten Eindruck machte.

»Claudia Bauer«, stellte sie sich vor. »Kann ich Sie sprechen? Jetzt gleich? Ich weiß …«

»Nein, nein«, wehrte Karin ihren unausgesprochenen Einwand ab, »das ist schon in Ordnung. Schießen Sie los.«

»Wie … hier?«

»Sie haben recht. Bitte kommen Sie, wir gehen nach nebenan.« Während sie ein in der Nähe liegendes Einzelbüro ansteuerte, wandte sie sich zu Frau Bauer um. »Darf ich Ihnen eine Tasse Kaffee anbieten?«

»Wenn es keine Umstände macht?«

Karin Winter hob im Gehen zwei Finger in die Höhe, für Manu das Zeichen, zwei Tassen Kaffee zu bringen. Die Kommunikation zwischen den beiden war perfekt eingespielt.

»Das ist das Büro unseres Chefredakteurs«, erklärte Karin, als sie Platz genommen hatten. Als Claudia Bauer kurz zögerte, lächelte sie. »Keine Angst, Herr Matuschek ist bei einem Auswärtstermin.«

Manu brachte den Kaffee, dann ließ sie sie allein.

»So, Frau Bauer, jetzt können wir ungestört reden. Worum geht es denn?«

Claudia Bauer hielt sich krampfhaft an ihrer Tasche fest, plötzlich wirkte sie unschlüssig, in gewisser Weise sogar abweisend.

»Wissen Sie«, sagte Karin, um das Eis zu brechen, »wir sind zwar eine Zeitung, aber deswegen hängen wir noch längst nicht alles an die große Glocke – schon gar nicht, wenn es in familiäre Schicksale eingreift. Ich will Sie nicht drängen, aber ich sehe, dass Sie etwas bedrückt. Wenn Sie es loswerden wollen, sollten wir reden. Reden hilft, glauben Sie mir … nicht immer, aber meistens. Ich versichere Ihnen, dass kein Wort aus diesem Raum dringen wird, wenn Sie es nicht wollen.« Beim letzten Satz hatte sie vorsichtig ihre Hand auf Claudia Bauers Linke gelegt.

Claudia Bauer seufzte, dann hob sie den Kopf. »Sie haben recht«, sagte sie und rieb sich über die Augen. »Da komm ich freiwillig zu Ihnen, und dann zier ich mich so. Ich bin eine dumme Gans.«

»Nein, sind Sie nicht. Es gibt immer Dinge, über die man

ungern spricht, das ist ganz normal. Fangen Sie einfach irgendwo an, das wird schon.«

Zunächst stockend, dann zunehmend flüssiger berichtete Claudia Bauer von ihrem Mann, den es für mehrere Monate nach Hongkong verschlagen hatte. »Er hat sich so über diese Entwicklung gefreut, wissen Sie; Nicht nur, weil er seinen Job behalten konnte – die vorübergehende Versetzung nach China hat er als Auszeichnung empfunden. Und nun diese mysteriöse Geschichte – ich kann's immer noch nicht fassen.«

»Wann sind Sie zum ersten Mal darauf gekommen, dass mit der Versetzung etwas nicht stimmen könnte?«, hakte Karin nach.

»Erst bei seinem letzten Anruf. Heute, so um die Mittagszeit.«

»Heute Mittag deutscher Zeit? Da war es in Hongkong ungefähr acht Uhr abends. Und seitdem soll sich die Lage so zugespitzt haben?« Karin Winter schaute skeptisch. »Was genau hat er denn gesagt?«

Claudia Bauer versuchte, das Telefonat möglichst wortgetreu wiederzugeben. Jetzt, im Nachhinein, empfand sie seine Worte weniger als bloße Mitteilung denn als einen Hilferuf. Vor allem das abrupte Ende des Gesprächs versetzte sie noch immer in Angst und Schrecken. »Als er sich zwei Stunden danach noch mal meldete, war er voller Hektik. Er rief wie angekündigt vom Flughafen aus an. Noch während er sprach, wurde er offensichtlich von mehreren Männern bedrängt, sie müssen ihn geschlagen haben, jedenfalls hat er mehrmals aufgestöhnt. Dann haben sie ihm wohl sein Handy entrissen, denn plötzlich war die Leitung tot. Es war grauenhaft.« Sie schluchzte, als die Angst erneut in ihr hochkam. »Ach ja, er hat mich noch mal beschworen, von daheim wegzugehen, also mich und Nadine in Sicherheit zu bringen. Ich hab danach mehrfach versucht, ihn in seinem Hotel und in der Firma anzurufen. Immer hieß es lapidar, man könne meinen Mann im Moment nicht erreichen. Dann, beim letzten Anruf, so ein merkwürdiges Zögern, schließlich die hastige Auskunft, ich würde zurückgerufen.« Resigniert schüttelte sie den Kopf. »Ich versteh das alles nicht ...«

»Wie ist es, haben Sie seinen Ratschlag befolgt ... ich meine, bezüglich des Wohnortwechsels?«

»Ja. Nadine und ich haben uns bei meiner Mutter in Singen einquartiert – vorläufig wenigstens. Und Nadine lass ich erst wieder in die Schule, wenn der Spuk vorbei ist.«

»Sehr vernünftig.«

»Ach ja, fast hätt ich's vergessen: Er wies mich noch auf eine Internetseite hin, auf der er alles festgehalten hätte.«

Karin Winter wirkte wie elektrisiert, sie zog ihren Laptop zu sich. »Wissen Sie die Adresse?«

»Ja. KHB Rückversicherung, glaube ich.«

»Okay, probieren wir's mal.« Während Karin kurz auf ihre Tastatur einhämmerte, fragte sie mit einem Seitenblick auf Claudia Bauer: »Haben Sie sich die Website schon mal angesehen?«

»Nein.« Verschämt senkte sie den Blick. »Ich hab's nicht so mit den Computern, wissen Sie? Außerdem ... ich weiß nicht, ob ich das nervlich gepackt hätte. Vielleicht sehen Sie sich das erst mal allein an und sagen mir dann, worum es geht ... Würden Sie das tun, bitte?«

»Klar, mach ich.« Karin Winter drehte den Monitor etwas, sodass Claudia Bauer das Bild nicht einsehen konnte.

Dann begann sie zu lesen.

***

Die Hoffnung auf eine schnelle »Übergabe« hatte Wolf längst begraben. Kein Zweifel, er würde Jan Siefermann ausgehändigt bekommen. Aber in welchem Zustand? Offenbar schien der »Rächer« fest entschlossen, das Schauspiel, wie von ihm geplant, bis zum bitteren Ende durchzuziehen, es gewissermaßen zu zelebrieren. Doch würde Siefermann das überleben?

Was Wolf am meisten zusetzte, war seine erzwungene Tatenlosigkeit. In gewisser Weise saß er zwischen allen Stühlen: links vor ihm Jan Siefermann, der Medikamentenhändler, in diesem Augenblick einem Toten näher denn einem Lebenden. Dann, ihm gegenüber, sein zweiter Widerpart, der Mann, den sie bisher nur »den Rächer« nannten; seine Triebfeder schien einzig das Verlangen zu sein, Siefermann auf dieselbe Weise sterben zu sehen wie den eigenen Vater.

Bislang hatte der »Rächer« sich keinerlei Blöße gegeben, ganz im Gegenteil: Gelassen und doch hoch konzentriert saß er Wolf gegenüber, die Waffe in der rechten Hand, während seine Linke noch immer in der Hosentasche steckte. Wäre ein Unbeteiligter dazugestoßen, er hätte auf ein lockeres Meeting unter Geschäftsleuten getippt.

Immerhin, konsequent war er. Und perfide dazu, denn ganz offensichtlich hatte er auch Wolf eine Rolle zugedacht. Nur: welche?

Als Zuschauer?

Als Sekundant?

Oder als Medium, etwa zur Verhöhnung von Justiz und Staatsmacht?

Nee, nee, mein Freund, so haben wir nicht gewettet, dachte Wolf verärgert. Welchen Plan du auch immer ausgeheckt hast: Ich muss und werde einen Weg finden, ihn zu durchkreuzen.

Doch wie konnte der aussehen?

Und wie viel Zeit würde ihm bleiben, bis die Mittel, die der »Rächer« Siefermann gegeben hatte, zu dessen Tod geführt hätten? Sie brauchten den Mann unter allen Umständen lebend. Eine Aufarbeitung des Falles ohne Mitwirkung des Haupttäters schien Wolf im Moment kaum vorstellbar. Und selbst ein blitzartiger Zugriff des SEK schied unter den gegebenen Umständen aus. Noch ehe sich das Kommando Zutritt verschafft hätte, hätte der »Rächer« mit seiner Waffe Tabula rasa gemacht.

Je länger sich Wolf den Kopf darüber zerbrach, desto niedergeschlagener wurde er. Ihm fiel einfach kein überzeugendes Argument ein, das den »Rächer« zum Einlenken bewegen könnte.

Sein früherer Psychologietrainer kam ihm in den Sinn, ein bundesweit bekannter BKA-Profiler. Sein Ratschlag: »Wenn ihr meint, dass nichts mehr geht – reden geht immer.«

Ja, warum eigentlich nicht? Reden, den Täter in ein Gespräch verwickeln, das hieße …

… ihm die richtigen Fragen zu stellen.

Auf ihn und seine Argumente einzugehen.

Ihm Brücken zu bauen.

Ihn zurück auf den Teppich zu holen.

Da war was dran. Alles war besser, als lediglich dazusitzen und auf eine Eingebung zu warten. Wenn überhaupt so etwas wie ein Fehler des Gegners zu erwarten war, ein Nachlassen seiner Aufmerksamkeit oder ein Entgegenkommen – dann über ein Gespräch.

Während Wolf sich über seine Marschroute klar zu werden versuchte, trat der »Rächer« zu Siefermann, fühlte seinen Puls und hob anschließend sein rechtes Augenlid. Einen Augenblick lang war Wolf versucht, die Chance zu nutzen und den »Rächer« zu überwältigen.

»Tun Sie's nicht, Herr Wolf«, sagte dieser wie beiläufig – als hätte er Wolfs Gedanken erraten. »Glauben Sie mir, es würde Ihnen schlecht bekommen.«

»Dann sagen Sie mir wenigstens, wie es dem Patienten geht. Sie können –«

»Hören Sie auf mit Ihren Moralpredigten. Wenn es Sie tröstet: Bei dem ›Patienten‹, wie Sie ihn nennen, verläuft alles nach Plan.« Er lachte zynisch.

Er hatte sich wieder an seinen Platz gesetzt, nicht ohne einen Blick auf den Monitor zu werfen. Offenbar sah er keinen Grund zur Beunruhigung. »Was Siefermann betrifft, so versichere ich Ihnen: Er wird auf seinem letzten Weg keine Schmerzen erleiden«, sagte er. »Übrigens ein Privileg, das er selbst seinen Abnehmern nicht gegönnt hat.«

»Meinen Sie nicht –«

»Schluss jetzt.« Wieder schnitt ihm der »Rächer« das Wort ab. »Siefermann bekommt, was er verdient, nicht mehr und nicht weniger. Niemand kann das besser beurteilen als ich, glauben Sie mir.«

»Wie haben Sie Siefermann eigentlich in Ihre Hand bekommen?«, fragte Wolf.

Der »Rächer« hob den Kopf und sah ihm in die Augen. Irgendwie wirkt er erleichtert, dachte Wolf.

»Ich fürchtete schon, Sie würden diese Frage nie stellen … Tja, wie bekam ich Siefermann in die Hand? Eigentlich war es ganz einfach, zumindest im Nachhinein betrachtet. Gestern habe ich diesem Haus hier schon mal einen Besuch abgestattet. Dabei ist mir Siefermanns Notebook in die Hände gefallen – samt seiner externen Festplatte, wohlgemerkt.« An Siefermann gerichtet fügte er lauter hinzu: »Ein unverzeihlicher Fehler übrigens, beides in dieselbe Tasche zu packen.« Er lachte hämisch. »Für Sie, Herr Wolf, wäre das Ding eine Fundgrube gewesen. Für mich war es allenfalls Mittel zum Zweck. Was *ich* wollte, was ich *unbedingt* wollte, war Siefermann – und nur Siefermann. Da ich aber ahnte, welchen Wert sein Notebook für ihn besaß, machte ich ihm ein Angebot, das er partout nicht ausschlagen konnte: Für hundert Mille könne er es wiederhaben, bot ich ihm an. Da machte Siefermann einen entscheidenden Fehler. Für ihn war ich ein simpler Einbrecher, der auf Beutezug gewesen war. Er willigte ein. Als Übergabeort vereinbarten wir diese Villa. Und was soll ich Ihnen sagen? Pünktlich auf die Minute legte er am Bootssteg an – in einem Ruderboot, das hatte ich zur Bedingung gemacht. Na ja, auf dem Weg zum Haus war es dann ein Leichtes für mich, ihm eine Spritze mit einem Sedativum zu verpassen. Zufrieden?«

Wolf nickte. »So ähnlich hab ich es mir vorgestellt. Allerdings wäre ich erheblich zufriedener, wenn Sie Siefermanns Aburteilung der Justiz überlassen würden.«

Der »Rächer« sah ihn lange an. »Meine Meinung dazu kennen Sie, Wolf. Sehen Sie sich doch nur einmal hier um.« Er machte eine weit ausholende Armbewegung, die den ganzen Raum umfasste. »Könnten *Sie* sich einen solchen Lebensstil leisten? So wenig wie ich, nehme ich an. Und jetzt frag ich Sie: Woher hat Siefermann das Geld dafür? Ganz einfach. Er machte Geschäfte mit dem Tod. Für all das, was Sie hier sehen, betrog und mordete er. Selbst vor unschuldigen Kindern und Alten hat er nicht haltgemacht. Verstehen Sie, Wolf: Leute wie Siefermann sind gemeingefährliche Egomanen, getrieben von der Gier nach immer mehr –«

Hier fiel ihm Wolf mit einem scharfen »Ich weiß, ich weiß« ins Wort. »Aber was ist mit Ihrer eigenen Triebfeder? Halten Sie die für moralischer? Was ist sie anderes als die verkappte Gier, Ihre eigene Auffassung anderen aufoktroyieren zu wollen?«

»Wenn Sie immer noch vorhaben, mich umzustimmen – vergessen Sie's.«

***

Als drängte es sie, das Gelesene zu bestätigen, nickte Karin Winter mehrfach mit dem Kopf, während sie auf den Monitor starrte und Bauers Faktensammlung verschlang. »So ähnlich hab ich mir das nach dem bisher Gehörten schon zusammengereimt«, meinte sie grimmig. Dann drehte sie den Monitor in die alte Position zurück, sodass Claudia Bauer mitlesen konnte. »Wie wär's – noch einen Kaffee?«

»Nein, danke, aber wenn ich vielleicht ein Glas Wasser …«

»Klar. Kommt sofort.« Nachdem Karin ihre Bitte telefonisch an Manu weitergegeben hatte, wandte sie sich wieder Claudia Bauer zu. »In dieser Datei beschreibt Ihr Mann akribisch genau, wie er zu ›ungesetzlichen Handlungen‹, wie er es nennt, gezwungen wurde. Sagt Ihnen der Name Jing Zhao etwas?«

Claudia Bauer schüttelte den Kopf. »Jing Zhao? Nein, nie gehört. Wer oder was soll das sein?« Dankend nickte sie Manu zu, als sie das Wasser brachte.

»Wenn ich es richtig verstanden habe, handelt es sich um einen Hersteller respektive einen Lieferanten gefälschter Medikamente – möglicherweise beides in Personalunion, das hat sich mir nicht recht erschlossen. Dieser Mann jedenfalls schien ein Problem zu haben, und das hieß: Wie kann er sein Zeug in den lukrativen deutschen Markt einschleusen – am Zoll vorbei, wohlgemerkt. Was ihm fehlte, war der Kontakt zu einem Logistiker, dem Logistiker eines bekannten, absolut seriösen chinesischen Herstellers, der nach Deutschland exportiert und dessen Ruf und Produkte über jeden Zweifel erhaben sind. Dazu muss man wissen, dass die deutschen Zollbehörden am Hamburger Zollhafen nicht annähernd über die notwendigen Kapazitäten verfügen, um die zigtausend Container, die Tag für Tag nach Deutschland hereinfluten, kontrollieren beziehungsweise durchleuchten zu können. Die Folge ist, dass die Ware von Importeuren mit gutem Namen mehr oder weniger ungeprüft durchgewunken und allenfalls sporadisch durchleuchtet wird, Hauptsache, die Papiere stimmen. Alle anderen Container werden penibel gefilzt.«

»Verstehe«, sagte Claudia Bauer, »und TenSing-Tools, für die mein Mann arbeitet, gehören quasi zu den Guten, ja?«

»Sie haben's erfasst. Welche Rolle Ihrem Mann dabei zugedacht war, hat er uns hier aufgeschrieben. Und es ist verblüffend einfach: Er hatte nur – »nur« in Anführungszeichen – die Exportpapiere des falschen Lieferanten zu fälschen, das heißt: sie als Ware von TenSing-Tools zu deklarieren. Schon wird aus Containern eines unbekannten – sprich: zu kontrollierenden – Containers aus Hongkong ein TenSing-Tools-Exportcontainer, der von Kontrollen weitestgehend verschont bleibt. Die gefälschten Medikamente kommen auf diese Weise ungeprüft ins Land, das muss man sich mal reinziehen. Von Hamburg aus werden die Container dann ganz legal zu Jing Zhaos Verteilzentrum gefahren. Dort wird ihr Inhalt in kleinere Chargen aufgeteilt – vermutlich von vielen fleißigen Chinesen – und ganz regulär, zum Beispiel per UPS, an das Verteilernetz des deutschen Importeurs weitergeleitet. Und das Beste: Der Importeur, dieser ›feine Herr‹, ist an der eigentlichen Warenverteilung überhaupt nicht beteiligt, schreibt Ihr Mann. Er stimmmt lediglich den Verteilweg mit Jing Zhao ab – was ihm im Ernstfall schwerlich nachzuweisen sein dürfte.«

Die ganze Zeit schon kaute Claudia Bauer auf ihrer Unterlippe. Schließlich hob sie den Kopf. »Aber wieso gerade Karlheinz?«, fragte sie mit zittriger Stimme.

»Für diese Leute war er der ideale Mann, denke ich. Deren Geschäft steht und fällt mit dem ungehinderten Passieren der deutschen Zollgrenze, und dafür hat Ihr Mann ideale Voraussetzungen: Er ist Deutscher, noch dazu Logistikspezialist. Und er ist Mitarbeiter eines seriösen chinesischen Unternehmens, das regelmäßig Waren per Container nach Deutschland importiert – da können die gefälschten Medikamente ohne großes Risiko mitschwimmen. Etwas anderes will sich mir jedoch noch immer nicht erschließen, nämlich: Welches Druckmittel haben diese Leute Ihrem Mann gegenüber? Wie haben sie ihn gefügig gemacht? Darüber wird hier kein Wort verloren. Wissen *Sie* es, Frau Bauer?«

Claudia Bauer vergrub ihr Gesicht in beiden Händen, unkontrolliert schwankte ihr Oberkörper vor und zurück. Karin überlegte schon, ob sie einen Arzt rufen sollte, stand dann aber instinktiv auf, legte ihre Hände auf Claudia Bauers Schultern und drückte ihren Kopf behutsam an sich. Und tatsächlich, schon wenig später schien die Arme sich etwas gefangen zu haben, das Schluchzen erstarb.

Mit den Händen wischte sie die Tränen weg und sah zu Karin auf. »Danke, Frau Winter, es geht schon wieder, bitte entschuldigen Sie«, hauchte sie. Karin reichte ihr ein Taschentuch und einen kleinen Spiegel, sodass sie sich notdürftig zurechtmachen konnte.

»Wir«, sagte sie, »*wir* waren ihr Faustpfand, Nadine und ich. Und es ist nur wenige Stunden her, dass diese Leute sich erneut in Erinnerung gebracht haben.« Sie berichtete Karin Winter von dem Lederarmband, das sie am Schulranzen von Nadine gefunden hatte. »Sie sind ständig in unserer Nähe und doch unsichtbar, direkt unheimlich ist das. Jetzt ist mir auch klar, wieso. Offenbar handelt es sich um Leute von diesem Jing Zhao, die hier für ihn arbeiten. Bestimmt haben die auch Hector getötet.«

»Hector?«

»Hector, unser Hund. Ein Rhodesian Ridgeback, groß und kräftig … aber das hat ihm nichts genützt. Er war das erste Opfer dieser Gangster. Schon damals hätte ich zur Polizei gehen sollen.«

»Es hilft nichts, Frau Bauer, wir müssen jetzt nach vorne schauen. Alles andere kostet nur unnötig Zeit. Ich schlage Folgendes vor: Ich nehme sofort Kontakt mit Kommissar Wolf von der Überlinger Kripo auf. Zufällig weiß ich, dass er bereits in einer ähnlichen Sache ermittelt. Glauben Sie mir, er wird alles Nötige veranlassen, damit die Behörden in Hongkong umgehend Nachforschungen nach Ihrem Mann anstellen. Und er wird gleichzeitig dafür sorgen, dass Sie und Ihre Tochter vor den Nachstellungen dieser Leute sicher sind. Ach ja, eines will ich noch sagen: Die Art und Weise, wie Ihr Mann uns diese

Informationen übermittelt hat, verdient höchsten Respekt. So was muss einem erst einmal einfallen.«

Nachdem Claudia Bauer sich verabschiedet hatte, griff Karin Winter zu ihrem Telefon und wählte die Nummer der Überlinger Kripo. Am anderen Ende meldete sich Jo.

»Hallo, Frau Louredo, ich müsste dringend etwas loswerden. Könnten Sie wohl Kommissar Wolf für mich auftreiben?«

»Tut mir leid, der ist dienstlich unterwegs. Kann *ich* Ihnen weiterhelfen?«

»An sich gern, aber in dieser Sache dürfen wir keine Zeit verlieren. Vielleicht könnten Sie mir verraten, wo ich ihn finde?«

Jo überlegte kurz, ehe sie sich zu einer Teilantwort entschloss. »Er ist auf einem Außeneinsatz in Friedrichshafen. Mehr kann und darf ich Ihnen nicht sagen, tut mir leid, Frau Winter.«

»Sicher ist er hinter diesen Medikamentenfälschern her«, sagte sie aufs Geratewohl.

Jo erwiderte, etwas resigniert: »Wenn Sie's eh schon wissen.«

»Aber genau darum geht es doch. Ich habe verlässliche Informationen erhalten, die seine Ermittlungen direkt betreffen und den Fall womöglich in einem neuen Licht erscheinen lassen. Also, verraten Sie mir die Adresse?«

Jo zögerte noch, dann hatte sie sich durchgerungen: »Also gut, weil Sie es sind, Frau Winter.«

***

Einen kurzen Moment lang hatte Henning geglaubt, das Codewort, das ihnen den Zugriff signalisierte, vernommen zu haben. Doch er schien sich getäuscht zu haben. Eng aneinandergedrängt schmiegten sie sich zu viert in eine schmale Nische: er selbst zusammen mit seinem LKA-Kollegen Oberkommissar Jörg Schönhuber sowie zwei Mann aus dem SEK-Team. Zwei weitere Gruppen mit je vier SEK-Beamten hielten sich in vergleichbaren, vom Haus aus nicht einsehbaren Positionen für den Zugriff bereit.

Die überdimensionierten Glasflächen des Gebäudes hatten ihnen die Annäherung nicht gerade erleichtert. Rechnete man die zahlreichen Kameras hinzu, die Siefermann an so gut wie allen strategisch wichtigen Punkten hatte anbringen lassen, so schien ein unbemerktes Eindringen in das Gebäude reine Glückssache zu sein. Wie die Dinge lagen, musste davon ausgegangen werden, dass der »Rächer« den Monitoren höchste Aufmerksamkeit schenkte. Ein Glück, dass sie bei der Durchsuchung der Villa heute Morgen die Kamerastandorte festgehalten hatten.

Die Mehrzahl der Aufnahmegeräte war zur Straße hin ausgerichtet. Einzig auf der Seeseite hatte sich für ihr Vorhaben ein schmaler Korridor angeboten, der vom Haus aus praktisch nicht einsehbar war; er grenzte an das westlich gelegene Nachbargrundstück. Ein Boot der Wasserschutzpolizei hatte sie in der Nähe abgesetzt, und weil es aus begreiflichen Gründen nicht direkt an Siefermanns Bootssteg anlegen konnte, mussten sie – Teile ihrer Ausrüstung über dem Kopf haltend – die letzten Meter durch seichtes Wasser waten. Doch darauf war es auch nicht mehr angekommen, nachdem es kurz zuvor zu nieseln begonnen hatte.

Endlich an Land, hatten sie möglichst rasch ihre vorbestimmten Positionen einnehmen wollen, als Henning auf der vorderen Position ein scharfes Zischen ausstieß – was so viel wie »Stopp, alles auf den Boden« bedeutete. Mit einem Wink hatte er Schönhuber auf eine Kamera aufmerksam gemacht, die in dem Bericht der letzten Nacht nicht aufgeführt worden war. Sie war in etwa zwei Metern Höhe auf einem Zaunpfosten montiert; das dazugehörige Kabel verlief auf der Rückseite des Pfostens nach unten, wo es in der Erde verschwand.

Schönhuber hatte in eine der zahlreichen Taschen seines Kampfanzuges gegriffen und grinsend eine kleine Kneifzange hervorgezogen. Henning war nichts anderes übrig geblieben, als zu nicken. Selbst auf die Gefahr hin, dass im Haus der betreffende Monitor kein Bild mehr liefern würde: Für mehr als ein schnelles Durchtrennen des Kabels fehlte ihnen die Zeit.

»Den werd ich mir zur Brust nehmen, der die Kamerastandorte festgehalten hat«, hatte er aufgebracht geflüstert. »Wie kann man so ein Ding nur übersehen?« An die möglichen Folgen im Haus wagte er nicht zu denken.

Nachdem die drei Gruppen endlich ihre Positionen erreicht hatten, hatte sich Henning über Funk von der Einsatzbereitschaft der beiden anderen Teams vergewissert. Seither hieß es warten, bis das Codewort zum Zugriff fiel.

Natürlich hatten Henning und Schönhuber jedes Wort mitgehört, das nicht weiter als zehn Meter von Leo Wolfs Mikro entfernt gefallen war. Zudem schnitten die Kollegen von der Kriminaltechnik das Gespräch in voller Länge mit. Der Erfolg ihrer Mission hing dennoch einzig und allein davon ab, dass sie im entscheidenden Moment blitzartig reagierten.

Die Losung lautete: Zugang verschaffen.

Blendgranate werfen.

In das Objekt eindringen.

Widerstand brechen – was in diesem Fall hieß, den »Rächer« kampfunfähig zu machen.

Wenn alles gut lief, würden sie den Fall noch heute zu Ende bringen.

Gebe Gott, dass wir dabei keine Überraschung erleben, dachte Henning. Hätte er auch nur geahnt, welche Dimension der Fall noch entwickeln würde – vermutlich hätte er sich für den Rest des Tages dienstunfähig gemeldet.

20

Soeben hatte der »Rächer« genüsslich seinen Willen bekräftigt, Jan Siefermann über die Klinge springen zu lassen, da verfinsterte sich plötzlich seine Miene, misstrauisch starrte er auf den Monitor. Dann hob er den Kopf und sah zu den Fenstern hinüber. Einen Moment lang sah es so aus, als wolle er hinübergehen und hinausschauen. Irgendetwas musste da draußen vorgefallen sein – etwas, das er auf dem Monitor gesehen und das seine Besorgnis erregt hatte.

Wolf schwante nichts Gutes. Hatten die SEK-Kollegen womöglich Scheiße gebaut? Er beschloss, den Stier bei den Hörnern zu packen.

»Probleme mit Siefermanns Videoüberwachung?«, fragte er scheinbar arglos, wohl wissend, dass Henning und seine Leute den Dialog mitverfolgten.

Doch die Überraschung beim »Rächer« hielt sich in Grenzen; Wolfs Kenntnis von Siefermanns Sicherheitseinrichtungen war ihm allenfalls eine hochgezogene Augenbraue wert. Während er über die Tastatur mehrere Zahlenkombinationen eingab, erklärte er bemerkenswert gelassen: »Eines dieser Mistdinger da draußen ist ausgefallen.«

Die Antwort zerstreute Wolfs Bedenken, fast hätte er hörbar aufgeatmet. Ja, weiter so, dachte er, du musst ihn ablenken, beschäftigen, verunsichern, vor dir hertreiben.

»Dieses Ding da vor Ihnen … könnte es sein, dass es sich dabei um Siefermanns Notebook handelt?«

»Ich sehe, Sie haben Ihre Hausaufgaben gemacht.« Der »Rächer« nickte, nicht im Geringsten erstaunt, und schob das Gerät etwas von sich. Der Ausfall der Kamera schien ihn nicht weiter zu beunruhigen.

»Da sind Sie uns wieder einmal zuvorgekommen«, redete Wolf im Plauderton weiter. »Schade. Wir hätten etwas darum gegeben, Siefermanns Notebook in die Finger zu bekommen. Leider erwies sich sein Bau bei unserer Hausdurchsuchung als leer.«

Hinter der Maske des »Rächers« ertönte ein rhythmisches Glucksen – es hörte sich an, als lachte er. »Tja, mein Lieber: Wer zu spät kommt, den bestraft das Leben.«

Wolf kam ein Gedanke. »*Sie* waren es auch, der Siefermann beim Zoll im Frankfurter Flughafen angeschwärzt hat, habe ich recht?«

»Chapeau, Herr Wolf. Ich wollte ihn zum Schwitzen bringen, ihm Angst einjagen.« Wieder lachte der »Rächer«, doch diesmal hätte er sich fast verschluckt. Erst nach ausgiebigem Räuspern konnte er weitersprechen. »Über Siefermanns Fernostreisen hab ich ja bestens Bescheid gewusst.«

»Durch sein Notebook vermutlich.«

»Nein.« Er schüttelte den Kopf. »Was diesen Punkt betrifft, hatte ich weitaus bessere Quellen.«

»Was meinen Sie?«

»Ich meine den Terminkalender in Siefermanns Arbeitszimmer.«

»Wie … soll das heißen, Sie waren schon öfter hier?«

»Oh, hab ich Ihnen das noch nicht gesagt? Zwei- oder dreimal … jedenfalls öfter, als Siefermann vermutlich lieb war.«

»Erstaunlich. Wenn ich richtig informiert bin, verfügt das Haus – neben einer gut funktionierenden Videoüberwachung – auch über eine Alarmanlage. Wie haben Sie die geknackt?«

Da lachte der »Rächer« schallend auf. »Wieso sollte ich sie knacken? Es stimmt schon, das Haus ist bestens abgesichert. Na und? Wer unbedingt reinwill, der schafft das auch. Fast jedes Sicherheitssystem hat gewisse Schwachpunkte, Sie wissen das – man muss sie nur finden. Und wie hieß der in diesem Fall? Na, was denken Sie?« Wieder drang dieses Glucksen unter der Maske hervor. »Nun kommen Sie schon, Wolf, zeigen Sie ein bisschen Phantasie. Oder ist das von einem Beamten zu viel verlangt? – Sie kommen nicht drauf? Na gut, ich verrat's Ihnen: Siefermanns Schwachpunkt hört auf den Namen Paula.«

»Das Hausmädchen?«

»Ja. Warum nicht? Auch Hausmädchen wissen Bares zu schätzen – ach, was sag ich, *vor allem* die.«

Wolf verschränkte die Arme vor der Brust und lehnte sich

zurück. So lassen sich einige lose Enden verknüpfen, dachte er. Weiter, mach weiter so, treib ihn vor dir her.

»Wissen Sie, ich frage mich schon die ganze Zeit, was wohl *Ihr* Schwachpunkt sein könnte?«

»Mein was? Was soll die Frage?«

»Ihr Schwachpunkt ist Ihr Vater, habe ich recht?«, fuhr Wolf ungerührt fort.

»Mann, was faseln Sie da?«

»Haben Sie mir nicht selbst erzählt, Ihr Vater sei nach Einnahme eines gefälschten Medikamentes gestorben? Dieses ... wie hieß es doch gleich?«

»L-Dopa-Mittel. Na und?«

»Dummerweise sind mir die Zusammenhänge erst heute Mittag klar geworden, als ich die Liste bekommen habe ...«

»Von welcher Liste reden Sie?«

»Ach, tun Sie doch nicht so, Sie klingen, als wüssten Sie sehr gut, von welcher Liste ich rede.« Wolf legte eine kurze Kunstpause ein. »Ich meine die interne Liste des Gesundheitsamtes Überlingen, in der die festgestellten – ich zitiere – ›Todesfälle infolge Einnahme beziehungsweise Verabreichung gefälschter Medikamente‹ aufgelistet sind. Ein fürchterliches Deutsch, ich geb's zu, aber so steht es dort.«

»Ach, *die* meinen Sie.« Noch immer zeigte der »Rächer« keine sichtbare Reaktion – der Mann schien über ein bemerkenswertes Nervenkostüm zu verfügen. »Und was hab ich damit zu tun?«

»Auf dieser Liste steht der Name Ihres Vaters. Na, klingelt es jetzt bei Ihnen?«

»Das mag ja sein. Allerdings versteh ich nicht, was Sie davon ableiten wollen.«

»Sind Sie so naiv, oder tun Sie nur so?«

»Das beantwortet meine Frage nicht. Also?«

»Sie sollten endlich diese dämliche Maske abnehmen – ist das Antwort genug? Falls Sie's noch nicht gemerkt haben: Die Liste hat sie enttarnt, großer Meister.«

***

Jörg Schönhuber hob die Hand und sah zu Henning hinüber, seine Augen waren unter der Sturmhaube weit aufgerissen. »Mann, hast du das gehört?«, flüsterte er aufgeregt.

»Pst!«, machte Henning und hob warnend die Hand. Gleich würde der Name des »Rächers« fallen. Den Moment wollte er unter keinen Umständen verpassen.

Just in diesem Moment erklang in seinem Headset eine quäkende Stimme – einer der Beamten, die verdeckt den Zugang von der Straßenseite her überwachten, hatte sich über das interne Funknetz aufgeschaltet. Ausgerechnet jetzt. Warum nicht fünf Minuten später?, fluchte er stumm.

»SEK1 hier. Was gibt's?«, flüsterte Henning.

»Wir halten hier eine Frau fest, die auf das Grundstück wollte. Sagt, Sie müsse HK Wolf eine dringende Nachricht überbringen.«

»Was für eine Nachricht?«

»Will Sie uns nicht sagen.«

»Habt Ihr ihren Namen?«

»Klar. Sie hat sich als Karin Winter ausgewiesen. Sagt, sie würde für den ›Seekurier‹ arbeiten. Wie sollen wir uns verhalten?«

Henning atmete erst mal tief durch, ehe er Antwort gab. »Festhalten. Im Moment könnte jede Kontaktaufnahme von außen unabsehbare Folgen haben.« Dann überlegte er es sich anders. »Wo ist Frau Winter jetzt? Kann ich sie kurz sprechen?«

»Ich hole sie.«

Gleich darauf hatte er Karins Stimme im Ohr. »Ich fürchte, ich hab euch ins Handwerk gepfuscht«, meinte sie kleinlaut.

»Du bist mitten in die finale Auseinandersetzung geplatzt. Was gibt's denn so Dringendes?«

»Ich habe zuverlässige Informationen, wie die gefälschten Medikamente ins Land geschafft werden. Und ich brauche dich in einer internationalen –«

»Das ist gut, sehr gut … nur der Zeitpunkt ist schlecht. Wir melden uns bei dir. Ende.«

Leicht belämmert reichte Karin das Funkgerät zurück. Wie gern hätte sie Henning von ihren Recherchen mit Claudia Bauer und von ihrer Entführung erzählt, doch er hatte sie vorzeitig ausgebremst. Jener Sachsenkönig, dessen Zitat sie Wolf einmal an den Kopf geworfen hatte, fiel ihr wieder ein: »Dann macht doch euern Dreck alleene, meine Herren!«.

***

»Die Liste hat Sie enttarnt, großer Meister«, hatte Wolf gesagt und den »Rächer« aufgefordert, seine »dämliche« Maske abzunehmen. Bei diesem Wort war sein Gegenüber sichtbar zusammengezuckt. Zum ersten Mal während ihres Treffens zeigte er Nerven. Bislang hatte er sich entspannt in seinem Sessel gelümmelt und – die Pistole in der freien Hand – mit dem übergeschlagenen Bein gewippt. Nun jedoch war Schluss mit lustig: Ruckartig stellte er die Beine nebeneinander und brachte den gestrafften Oberkörper nach vorn, während er gleichzeitig Wolf fixierte.

»Und wenn ich's täte … ich meine, wenn ich die Maske abnähme: Würde sich dadurch Ihrer Meinung nach etwas ändern?«, fragte er lauernd.

»Nicht wirklich, nehme ich an. Immerhin würde ich mich nicht länger verscheißert fühlen. Versetzten Sie sich doch mal in meine Lage: Wie kämen Sie sich denn vor, wenn Sie mit einem Mann verhandelten, dessen Name und Gesicht Sie kennen und der sich gleichwohl hinter einer Maske versteckt?«

»Moment mal: verhandeln? Hab ich eben ›verhandeln‹ verstanden? Hier wird nichts verhandelt. Wenn ich Ihnen etwas in Erinnerung rufen darf: Sie sind hier, weil ich Ihnen Siefermanns Übergabe angeboten habe.« Mit einem Seitenblick auf den Sessel am Fenster ergänzte er: »Zumindest das, was dann noch von ihm übrig sein wird. Und was die Maske betrifft – okay, ich geb's zu. Diese verdammte Liste ist schuld. Sie scheint mir tatsächlich einen Strich durch die Rechnung gemacht zu haben.«

»So wie Sie uns – indem Sie sich Ihr Wissen über den Ritualmordfall zunutze gemacht haben, um uns auf eine falsche Fährte zu locken, nur damit Sie ungehindert Ihren Rachefeldzug zu Ende führen können.«

»Tja, Wolf, es ist wie in der Politik, wissen Sie: Gut gemeint ist noch lange nicht gut gemacht. Aber sei's drum, mir wird ohnehin zu heiß unter dem verfluchten Ding.« Ehe Wolf sich recht versah, legte sein Gegenüber die Pistole auf den Tisch, fasste mit der rechten Hand nach oben und zog die Maske ab.

Lange hatte Wolf auf diesen Moment gewartet. Der ominöse »Rächer« hatte tagelang alle verfügbaren Polizeikräfte gebunden – länger als der Kopf des Fälschersyndikats. Und nun saß der Mann in persona vor ihm.

Mehr noch: Ab sofort hatte er ein Gesicht.

Und einen Namen.

Der Mann, den alle nur den »Rächer« nannten, war niemand anderer als Dr. Michael Hohdorf. Der Mann, den er vor vier Tagen höchstpersönlich in sein Team geholt hatte.

Wolf konnte seinen Triumph angesichts der sichtbaren Bestätigung seines Verdachts nur mit Mühe unterdrücken. »Wie heißt es doch so schön, Herr Dr. Hohdorf: Man sieht sich immer zwei Mal im Leben.« Er versuchte, in dem geröteten Gesicht des forensischen Psychiaters zu lesen. »Haben Sie im Ernst geglaubt, mit diesem Mummenschanz durchzukommen?«

»Nicht wirklich, um Ihre Worte von vorhin zu gebrauchen. Immerhin, einen Versuch schien es mir wert zu sein.«

»Weil Sie sich einen zeitlichen Aufschub davon versprochen haben, hier als Guy Fawkes aufzutreten, nicht wahr? Wie ich Sie einschätze, haben Sie Ihre Rächermission noch längst nicht erfüllt – sehe ich das richtig?«

»Das sehen Sie richtig, Wolf.« Hohdorf nickte ernst.

»Und aus dem gleichen Grund haben Sie diese leidige Ritualmordserie in Szene gesetzt. Sie wollten Zeit gewinnen.«

»Meinen Plänen hat es jedenfalls genutzt«, gab Hohdorf zu, »schließlich dauerte es drei Tage, bis Sie die Gefährdungslage als das erkannten, was sie wirklich war: ein gegen willfährige Apotheker und deren Lieferanten gerichteter Rachefeldzug. Nicht gerade ein Ruhmesblatt für die Überlinger Ermittler, würde ich sagen – oder sehen Sie das anders?«

Wolf lächelte schief. »Sagen wir so: Ich kann Ihre Gedankengänge nachvollziehen.«

»Oh, wie gnädig. – Und dann noch Ihr vermeintlich genialer Schachzug, ausgerechnet mich als externen Berater in Ihr Team zu holen. Etwas Besseres hätte mir kaum passieren können ...«

»Ach kommen Sie, Hohdorf, nun sagen Sie's schon: Ich hab den Bock zum Gärtner gemacht.« Wolf nickte betreten.

»In der Tat. Ich dachte, ich schmeiß mich weg. In gewisser Weise half ich mit, gegen mich selbst zu ermitteln – fürwahr ein Treppenwitz der Kriminalgeschichte, finden Sie nicht auch? Gleichzeitig erschlossen sich mir aber wichtige Informationsquellen für meinen Rachefeldzug – Informationen über Ermittlungsfortschritte aus erster Hand, wann bekommt man die als Täter schon?«

Wolf nickte widerstrebend. »Zugegeben, auch dieser Punkt geht an Sie. Dennoch. Ich denke, Sie sind die längste Zeit der ›Rächer‹ gewesen, Herr Dr. Hohdorf. Ihre Zeit ist abgelaufen, Sie haben es nur noch nicht gemerkt.«

Zu Wolfs Überraschung lachte Hohdorf schallend auf. »Mit Verlaub gesagt, Wolf: Ihre Prognose geht mir am Arsch vorbei.«

»Sie können doch nicht ernsthaft annehmen, dass wir Sie weiter gewähren lassen, jetzt, nachdem Ihr Inkognito gelüftet ist?«

»Ich wüsste nicht, wer oder was mich daran hindern könnte«, entgegnete Hohdorf amüsiert. »Oder denken Sie, ich hätte das nicht einkalkuliert, würde mich ohne Rückversicherung aus der Deckung wagen?«

»Wir werden sehen. Und jetzt lassen Sie uns endlich zu einem Ende kommen. Wie stellen Sie sich die Übergabe Ihres Gefangenen vor?«

Hohdorf erhob sich aus seinem Sessel und ging zu Siefermann hinüber, wo er die bekannte Prozedur wiederholte: Erst fühlte er den Puls, dann hob er das Augenlid. Diesmal jedoch ging er bedachter zu Werke und bot Wolf nicht die geringste Chance, sich ihm unbemerkt von hinten zu nähern. Mit versteinertem Gesicht sah er auf die Jammergestalt hinab. »Mir ist, als stünde ich vor meinem Vater. Genauso hat er ausgesehen in seinen letzten Stunden, apathisch, mit wächsernem Gesicht, dem Tod näher als dem Leben. Bald darauf war sein Lebenslicht erloschen ... einfach so, aus reiner Profitgier. Und dieser Kerl hier hat ihn auf dem Gewissen.« In einer kurzen Gefühlsaufwallung trat er mit dem Fuß gegen Siefermanns Beine, dann hatte er sich wieder in der Gewalt.

Wolf kam zu der Überzeugung, dass sich der Zugriff nun nicht mehr lange hinauszögern ließ. Mit dem Aussprechen des Codeworts würde er ihn unwiderruflich einleiten und dieser mehr als makaberen Show endlich ein Ende bereiten. Trotzdem wollte er noch einen letzten, einen allerletzten Versuch unternehmen, um seinen Gegenspieler zur Vernunft zu bringen. Er fand, das war er sich und Hohdorf schuldig.

Ohne Hast erhob er sich und ging ein paar Schritte, den Blick dabei fest auf Hohdorf gerichtet. »Wollen Sie tatsächlich Ernst machen und den Mann krepieren lassen? Ist Ihnen schon mal der Gedanke gekommen, dass Sie sich damit auf die gleiche Stufe wie Siefermann stellen? Gut, Ihr Motiv mag ein anderes sein, aber Mord bleibt Mord, das lässt sich nicht schönreden. Deshalb bitte ich Sie, übergeben Sie den Mann dem Richter.«

Doch Hohdorf schien nicht gewillt, seiner Aufforderung nachzukommen. »Stopp, keine Diskussion mehr«, sagte er resolut. »Ich schätze, noch eine halbe Stunde, dann gehört er Ihnen. Bevor ich abhaue, möchte ich allerdings noch ein paar Sicherheits–«

»Einen Moment noch«, fiel ihm Wolf ins Wort. »Wie viel Uhr haben wir jetzt?«

Hohdorf sollte keine Gelegenheit mehr zu einer Antwort bekommen.

Unter wuchtigen Schlägen zersplitterten zuerst mehrere Fensterscheiben, begleitet von einem ohrenbetäubenden Klirren. Sekundenbruchteile später detonierte eine Blendgranate. Der Knall und das sich blitzschnell ausbreitende gleißende Licht führten augenblicklich zu absoluter Orientierungslosigkeit.

Im nächsten Moment wimmelte der Raum von schwarz gekleideten Männern, mehrere von ihnen warfen sich auf Hohdorf und entwanden ihm die Waffe, bevor sie ihn zum Hochheben der Hände aufforderten. Durch den Raum zogen wabernde Rauchschwaden und beißender Magnesiumgeruch.

»Haben Sie nicht verstanden, Mann? Nehmen Sie die Hand aus der Tasche und auf den Boden legen, wird's bald?«, herrschte Henning den verstört dreinblickenden Hohdorf an, nachdem er sich mit einem kurzen Seitenblick davon überzeugt hatte, dass mit seinem Vater alles in Ordnung war.

Auch die zweite Aufforderung löste keine Reaktion bei Hohdorf aus, ganz im Gegenteil: Seine leeren Augen ließen jedes Verständnis vermissen. Die Wirkung der Blendgranate schien unvermindert anzuhalten. Erst ein kräftiger Stoß mit einem Sturmgewehr in seinen Rücken ließ ihn wieder zu sich kommen. Jetzt endlich kehrte wieder Leben in seine Augen zurück. Ohne Hast zog er die Linke aus der Hosentasche und führte beide Hände langsam zur Decke.

Im selben Moment schlug die Stimmung im Raum in Bestürzung um, die in der Nähe stehenden Beamten erstarrten mitten in der Bewegung. Hennings Warnruf alarmierte auch den Rest der Gruppe.

Was Hohdorf mit der Linken in die Höhe hielt, war ein dunkler eiförmiger Metallgegenstand, genauer: eine US-Splitter-Handgranate M61. Sie war scharf, wie die Polizisten am gezogenen Sicherungssplint unschwer erkannten.

Der Mann ist tatsächlich zum Äußersten entschlossen, dachte Wolf. Wer soll sich jetzt noch an ihn heranwagen? Er braucht nur die Faust zu öffnen, und der ganze Laden hier geht hops – und alle Anwesenden mit ihm.

»Ich sehe, Sie wissen Bescheid«, rief Hohdorf mit zurückgekehrtem Elan. An Leo Wolf gewandt, fügte er halblaut hinzu: »Na, hab ich Ihnen nicht gesagt, ich hätte mich rückversichert?« Er setzte ein schiefes Grinsen auf; nur ein Zucken um den Mund verriet seine innere Anspannung. Dann nahm er die Hände herunter und räusperte sich. »Und jetzt bitte ich die Herren kurz um Aufmerksamkeit. Niemandem wird etwas geschehen, wenn Sie meine Anordnungen strikt befolgen. Bitte verlassen Sie umgehend das Haus – alle, außer Hauptkommissar Leo Wolf und dem Mann in dem Lehnstuhl. Ach ja, und dann hätte ich gern meine Pistole wieder.«

Eine gespenstische Ruhe hing jetzt im Raum, was nach dem

überfallartigen Eindringen des SEK umso bedrohlicher wirkte. Henning suchte möglichst unauffällig den Blick seines Vaters. Er glaubte, ein unmerkliches Nicken wahrzunehmen. Verbissen mahlte er mit den Zähnen. »Okay. Gebt ihm die Waffe. Wir rücken ab.«

In nicht mal einer Minute war der ganze Spuk vorbei, die SEK-Beamten unverrichteter Dinge abgezogen. Als wäre nichts geschehen, saß Wolf wie zuvor seinem Kontrahenten gegenüber, in geringer Entfernung der unverändert leblos wirkende Siefermann. Ringsum herrschte Stille, nichts rührte sich.

Nichts geschehen? Im Gegenteil, alles ist hin, dachte Wolf. Die Bemühungen um Deeskalation, um Siefermanns Leben, um die Aufklärung des Falles – alles für die Katz. Der Coup des »Rächers« hat uns wieder auf den Status quo zurückgeworfen, Siefermanns Schicksal war damit endgültig besiegelt. Wolf war nahe daran, zu resignieren, da drang, wie aus dem Off, die Stimme des »Rächers« an sein Ohr.

»Tut mir leid, Herr Wolf, dass ich Ihnen die Tour vermasselt habe. Aber Zwischenfälle dieser Art musste ich natürlich einkalkulieren, das verstehen Sie doch.«

Dieser widerliche, arrogante, starrsinnige Kerl – der Teufel sollte ihn holen! Mit sachlichen Argumenten war bei Hohdorf wenig auszurichten, das wusste Wolf nun. Da mussten andere Geschütze aufgefahren werden. Man musste ihn dort treffen, wo er am empfindlichsten war.

Und er wusste auch schon, wie er es anzustellen hatte.

»Um auf Ihren verschiedenen Vater zurückzukommen –«

»Er ist nicht einfach verschieden, er wurde ermordet«, fiel ihm Hohdorf ins Wort.

»Also gut, ermordet. Sie haben wohl sehr an ihm gehangen?«

»Bitte lassen Sie meinen Vater aus dem Spiel.«

»Okay. Und trotzdem, warum werde ich das Gefühl nicht los, dass Sie es darauf anlegen, ihm möglichst bald in die ewigen Jagdgründe zu folgen? Ist Ihnen Siefermanns Tod wirklich so viel wert?«

»Nennen Sie es, wie Sie wollen, unterstellen Sie mir meinetwegen Sendungsbewusstsein oder etwas in der Art. Ich hab die Sache begonnen, also bring ich sie auch zu Ende. Wie gesagt, noch eine halbe Stunde, dann ist der Kerl da drüben Geschichte. Allerdings …«

»Allerdings?«

Hohdorf kaute unschlüssig auf seiner Unterlippe. »Nun, anschließend wird es eine kleine Änderung geben: Ich muss Sie bitten, mit mir zu kommen, als Faustpfand gewissermaßen. Wenigstens so lange, bis ich in Sicherheit bin.«

»Ach, Hohdorf, jetzt hören Sie schon auf. Glauben Sie immer noch daran, sich freipressen zu können? Sie wissen doch, wie das läuft. Wir werden Sie jagen, Tag und Nacht, wenn es sein muss, bis ans Ende der Welt. Irgendwann sind Sie dran. Irgendwann fallen Ihnen die Augen zu …«

»Ja, ja, sparen Sie sich Ihre Worte.« Hohdorf verzog das Gesicht zu einem spöttischen Lächeln. »Seien Sie ehrlich. Hätten Sie gedacht, dass ich Ihre Leute so einfach aus dem Haus jagen kann? Na, sehen Sie. Wie gesagt, ich bin auf alle Eventualitäten vorbereitet.«

Wieder stand er auf und ging zu der Jammergestalt im Lehnstuhl hinüber, wo er – wie ein Wissenschaftler auf sein Versuchstier – auf Siefermanns schlaffen Körper hinabstarrte. Nach einer neuerlichen Überprüfung seines Zustands drückte sein Gesichtsausdruck Zufriedenheit aus. Als er sich gleich darauf wieder Wolf zuwenden wollte, um ihm den Befund zu erläutern, drang ein ungewohntes Geräusch an ihr Ohr. Es klang wie das gleichmäßige, fortdauernde Summen eines Elektroaggregats und schien aus dem hinteren Teil des Salons zu kommen. Verwundert drehte nun auch Wolf sich um, beider Blicke durchforschten jeden Winkel des Raumes. Dann erstarb das Geräusch so plötzlich, wie es begonnen hatte. Hohdorf setzte schon erneut zum Sprechen an, da horchte er abermals auf. Diesmal hörte es sich wie ein Quietschen an, etwa so, wie es beim Öffnen einer stramm sitzenden Tür entsteht.

Hohdorf, in der Linken noch immer die entsicherte Handgranate, hob mit der rechten Hand seine Pistole an; vorsorglich zielte er in die Richtung des mysteriösen Geräusches. Als das

Quietschen erstarb, stand totale Verblüffung in seinem Gesicht. Eine bisher nicht sichtbare Tür in einer Mittelwand war zur Seite geglitten, und aus der dahinterliegenden Öffnung trat ein Mann hervor: hochgewachsen, mit einer wilden, offenbar schwer zu zähmenden Frisur, unter der eine spitze Nase hervorstach. Er war sportlich-salopp und doch erkennbar teuer gekleidet. Die hochgekrempelten Ärmel seiner Jacke gaben den Blick auf ein Unterarm-Tattoo frei, das Wolf an einen chinesischen Drachen erinnerte. In der rechten Hand hielt er einen Businesskoffer aus mahagonifarbenem Leder.

Der Neuankömmling blieb wie angewurzelt stehen, als er die beiden Männer vor sich erblickte. Sein Blick flog zwischen Wolf und Hohdorf hin und her, und es dauerte eine geraume Weile, bis er sich von seiner Verblüffung erholt hatte. Mit rauer, kehliger Stimme fragte er: »Wer sind Sie? Wie sind Sie hier reingekommen?«

»Das fragen wir *Sie*«, gab Hohdorf zurück, »und ich rate Ihnen, uns nicht lange im Unklaren zu lassen.« Er unterstrich seine Forderung, indem er die Pistole auf ihn richtete.

Uns? Hat der Verrückte dort drüben tatsächlich »uns« gesagt?, fragte sich Wolf. Verständlicherweise war er wenig erbaut davon, mit Hohdorf in einen Topf geworfen zu werden. Doch der Neuankömmling hatte bereits reagiert, wenn auch anders, als von ihm erwartet wurde. Ohne sich im Geringsten von der Waffe beeindrucken zu lassen, war er an Hohdorf vorbei zu dem Lehnstuhl gegangen. Voller Bestürzung sah er auf die in sich zusammengesunkene Gestalt hinab.

»Verflucht, was habt ihr mit Bruno angestellt?«, fragte er.

Hohdorf bekam einen roten Kopf. »Sind Sie taub, Mann?«, gab er lautstark zurück. »Wer Sie sind, will ich wissen.« Mit einem Mal schien der Stress ihn zu übermannen.

Vorsichtshalber hob der Mann beide Hände hoch, Hohdorfs angeschlagene Nerven waren ihm nicht verborgen geblieben. »Sie werden's nicht glauben, aber ich wohne hier.«

»Wie, Sie wohnen hier? Wollen Sie mich verscheißern?« Hohdorfs Augenlider begannen zu flattern.

»Da gibt's nichts zu verscheißern. Das hier ist mein Haus. Und ich mache Sie darauf aufmerksam, dass Sie sich im Fokus einer Videokamera befinden.« Vage wies er dabei in den hinteren Teil des Salons. »Mit anderen Worten: Das Schauspiel, das Sie hier veranstalten, wird aufgenommen.«

»Das ist mir scheißegal«, bellte Hohdorf. Immerhin schien er sich wieder einigermaßen in der Gewalt zu haben. Mit der Pistole deutete er auf das Häuflein Elend, das scheinbar leblos in dem Lehnstuhl lag. »Also kennen Sie diesen Mann? In welcher Beziehung stehen Sie zu ihm?«

Statt auf die Frage einzugehen, sah der Neuankömmling zu Wolf hinüber. »Würden Sie mir sagen, was Ihr Partner da so krampfhaft in der linken Hand hält?«

»Erstens sind wir keine Partner, eher das Gegenteil. Und zweitens: Bei dem fraglichen Gegenstand handelt es sich um eine Handgranate – eine entsicherte, wohlgemerkt.«

Noch ehe er diese Antwort verdauen konnte, fuhr Hohdorf drohend dazwischen: »Ich warte noch immer auf Ihre Antwort!«

Nun konnte Wolf nicht mehr länger an sich halten. »Sie schnallen wohl wirklich nicht, wer da vor uns steht, was?«, fauchte er.

»Vielleicht verraten Sie's mir, Sie Siebengescheiter.«

Wolf verharrte einen Herzschlag lang, um seiner Antwort mehr Wirkung zu verleihen. »Siefermann, Hohdorf. Es ist Siefermann, der *richtige* Siefermann. Mit dem Kerl dort drüben im Stuhl haben Sie eine Niete gezogen. Was sagen Sie jetzt? Ums Haar hätten Sie den Falschen umgebracht – wenn er überhaupt noch lebt, was ich stark bezweifle.«

Der bislang so selbstsichere Hohdorf wirkte wie vor den Kopf geschlagen – als sei eine Welt für ihn zusammengebrochen. Seine Gesichtsfarbe changierte in schnellem Wechsel zwischen hochrot und blass, längst hatte er die Pistole sinken lassen.

Unterdessen war Wolf ein paar Schritte auf den Neuankömmling zugegangen. »Sie sind Jan Siefermann, hab ich recht? Und bei dem Mann dort im Lehnstuhl dürfte es sich um einen Ihrer Mitarbeiter handeln. Ach ja, nur interessehalber: Wie sind Sie eigentlich ins Haus gekommen? Ich meine, diese versteckte Tür dahinten …«

»… gehört zu einem Lift, der vom Untergeschoss hier heraufführt. Was dagegen?« Auf Wolfs zweifelnden Blick hin setzte er hinzu: »Glauben Sie's oder glauben Sie's nicht. Wie gesagt, es ist mein Haus.«

»Okay. Dann lassen Sie mich anders fragen: Wie kamen Sie ins Untergeschoss?«

»Ich wüsste nicht, was Sie das angeht«, meinte Siefermann kühl.

»Nun, ich frage mich, wie Sie ungesehen an den vielen Polizisten draußen vorbeigekommen sind. Durch den Garten jedenfalls nicht und auch ein Boot scheidet aus, Sie wären beide Male abgefangen worden. Vielleicht gibt es ja eine direkte Verbindung von einem der Nachbarareale … wem gehören die eigentlich?« Die letzte Frage war für Hennings Ohren bestimmt; Wolf hoffte inständig, dass er diese Frage schleunigst klären konnte. »Ich könnte mir vorstellen«, überlegte er weiter, »dass Sie einen gut getarnten unterirdischen Verbindungsgang haben anlegen lassen – nicht, um *ins* Haus zu gelangen, wie zum Beispiel gerade eben, sondern im Gegenteil: um ungesehen daraus *verschwinden* zu können – oder liege ich da falsch? Das ist in Ihrem Gewerbe bestimmt ein unschätzbarer Vorteil.«

Vor allem Siefermann war Wolfs Ausführung mit steigender Verwunderung gefolgt. »Nicht schlecht. Sie liegen gar nicht weit daneben. Nun aber mal zu Ihnen: Wie kommen *Sie* hier herein? Und wer sind Sie überhaupt? Okay, keine Partner, das hab ich schon verstanden. Was aber dann?« Längst hatte er die Hände wieder heruntergenommen.

»Ich bin Hauptkommissar Leo Wolf von der Kripo Überlingen. Der Herr dort drüben wird sich Ihnen selbst vorstellen, nehme ich an.«

Mittlerweile war mit Hohdorf eine Veränderung vor sich gegangen. Minutenlang hatte er sich merkwürdig unbeteiligt gezeigt. Nun entlud sich die aufgestaute Spannung mit einem gellenden Schrei. »Hören Sie auf«, brüllte er, »hören Sie verdammt noch mal auf damit! Ich kann dieses ganze Gesülze nicht mehr ertragen.« Mit ein paar schnellen Schritten baute er sich vor Siefermann auf. »Sie sagen, Sie seien Jan Siefermann, der *echte* Jan Siefermann? Warum sollte ich Ihnen das glauben?«

»Soll ich mich ausweisen?«, fragte Siefermann ironisch und machte Anstalten, in seine Gesäßtasche zu greifen.

Hohdorf hob die Pistole und drückte die Mündung in Siefermanns Bauch. »Teufel noch mal, lassen Sie Ihre Hände, wo sie sind. Wenn Sie vorhaben, mich zu übertölpeln, müssen Sie früher aufstehen.« Ohne ihn aus den Augen zu lassen, trat er einen Schritt zurück und gab Wolf einen Wink. »Sehen Sie in seiner Gesäßtasche nach, Wolf.«

Wenn's nach mir ginge, würde ich den Mann lieber auf Waffen durchsuchen, dachte der. Aber gut, wenn es so gewünscht wird …

Schließlich musste auch Hohdorf akzeptieren, dass es sich bei dem Überraschungsgast um den echten Siefermann handelte. »Na gut«, sagte er finster und deutete zu dem leblosen Bruno hinüber, »wie heißt es doch so schön: *The same procedure as every …«*

»Hohdorf, machen Sie keinen Scheiß«, versuchte Wolf, ihn zu beruhigen. »Meinen Sie nicht, dass der Mann noch gebraucht wird? Wie, bitte schön, soll ein Gericht Licht ins Dunkel bringen, wenn Sie ihn jetzt und hier ins Jenseits befördern? Es gibt bessere Wege, den Tod Ihres Vaters zu sühnen, glauben Sie mir.«

»Haben Sie's immer noch nicht kapiert? Es wird keine Gerichtsverhandlung geben! *Ich* werde meinen Vater sühnen, *ich* ganz allein. Bei mir kann sich das Schwein nicht herauslavieren.«

Mit einem Räuspern meldete sich Siefermann zu Wort; er war bei Hohdorfs Worten zunehmend nervöser geworden. »Äh, kann mir mal einer erklären, was hier eigentlich abläuft? Von welcher Gerichtsverhandlung reden Sie? Und was in drei Teufels Namen soll an wem gesühnt werden?« Er wurde blass, etwas Schauderhaftes schien ihm zu dämmern. »Soll das heißen, Sie … Sie haben mich gar nicht wegen meines Laptops herbestellt? Sie hatten niemals geplant, mir das Ding gegen Bares zurückzugeben? Sie haben das als Vorwand benutzt, um mich hierherzulocken?«

Als Antwort rammte Hohdorf die Pistole in Siefermanns

Bauch, sodass er mit schmerzverzerrtem Gesicht zusammenklappte. Sein Koffer, den er bisher krampfhaft festgehalten hatte, fiel zu Boden.

»Sind Sie wahnsinnig, Mann?«, keuchte er, als er sich endlich wieder aufrichten konnte. »Was hab ich Ihnen –«

»Getan, wollten Sie sagen? Ich sag Ihnen, was Sie getan haben: Sie haben meinen Vater umgebracht. Elendig verreckt ist der alte Mann, nachdem er eines Ihrer Medikamente geschluckt hatte.«

Als Siefermann den Schmerz wieder einigermaßen verwunden zu haben schien, setzte er ein schiefes Grinsen auf. »Ich hoffe, Sie können Ihre Behauptung auch beweisen, guter Mann.«

»Das muss ich nicht«, entgegnete Hohdorf kalt und rammte ihm erneut die Pistole in den Bauch. Ohne ihn aus den Augen zu lassen, setzte er seine Anschuldigungen fort: »Nehmen wir nur mal Ihr Mittel gegen Parkinson. Nach dem Tod meines Vaters hab ich eine Analyse davon machen lassen. Das Ergebnis dürfte Sie wohl kaum überraschen: Das Zeug ist nicht nur wertlos, es ist hochgradig giftig. Das sehen Sie ja an dem Kerl hier neben uns.«

Da endlich ging Siefermann ein Licht auf. »Mein Gott, Sie haben Bruno dieses Mittel gegeben?«, flüsterte er heiser.

Hohdorf nickte. »Dieser Mann stirbt für Sie, gewissermaßen stellvertretend. Sie kommen zu spät, um daran noch etwas zu ändern. Immerhin, er hat Sie nicht verpetzt, falls Sie das tröstet. Treu bis in den Tod, so könnte man sagen.« Er lachte freudlos. »Sehen Sie sich ruhig an, was Ihr verdammtes Zeug aus einem Menschen machen kann. Fürchterlich, nicht wahr? Und Ihnen wird es keinen Deut besser ergehen, das verspreche ich.«

»Wie lange bekommt Bruno das Mittel schon? Ich meine, selbst wenn Sie recht hätten mit Ihren Anschuldigungen: Um diese Wirkung herbeizuführen, braucht es einige Tage, wenn nicht gar Wochen.«

»Bei normaler Einnahme und bei Patienten mit kräftiger Statur – ja, da haben Sie recht.«

»Das heißt, Sie haben die Dosis erhöht?«

»Sagen wir so: Ich habe die Sache ein wenig beschleunigt.«

Mit fahler Miene wandte sich Siefermann nun direkt an Wolf:

»Hören Sie, Sie sind doch Polizist, Sie müssen das verhindern. Warum schreiten Sie nicht ein? Verbieten Sie ihm, mir das Zeug zu geben. Was kann denn ich dafür …«

Beim letzten Satz zuckte Hohdorf zusammen, sein Gesicht verzerrte sich zu einer Grimasse, seine Mundwinkel zitterten. »Halten Sie die Klappe, Mann, oder ich drücke ab«, fauchte er.

Wolf, der der Auseinandersetzung zwischen den beiden besorgt gefolgt war, sah nur eine Chance, die Spirale der Gewalt zu durchbrechen: Er musste versuchen, das Gespräch auf eine sachliche Ebene zurückzuführen. An Hohdorf gewandt, fragte er deshalb mit ruhiger Stimme: »Eines will mir nach wie vor nicht in den Kopf. Sagten Sie nicht, Sie hätten Siefermann auf seinem Handy angerufen und ihm den Rückkauf seines Notebooks angeboten?«

»Was soll das jetzt?«

»Und Sie hätten mit ihm vereinbart, sich in dieser Villa zu treffen, richtig?«

»Kommen Sie endlich zur Sache, Wolf.«

»Bin schon dabei. Ich frage mich nämlich, weshalb Sie den Falschen geschnappt haben … diesen Bruno anstelle von Siefermann, meine ich. Wie konnte es dazu kommen? Eine Verwechslung? Etwa, weil die beiden stets zusammen auftraten? Wäre doch interessant, zu erfahren, wie das gelaufen ist. Vielleicht lassen wir uns die Frage von Siefermann selbst beantworten, was meinen Sie?«

Zu Wolfs Verwunderung ließ sich Siefermann nicht zweimal bitten, was vermutlich daran lag, dass ihm langsam, aber sicher die Felle davonschwammen. »Mir kam der Anruf gleich etwas spanisch vor«, begann er mit belegter Stimme. »Wieso sollte sich der Dieb mit hunderttausend Euro zufriedengeben? Sicher hatte er längst alle Verzeichnisse und Dateien durchstöbert und gemerkt, welcher Schatz ihm da in den Schoß gefallen war. Also hab ich meinen Boten vorgeschickt. Bruno sollte mir telefonisch Bericht erstatten. Als sein Anruf ausblieb, da wusste ich, was die Uhr geschlagen hatte.«

»Verstehe«, sagte Wolf. »Spätestens jetzt war Ihnen klar, dass Gefahr im Verzug war. Umso mehr frage ich mich, was Sie bewogen hat, sich selbst hierher zu wagen. Die Sorge um Ihren Mitarbeiter wird es wohl kaum gewesen sein.«

Siefermann presste die Lippen zusammen; zu weiteren Auskünften schien er nicht mehr bereit zu sein. Hohdorf verfügte jedoch über ein probates Mittel dagegen: Ein Stupser mit der Waffe in Siefermanns Bauch reichte aus, um dessen Zunge zu lösen. »Na was wohl«, presste er zwischen den Zähnen hervor, »ich wollte eben erst mal die Lage sondieren. Deshalb hab ich auch den geheimen Zugang genommen.« Mit dem nachfolgenden Satz wandte er sich direkt an Hohdorf. »Am Geld jedenfalls würde der Handel nicht scheitern, da können wir über alles reden …« Er wies auf den am Boden liegenden Koffer.

Hohdorf blickte ihn mit flackernden Augen an. »Genau so hab ich mir das vorgestellt. Geld, immer nur Geld … Können Sie auch an etwas anderes denken? Selbst wenn Sie das hier unbeschadet überstehen sollten, ohne Ihr Notebook und ohne externe Festplatte könnten Sie Ihr Geschäft an den Nagel hängen, was?« Etwas leiser, mehr in sich gekehrt, setzte er hinzu: »Ach, wie das meinen Vater freuen würde – auch wenn er leider nichts mehr davon hat.«

Siefermann war während Hohdorfs Rede immer blasser geworden; mit der Einschätzung seiner Lage hatte dieser wohl einen wunden Punkt berührt. Irgendetwas gärte in ihm, schien ihn umzutreiben, bis er schließlich nicht mehr länger an sich halten konnte. Mit vor Erregung zitternder Stimme fuhr er Hohdorf an: »›Mein Vater‹, ›mein Vater‹, ich höre immer nur ›mein Vater‹ … Sie haben wohl versäumt, sich rechtzeitig abzunabeln, Sie Papakindchen.«

»Lassen Sie meinen Vater aus dem Spiel«, antwortete Hohdorf gefährlich ruhig, nur um dann mit hochrotem Kopf loszubrüllen: »Ausgerechnet *Sie*, *Sie* haben ihn doch auf dem Gewissen, Sie Medikamentenpanscher!«

»Ach, hören Sie doch auf, Sie mit Ihrem Vatertick. Der liebe Daddy sollte wohl hundert werden, was? Mein Gott, wie spießig.« Er machte eine wegwerfende Handbewegung. »Ja, ja, alt *werden* wollen alle, aber alt *sein* will keiner. Merken Sie nicht, wie bescheuert das ist? Der Mann hatte sein Leben doch längst hinter sich. Als ob ein paar Tage mehr oder weniger da noch eine Rolle spielen würden.«

Hohdorfs Kehle entrang sich ein unartikulierter Schrei, sein Gesicht war weiß wie die Wand geworden. Der Lauf seiner Pistole grub sich erneut in Siefermanns Magen und löste bei diesem ein dumpfes Stöhnen aus. Hohdorf allerdings hatte kein Ohr dafür, er drängte seinen Kontrahenten mit groben Stößen in Richtung Wand.

Immerhin, ein Rest von Verstand schien ihm geblieben zu sein: In keiner Phase wandte er Wolf den Rücken zu.

»Die Arme hoch und mit dem Gesicht an die Wand stellen«, befahl ihm Hohdorf und verlieh seiner Forderung mit der Waffe Nachdruck. »Und jetzt die Beine breit.«

Was soll das bringen?, überlegte Wolf. Ein bisschen spät, den Kerl nach Waffen zu durchsuchen, oder?

Doch Hohdorf hatte etwas ganz anderes im Sinn. Zu Wolfs Bestürzung trat er hinter Siefermann und umschlang ihn mit beiden Armen.

Als seine Geiseln ahnten, was er im Schilde führte, war es bereits zu spät. Wolf blieb gerade noch Zeit, sich hinter dem Sessel zu Boden zu werfen und beide Arme schützend vor den Kopf zu bringen.

Dann detonierte die Handgranate.

In Bruchteilen von Sekunden verwandelte sie den Raum in ein flammendes Inferno.

Epilog

Die Ereignisse in Friedrichshafen beherrschten die Dienstagabend-Nachrichten. ARD, ZDF sowie die meisten Privatsender berichteten ausführlich über die Mordserie mit spektakulärem Ausgang, die unter Einbindung des Landeskriminalamtes zur Zerschlagung eines international tätigen Medikamentenfälscherrings geführt hatte.

Siefermanns Bodyguard Bruno Schlebes und Hauptkommissar Leo Wolf waren unmittelbar nach der Explosion in das Kreiskrankenhaus Überlingen eingeliefert worden. Im Unterschied zu Wolf, bei dem die Ärzte Prellungen an den Unterarmen und Verdacht auf eine Gehirnerschütterung diagnostizierten – was sie nicht daran hinderte, ihm seine Entlassung erst für Anfang kommender Woche in Aussicht zu stellen –, erwiesen sich bei Schlebes alle ärztlichen Bemühungen als vergeblich; ohne das Bewusstsein noch einmal wiederzuerlangen, verstarb er am Morgen des folgenden Tages. Von Kripochef Sommer wurde eine gerichtsmedizinische Untersuchung angeordnet.

Auch für Jan Siefermann und Dr. Michael Hohdorf war jede Hilfe zu spät gekommen. Der vor Ort hinzugezogene Notarzt hatte nur noch den Tod feststellen können – alles andere wäre auch ein Wunder gewesen.

Der wie immer bestens unterrichtete »Seekurier« titelte in seiner Mittwochausgabe: »Apothekermörder sprengt sich mit Handgranate in die Luft – Chef eines Medikamentenfälscherrings mit in den Tod gerissen«. Der Artikel von Karin Winter war so kurz nach den Ereignissen der einzige mit nennenswerten Informationen für die Leser und zeigte, dass die Redakteurin die Nase ihrer Konkurrenz gegenüber mal wieder ganz weit vorn gehabt hatte. Für die Wochenendausgabe wurde eine dreiteilige Aufklärungsserie über die Medikamentenfälscher und ihre Machenschaften angekündigt.

Noch am selben Tag lud die Staatsanwaltschaft Überlingen sämtliche Medienvertreter zu einer Pressekonferenz ein. Staatsanwalt Dr. Hirth und Kripochef Ernst Sommer standen mehr als zwei Dutzend Printjournalisten sowie einer Reihe von Fernsehteams und Rundfunkkorrespondenten Rede und Antwort.

Zwei Tage nach der verhängnisvollen Explosion – genauer: am Donnerstagnachmittag gegen siebzehn Uhr – kam in der Cafeteria des Kreiskrankenhauses Überlingen eine illustre Gesellschaft zusammen. Den Anfang machten Henning Wolf und Karin Winter, wenig später gesellte sich Claudia Bauer dazu. Wie in der Hauptbesuchszeit üblich, war das Lokal gut frequentiert, dementsprechend laut war die Geräuschkulisse. Wider Erwarten gelang es Henning, ein etwas abseits stehendes freies Tischchen zu ergattern. Er besorgte für die beiden Frauen je ein Kännchen Kaffee; für sich selbst brachte er einen Traubensaft mit. Ungeduldig warteten sie auf das Erscheinen von Leo Wolf und Karlheinz Bauer, mit denen sie hier verabredet waren.

»Wo bleiben die nur?«, fragte Claudia Bauer, die aufgeregt an einem Knopf ihrer Bluse herumnestelte.

»Sind vermutlich noch in der Maske«, unkte Henning grinsend.

»Bestimmt«, antwortete Karin und nickte mit todernster Miene. »Ist ja schließlich ihr erster öffentlicher Auftritt seit ihrer Wiedergeburt.«

Plötzlich entstand am Eingang zur Cafeteria ein kleiner Aufruhr. »Vorsicht, meine Herrschaften«, rief eine resolute Stimme, »wenn Sie uns bitte durchlassen würden … so nehmen Sie doch Rücksicht … Danke schön, ich danke Ihnen …«

Eine respektheischende stämmige Krankenschwester schob einen Rollstuhl vor sich her, in dem die Wartenden unschwer Leo Wolf erkannten. Schon von Weitem winkte er ihnen zu. Trotz seiner Verbände an beiden Unterarmen und dem rechten Bein schien ihm der Ausflug sichtlich Spaß zu machen. Ein zweiter Rollstuhl folgte, er wurde von einer zierlichen jungen Schwester geschoben. Den Patienten darin schien es ungleich schwerer erwischt zu haben. An beiden Unterschenkeln trug er einen Gipsverband, das Gesicht war komplett mit Mullbinden umwickelt. Lediglich den Mund und das rechte Auge hatte man freigelassen.

Es dauerte seine Zeit, bis die beiden Schwestern die Rollstühle am Tisch platziert hatten, umständliches Stühlerücken inbegriffen.

»Eine halbe Stunde, Herr Wolf, keine Sekunde länger«, mahnte die stämmigere der beiden Schwestern, nachdem endlich wieder Ruhe in der Ecke eingekehrt war. »Dasselbe gilt für Herrn Bauer, verstanden?«, fügte sie hinzu. Den Mund zu einem verhaltenen Lächeln verzogen, wechselte ihr Blick zwischen Bauer und Wolf hin und her.

»Zu Befehl, Frau Oberfeld–, äh, Oberschwester«, erwiderte Wolf vertraulich lächelnd, während sich Bauer infolge der stürmischen Begrüßung durch seine Frau fürs Erste ausgeklinkt hatte.

Kaum waren die beiden Schwestern gegangen, erkundigte sich Henning nach den Wünschen der beiden Neuzugänge. Bauer und Wolf baten unisono um Kaffee. »Und ein Trinkhalm wäre nicht schlecht«, fügte Bauer trocken hinzu.

Wenig später stellte Henning das Gewünschte vor ihnen ab, wobei er sich über das Diktat der Oberschwester erregte. »Eine halbe Stunde? Das reicht uns nie. Ich glaub, dieser Drache hat sie wohl nicht mehr alle.«

»Drache? Von wegen«, protestierte Leo Wolf, nachdem er den Kaffee versucht und für gut befunden hatte. »Damit eines klar ist: Auf die Frau lass ich nichts kommen.«

Als Letzte fand sich Jo Louredo ein. »Hallo zusammen«, grüßte sie in die Runde und klopfte mit den Knöcheln der rechten Hand dreimal auf den Tisch. Dann öffnete sie ihre Umhängetasche und entnahm ihr einen länglichen Gegenstand. Den Blick auf Wolf gerichtet, verkündete sie schelmisch: »Hier, Chef, für Sie. Das wird Sie garantiert wieder auf die Beine bringen.« Sie stellte eine dunkle Flasche mit französischsprachigem Etikett vor ihn hin.

»Pastis? Genau die richtige Medizin. Vielen Dank, Jo.« Vorsichtig nahm er die Flasche in beide Hände und besah sich das

Etikett. Dann hob er den Kopf. »Und was macht Gerd?«, fragte er.

»Wollte ursprünglich mitkommen, hat sich's dann aber anders überlegt. Angeblich muss er auf ein wichtiges Foto warten.«

»Na gut. Übrigens, das sind Karlheinz Bauer und seine Frau Claudia. Ihr anderen kennt euch ja. Würdest du dir bitte einen Stuhl vom Nachbartisch rüberholen? Ach ja, was trinkst du?«

»Kaffee, wenn's recht ist.«

Während Henning zur Theke ging, um für Nachschub zu sorgen, reichte Jo den beiden Bauers die Hand. »Ich könnte mir vorstellen, dass Sie Hongkong in nicht allzu guter Erinnerung behalten, Herr Bauer. Immerhin scheinen Sie einige sichtbare Andenken mitbekommen zu haben.«

Nachdenklich wiegte Karlheinz Bauer den Kopf. »So würde ich das nicht sehen. Hongkong ist eine schöne, eine quirlige und überaus belebende Stadt, auch wenn einige ihrer Bewohner alles andere als belebend auf mich einwirkten, eher im Gegenteil.«

Karin Winter hatte schon während Jos Begrüßung nervös auf die Uhr gesehen. Offenbar war ihr die Drohung der Oberschwester wieder eingefallen, ihre Patienten nach längstens einer halben Stunde wieder abzuholen. »Womit wir wieder beim Thema wären«, fiel sie Bauer ins Wort. »Sagen Sie, was genau ist in Hongkong eigentlich passiert? Wie war es zu dem Notruf an Ihre Frau gekommen?«

Vorsichtig sah sich Karlheinz Bauer um, dann dämpfte er die Stimme. Für das, was er zu erzählen hatte, waren fremde Zuhörer unerwünscht. »Das lässt sich nicht mit zwei, drei Sätzen beschreiben«, begann er. »Am einfachsten ist es, ich fang vorne an.«

»Eine gute Idee«, stimmte der neben ihm sitzende Wolf aufmunternd zu.

»Also, die Forderungen Jing Zhaos waren an sich keine große Belastung. In der Woche ein, zwei Container umdeklarieren, das war's denn auch schon ...«

»Wenn ich da gleich mal einhaken darf«, mischte Henning sich ein. »War dieser Jing Zhao der Einzige aus dem Syndikat, zu dem Sie Kontakt hatten, oder gab es da noch andere Personen?«

»Nein, eigentlich war er der Einzige. Natürlich wuselten da immer ein paar Handlanger herum, zumindest, wenn wir uns außerhalb von TenSing-Tools trafen.«

»Und würden Sie sagen, dass es sich bei Jing Zhao um den Kopf der Bande handelt?«, schob Henning nach.

»Ja, für mich sah es ganz so aus. Übrigens hat er schon in den ersten Wochen meines Hongkongaufenthalts Kontakt mit mir aufgenommen, er sprach mich während der Überfahrt nach Kowloon auf der Fähre an. Spätestens als ich den Umschlag in meinem Hotelzimmer geöffnet hatte, wusste ich, was man von mir erwartete. Andernfalls ...« In der Erinnerung versagte vorübergehend Bauers Stimme.

»Andernfalls?«, versuchte Karin Winter, ihn zum Weiterreden zu ermuntern.

»Andernfalls würde es meiner Familie dreckig gehen, drohte er. Dass er dazu imstande war, hat er mir unmissverständlich klargemacht – unter anderem mit einem Video, das unsere Tochter Nadine am selben Morgen bei einer Schulfeier zeigte. Mir war sofort klar, dass er seine Leute auch bei uns zu Hause hatte.«

»Wie ging es dann weiter?«, fragte Henning.

»Seine Forderungen hielten sich anfangs in Grenzen. Als die Zahl der Container, die ich umdeklarieren sollte, immer weiter stieg, wurde mir langsam mulmig. Was, wenn die Zöllner im Hamburger Hafen den Schmuggel aufdeckten? Oder mein Chef bei TenSing-Tools mir auf die Schliche kam? Jedenfalls nahm der Druck stetig zu, und irgendwann – vor einer Woche etwa –, da hielt ich es nicht mehr aus. Die Angst um Claudia und Nadine brachte mich fast um den Verstand.«

Claudia Bauer griff nach seiner Tasse und schob ihm vorsichtig das Röhrchen in den Mund. Er zog ein paarmal daran, bevor er zögernd fortfuhr. »Am Dienstag beschloss ich dann, endgültig auszusteigen. Meiner Firma oder der chinesischen Polizei konnte ich mich nicht anvertrauen, ohne eine Strafaktion gegen meine Familie zu provozieren. Also hab ich im Personalbüro um einige Tage Urlaub gebeten und bin – ganz ohne Gepäck – direkt zum Flughafen gefahren. Ich wollte die nächste Maschine nach Frankfurt nehmen. Vom Flughafen aus habe ich dann meine Frau angerufen. Das Weitere kennen Sie ja …«

»Hat Jing Zhao Sie demnach beschatten lassen?«, fragte Wolf.

Bauer nickte. »Sie sagen es. Seine Leute haben mich in eine dunkle Ecke gedrängt, mir das Handy abgenommen und mich anschließend verprügelt.«

»Von wegen verprügelt«, empörte sich seine Frau. »Beide Unterschenkel haben sie ihm gebrochen und ihn dann einfach liegen lassen.«

»Die Polizei hat mich schließlich gefunden und in eine Klinik gebracht. Nur meine Geschichte haben sie mir nicht abgenommen. Hätte Ihr Sohn nicht über Interpol interveniert, Herr Wolf – ich läge vermutlich jetzt noch in einem Hongkonger Krankensaal. So aber kam umgehend Bewegung in die Sache. Ich wurde auf eine Liege geschnallt und in die nächste Maschine geschoben. Gestern Morgen bin ich in Überlingen eingetroffen und habe mich endlich wieder sicher gefühlt. Danke noch mal, Herr Wolf, und auch an Sie, Frau Winter. Ich bin heilfroh, diesem Dunstkreis entronnen zu sein.« Bei den letzten Worten suchte er die Hand seiner Frau.

»Und trotzdem hing alles an einem seidenen Faden«, warf Karin Winter ein. »Hätten Sie nicht die Website mit dem unverfänglichen Namen ›KHB Rückversicherung‹ ins Internet gestellt, wären all unsere Bemühungen umsonst gewesen. Ach, was sag ich … Wir hätten nicht einmal gewusst, wo wir ansetzen müssen. Eine reife Leistung, Herr Bauer, meine Hochachtung.«

In diesem Augenblick erhob sich Jo abrupt von ihrem Stuhl und sah zur Eingangstür hinüber. »Moment mal«, meinte sie zögernd, »war das eben nicht Gerd? Na, das haben wir gleich.« Im Stechschritt eilte sie auf den Eingang zu und verschwand durch die Tür. Gleich darauf erschien sie wieder, in ihrem Schlepp der Kollege Gerd Vespermann. Am Ärmel zog sie den Widerstrebenden hinter sich her.

»Wollte sich gerade wieder verkrümeln, der Mensch … Wo gibt's denn so was?«, raunzte Jo ihn an.

Gerd Vespermann, bemüht, seinen Bauch einzuziehen, tat

überrascht. »Hallo zusammen. Tut mir leid, ich wollte nicht dazwischenplatzen. Wie sollte ich auch ahnen, Leo, dass du so viel Besuch hast?« Dann erst sah er sich Wolf genauer an. »Muss ja heiß hergegangen sein beim Finale in Siefermanns Villa. Mein lieber Scholli, du siehst vielleicht schei… äh, übel aus. Ich hoffe sehr, dass sie dich wieder hinbekommen.« Unvermittelt zauberte er ein Grinsen in sein Gesicht. »Sonst müssen Jo und ich am Ende auch noch deinen Job mitmachen, haha … das fehlte noch.«

»Das hättest du wohl gern, was? Daraus wird aber nichts, Herr Kollege. Eine Weile werdet ihr mich schon noch ertragen müssen. Wer außer mir sollte sich sonst um das Böse in der Welt kümmern?« Als Vespermann irritiert lächelte, fügte Wolf rasch hinzu: »Ein Spaß, lieber Gerd. Komm, zieh dir einen Stuhl her. Ich nehme an, du trinkst Kaffee?«

Vespermann schüttelte den Kopf. »Tut mir leid, aber ich muss wieder weg. Hab der Spusi versprochen, noch vorbeizuschauen. Ach so, eh ich's vergesse …« Er griff in seine Jackentasche und zog ein Bild hervor, das er Wolf in die Hand drückte. Der sah es sich lange und intensiv an.

Schließlich hob er den Kopf und fragte: »Wer soll das sein?«

Wortlos nahm Gerd Vespermann ihm das Foto ab und reichte es an Claudia Bauer weiter. »Haben Sie den schon mal gesehen?«

»Ich weiß nicht … Irgendwie kommt er mir bekannt vor, aber ich bin mir nicht sicher.«

»Auf dem Schulfest Ihrer Tochter vielleicht?«

Claudia Bauer sah sich das Bild noch einmal an. »Hm … kann sein. Auf dem Schulfest, sagen Sie? … Ja, richtig, jetzt erinnere ich mich wieder. Der Mann hat mich gefragt, ob er von Nadine ein Bild machen könne. Er wolle von der Feier eine Reportage machen, erklärte er.« Ihre Stimme wurde zunehmend gehetzter, und als habe sie sich die Finger daran verbrannt, warf sie das Bild ganz plötzlich auf den Tisch zurück.

»Jetzt aber raus mit der Sprache«, sagte Wolf grantig. »Wer ist der Mann? Ich nehme an, einer von Jing Zhaos Leuten?«

Vespermann hielt das Foto in die Höhe, sodass die anderen es gleichfalls anschauen konnten. »Du sagst es. Er heißt …«

Vespermann zog einen Zettel zurate. »Er heißt Li Wan Tao und wohnte bis heute Mittag in Oberzell bei Ravensburg. Dort haben ihn die Ravensburger Kollegen vor gut einer Stunde verhaftet – im Auftrag von Interpol beziehungsweise des BKA. Laut Staatsanwaltschaft wird ihm Beteiligung am Vertrieb gefälschter Medikamente vorgeworfen.«

»Wurde aber auch Zeit«, warf Henning zufrieden ein.

»Ach, du wusstest von der Aktion?«, fragte Wolf überrascht.

»Was heißt ›davon wissen‹? Wir haben sie in Gang gesetzt. Wie sonst sollten wir der international operierenden Bande das Handwerk legen? Wenn ich dich erinnern darf: Es war Gefahr im Verzug – und es bestand akute Verdunkelungsgefahr. Da musste schnell gehandelt werden, und ohne Interpol läuft da bekanntlich gar nichts, wie du weißt.«

Mitten im Satz hatte Henning zur Theke hinübergesehen und die Hand gehoben. Auf dieses Zeichen hatte die Betreiberin der Cafeteria nur gewartet. Mit geübten Händen brachte sie ein Tablett an ihren Tisch, auf dem, neben einer Flasche Veuve Clicquot, acht Gläser standen.

»Danke«, sagte Henning, »den Rest mache ich selbst.« Mit einem kaum hörbaren »Plopp« öffnete er die Flasche und verteilte – bis auf einen kleinen Rest – das perlende Getränk in sieben Gläser.

»So, Freunde und Kollegen.« Er hob sein Glas. »Wir alle, die wir hier sitzen, haben dazu beigetragen, einen ungewöhnlichen, vielleicht einmaligen und zudem gefährlichen Fall zu lösen. Er wird in den kommenden Monaten noch weite Kreise ziehen und so manche Schockwelle auslösen, da bin ich mir sicher. Das sollte uns aber nicht davon abhalten, hier und jetzt auf das vorläufige Ende anzustoßen – auch wenn es für zwei von uns nicht ganz so glücklich ausgegangen ist.« Er prostete seinem Vater und Karlheinz Bauer zu. »Doch wenn wir eines gelernt haben im Leben, dann das: Glück ist eine verdammt launische Diva.« Ein Schmunzeln legte sich auf sein Gesicht. »Und manch einer kann schon von Glück reden, wenn sich sein Pech in Grenzen hält. Wie heißt es dann so schön: Es hätte weitaus schlimmer kommen können. Das zum Trost an unsere beiden Invaliden.

Trinken wir deshalb auf den glücklichen Ausgang dieses Falles. Prost.«

Bevor sie sich zuprosteten, hob Leo Wolf die Hand. »Moment noch: Darf ich wissen, für wen das achte Glas gedacht war?«

»Für Ernst Sommer«, sagte Henning bedauernd. »Eigentlich hatte ich fest mit ihm gerechnet.«

»Ja, weißt du das denn nicht? Sommer wurde gestern Abend gleichfalls hier eingeliefert. Sein Bandscheibenvorfall muss operativ versorgt werden. Heute früh hab ich ihn besucht, er lässt euch Grüße bestellen.«

Jetzt endlich stießen sie an und hatten ihre Gläser gerade leer getrunken, da näherte sich vom Eingang der Cafeteria her eine befehlsgewohnte Stimme. »So, meine Herrschaften, die Zeit ist um«, schallte es zu ihrem Tisch herüber.

Kein Zweifel, die Oberschwester rollte heran, in ihrem Schlepp die zierliche junge Lernschwester.

»Dann wollen wir mal wieder in unsere Bettchen zurück«, sagte sie im Hinausgehen zu den beiden Invaliden.

Aus dem Flur wehte Wolfs meckerndes Lachen zurück in die Cafeteria. »Sie wollen sagen, da haben Sie uns besser unter Ihrer Fuchtel«, meinte er.

Der weitere Disput verklang in der Ferne.

Manfred Megerle
SEEHAIE
Broschur, 272 Seiten
ISBN 978-3-89705-519-3

»Spannend, logisch und gut durchdacht präsentiert Manfred Megerle seinen Debütroman. Die Charaktere sind authentisch, die Ermittlungen vielschichtig, die Schauplätze stimmig.« Neckar Express

»Spannender Krimi mit beeindruckend detaillierter Schilderung der Landschaft. Bodenseefreunde werden sich sofort in der Umgebung wiederfinden.« RSA Radio

Manfred Megerle
SEEFEUER
Broschur, 304 Seiten
ISBN 978-3-89705-612-1

»Die Story ist spannend und lässt die Finger des Lesers an den Seiten kleben.« Schwäbische Zeitung

www.emons-verlag.de

Manfred Megerle
SEETEUFEL
Broschur, 336 Seiten
ISBN 978-3-89705-679-4

»Megerle legt ein flottes Erzähltempo vor und packt eine Menge Action in die Story. Eine leichte, durchaus spannende und amüsante Lektüre für Freunde des Schwäbischen Meeres.« Heilbronner Stimme

Manfred Megerle
SEEPEST
Broschur, 320 Seiten
ISBN 978-3-89705-818-7

»Manfred Megerle versteht es meisterlich, der Handlung seines Romans immer wieder überraschende Wendungen und stetig steigende Spannung zu verleihen. Megerles kantiger Kriminalkommissar Wolf kommt auf sympathisch subtile Weise daher.« Südkurier

»Souverän konstruiert.« Bodensee Magazin

www.emons-verlag.de